血色蝙蝠降臨的城市

——深情典藏紀念版 IV——

宋澤萊

前衛出版
AVANGUARD

目錄

宋澤萊深情典藏紀念版出版記

前衛出版社社長 林文欽

一九七八年初，我有著可能是人生最奇妙的一段際遇，本來我已調整好心情，準備要認份地去做一個身不由己的野戰排長，不明所以然，我竟在未被告知的情況下，忽然間成為師司令部的一名小小參謀官，駐紮在高雄旗山。大約每兩週一次，我休假返回中部崙背故鄉或北部寓地，路經高雄火車站前書店及書報攤，我總要駐足許久，激越地尋覽最新出版的文學書刊或前黨外政論雜誌。某天，就在書架角落邊，我翻到了一本不起眼的長篇小說《廢園》。噫！竟然是寫著我極其熟稔的故鄉農園景象，和若我一般曾經也有過的慘綠少年歲月。作者廖偉竣，是誰呢？莫非是那個我在夢中曾經照面的鄰鄉田庄兄哥！

這是我和廖偉竣結緣的開始。緊接著的一年，廖偉竣就以宋澤萊之名，英姿煥發地成為其時台灣文壇的耀眼新星，他的生身故鄉「打牛湳村」也大大地轟動了。「打牛湳」！一個離我家僅五、六里遠的傳統農村聚落，我小時即常聽聞，那裡也曾有著我父祖輩的西螺七崁的親戚友伴呢！

也因著這層魂牽夢縈的關係，我開始渴嗜地搜讀宋澤萊新作。而宋澤萊也以驚人的爆發力，密集不斷地有震撼性的小說發表。他用文學語言對台灣這塊悲苦大地的深邃描寫，直叫我驚呼：他該是我們這一代不世出的寫作天才了。

退伍後，我有幸進入文化出版界，在台北三民書局練功三年十個月之後，我開辦「前衛出版社」，頗想著可以為我們被踐踏的台灣作家發聲。理所當然，宋澤萊另一波攪動文壇的《禪與文學體驗》就成了我的創業書之一。往後，我們好似有著根本不必言說的默契，宋澤萊是前衛緣定要刻意經營的一個作家；或者也可以說，前衛其實就是宋澤萊緣定要救贖營造的一個出版社。所以，前衛前前後後總共出版了宋澤萊二十餘本的著作。假若說前衛有什麼可資歷史留名的業績，宋澤萊絕對是前衛的最大支柱。他的文學和評論所帶起的風潮，也是前衛最足於向外人誇示的血淚戰績。

我想，只要是稍微有意觀照本土文化動向的人，任誰都可以看得出來吧，我和宋澤萊是有著極為濃厚的革命情感的。我們盡一切心力，總試圖要翻轉某種加諸台灣的有形、無形精神枷鎖，期待台灣新社會出現。我們盡力了，至於成效如何，那就要看我們台灣眾生是如何看待我們苟活著的這個「殖民地台灣」了。

◇

忝做為一個出版人，說刻意要經營一個台柱作家，我恐怕是非常不夠格的生意人，我心裡總有著太多的「隨緣」「隨喜」傾向。但是我一貫也有偏執鍾愛的脾性，那就是：只要有讀者需要，我要讓我心意所屬的重要著作持續流通。台灣的圖書流通機制太現實可怕了，但我就是不信邪！這也就是為什麼宋澤萊作品在前衛會有數種不同版本出現的原因。而事實上，宋澤萊讓我把他的版稅永遠記在壁頂的情份，我真的是對他十分虧歉，不知如何可以報答。

閑愁之時，我常再翻讀我曾經出版過的宋澤萊作品。好奇怪，每次總有不同程度的靈魂悸動。除了佩服他的文字魅力之外，不禁也要讚嘆：我們台灣人作家竟有人可以如此玄妙地掌握、駕馭中國文字，天才畢竟就是天才！我私自惕勵自己，我可不能讓這顆天生的慧星在我手裡泯滅。所以心底總有「我要再好好整理宋澤萊」的一股衝動念頭，成不成，就看天意因緣造化了。

這次，趁著宋澤萊得到國家文藝獎的契機，我把本來就常想著的宋澤萊四本代表性小說，用「宋澤萊深情典藏紀念版」的名義重新包裝出版。我並無意要宣示什麼，只想告訴讀者，這宋澤萊經典級的舊作，讀來卻有歷久彌新的味道；而且是更含帶著宋澤萊和前衛的赤誠深情的，這應是我們給打牛湳世代讀者群的一份最佳獻禮了。

底下，就讓我來說說我為什麼特別鍾情宋澤萊這幾本小說的初衷原委吧。

《打牛湳村系列》

這是宋澤萊突然間闖進文壇的成名代表作，對他應有彌足珍貴的特殊意義。相較於他第一次由遠景所出版的《打牛湳村》，這本《打牛湳村系列》的新版本，應可看出一些我的編輯鑿痕。對我個人來說，打牛湳的笙仔、貴仔、花鼠仔、大頭崁仔，〈糶穀日記〉中登場的眾多庄裡人，就是我所理解的台灣農鄉人物的原型了；但宋澤萊賦給了他們深層的文化意涵。整個「打牛湳村」，是活生生地進入歷史了。

《蓬萊誌異》

這是宋澤萊創作高峰期的自然主義代表作，是宋澤萊有意經營的計畫寫作。光看宋澤萊表明這是要寫給台灣兄弟姊妹的人世間小書，就可感覺他下筆時內心所懷帶的悲憫之情。的確，我們殖民地台灣的父老確實有太多隱忍的痛苦、憤懣、悲傷要訴說的，宋澤萊替他們申冤了。

《蓬萊誌異》是我最常介紹給人讀的一本小說，實際上我也要測試一下台灣知識人的感情，我常想：讀者們應是有感情而有感覺和知覺的，不然文學何用？讀過這本小說，若再是「無感」，那真是鐵石心腸了。

《廢墟台灣》

宋澤萊又出其不意地丟出一顆炸彈了！在戒嚴時代出版的這本「社會預警小說」，只能說是令人震慄地「驚動萬教」了。這本小說，他之前曾試圖投稿給幾個報刊，據說有一位副刊主編讀著讀著時，竟胃痙攣起來了。當然他們不敢發表。宋澤萊只好把小說原稿丟給我，就直接出版了。老實說，當時要出版這樣的一本「危言聳聽」的書，我可是抱著豁出去的心理打算的。讀者當知，當時的恐怖政治，統治者要揉死一隻螞蟻是易如反掌的。結果，書沒查禁，還因緣際會地被選為當年度最具影響力的書之一。我人也沒事，但我開始明顯感覺，我出版社巷口好似有人不定時站崗的鬼影了。

有文學評論家說這本小說是「以古諷今的黑色幽默寓言」，也是啦，宋澤萊就曾在書內毫不留情的自我消遣了一番；但最後當核電廠爆炸，台灣成為一片廢墟時，那個「ＴＮＮ村的小宋的作家」也不知葬身何處了。宋澤萊顯然是要嚴肅提出廢墟警訊的，他由一九八四年美國三浬島核能事故所獲得的啟示，台灣有朝一日也可能會有萬劫不復的核電災殃，證諸蘇聯車諾比、日本三一一福島核災的應驗，台灣是隨時危在旦夕的，台灣人，你還要麻痺、毫無警覺嗎？

《血色蝙蝠降臨的城市》

這是宋澤萊停筆小說寫作七年後再出江湖的應然之作，他終究是要寫小說的。而且如同以往的他的文學試煉，他又用新藝綜合體的手法再一次推進他的小說實驗風格。故事寓意在血色蝙蝠盤旋的異象貓羅城，我倒是覺得他更要表達的是如假包換的台灣現實黑暗社會現狀：黑白兩道、黑金政治、黑心商品、黑色廟堂、商戰爾虞我詐，甚至女性的復仇……都出現了。林林總總的混亂，像極了當今的台灣。

◇

下一步，我還想要再重新整理宋澤萊另一本《抗暴的打貓市》，這本寫「一個台灣半山家族故事」的小說，意義太重大了，原因是它居然是用我們的台語文字寫成的。天可憐見，我們如今走在「雲端」的台灣知識份子，其實有百分之九十九點九根本就是台語文字的文盲；但宋澤萊率先起義，他用作品證明，他成功了。

我始終認為，宋澤萊就是宋澤萊，本無需任何其它外在名份來加持，他擎舉的台灣新文化的大旗已說明了一切。即使是在我們台灣一向浮華幻彩炫麗的創作界和讀書界，宋澤萊也一直就是一個如實的存在。是以，我現在以著奉為寶典的素心，重新再推出宋澤萊的作品，於我和宋澤萊多年來的戰友情誼，恰是頗富紀念價值的。但我也衷心期盼，我親愛的台灣兄弟姊妹和新起的世代，若你心內有台灣，可要好好讀一讀宋澤萊，再來感受一下你我或許都還保有的台灣赤子心懷。

我頂禮膜拜。感恩。

國家文藝獎得獎感言：人心的剛硬與難寫的預言

宋澤萊

我要談談文學家和預言的故事。

文學家是一個廣義的預言家，他們的作品實際上是一種廣意的預言，因為我們都知道：文學作品一直宣說事情的可能性。所謂的可能性就是說它能夠讓未來的眾多事情對號入座。譬如說自從《羅密歐與茱麗葉》或《少年維特的煩惱》這些故事被創造後，世界不知道發生了多少雷同的悲劇愛情故事。

提到文學作品與正式預言扯上關係並不只是近代文學才有，它的起源可能和文學的娛樂功能同樣古老，也即是說自古就存在。

《聖經》這本完成於上古時代的書籍其實就是一本記載著大量預言的書籍。在〈使徒行傳〉第一節到第十一節，記載著耶穌經過被釘十字架、埋葬、復活後，整整有四十天的時間，他又和他的門徒們相聚的若干故事。當時，門徒們大概認為棲身在猶太教勢力龐大的耶路撒冷是一件對生命充滿威脅的事，或者至少會使得傳播基督教變得一籌莫展，門徒們告訴復活後的耶穌說，他們想離開耶路撒冷。為此，在耶穌即將飛昇天堂離開他們的那一天，當著門徒的面，說了一些簡短的預言，大概的意思是這樣的：「不必急於離開耶路撒冷，聖靈就即將要降臨了！當聖靈降在你們身上時，你們會忽然具備巨大的神能，能摧垮猶太人和一切外邦人的阻擋，最終就會把基督教傳到耶路撒冷、猶太全地、撒瑪利亞，直到地球盡頭。」耶穌說完，就冉冉升天，直到一朵雲把他接走為止。當耶穌說這些話時，事情還沒有發生；不過兩千年之後的今天，基督教果然已經廣傳世界，就是地球的南北極，都存在著信仰它的人。這卷〈使徒行傳〉記載著更多的預言，作者是當時的希臘人醫生路加，不過所記載的預言都是別人所宣說的預言。

《聖經》裡還有一些文學家比路加更大膽，直接書寫自己從神那裏體會到的、聽到的預言，約翰所寫的〈啟示錄〉就是一個典範。

《聖經》只是部分的例子。我認為在上古和中古的大半地球上，文學與來自神的預言密不可分，並不限於某個地域的某個民族，因為那時是個神權時代，大半的文學就是神的言語和行誼的記載。我也認為，這個漫長的時期是文學預言家的黃金時代。因為記載預言的文學家，只要出於忠實，不管預言是否成真，他都不必負責任，因為預言來自於神，與他無關。同時，在那個時代，神的話語深受人類的信任，人們的心非常柔軟，能無條件相信那些文學家所記載的故事和教條，甚至熱烈的奉行它們，終至於形成蘇美、埃及、猶太、希臘、基督教、回教……等等的倫理文化。對於文學家而言，可算是最大的光榮和貢獻。

可是，中古時代過後，寫預言的文學家就沒有這麼幸運了。

◇

我們先談現代。

艾略特（Thomas Stearns Eliot，1888-1965）是一九四九年諾貝爾文學獎的得主，他可算是時代的先知。一九二二年，他寫了詩作《荒原》。在那首詩裡，當他寫著：「我說不出話，眼睛看不見，我既不是活的，也未曾死，我什麼都不知道，望著光亮的中心看時，是一片寂靜。荒涼而空虛的是那大海。」一時，已經暗示未來人類的精神狀態將是一片荒蕪。詩人筆下的「荒原」土地龜裂、石頭燒紅，草木凋萎，人類精神恍惚渙散，上帝與人、人與人之間不再有聯繫。艾略特所描述的狀況，就是一九二二年迄今，接近一世紀的人類生活狀況。沒有人可以否認他寫了一齣了不起的預言。

接著是赫胥黎（Aldous Leonard Huxley，1894-1963）於一九三二年發表的反烏托邦小說《美麗新世界》。赫胥黎假設將來有一個人類社會，被科技所控制，人類被劃分成五個階級，每個階級都有一定的任務，尤其是第五階級被強制以人工的方式導致腦性缺氧，把人變成痴呆，好使這批人終身只能以勞力工作。權力最大的管理人員用試管培植、條件制約、催眠療法、巴甫洛夫條件反射等科學方法，嚴格控制各階層人們的生活。這本小說預言了如今的科技社會，所有的人都在科技人員的管理底下，過著被制約的生活，毫無主動性可言。

另一位是歐威爾（George Orwell，1903-1950），他在一九四九年出版了《一九八四》這本描寫極權監控統治下的新社會小說。一九八四年，世界有一個「大洋國」，由一個從未露面的「老大哥」統治一切。社會裡到處都是標語和一張大人像，標語寫著「老大哥正在監視著你」。老大哥的統治技術之一是監視器。在「大洋國」裡，電屏佈滿在人行道、樓梯口、走廊、街道，它們竊視人們的一舉一動。這本小說預言了如今現代化政府的社會控制手段和人們的無奈。

以上三位都是英國作家，卻可以代表同時代全球的預言作家，他們預言的犀利和神權時代的預言家可說不相上下。但是我說，他們已經沒有那麼幸運了。首先是：他們已經不能用神的名義說預言，他們必須表明，這是他個人所做的預言。因此，作家就必須背負心頭重擔，擔心他們的預言是否只是一場胡說八道。由於缺乏信心，這些寫預言的文學家所預言的災難要不是發生在整個歐洲，就是全球，企圖讓更多人對號入座，以保住他的預言不虛。同時，沒有信仰的現代人的人心已經剛硬了，他們對任何預言毫不在乎，痞子一般的現代人似乎說：「我們不在乎你們的預言，不管世界變得如何，習慣了就好！」因此，自從眾多的作家做了預言以後，如今這個世界看起來仍然一樣虛無，科技控制越來越囂張，獨裁專制日甚一日。

對於寫預言的文學家而言，現代人的這種態度簡直能夠叫他們憤而折筆、永遠罷寫。

◇

時間來到了後現代的今天，預言更難寫。

由於人心的剛硬更甚，對於所有的預言已經發展出更痞的說詞，他們說：「也許預言是對的，但是我們不怕，因為災難會在別的國家身上發生，可就是不會發生在我們的國家裡。」美國人不願意簽訂「京都協議書」，就是這個態度的典型代表。這種自私的看法，叫人憤怒。由於洞視到人心已經變成鐵石，於是，作家只好改變預言的寫法。除了把預言說得更恐怖（乾脆預言人類將在災難中大量滅絕）以外，就是直接指出災難將會降在某個國家或某個地區。企圖用這種更直接的恫嚇，引起人們多在乎預言一秒鐘。我們看到，在一九七三年，日本作家小松左京出版了一本叫做《日本沉沒》的預言小說，內容宣稱有一位地理物理學家發現日本在一年內將會發生地殼變動，大半列島將會沉入海中。日本政府知道這是無法逃避的事實之後，啟動一個計畫，將日本人陸續移出日本之外，資產也轉移到國外。跟著地震果然加速發生，最後日本列島終於被撕裂成碎塊，沉入海中，日本人終於流落四方，成為無土而寄人籬下之人。這本小說立即轟動日本，成為日本人的噩夢，隔年立即拍成電影，後續更拍成電視劇。

《日本沉沒》是一個樣板，告訴想寫預言的文學家，未來如果要寫災難，必先指定某個地區或國家，絕不能含糊。就像是二〇〇四年，美國也拍了一部電影，叫做《明天過後》，災難所發生的地方就側重在美國的紐約。不過，這麼一來，未來假如要寫小說，就必須更仔細描寫某個個別地方，不能模糊籠統；同時作家最好是半個科學家，推理必須可信，否則他的小說可能沒有辦法震醒人心剛硬的讀者。如此，可以想見，由於條件苛刻，將來寫預言的文學家可能會變得越來越少，終於成為一個絕響。

◇

我說了半天，無非抱怨由於人心的剛硬，預言文學作品越來越難寫；不過文學的預言卻更加聳動和不可漠視。也許當人們完全漠視文學預言的時候，世界末日真的就到了。

說到這裡，一定有人知道我要介紹我得獎的小說之一《廢墟台灣》了。沒錯！正是如此。這本小說預言台灣人由於漠視公害撲擊的威力和核能發電廠潛在的危險性，在二十一世紀初期，終於導致核電廠爆炸，台灣瞬間變成一座巨大的廢墟，台灣人幾乎全部滅絕。自一九八五年出版這本書以來，如今已屆二十八年的書齡。儘管這本書曾經當選當年最具影響力的十本書之一，但隨後，並沒有引起多麼廣泛的注意。這麼多年以來，身為作者的我的心情並不輕鬆，常常處於焦慮的狀態中，我多麼害怕自己的預言成真！因為它已經完全猜中了烏克蘭的「車諾比事件」和日本的「福島事件」；這兩個事件的悲慘情況，恰巧和《廢墟台灣》所寫的一模一樣；如果發生在台灣，台灣當然變成一片廢墟。我擔心的還不只是無法完全操控的核分裂本身，而是台灣的人心比世界各國更加剛硬，吉凶不分；歷來主政的人的心更是剛硬中的剛硬，他們患了唯利是圖、貪圖目前的惡性心病，對於核電廠的興建從不曾鬆手，卻是草率行事。我感到危機就要發生，因此，藉著得獎的機會，懇請更多想瞭解核電可怕的人再翻閱《廢墟台灣》這本書；並呼籲那些對核電廠興建充滿盲目熱情的人回頭是岸、臨危止步，則生民甚幸，台灣甚幸！

——2013、07、28於鹿港

想起：宋澤萊

林文義

東港海岸少尉的軍服
像沈鬱的晚潮漸藍
方剛辭別學院歷史系
青春之你或者會思索台灣
未若我在府城學習渙散
讀昔之哲學卻不思不想

濁水溪南邊你的打牛湳——註①
故鄉的村名竟成小說
退伍後以文字替農民控訴
北城之我依然耽美虛無
被剝削被侮辱被欺瞞
長夜讀你終於泫淚領悟

相與年代的父親何以默言
從南洋死不去的絕望回家
或者菸酒沈寂的老靈魂
太陽下父親陰雨濕冷的心
偶而也會興致的說從前
我們往後皆清晰記下

相與年歲的你我滿六十
蓬萊誌異更為迷離 ——註②
廢墟台灣不再美麗 ——註③
一生文學究竟印證多少
曾經奮力尋求潔淨的島嶼
台灣未竟的下一代何處去？

（註①、註②、註③為宋澤萊小說三書）

黑暗的宋澤萊VS黑暗的李昂

李昂

正臨要到京都小住，行前一陣忙亂中，仍均出時間來寫這篇文章，除了和宋澤萊長達近四十年的交情，還為著我對他的看法，也許可以加深對他作品另個面相的了解，能夠在一大堆鄉土、工農兵、弱勢等等這些我最害怕的過度簡化、容易套公式的研究中，或有著不同的可能與方向。

1

我和宋澤萊都出身於現代主義，這類鑽研自我、進入內心深處尋求意義的解析，對我們兩人，可說是基礎的中心思想。我知道宋澤萊未必同意，但是，深入挖掘更深刻的內在，或者更明白的說必然的黑暗面，是使得宋澤萊作品有別於一般簡單的寫實主義、或者說現實主義。

宋澤萊一定也深深的知道，他自己觸及到黑暗面，才會給我這樣的封號：黑暗的李昂。在此，我也要同樣的回敬他：黑暗的宋澤萊。

除了現代主義深度挖掘自我，另個造成宋澤萊黑暗的，我以為來自他的家庭關係。雖然不曾見過他的父母親，但在宋澤萊不經意的述說中，我有著這樣的圖像：受日本教育影響，大男人主義有著君父思想的父親，還曾被送到南洋當軍夫，背負著這樣的傷痕，父親在家裏大概不會是個所謂的慈父，加諸於母親身上，更是不小的壓力，我甚至懷疑家暴的可能。

在那個時代，對有些人，父親果真是那黑暗的霸權！

纖細敏感而且並不強悍的宋澤萊，成長在這樣的家庭，看著母親像不少那時代的女人一樣的受苦，心生不忍但又無力改變，成為他的原罪。在他書寫母親生病到亡故的文章中，小心地檢視，不難看出母親的受苦之於宋澤萊，是怎樣揮除不去的罪惡感。

罪惡感恐怕也來自宋澤萊對自己的不斷省思、對自我的苛求，這些「黑暗」，對一般人也許習以為常，但有一種具使命的心靈，不斷的自我辯證，會使他自身一直處在巨天的糾纏與拉扯之中。

一直在尋求救贖，是宋澤萊一面面對黑暗，迎面奮力想要自我拯救的重大承擔。寫作當然是種出路，但不寫作的時候，宋澤萊不走早年現代主義師承的心理分析，他大概也為自已分析過頭了吧！接著他從宗教上尋求解脫。大量閱讀佛教、禪宗書籍，甚至親身力行的進入修行，想要去除不安。但心中的魔，那能辨識體會黑暗的能力，牽引出來的魔，我相信，某種程度上使他走火入魔，也造成身體上的不適。

有一陣子我老看到病弱的宋澤萊，精神耗弱不定。另種求救的方式是繼續寫作，寫光明的東西，台語詩詞裏大量對台灣的愛與關懷，是一種療癒。但黑暗之人寫的誦歌，與一般人寫的相較，會是如何？即便在寫《廢墟台灣》這樣的作品時，我們現在覺得他是很有遠見的預見台灣的未來，我更感覺到那廢墟其實最終就也是宋澤萊自身，預見的能力源自最深的內裏。

不小心慎為、不步步為營，一切終究是廢墟，頹敗以及死亡。之後，再次的，要尋求救贖，這回他進入西方宗教信仰，過程更是神奇。有一年，我回鹿港，為自己的靈異感應問題和他討論，卻聽到他更聳人聽聞的經驗：

他剛走過一個階段，每天與到學校上課的路上，騎摩托車經過一條寬大的馬路，可是視野上每天逐漸的感覺到馬路越來越窄，並且連天空也越來越壓低，四周全方位的向他壓迫下來，巨大的黑暗一步一步的要將他吞沒，他知道當不再有空隙讓他通過的那天，也就是他陷入崩潰時。

他尋求各種幫助，人世間的、宗教上的、心理上的，都無效。直到有一天，他高喊著向神祈禱，他高聲喊出的時候，那黑暗一點一滴的褪去。

我說這是種精神性的病症，到了臨界點，沒有變得更壞，就逐漸的好起來。

宋澤萊堅持相信，這是神的奇蹟，神聽到他的禱告回應了他、也拯救了他。

他所信仰的教派，是要大聲的呼喊出內心的聲音，在這樣大聲的、外向的呼喊中，我以為，宋澤萊也在呼喊著作自我拯救。

我常常笑他：李昂並不那麼黑暗，更黑暗的是宋澤萊。我至少沒有經過他那麼多近於崩潰的內在掙扎與苦難。

2

我們倆個極端不同的人，卻也碰到過十分有趣的撮合。都還年輕未婚時，一次葉石濤先生來到鹿港，到我家拜訪坐在客廳的太師椅上，對著我的母親一直說宋澤萊的好話，母親一頭霧水，但也不曾多加以詢問。

葉老的意思是：我們兩個都是年輕而且才華洋溢的作家，如果能夠結婚生下孩子，有得到諾貝爾文學獎的機會與希望。我聽了後哈哈大笑，我們兩個就算能夠結婚生下孩子，會不會就是一個文學天才值得懷疑，萬一結合我們兩個的缺點，生下個笨蛋、壞蛋怎麼辦？

而且，我是那種比較實際的人，會以為，為什麼不成就我們兩個各自的寫作，在現有的成就上繼續努力，而要將希望寄託於虛無飄渺的未來？

更實際的是，我們兩個是那種相互不可能來電的人，註定就只能是相惜相知的文友。之後宋澤萊結了婚，家庭生活因為太太作為有能力的女人要力爭上遊，有不少家事就落在宋澤萊的身上。有一陣子我不懂事的替他叫屈，總以為作他的太太就就該要盡心盡力於家務，讓他能夠只專注於寫作。

可是我很快的體會出，在照顧孩子、做家事過程，之於宋澤萊，也是一種療癒，回報他對不能有所幫助的母親的一種贖罪。這些由俗事組合成的家庭責任，一定扮演的很大的支撐力量，讓這個心靈如此敏銳的作家，在這些紛雜的小事上得以休憩，無需一再尖銳的時時刻刻面對自我。

宋澤萊也會抱怨瑣事讓他不能盡心創作，但我更感覺到，家庭、孩子對他的支撐力量。走過這大半輩子，我們兩個被封為、自封為黑暗的作家，事實上有很大的差異。我有著不管後天磨練出來、或者是先天上相當強悍的個性，而且從小長在充滿愛的環境，有足夠的後靠，又是最小的孩子，像白先勇說的：老么最會作怪，我基本上是被寵壞某種程度上為所欲為，但這一切給了我本錢來面對、書寫黑暗。

可是宋澤萊不同，他那樣纖細極端敏銳受苦的心智，一再的辯證演譯，不僅在小說，也在生命中。有時候我會想，更多更多的愛也許也是出路，可惜的是，年輕時候一段沒有結果的愛情，大概摧毀了他對男女之愛的很多信心吧！

如此，近四十年下來，我成為那自由自在全世界趴趴走的人，而宋澤萊留在鹿港，在福興鄉的中學任教，直到退休，直到現在。僅有一次年輕時在愛荷華寫作班停留較長的時間，也因著與「中國」作家的衝突關係備受挫折。

我還是會想，如果我們兩個當時真的為了那個「偉大」的理想去結婚，大概會像朋友說的，不到三天就離婚。但作為一個自以為是宋澤萊一輩子的老友，我還是會想：如果，如果，他不是那麼的深陷在中部的鹿港小鎮、在任教的中學、在佔據他生命不少時間的家庭中，宋澤萊有一點像我那樣的自由，會成為一個怎麼樣的作家？

不過，到了這種年齡，我毋寧宿命地相信：再活一次、再走過一次，宋澤萊還會是今天的宋澤萊，而李昂也會是今天的李昂。

這方是我們倆個同質「黑暗」的所在吧！

的確，我們都黑暗。

〔序〕從《福爾摩莎頌歌》到《血色蝙蝠降臨的城市》

——追憶那段紅塵吟唱與尋求超越的時光（一九八〇～一九九六）

◎宋澤萊

0　十六年光陰

從一九八〇年，我停了《打牛湳村》之類的農村、小市鎮寫實小說創作（最後一本是《變遷的牛眺灣》）之後，到如今的一九九六年，時光已悠悠忽忽地過了十六年。

十六年，五千多個日子，對任何人而言，都不能算是短的日子，一切現實面的變化都很大。它可以使一顆落地的草籽，蔓生成遍地的如茵綠草，也足以讓一個出生的嬰兒長成英姿煥發的或亭亭玉立的美少年，而天上不可測的、神祕的星宿也改變了幾許的容顏。

十六年的台灣，在政治、經濟、人文上都有巨大的變動，看起來，她彷彿正由一個小小的、封閉的外省人中國殖民地，慢慢蛻變成本土的、茁壯的實體，正朝著更繁華更現代的世界前進。

我也與世浮沉，不知不覺地起著變化。生活跟著一般人那樣過來，該做的事、該成長的生命，也都那樣做、那樣成長過來了。以前，我看了不少書，現在累積得更多了；

以前我是新進的教師，現在變成不折不扣的資深教師了；以前只是單身漢，現在已結婚，並變成三個小孩的父親了。更多的人生歷練改變了我的外貌，竟至攬鏡自照也難以辨認。

但如今，我最想談的、回想的還是文學，特別是文學創作，畢竟這一樣東西雖停停續續，但可以統攝通貫人生。即使現在暫或不談、不想；但日後終究都須要算一算帳目，好讓自己比較清楚過往歲月，以之可以策勵將來。

大致説來，這十六年，我在文學上所付出的時間和精力，反不如一九八〇年以前的四年，創作量相對的只會更少不會更多。四倍於以往的日子，創作量更少，這是很過意不去的事，但只要考慮一下沒有家庭纏身與有家事之累這個差別，也就不難理解。

再加上這十六年的光陰，差不多有三分之一的注意力都放在宗教的追求上。總覺得如果不把宗教弄通，生命是無解的，生存也失去意義。我很努力在宗教上求理解和實踐，有好幾年，把僅餘的一點點的空閒都放在宗教上，幾乎把文學忘掉了，這實在是很無奈的事。我很佩服一些不須要宗教經驗的文學家，他們很多人都把文學視爲宗教的代替品，認爲有了文學就再也不須要宗教。我卻永遠都做不到這一點。文學終究無法等同宗教，一言以蔽之：文學畢竟是文學；宗教畢竟是宗教。有一段日子，我還剝奪自己的睡眠時間，在中部教導青年人原始佛教；另有一段日子，當基督教的神祕聖靈突然來臨時，我查閱聖經、請教牧師、埋首神蹟，終至不知身在何處。

也就是説，十六年的時光，家庭、宗教、文學在我的空暇中鼎足而三，時間被瓜分了。努力於文學的時間比三分之一更少，少得可憐，有時我承認完全退出文壇了。

儘管如此說，這是不是就意味著我不看重自己的文學呢？那倒不然。雖然我不曾迷信過自己的文學，也不隨便高捧自己的文學，但還下意識地感到我的文學有一種獨特性，她固然無法並比於別人的高超，但別人也休想要比她高超。這一點在大學生時代就被我意識到。那時儘管尚未在報紙雜誌上寫文章，但許多同學、老師甚至不相干的人都會偷偷翻找我展覽的作文習作；有人甚至找藉口故意和我通信，他們說我很會寫信，只要讀一讀我的文章，哪怕只是胡扯，他們也很高興。這就是我還看重自己文章的原因。因爲假若還有人可以在那些文字中發現愉快和樂趣，那麼我就不應該輕視她，別人也休想要取代她。

因此，我還很珍惜自己的創作。

這十六年，異於《打牛湳村》的時代，我的小說創作由短篇爲主變成以長篇爲主。文類也由單純的小說擴展到詩、散文、評論上。由於並不是時時都在寫作，所以蘊釀的過程都比較充足；尤其小說雖然下筆很快，但都經過長期準備。因此，涵蓋面都比較廣。《打牛湳村》時期的作品大抵都固定在農村、農鎮來寫，現在則範圍大，可以擴大到整個島或甚至超越現實的時空來寫，幾幾乎沒有限制性了。

在人類學上，由於懂了更多的生命型態。要我像以往一樣，只描摹現實的表象是不可能了。慢慢地，她突破了只是一個肉體的人的眞實而進抵於靈性的眞實，在那兒，人類成爲更加深奧的存在體。

總之，十六年來的文學，浸染了我的家庭體會、宗教實踐，她變得很不一樣了。

這些文學作品，還須依次一本一本地敍說。我將談及當時的創作背景和文學特性，加以一一解析。這固然是我的自省之言，卻也可以提供給喜歡這些作品的讀者、青年的文學家做參考，彼此可以交流經驗。

1 福爾摩莎頌歌

這本詩集在一九八三年出版。裏頭收集有台語、北京話創作的詩二種。前面並附有陳來興、洪素麗……這些新生代畫家的畫作。

爲什麼要寫這些詩呢？

觸發點應該是美麗島事件。

發生在一九七九年年底的美麗島事件，對許多的作家影響是很大的。還記得我在電視機前觀看美麗島大審判時的那種因憤怒而發抖的情形。那是如何使人悲憤的時刻，台灣人的菁英份子在一夕間全成了階下囚，審判者無慚無知地坐在大堂前，讓人感到那是赤裸裸的、藐視正義的審判。我也感到一個新的時代來臨了，有必要調整筆調把這種新的預感表現出來。

菁英份子都入獄了，但是不肯低頭的人仍繼續奮鬥。不久，黃石城先生辦了一份叫做《深耕》的政論刊物。林濁水、林正杰幫忙約稿，他們跑到我的住處來，於是我寫了〈若你心內有台灣〉共兩百多行的台語詩在《深耕》發表。以後我繼續寫了比較有名、廣爲流傳的〈若是到恒春〉、〈你的青春，我的青春〉（如今已譜成流行歌曲）等多首台語詩。〈若你心內有台灣〉日後在海外影響較大，很多刊物把詩名印在封面上，以喚醒大家對台灣的覺知。

之後，又用了北京語文寫了很多歌頌台灣的新詩，像〈我是山間的小茉莉〉多首都被引入許多刊物配圖。

這本詩不同於當時流行的現代詩。

在大學時代我寫過「現代詩」，也曾以現代詩得過獎。我很瞭解台灣現代詩過份知性、晦澀的死病。它很難傳達磅礴、渾厚的情感。於是我採用浪漫派的技法去寫，詩風就傾向民謠、惠特曼、涅魯達的味道。同時甚至上溯到聖經的「雅歌」和華嚴經的「偈語」去找形式。使這些詩脫離了台灣現代派的陰魂。當然有些小家子氣的現代詩人不無微詞，他們認爲《福爾摩莎頌歌》的詩句太長，結構不嚴謹，不合他們的習慣。我想對於這些一向寫短詩的詩人朋友而言，他們的批評是對的。但是假設我不拋棄他們的風格，我的詩必將不會有人唸。放眼當今詩壇，現代短詩何止萬首，但究竟有幾首能在讀者的大腦留下印象？再說像艾略特四百多行的名詩〈荒原〉我倒看不出他有什麼結構嚴謹，帕斯的名詩〈太陽石〉也有數百行，則是意識流的隨意書寫，到底還有什麼結構？《福爾摩莎頌歌》比諸這些大現代派的名詩不知道要精簡、嚴謹幾倍呢？

這本詩集的寫作對我個人影響重大，她使我一下子進入了台灣的情感中心地帶，促使我對台灣風土、歷史做了全盤考察，甚至及於未來的預知。

在一九八三年，比《福爾摩莎頌歌》早了幾個月，這本書也出版了。從書名來看，這似乎應該是一本論述的作品，無論如何應該有一些嚴肅性。

但事實上，並不如此。原因是她是用來陳述生命及生活的親身經驗。說她是「論述」，不如說是「散文」比較恰當。

2 禪與文學體驗

集成這本書，是肇因於一九八二年，我在禪宗追求裏的開悟經驗。

在一九八一年的三月，我開始參究禪宗公案。日以繼夜的打坐，使精神和體力都發揮了潛力，企圖參破公案，究明生命實相的心很堅強。到了一九八二年四月，在一個夜裏，我有了類如「香嚴擊竹」的那種開悟經驗。很快地，臨濟禪、趙州禪、大乘佛教教理都不再是什麼奧祕了，一剎那之間，也進入了神祕主義的大世界中去了，這個世界囊括了天主教、回教、印度教、猶太教、道教、諾斯替教……林林總總的神祕現象。

由於剛剛有那種經驗，我的人生觀、宇宙觀有了重大的翻轉，驚奇到難以言傳的地步。在害怕退步的情況下，就動手把領悟寫下來，一篇又一篇地寫，大半都發表在報紙上；在這之前，也曾寫了一些文學創作的經驗談，於是把二方面的文章合成了一本書。

是她打下了以後的我更寬廣的學問基礎，使我日後在哲學的形而上學部份通行無阻，可以把古代東西方各大形而上學的理論做了通盤的瞭解，並且使文學寫作不再偏限於日常生活的柴米油鹽。

這本書很暢銷，估計賣了八千本，許多人由於閱讀這本書知道他們年輕的生命困境並不孤單，最起碼還能在書裏找到許多相同的人們，並知道困境是可以超越的。這本書也使我認識了很多人，日後變成一生的知音。

3 隨喜

這是一本眞眞正正的散文。出版於一九八五年，但在一九八四年就寫好了，文章也都在報章先登載過。可以說是總結開悟見性後再修行的總成果。

她應該是歸屬於「梵天大我文學」那一類的文學系統，其性質和流行於市面的泰戈爾詩集及紀伯倫哲理散文是同類的。

所謂「梵天大我文學」是按印度傳統古老文學來擬稱的。也就是站在宇宙本體和不死大我的立場來描寫世間萬象的文章，她可以觀大千世界如一粒沙，也可以在一粒沙中看出無窮的大千世界。多屬簡短詩偈或哲理短文，我更寫了不少寓言故事。

原來隨著我的開悟經驗，內在的世界日益龐雜，境界的深入化伴同身心的蛻變，使我目不暇給，也難以應付。

也就是說神祕的經驗不會只停留在一九八二年的那一點上。這個神祕世界會被拓寬，終而深不可測，那也就是精神分析學家楊格所說的「人類集體潛意識的世界」。而且實際上此一集體潛意識的世界比楊格瞭解的更加浩瀚無邊，楊格瞭解的只是諾斯替教、東方道教小部份、古代神話一部份而已。譬如說，在我開悟後，無可預防和控制的生命的原慾常無端地浮到表層意識來，而且很詭異地和某些超自然的生靈界聲氣相通。見魔見魅是常有的事，靈魂出竅或神遊幻境也不是新鮮事，我就看過傳說中死者的業鏡，也多次遭逢類如前世經驗那些東西。以咒語（我不曾學過手印咒語）驅趕病魔的潛能也有一段日子被釋放出來。可是，這個世界的現形不會只帶給你好處，它可能會帶來生活上情緒的障礙。譬如有一次我穿越一層內在的憤怒地帶，整整一個星期，沒來由地處在狂怒中不可遏抑；有一次則是穿越慈悲地帶，無來由地哭了好幾天；有一次則穿越自責地帶，一直譴責自己幾個星期之久。而這些奇奇怪怪的境界什麼時候降臨，你根本不知道，也無法抑制，多數是等到它們消失時，你才恍然大悟。

我做個比喻，你可以把楊格所說的「集體潛意識」想成是遠古時代無邊的原始森林，有一條路引導你進入其中，於是你沿途就會遭逢驚心動魄的景象，既有不少奇花異草，也不缺食人怪獸。

這就是開悟後必須經歷的「魔境」。

今天有許多以禪爲名，大寫禪悟境界，把禪境說成日日好日的人，大抵都是騙子。如果他們眞的開悟，並照實宣說，必會使人對人類本身大失信心，從而自己也停了文筆。

我很怕情況難以收拾，爲了避免誤入歧途太深，當時我用一本《楞嚴經》和一本《西藏度亡經（中陰身救度法）》來檢證重重魔境，希望儘快擺脫干擾。

慢慢地，我能明辨出色（肉體）、受（苦、樂感受）、想（思考、推理、綜合、判斷、想像、記憶）、行（意志、情緒、慾望）、識（認知）的微妙變形與拒絕生靈界互通音訊的引誘，使自己的精神、心態趨向明朗、穩定，並放棄對六道的喜愛和迷戀。

就在一九九四年春天，我的覺受達到了相當和平溫柔的狀況，寫了隨喜這一系列散文。她的文體簡潔，但極富奧義，雖然我不敢以這一本薄薄的書和泰戈爾、紀伯倫龐大的詩文相比，但卻覺得，在生命的經驗上，我到達了他們的高度。

其實，世界上的神祕主義者體驗都差不多，諸如德國的愛克哈特、猶太的史賓諾莎、中國的老子莊子……都一脈相通，不同的只是陳述面、注意點及文筆的好壞而已。

4 廢墟台灣

一九八五年，這本小說出版。也是在一九八四年就寫好的。

寫這本小說的原因是聽從好朋友的勸告。

那時，我仍單身住在租來的一個小房子裏過著閱讀禪籍打發時間的生活。由於專一於悟境，沒有想過要寫小說。

一位朋友從美國回台灣，在巷子裏找到我，責備我這麼多年一篇小說也沒寫，浪費了大好時光，也浪費了該有的才情。

當時我的心情很矛盾。自一九八〇年後我就意識到不可能再寫《打牛湳村》那種鄉土小說了。時代已不一樣，重回老路是不對的。受了責備，心裏很難過。

等朋友走了以後，我卻忽然有一種想寫公害小說的想法。

爲什麼突然這麼想呢？

大概當時因打坐十分起勁，心靈異於往日的乾淨，不免就有潔癖，對於逐漸遭受污染的環境變得不能忍受。那時台灣人對公害還不太有警覺心，甚至沒有幾個人對核能發電廠有正確的認識。但據我觀察，台灣的污染已極其嚴重了。尤其官方似乎有意買進更多的核電廠，想在每一處的海岸線蓋一座，那麼在不久的將來，一定會有十到二十座的核電廠把整個台灣緊緊包圍。儘管官方一再在電視上宣傳核電的安全性很高，却更使人感到官方的心虛。我認爲照這樣下去，台灣一定會毀滅。台灣只要有一次三浬島那樣的核射外洩，那就不得了。因爲台灣只是一個島，人口又是如此稠密，工廠如此集中，一旦核射外洩，必然造成產業的崩潰，人民也會大量傷亡。我想提一提警告，但無計可施。

除了核電廠的問題，噪音、浮塵、農藥、水資源、山林濫墾……及各種人性、文化的污染也十分厲害。

於是我想不如寫一寫這方面的預警小說。

經過了一番蒐集資料，廣閱報紙後，擬好了故事的大綱。很快地在一個月內，就寫好了這個長篇，大概有十二萬字，後來刪了三萬多字過份恐怖的章節，剩下九萬字。

這是一個十分令人震駭的災難小說。爲了平衡裏面的黑暗、悲觀，我把想像力提昇到一個超高度，並賦予極大的幽默感。並設計了一個從頭到尾眞情無限的愛情故事，男女主角都具備了高度的才情和美麗的外貌，我希望以一個還值得大家追念的愛情故事緊緊撐住一個公害排山倒海而來即將崩毀的世界。

不知道寫了多少情節，只記得有一個畫面自始至終都在我的大腦盤旋著，那就是一對戀人穿越到處都是瓦礫、冒著戴奧辛濃煙的黑夜街道，拉著手亡命奔逃。

寫完了，我知道這本小說成功機率不小。她提出了眞眞正正的警告，足以令人心魂俱碎。同時，我也不盡然只把它看成一篇只限預警台灣的小說，她應該在影射集體人類的未來，換句話說，不管是歐美、日本，假若他們不願正面去解決能趨疲所帶來的巨大課題，那麼未來他們的社會生存樣態就是《廢墟台灣》那種樣態。也就是說，你不能決定環境，那麼環境將這樣地決定你。

我把稿子影印了幾份，試著徵詢幾個報紙副刊編輯，希望他們登一登這篇小說。我很自負地認爲，只要報紙登出這篇小說，一定會引起社會廣大的注目，人們就不會對環境公害和核電廠一無所知。

可惜，這種想法太天眞。報紙副刊的編輯沒有人答應要登這篇小說。我以爲他們嫌這篇小說太長，就央求他們節錄登出。他們仍然不肯。這裏頭一定有嚴重的問題存在，有二點可能是主因：①當時仍是蔣經國當政的戒嚴時期，編輯怕會惹來麻煩；②編輯對公害認識不足。

在不得已的情況下，只好直接出書。其實打從寫作以來，我就不是依賴報紙宣傳而立足文壇的作家，通常我的小說都在小刊物發表之後就出書，讀者都不知道我的動態，但他們彷彿對我頗有信心，只看有新書出版，他們就會買。所以我把希望放在讀者上，但願他們流傳這本書，於是前衛出版社印行了她。

書剛出版不久，蘇聯的車諾比核電廠發生大爆炸，這眞是一個浩劫，成千上萬的人遭到感染，並威脅到歐洲半島上人們的身心健康，情況就像《廢墟台灣》所描寫的那樣。果然，這本書成了暢銷書，短時間賣了六千本左右，還變成當年票選的十大具有影響力的書之一。

差不多十年之後，台灣的反核運動才在島上蓬勃展開。此是證明我還有一些先見之明。

今天，對這本書關切的人愈來愈多，評文也不少。不管評好評壞，批評家都能在書中看出他們所需要的，那麼我就不應該爲這本書說太多話，畢竟作品通過讀者之眼就被再創造，我若說多了，只會閉塞讀者的領悟。

5　弱小民族

這是一本中、短篇小說集，在一九八七年出版。

裏面有一篇最重要的小說〈抗暴的打猫市〉。促使我寫作這篇小說的原因是一九八六年我和朋友們正辦一份叫做《台灣新文化》的刊物。爲了使台語文學在台灣更順利發展，打破一些人所說的「台語文字不能創作現代小說」的神話。我動筆，完全用台語思考，採取了意識流及心理分析小說的技法，完成了近三萬字的這個中篇，並把它發表在《台灣新文化》上，臨出書之前，我又譯了一份北京話文，一起出版。

這篇小說旨在勾勒一種台灣歷史所形成的獨特的人類——台奸的面貌。我並不看輕這種人的精明性，但更把重點放在他們的病態人格與殖民地無奈的現實上。

所採用的結構並不是單純的順敘或倒敘，反而多是挿敘。但最重要的是我發明以一起被刺殺的經過和一場手術現場爲中心圓，往外一再畫同心圓的寫法，共三次反覆寫它們，愈寫愈詳細，就像我們一次又一次調查一個暴行現場，每一次都發現更豐富的內涵，終至於整個細節都被挖掘出來了。

她的完成使我領略到小說通過了巧妙的結構設計，可以隨興之所至，把無數的資料隨機取樣嵌入其中，就像亂挿千百支的花在一座花挿上，最後竟會形成壯麗的一個畫面。

這篇小說的影響力是潛在性的，對於當時正茁壯起來的台語文字化運動有一定的鼓舞作用，相對的對那些反對台語文字化或鄙視台語文字化的人產生了巨大的打擊作用。一般人會想：「假若說台語可以用來寫成這麼繁富的現代小說，那麼還有什麼文章不能用台語文字來書寫呢？」我想我的目的是達到了。

同時在《弱小民族》書中還蒐集一篇叫做〈弱小民族〉的中篇小說。這是在《廢墟台灣》完稿後不久所寫成的。內容是市鎮小民的描摹，我所以喜歡這篇小說的緣故，是因爲對話的風格十分有趣，在不停的對話中，人物幾達口不擇言、不留情面的地步，人物的行爲具有高度的幽默感。現在我仍偶而讀一讀她，這種純由對白撐起來的小說，不同於我一貫以形象刻劃爲主的小說，是我佈下的另一條還待擴充的寫作路線。

隨著《弱小民族》的出版。不知不覺我的文學創作走入了窒息階段。創作的冰封期已經來到，無法廻避地必須面對它。

因爲一九八七年，我結婚了，並在短短的五年內，生了三個小孩。

6 血色蝙蝠降臨的城市

一九九六年的現在，我出版了這本長篇小說。是在一九九四年春動筆，在九月完成的。

在整整的七年之後，我終得以再拾文筆創作這篇小說和讀者見面，眞是汗顏。很少作家會停筆這麼久的，而且差不多和文壇的朋友切斷了往來。

那麼在這七年裏，我究竟做些什麼呢？

主要的就是養家，把小孩帶大，並爲了克服精神上的沮喪，加強了宗教的鍛鍊。

一九八七年十月，我的大兒子生下來了。那時我和我太太還住在租來的一棟房子裏。沒有任何的經濟基礎，談不上身有餘物，而我已經三十六歲的年紀了。看起來是浪費太多的時間在不切實際的文學寫作和教育崗位上了。

打從大學畢業後，我很少想到自己的未來，也沒有儲蓄一分半文；我不注重現實，十年以上的日子，下意識畏懼金錢，一看到錢就走開，那是很奇怪的被我稱爲「一看到錢就會害怕發抖」的青年時代，很像是一個手不敢沾染金銀的出家比丘。

現在突然有家了，首先遭到衝擊的就是這個現實。

房子是租來的二層樓，光線空氣都不好。後來屋主又把一樓改成木材廠。夏天太熱冬天太冷的室內實不足以遮暑避寒，没有好床，只好把小孩放在舖毛氈的地上睡，況且還要忍受巨大的機器聲和漫室木屑的攻擊。我們卻能在那種環境中住三年，直到大兒子三歲，我們才離開那兒，搬到鎮郊新買的一棟房子去。不久大女兒生下來了，又一年半之後第二個女兒也出生了，我已四十歲，是三個小孩的父親了。這時在房屋貸款上負債了一百四十幾萬元，每個月須繳納將近一萬伍仟元的銀行利息。

我們必須更努力去工作，甚至都要仰賴太太黃昏去賺補習費才能勉強生活。原因更是因爲我們不敢麻煩父母親替我們帶小孩，那是一件很苦的差事，深恐父母無力勝任，我們請保姆在白天帶小孩，每個月我們又要付出一萬多元的保姆費。

經濟不佳是一個因素，另外就是家務工作。由於太太在小學教書，實際上她比我忙，雖然她毅力堅強更勇於承擔勞苦，但家務實在不少，我們必須分攤家務，從替小孩換尿片、洗衣、煮飯，送小孩給保姆上幼稚園，帶小孩遊戲看卡通吃飯洗澡到陪他們進入夢鄉，我們都分攤來做。每天我們在學校和學生奮鬥了一個大白天，下班後再繼續和自己的小孩奮鬥到夜裏，事實上已經人疲馬乏，大都只能和小孩沉沉睡去。

自己的手不曾有過空閒，如果不上班就被小孩黏住，一再抱小孩的結果，使得本來就被腎結石傷害過的腰酸痛得直不起來。

我記得連續有四個暑假，太太重回師院去修學士學分，我必須整天帶小孩，盯住他們一舉一動，沒有一點點連續稍長的時間清閒，五分鐘他們就會跑來要東要西，或哭號或告狀。更有一個暑假，我在學校帶了一班專考高中的升學班，必須在暑假去學校監督他們自修、考試，於是我把大兒子帶到學校，被褥也帶去，讓他睡在導師室，我再偷跑去教室上課，直到他醒了、尿急了、哭了老半天，同事發現了才抱他到教室找我。

大腦幾乎完全停止思考了、凝固了。有一陣子為了使自己休息一下而犯了錯誤，竟把還包紙尿褲的小孩帶到電動遊樂器的遊樂場去，叫小孩去看五光十色的畫面，我要了一杯飲料輕鬆一下，使大腦清醒片刻。不久就發現小孩染上拳打腳踢的習慣，口中發出咻咻的叫聲，充滿暴力傾向。我之不盡責枉為人父由此可知。

在這種情況下，我再也沒有時間、體力、精神寫作。太太曾一再好心地表示，希望終有一天能每天給我二個鐘頭的時間寫作，可惜一直到大兒子七歲，七年之久，這個寬容都沒有實現過。宛如一個囚犯，我被繫囚於家庭之中，很少單獨離家和文藝界的朋友談一談話，倘使朋友要找我談話，大概也得到我家來。

這段日子眞是漫漫長夜，比當兵的歲月更叫人難過。我並不是沒有創作的衝動。仍和從前一樣，在不設防的情況下，常會在大腦浮現很多的故事；有許多次想動筆寫她，但小孩哭鬧，精神不繼，就放棄了。久而久之，我反向必須壓抑那種突如其來的創造衝動，使她不致影響生活。我總是拚命地克制想寫作的願望，把衝動壓死、窒死，使自己變得更像一個庸才或俗人，好叫自己徹底變成生活的奴隸，畢竟小孩比什麼都重要，他們需要養育、需要教育、需要安撫，否則我何必結婚，又何必要生下他們？

困頓的情況日益加深。由於文學創作對我的痛苦一向有疏解作用，在未婚時，對人生、社會的不滿，乃至精神的不穩定，都可以藉著文學把它昇華。文學於我就像一劑藥，可以產生治療功用。現在這劑藥被剝奪，一切都變得很糟，人不但成了行屍走肉，失去魂魄，年輕時輕微的憂鬱症好像有轉而加重的現象，常莫明其妙地向別人提到自殺的事，並對死後的世界感到空前的嚮往。

爲了度過這種危機，我加重了佛教的課業，利用僅餘的空閒，甚至小孩都睡去的深夜，研讀原始佛教的阿含經，並放棄不切實際的禪學和大乘佛教。我相當注意在佛陀還活著的那個時代裏，那些比丘如何度過一切俱遭剝奪的卑微的人生。

在一九八九年，我能夠使自己進入了佛教核心修證——無我的體驗裏，隨後也能提昇自己進入阿羅漢至高的境界——無餘涅槃之中。那時，也曾抽出一些時間，以談話的方式向佛教青年傳授原始教義，把涅槃無我之道靈活運用在生活上，和困頓的環境打成一片，也曾在一九九二年，與青年弟子、朋友共六人出版了一套一〇〇〇頁的《佛陀解脫大道》的大書，意外地爲原始佛教打下一個生根於台灣的小基礎。

原始佛教無疑的是一門八正道倫理學的實用之學，超越了大乘佛教的形而上逃避之學，對生活用途甚大。可是儘管我如何使自己依教修行，如何提昇境界臻於阿羅漢之涯，終究生活現實截然不同，佛經從來沒有說阿羅漢會有三個小孩，並且和太太住在一塊的。凡是阿羅漢都是出家人。要仿同佛陀那樣去過著超凡自如的生涯，這輩子想都不必想，我很認命自知。

在困境無法完全解除下，長年無法昇華的創造力慢慢轉成自我攻擊和自我挫敗，隨著生存意志的消失，造成肉體病變。又患了一次腎結石大痛，只好住院開刀；嚴重的胃酸過多也求告無門。

我只好暫時終止原始佛教研究。轉向研究一下基督教，去探求一下有沒有什麼好的良方。

運氣待我不薄。記得在一九九三年時，在學校的一間陋室裏，閱讀創世紀篇章，很明顯地感到頭部彷佛裂開了，有聖靈的實體降臨下來，一個看不見的，但甚具力量的實體足足「站在」我的身邊三天之久，祂似乎是有意志的實體，帶來活下去及解除憂傷的功能。假如三天之後，我不請祂離開，祂一定會停留更久。之後，更意識到聖靈無所不在，只要心緒低潮、內心悲痛時，祂就會來臨。有一陣子，天氣燠熱、肉體疲乏，每次沉沉睡去，就彷佛睡在充滿靈力、涼爽怡人的水面上，醒來心病盡除。

曾經又有一次，因爲胃痛，半昏迷倒在地板上，却意識到身體被托高，有一隻手把胸背掏空了，起身時胃痛霍然痊癒，而耶穌的親臨感竟栩栩如生……

許多的異象接二連三發生，令我對基督教的神蹟大感驚奇，也更深入瞭解聖靈的本質，那陣子我甚至可以用基督聖名來驅趕死魔，也有辦法治好小孩發燒之症。

這些在一般人甚至基督徒的眼中都會斥爲夢話或異端的怪事，對我來說却覺得很現實，主要是祂可以解除肉體勞苦和內心憂傷，我爲什麼要拒絕？

之後，好幾個月，我勤讀四福音書，對耶穌的生前言行完全能同意，我不把祂當「神話」，而是當成「現實」，閱讀四福音書使我返回耶穌和使徒的時代，那也就是原始基督教的時代。

這個體驗很好，祂一方面使我能客觀辨識中古時代天主教、近代馬丁路德新教以及最近五旬節教派的差別。同時劃開大乘佛教形而上學和基督靈魂神學的根本不同。同時覺得有一條線可以把佛陀的「無我」人類觀和基督教的人類觀連繫起來看，那種奧妙不可言傳。

這時，我已慢慢脫離了困境。

一九九四年初，突然感到手空閒下來，腰也不再酸了，原來小孩都已經不須要我去牽著、抱著他們，最小的女兒已二歲半了。宛如失去雙手已久的人，奇蹟一般，我又看到新的手長出來了。

動筆寫了一篇叫做〈變成鹽柱的作家〉短篇小說，試著拿到自立晚報副刊發表，意外感到自己的創造力並沒有失去。於是開始寫《血色蝙蝠降臨的城市》大長篇。

這部大長篇共二十四萬字，內容取材自當前最時髦的選戰熱潮及黑金政治。以敘述一個黑社會青年興衰起滅的過程爲軸，儘量把整個城市的人都寫進去。竭力少用現代小說那種技法，把魔幻寫實的方法、十九世紀初的浪漫派小說風格、大衆連載小說的文體結合起來，從容地書寫；又把她寫成既像武俠又像靈異，既像偵探又像寫實，既像神話又像哲學……使之打破了各類小說的藩籬，人物也變得可以任意飛昇天界，出入魔域，變化莫測……

一天寫一些，天天都寫，在一九九四年九月，初稿完成。第一篇「飛昇車站」曾登載於自立晚報。一九九五年，全文登載於王世勛所創辦的《台灣新文學》一、二、三期。

此一小說考驗了寫作耐力，融合了這十六年來比較成熟的我的人類觀、社會觀、宇宙觀，對於台灣小說新風格的開拓算盡了一份力量。很多人都說很好看，就像觀看一場千變萬化、神奇詭異的電影一樣，我想即使只把她當成娛樂性的大衆小說來看，也是很恰當的。

0　感謝讀者

回首這十六年來，也曾無意中寫了一些「論著」。譬如《台灣人的自我追尋》、《被背叛的佛陀》，閱讀的人甚多，但較無關文學創作，留待另文再提也罷。

這陣子以來，仍然續寫小說，彷佛又回到二十年前剛寫作的狀況。我爲讀者講故事，同時也爲自己治病。只要我握住筆，進入故事中，就會暫時脫離這個苦難的紅塵人世，使自己心神清亮起來，只有身處在無比創造力的高峯，也才超越了此一渺小的在世存有；只要有那麼好的片刻，我就不再計較十六年没有多少好日子過的時光。

我如是傳達這些創作體驗，除了反躬自省之外，也正是希望我們的文學青年能從中得到一絲絲的好處，現實是不浪漫的、不通人情的，日後如果遇到我一樣的挫折，千萬不要失去希望，應在困境中培養自己，轉化自己。

同時，更要感謝所有的讀者，尤其是長年還在支持我的讀者。雖然我們不能促膝懇談，但在閱讀中，您一定知道文章要表達的是什麼。心聲穿過表面的文字，廻響在某個地方，我們共同的希望和夢想就融合在那裏；雖然我們人人各殊，但實際上，在那裏，我們都是同一個人。

～一九九六、四、十日

目次

城市地圖

飛昇車站

一九九四年一月底，台灣中部靠山的縣轄市A市市長選舉結束，所有的市民都大驚失色。由於大半市民所屬意的現任市長林繼德在選前被人狙擊而死，一顆子彈正中他的前額，屍體被懸掛在山裡的孟宗竹林裡，涉案的凶嫌正是另一個唯一的競選對手彭少雄。大家以爲當局會停掉這場選戰，但詭譎的政治秘術往往拂逆人意。選戰非但沒有結束，彭少雄的呼聲反而透過黨部瘋狂的買票運作和黑色大老的暗助更加地如日中天，他當然變成唯一的候選人。不知內情的以及專門收賄的許多市民一看林繼德因死亡被除名，只好把印章蓋在彭少雄的票欄裡，於是彭少雄以些微超過三成的票數當選市長。

就在當選日，A市開始出現一些奇怪的異象。

當天黃昏，市民代表會的工友到大樓去降下國旗，他發現沿著旗竿所指的天空中央出現了一顆流血的月亮，像銀盤狀的那顆月亮明顯地是滿月，有著銀亮的光芒，但它的周邊滲出血漬，看來就像是先被浸在濃濃血池裡一陣子而後再被提到天空裡置放著一樣。這個工友不相信他的眼睛，於是把市民代表找來，他們也依循旗竿所指的天空的位置找到那顆流血的月亮。所有的市民本來以爲市民代表危言聳聽有所企圖，因爲市民代表們有人連續兩年提案改遷會址，先是以大樓太小爲由，後以風水不佳爲由，鬧得風風雨雨，目前尚未定案。有一些輕信的市民卻好奇地跑去瞧看，也同樣看到靜止不動的那顆血漬月亮。於是一傳十，十傳百，蜂擁的人潮都聚在這兒，天色一黯下來，就看到這個奇怪的異象。大家都驚訝地說不出個中的道理。他們知道那並不是眞的月亮，無論如何月亮不會一下子就出現在天的中央，更何況這顆血漬的月亮只能沿著旗竿延伸的這條線才會被看見，別的地方就看不到它，並且它靜止不動。宗教人士和記者都跑來察看，他們拍了照片，洗出來的相片卻一片空白。A市的賞鳥學會的會員特別帶來望遠鏡，他們觀看了一陣子，最後收起望遠鏡，竟然發現望眼鏡頭淌下一滴一滴的鮮血。人潮愈來愈多，賣豬脚麵線的、豬血湯的、檳榔香菸的、政論的、色情錄影帶的夜間小販都跑來兜攬生意，居然使市民代表會廣場變成臨時的夜市。縣政府的一級主管風聞這個奇景也都跑來觀看，縣長呼籲大家要冷靜，他認爲這是天空中浮塵所產生的月亮折射，情況就像是海市蜃樓，不足爲奇，他同時也認爲A市將有新市長，也許這是新人新吉兆也說不定，希望市民不要散播謠言，避免節外生枝。

一個星期後，血漬的月亮不見了。

但不久，在火車站前又發現了一個異象。

A市的火車站始建於日本時代大正五年，歷史悠久，是A市的中心點，它有一條大的鐵道直通海濱的縱貫線大鐵路，另有一條產業小道跨過車站東面的環山河床，通向山林裡面。往日的火車站是木材、竹子的大轉接中心，在採伐的季節這兒就群聚來自全省的大大小小木材商，忙碌地吆喝在煤煙四溢的車站一帶，使A市整個都活絡熱鬧起來。K．M．T遷播到台灣來之後的一、二十年裡，這兒仍處處有著日本式的仿歐建築羅列在車站圓環四周，A市的市政府辦公廳仍好長一段時間襲用車站對面日本時代的郡役所，木造的、低矮的、紙窗的民房散佈在車站周圍五百公尺的路面上，幾乎每家的前院後院都種著顏彩濃重的變葉樹及日本櫻花，許多溫泉冒出的白煙飛覆在市中心的上空和藍空相襯，蔚成幽雅、舒適的一幅山城景觀。但是二十年來，隨著經濟的變遷，K・M・T的抹白政策及台灣人的反文化脾性，這些景觀被視成破陋落伍的象徵。於是所有的舊日建築盡行拆除、花木肆意毀掉、街名一一更改，在幾度房地產的炒作下，這裡的街道變得錯雜混亂，火車站早已變成水泥大廈，不辨方向的大樓林立，電視天線交織屋頂，高架橋及數不盡的五花十色的招牌霸佔了街道，不規則的房舍犬牙交錯，形成瘋狂亂象，最後在火車站匯成一個車輛的大渦流，轉了一圈後又盲目地向無數巷道暴走。所幸車站前的圓環在日本時代被規劃成巨大的廣場，仍留下有一甲以上的面積，喜愛風雅的K・M・T人士幾次在圓環裡試種梅、蘭、竹、菊，但大抵都沒有成功，於是乾脆通通鋪上柏油，樹立了一層樓高的一尊蔣介石銅像，但卻意外地使這個圓環仍留空間，變成許多市民略作休息的地方，邇來，這裡多加了一個大噴水池，也種幾圈韓國草，有了一點點綠意。就在選後的第八天，這兒有人感到不對勁。

首先是車站的站長許榮二，已居六十歲的他在深夜的三點鐘才檢查好一切的站務，就信步走到車站左邊街道去吃宵夜。他的宵夜很簡單，是在路邊擺設的小攤子吃一碗番薯簽稀飯。深夜裡商店都打烊了，小雨正下著，水氣使街燈的光有些模糊，他一坐下來，老闆已端上他習慣的幾盤菜，無非是滷豆腐、菜脯蛋和蔭豉小魚等等，當他低頭去吃第一口稀飯時，有一團東西重重地掉落在桌面上，他來不及仔細看時，那團東西由桌面飛掠而起，攀住他的臉面，打落他的眼鏡和大盤帽，他大吃一驚，人險些由圓凳上仰跌下來，當他拾起眼鏡朝天空望去時，就看到類似小鳥的一隻動物飛過狹長的街道，跌跌撞撞地消失在燈火尚稱輝煌的火車站那頭。他不疑有他，吃過飯，走回車站，上洗手間，在鏡子前他看見自己的臉有些異樣，鼻樑上好像被噬了一口，流了一些血，他趕忙用手去擦拭，這時他聞出了一股死老鼠的味道。他趕快到站長室去拿香皂，幾度在洗手間用力擦洗，可是濃厚的腐臭味道仍無法洗掉，他想到賣票的女職員的桌上放了一瓶台灣仿製的巴黎香水，於是三脚兩步地走到售票處來，這時他警覺到雨勢轉大，車站的簷前正滴著豆大的雨點，車站前的圓環籠罩在一片的雨霧中，所有的街道都失去了人車的蹤影，他不禁想到三十幾年在車站所耗掉的人生光陰，心裡老大地不痛快，又嗅到那股腐臭味，他兀自地罵了一句：「該死的鬼東西。」然後他決定不去拿香水，就坐在簷前眼睛發愣地等著雨勢。

雨繼續下著，本來以爲這陣雨只是偶然來的午夜雨，卻不料下個不停，而且雨勢越來越大，簷上的雨滴聲由小變大，慢慢變成萬馬奔騰，到了凌晨四點三十分左右已經變成滂沱大雨了。密集的、迅速的、交織的大雨形成一個巨大的雨幕，使街道、房舍都失去了明確的輪廓，五十公尺外樹立在大圓環的蔣介石銅像也消失了姿影。現在，置身滂沱大雨中，他的車站好像變成一個孤島，使他愈發感到冬日的寒涼了。他想起不可能回家了，三十年來他由走路上班進而騎脚踏車上班再進而騎機車上班，兒子女兒都勸他買一輛轎車，但都被他否決，他相信任何的轎車都比不上火車壯觀舒適，實在沒有必要多買一塊鐵來代步，何況他對壯觀的火車早也就失去興趣了。一想到這裡，他才感到鞋子和褲管被簷前的雨打溼了，應該去機車停放室穿雨鞋才對。於是他站起來，沿著簷廊向左走，經過職員大辦公室、貨物貯藏室、旅客託運室，終於到了機車停放室。正當他打亮電燈時，他看到窗上爬著一隻濕答答的好像鳥類的小東西，由於滂沱的大雨捲起水霧，使燈光較暗的停車處的窗、牆都濕滑不堪，那隻小動物一再攀住窗楞不成，慢慢滑落牆角下，就被簷上的落雨濺得更濕了，他走過去，才發現是一隻黑色的蝙蝠。他看了一會兒，又聞到那股腐臭味，醒悟到腐臭味是來自這隻蝙蝠的身上，這時才知道撞在他臉上的就是蝙蝠，他終於笑了一下，覺得這個玩笑開得太不高明。他試著用一根竹子把蝙蝠撥落到停車處旁溢滿雨水的小水溝裡去，試了幾次都沒成功，那隻蝙蝠死命地咬了細竹子爬了上來，最後他終於丟下了竹子，拿了雨靴，穿在脚上，又走回車站正中央的旅客候車室，當他準備再坐回簷前去觀看雨勢時，大吃一驚，只在這幾分鐘之內，候車室的門窗、地上攀爬了數千隻濕答答的、老鼠樣的黑蝙蝠。

站長先是驚訝地張大了眼睛審視四周，那些蝙蝠都被雨淋濕了，弱小的蝙蝠再也飛不動，只好撲掉在候車室大廳內，密密麻麻地披覆在椅子、地板上，像一層黑色的絨布；強壯的蝙蝠飛向高處，倒掛在列車時刻表、廣告招牌及屋頂的橫樑上，牠們爭相佔領位置，在大廳內像盪鞦韆一樣地上下交織地飛，窗子大抵也都被覆蓋佔領了，使大廳輝煌的照明顯得弱了。他還看到忘記關窗的職員辦公室也被蝙蝠佔領，連同洗手間和廊道也慢慢飛落更多的這種黑色小動物。站長本能地想離開車站，但又不忍丟下車站不管，更何況雨勢正大，行路不便，於是他慌忙打開站長室，把門鎖上，把燈都打開，確定站長室裡沒有蝙蝠，之後他放心地拉來一把椅子，站上去，逐一檢查每個玻璃窗，發現沒有任何的空隙讓蝙蝠有可乘之機，他跳下椅子，發現自己的心臟猛烈地跳動，這才覺得很累，在墊著透明塑膠板的老舊的辦公桌前坐下來，這時壁上的老掛鐘噹噹地敲了五下。他知道已是凌晨五點鐘了。

雨勢愈來愈大，簡直就是一場類似八七水災的大雨，由於車站的地勢比街道略高，剛開始車站的雨水是朝著四面八方的街道流，但慢慢的街道積滿了水變成溪流，而後雨水竟然回流過來，向著廣場聚集，使廣場變成小池塘。站長由尚未被蝙蝠攀住的玻璃窗仔細地向外望，微明的天光顯示出廣場的水大約有及膝的深度了，只有二個鐘頭不到，水就泛濫到這種程度，以前並不是沒有這個現象，每一次的颱風過後，必定帶來這樣的大水，有幾次甚至漂過來了木材和竹子，就是車站後頭溪流的大魚也會迷失方向入廣場，但這次有些不同，因爲水色澄黃，上頭漂浮的是一綹一綹的河堤枯草。這次的水漲得太快，八成是車站後的溪流潰堤了，令人措手不及。但是雨水並不是最重要，到最後大水還是要消退的。最重要的是現在他的火車站已被蝙蝠完全地佔領了。

站長室的窗楞攀爬著越來越多的蝙蝠。站長在未被遮擋的窗隙中看到大廳的黑影越來越多，連同第一月台、第二月台似乎也撲飛著蝙蝠。好像牠們不是由街上那邊正面飛過來的，應該是由後車站那邊的山林裡來的才對。牠們彷彿把車站當成另一個棲居所，正向這兒集結、匯合。一想到狹長的月台整個都將被蝙蝠佔領，站長的心更加無措，七點零分將有第一班的火車開向縱貫線，旅客會在七點以前抵達車站，職員們更會在六點三十分的時候上早班。如果那時蝙蝠仍沒有飛走，那麼事情就難辦了，沒有人會踩著滿地的蝙蝠去工作的，加以蝙蝠是否會對旅客、職員發動攻擊更是難以預料，他看得出窗楞上的蝙蝠張著小小的紅色的嘴巴，知道牠們是飢餓的，即使不用嘴咬，只撲飛在人們的臉上就很難受，一想到這裡，他聞到更濃更濃的死老鼠味道，幾乎要令他窒息了，他知道有些蝙蝠身子已經腐爛，一定有一種傳染病在牠們之間流行，最後有一股驅力使牠們做一趟死亡之旅，說不定牠們把火車站當成它們最終的墳室也不一定。站長不敢再想下去，他看著窗楞上濕答答的、張嘴的、毛茸茸的黑色小動物，希望做出立即的行動。

一輛流線型的乳白色的喜美轎車出現在圓環的那端了。那是剛接下售票工作的小姐的車子，由於剛上任不久，特別顯得有勁，每天都是六點鐘以前就到工作崗位，有時沒事做，她甚至會替站長泡壺烏龍茶或替賣雜誌的服務人員懸掛書報。當她把車開到圓環時，站長清楚地看到她的喜美轎車有半截已進入水中，看起來像在水上的方型盒子。她猶豫了一會兒，慢慢把車開上廣場右邊的小道路，朝著停車處而去，站長本想打開站長室的門去警告她，但實在很累，又怕蝙蝠飛進來，所以慢了幾分鐘。他先聽到車子熄火的聲音及開車門的聲音，接著又聽到一聲尖叫，而後車子猛然朝停車處倒退了回來，以極快地速度繞出圓環，朝著浸水的街道迅速地逃走了。站長終於抓起了電話，撥了一一九救援熱線，女性的接線員很小心地查詢他的職業、身份證號碼及出事的地點、內容。當站長說出火車站被蝙蝠佔領時，對方大笑了一陣，然後又一次地查詢他的職業、身分證號碼，並告訴他亂撥一一九的後果。站長先是生氣地掛了電話，繼而也兀自地說：「真荒謬，可不是嗎？簡直就像夢見鬼一樣。」然後他打電話回家，接聽的是他的十八歲的小兒子，不等兒子開口，他就大叫：「快開車子到火車站救我，火車站出事了！」

大雨愈來愈大了，居然像是有人在天上把一桶一桶的水倒下來一樣。圓環的對面街道已經變成一條河川，很明顯地可以看出略帶泥黃的水面上漂浮著垃圾袋、空酒瓶、碎木板、塑膠鞋、招牌、紙屑及不知名的雜物；以圓環的蔣介石銅像爲中心，垃圾一圈接一圈地漂浮，大概是休憩的市民亂擲垃圾在廣場的結果，似乎有一條死狗半浮沉在銅像底下，怕是已腐爛很久了。一想到腐爛，站長又聞到很濃很濃的死老鼠味道。他又望一望候車處大廳，黑小蝙蝠的數量增加得很快，本來只是薄薄地一層貼在地板上，還可以略微看到光滑的磨石地板，但現在則看不到地板了，有些地方蝙蝠相互重疊，彼此推擠，連同角落都爬滿了頗厚的一層黑色毛皮。他估計再不久，他的站長室的窗楞也一定要飛上更多的蝙蝠，他正擔心蝙蝠會不會把車站的電燈總開關弄壞，如果車站輝煌的燈火熄了，他只好置身在微明的或完全黑暗的站長室了。

水開始流上車站的台階，台階共有五級，現在第三級已淹沒在水中了。只要越過第五級，車站的大廳就會浸水，跟著站長室也會浸水。他有點害怕一旦水淹上來，把蝙蝠漂上來，那麼水份一定會含有蝙蝠的傳染病菌，那些水如果流進來，他一定要想方法不被浸到。但他也有一個蠻好的期待，希望水把蝙蝠沖到第一月台或第二月台之間的軌道裡，據他估計，兩個月台之間的軌道如今必然已是河水滔滔，那股水可以把一些蝙蝠帶離車站。

圓環又有一輛車子出現，在微微的天光中，他本來以爲又是職員的車子，仔細看還頗爲熟悉，不過水淹到了車門的位子，他一時不能確定是誰。那輛車子停下來，門被推開，一個捲高褲管的年輕人拿著傘往車站涉水過來，水已淹到那人的大腿，且愈靠近銅像愈深，那人一面走一面探著身子，唯恐踩到障礙，暴雨壓低他的傘，直到那人快到階梯上時，站長才看清是他的小兒子，他立即站起身來，打開站長室，叫著說：「快到這邊來。」

現在，兒子拿著傘和他雙雙站在門口，水已經漲到第四級的石階來，還沒搞清楚狀況的兒子推著他說：

「阿爸，快離開這兒吧，水恐怕要漲起來了。」

「等一等。」站長指著窗楞上攀爬的蝙蝠說：「你看！蝙蝠把車站佔領了。」

小兒子笑了笑說：「小動物嘛，避雨來的。」

站長不放心，他拉著小兒子走到候車室的大門。於是便看到滿屋子都攀滿了那些小動物。牠們倒吊在那裡，飛翔在廳裡，把日光燈都要遮蔽了。他們也看到更遠的第一月台、第二月台、第三月台，成群的蝙蝠飛翔著、衝撞著、跌落著，簡直把這裡當成牠們的窩。

「你看，阿爸！」忽然小兒子叫起來，說：「第二月台，你看！那是什麼東西！」

站長立即望向大兒子所指的月台，在微暗的天光中，蝙蝠飛掠的空隙，那兒出現了一隻大紅色的、狗熊一般的怪物，牠展開翅膀，張著尖嘴，立在月台的座椅上面，紅色的眼睛也穿過暴雨向著大廳看。站長大吃一驚，叫著說：「那是傳說中的血蝙蝠！快走！」

然後他倆涉入暴雨之中。此時水已漲到鼠蹊部，圓環地方一片水茫茫，車門已打不開，於是這對父子只好放棄車子，半泅泳地到街道的人家去求救。

傾盆大雨光顧了A城，一直下到早上八點鐘雨勢才衰竭下來，在九點鐘完全止住了。天空反常地來了一陣雷電交加、天地昏暗，大家以爲又是另外的一陣大雨要來，卻想不到黑色的雲層破成了兩片，分向東方和西方的天際飄遠，不一會兒，太陽高照，讓人懷疑這裡已釀成不小的一陣雨災。

A市文教區的警察局熱鬧非凡，連續的各街道打來的災害報告使局裡的員警急得如熱鍋上的螞蟻，除了八七水災的大雨外，A市很少有大水浸入住家的記錄，何況一時間，大雨直下，警員也不知道該如何去支援。一直到大雨停了，警局才電話聯絡消防隊員、駐紮在郊外的軍方部隊、全市的清潔隊員準備到最嚴重的街道去搶救。從七點就抵達警局的火車站長一直待在警長室裡，他一面談話一面注意愈來愈癢脹的鼻樑皮膚，有一股痛感橫過顴骨到達耳朵附近的顏面，像是有一列的螞蟻在那兒攀爬，他一直摀著臉。警長劉士林一面聽著他講蝙蝠的故事一面做摘要，時而感到不能理解，時而感到緊張。特別某些重點困擾了劉警長。

「你說什麼火紅的巨大蝙蝠？」警長操湖南籍的口音詢問著，他的年紀和站長相彷彿。

「就是傳說中的紅蝙蝠。」站長用台灣的北京話回答：「A市的老一輩的人都知道。」

「你說蝙蝠是紅色的，掛在竹林裡的那種類嗎？」

「不！牠不是倒掛著，是站著，像一只狗熊的模樣。張開翅膀像一個大風箏。」火車站長移開摀著臉的手，做一個雙手伸展的樣子說。

「你不是說一種動物吧？」警長還是難以置信，他說：「是一件紅色的雨衣吧！有人把它掛在第二月台那邊。對吧！」

「不！我的確看到牠的頭部，有尖尖的嘴巴，紅色的喉嚨。雨衣不會長出動物的頭的，你也知道。」站長說著，又意識到臉部的疼痛，伸手去搓揉。

「你的臉腫起來了。」警長敲敲手中的筆，桌面響起咔咔的響聲，一會兒他問：「別人也看到過吧？」

「看到過什麼？」站長以爲警長說他的臉。

「紅蝙蝠。」警長說。

「我兒子也看到。」他指著坐在警長室門口等待天氣放晴的小兒子說：「事實上是他先看到的。」

「哦，這麼說就有二個目擊證人了。但是你們不會同樣都看到一種幻象嗎？譬如說大雨從屋簷上像瀑布傾洩而下經燈光映射產生的幻象。」

「不會的。我們當時都很清醒。」站長用手指壓一壓他的臉頰，痛癢的感覺使他坐立不安，他靠著警長室懸掛的一幀「奉公守法、服務犧牲」的標語鎮住他即將離散的專注力，他說：「以前也有人看過。」

「是嗎？也在暴雨的車站嗎？」警長感到有點興味了，他翻翻動物危害的歷年案件說：「誰呢？你能提供幾個目擊的人嗎？」

「人倒是很多啦，只是他們不知道願不願意做證。」站長改變一下姿勢，低下頭企圖減輕疼痛，他說：「日本人進佔A市時進行掃蕩台灣抗日軍的那個年代，A市的山稜那邊死了二千多人，紅蝙蝠在那山林頂巔的空中飛了一個月。看到的人今年都超過一百歲了，我想A市還有一兩個那麼老的人吧！還有四十幾年前的二二八事件，紅蝙蝠又出現一次。」

「二二八事件！呵，你不要亂說呀！」警長有些慌張，他更加不停地用筆敲打桌子。

「就是那年的春天。」站長把頭埋得更低，他警覺到鼻子被噬的地方流著污血，他說：「國軍運來幾百具屍體，埋在車站廣場。那次血蝙蝠在市內飛了一個星期。像狗熊大，張開翅膀，也像滑翔翼，繞了一圈又一圈。」

「噉！」警長張大了眼睛，他問：「後來呢？我是指後來牠飛到那兒去了？」

「飛到山稜那邊去了，我想那兒有牠的一個巢。」站長把頭仰高，對著警長說：「你有沒有菸，給我一根。」

警長從抽屜拿出一包長壽菸，幫他點上。

「好多了。」站長吸了一大口菸，繼續說：「當時，我看到了，還有很多人，譬如日盛米行的老闆丘清池、青木西藥店的老闆歐木杞、北國海產店的老闆黃火生，總之不只一個人，全市的人都看到。你到A市這麼多年了，沒聽過這件事嗎？」

「我現在才聽說有這種事。」警長非常關切地說：「你的臉有些爛了！」

十點十分，站長靠著兒子的攙扶到附近的藥局去打一劑消炎針，又塗了藥，回到警局時已十點三十分左右，這時警長已經全身制服畢挺、帶了小卡賓槍、綁了布綁腿。貼著白瓷磚的警局大廈前早排列了全副武裝的警員，警長已依循筆錄打電話去確證A市曾有這種難以歸類的動物，準備以應付一級危險的案件來偵察火車站的怪事。

十點四十分時，站長、警長及五個年輕的員警坐著二輛白色的警車出發了。沿途看到低地帶的加油站、花卉生產區、果菜市場被破壞得一團糟，暴雨幾乎淹沒了第一層樓，有一所國小的校舍整個浸在大水中。靠近車站的路上水勢倒消退得很快，柏油露出了水面，路面覆蓋一層的黃色泥漿，住在大樓下的商家打開了房門開始把屋內的爛泥掃出來，並把排水溝淤塞的雜物挖到馬路中央，等待垃圾車來收拾一切。捲著褲管的街道的人看到警車通過都大聲叫著：「警長，快幫我們整頓市容吧。」

火車站早就形成人海。由於企圖搭早班火車的人曾闖進火車站，因此蝙蝠佔領車站的景象很快被曝光，圓環的人在陽光普照的時候都跑來觀看，他們聞到腐爛的味道倒不敢跨近車站，隔著廣場，他們議論紛紛，等待有人來處理。警長把車子停在車站左邊的一條街道，沿途和住家商店打招呼，而後在噴泉前面叫警員站成一排，禁止人員超過廣場的中心點——蔣介石銅像，他儘量勸告圍觀的人群遠離車站，他不停地警告人們說：「車站內有危險的動物躲在裡頭，請不要湊熱鬧。」但人們一聽說有奇怪的動物在車站裡頭，更不肯離開。警長口裡嘀咕著：「好奇心會害死人的。」一想到害死人，他才發現廣場泥濘一片，到處都是大水所漂來的爛東西，垃圾、木頭甚至被丟棄的破床、破椅子也都歪歪斜斜地陷在爛泥裡，站長的小兒子的車還陷在那兒。警長示意二個警員開始拉起繩索，以銅像爲中心，左右一直拉到廣場的兩邊，又在警車上取來一大堆警示三角標誌，一一樹立在泥濘裡，爛泥把警員的衣服都弄髒了。警長又叫車站兩旁成排的販賣水果、菸酒及飲食店關門，使銅像到車站方圓一百步的地方變成禁地。

「我想進去察看。」警長對站長說：「說不定能逮到牠。」

「你要小心。」站長皺著眉說：「不要吃虧了。」

「一會就會没事。」警長拍拍他的卡賓槍，做一個標準槍口朝下的挾槍動作，向當中的二個年輕的員警下命令說：「我們進去。」

圍觀的人停止他們的喧囂，隔著繩子，看著警長邁著不失矯健的脚步往前走。陽光下他們的脚後留下很深的踩出來的幾行皮靴模子。

「警長說一會就没事的。」站長和他的小兒子不斷地安撫圍觀的居民。

當警長走出三十公尺之外時，車站的遠空飄來了一大片黑色的影子，剛開始大家以爲是一團烏雲，因爲雨剛停止不久，烏雲在天際仍未完全消失乾淨，再下一場雨是可能的。但等到它飄到車站的上頭，大家才看出原來是幾千隻的蝙蝠，牠們不規則的往下紛飛，形成一種交織隊形，在車站上空繞了幾圈，幾乎把車站前方的天空遮蔽了，而後隊形破散開來，衝進了那邊的月台裡。

「我有不祥的感覺。」站長的小兒子低聲地在站長的身邊說，他不住地看著天空的蝙蝠和異常的太陽。

「誰都阻擋不了牠們的。」站長說：「牠們愈來愈多了。」

警長彷彿也感到某種壓力突然在車站裡增強起來，加以距離車站大廳愈近，腐爛的味道愈強，他放慢了腳步，告訴那二個手下說：「放慢腳步吧。我們走大廳。」

當這三個員警走上車站台階，一股濃郁的腐臭使他們幾乎不能呼吸，警長掏出手帕蓋住鼻子，這時他仔細地看清楚整座的車站，包括站內站外都攀滿了小蝙蝠，就像螞蟻包圍住整塊的糖，覆蓋在那兒，大廳和月台蝙蝠紛飛，警長完全感到他置身在一個神奇詭異的黑巢穴裡，一點都不覺得有車站的感覺。

滿地都是蝙蝠的死屍或半活的死屍，牠們舖散在大廳，掀動的翅膀好像微風中顫動的衛生紙。當警長向大廳走了二步，他再也無法前進。大廳的對面就是月台的入口，他必須先用卡賓槍管撥開蝙蝠的身體才能前進，通過入口才能到第一月台。有些蝙蝠本來已經半死了，但當卡賓槍的鐵觸到牠們的時候竟然使牠們撲飛起來，於是引動牆上及天花板上蝙蝠的騷動，一陣子莫名地紛飛起來，警長的眉頭皺得很緊，心臟猛縮地跳動。他小心翼翼，叫那兩個員警緊跟著他，避免引來更多蝙蝠的紛飛。

當他們好不容易抵達了入口，有機會再前進到第一月台時，忽然最後面的員警急速地跑過來拉住警長，回過頭指著左側書報販賣處的攤位，以往那兒樹立了零售包子、餐點、牛奶、飲料的兩個直立巨型高大鑲鋁的玻璃櫃，在櫃子的中間拉了幾條鉛線，上面掛滿了本月出版的旅遊雜誌、女性小品、小說畫報，橫排的是鑲木的七公尺長，一公尺高的矮玻璃櫃，三個櫃子圍成了一個攤位，最少可以容納幾個售貨員的活動。這時橫在前面的長玻璃櫃已被推倒，玻璃散了一地，書報雜誌零落跌在地上，到處都被蝙蝠佔據。可是就在攤位前站伏著一隻巨大紅色的動物，牠正伸出尖利的嘴巴朝他們這邊瞪視著。警長終於看到它了。那是如何龐大的一隻皮毛動物，像一隻巨大肥胖的狗熊，拉開的雙翼，刀子一般的利爪，渾身紅得透明，像紅瑪瑙那種顏色，牠蹲踞著，發出吱吱的叫聲，紅紅的喉嚨大大張開著。

「開槍吧！」警長低吼一聲。

二個員警的新式口徑手槍首先射擊，一槍擊中了橫櫃的玻璃，打穿了雜誌，另一槍越過怪獸的頭部，打中了牆壁，而後那隻巨大的獸飛起來了，迅速地有如燃燒的一團火，警長聞到了辦案時被凶殺的死者那樣的血腥味，他未及舉起卡賓槍，就感到他的周圍幾公尺籠罩在一片紅光之中，他的左臂好像被抓起又迅速放開，最前面的員警整個頭部被掃中，橫跌出二公尺。那隻獸停在十公尺之外的售票處，準備再飛撲過來。

「快離開這裡！」警長又吼了一聲，他擲掉卡賓槍，拖著躺在地上的員警，朝著大廳門口奔出去。

三個人顧不及泥濘的廣場，狼狽地跌了幾跤，當他們逃到銅像底下，圍觀的人都擁上來了，警長發現他們三人已渾身爛泥，被掃中臉部的員警左耳血淋淋，而警長發現他的右臂衣服被割破了，有一道傷口沿著肩膀下達手腕，肉整個翻白過來。這時警長彷彿感到太陽很大，空氣變得燥熱起來，到處是腐臭味還有血腥味。

所有的員警和圍觀的市民都跑過來，他們不敢想像剛進入車站的雄糾糾氣昂昂的人變成這種模樣。

「快！你們把那二輛警車開過來，橫擋住警戒線！」警長對著扶住他的員警們說：「圍觀的人都疏散，我們發現了一隻巨大的熊類躲在車站。」

人群騷動起來，他們聽說有巨熊的出現，膽小的人紛紛走離了廣場，只有新聞記者更加勤快地拍照。

一會兒，廣場只剩少數市民、新聞記者、警長、五個員警及站長和站長的小兒子。這會兒他們都瞭解他們遇到了真正的強敵。

警長真正地感到他手臂的疼痛了。自從他調到A市擔任警察局長，除了有一次取締一批毒品和毒販進行槍戰以外，他沒有真正地用過槍，而且也沒有受傷，看來這個記錄現在要被打破了。他不禁想起自己的尊嚴，覺得有些忿怒。可是怒氣愈發使他的手臂鮮血直流。他脫下衣服，露出血肉模糊的右臂，對著站長說：「老哥，幫我綁緊吧。還有麻煩你的公子到藥局去叫個護理人員來，這裡有二個人受傷呢！我那個手下的左鬢血流如注。」

站長很快地幫警長繫了右臂，同時吩咐他兒子去找醫生。在逐漸上昇的溫度中，站長看著警長這位同年可怕的傷勢，他歎了一口氣說：「你的情況很糟！」

「的確很糟。」警長也看著對方腫大的臉喪氣地說。

員警們都掏出槍倚在警車，槍口對著車站大門，他們提防那隻巨獸走出車站。

疼痛使警長的額頭佈滿了汗，他跌坐在車旁的地面上，把垂下的右臂放在大腿上。

他對著其他的警員說：「我們封鎖車站這一帶的街道吧。叫三叉路這一帶的人都回到屋裡去。還有叫支援隊伍趕到這裡。叫他們帶槍，實彈攻擊，知道嗎？在三條路口分別設下拒馬，儘量向市民解釋，叫他們不要到車站。快打電話，知道嗎？」

街道上的車子慢慢減少了，只有少數的趕時間的計程車如箭一般地駛過廣場對面，沒有人再在街上清理殘污了。收音機迅速地播放車站的消息，使附近的住民都鎖緊了大門。半個鐘頭後，暴雨後的車站一帶竟然肅靜得有如子夜。

這時的太陽大了起來，本來以爲二月的天候，陽光再如何肆虐也不會曬昏人的頭，何況是暴雨之後的現在。但出乎意料之外，太陽特別來勁，照得污泥也發出反光，更意外的是有一股巨大的熱風由山稜那邊吹過來，帶著焚燒般的溫度，片刻之間暑氣洋溢，宛如夏日降臨。

十二點，站長的小兒子和一個藥劑生到達廣場，同時提著一大包的餐盒來。藥劑生要警長和站長退到廣場旁邊的商家屋簷下略作休息。這是一家賣土產的店鋪，他們在簷下的陰影中打針、抹藥。之後藥劑生走了，他們稍稍有了假性的放心。他們簡單地吃了午餐。

警長知道他沒有反擊紅蝙蝠的能力了，他的右臂一定不只是皮肉的抓傷，那裡頭有急速侵入的疼痛，一直痛抵心臟，也許是某種毒素的侵入或者是骨折，一種痛使他的專注力潰散掉了，在急速上昇的熱空氣中，他一直聞到膨脹起來的血腥味，頭腦也跟著迷迷茫茫。他們開始能夠回到過去的幻象，迅速地憶起一九五三年的那場經驗。那年他跟隨的蔣軍自舟山島撤到台灣，那場激烈的小海戰役使部隊的同僚死亡殆盡，他一到基隆碼頭不久就感染肺結核。當時的肺結核是無藥之病，他被送到台中鐵砧山療養大隊。那是一個荒僻的小鄉下，他們被隔離，缺乏訪客、缺乏照料，事實上大家都知道死期近了，台中在那時猶是草率城市，鐵砧山郊區在冬日下格外地慘淡，療養大隊事實上只是通向鬼門關的門檻。他的整個人瘦得肋骨都深刻地在胸部暴露出來了，雙手雙脚的骨頭就像薄長的木條，臉上突出了顴骨、陷下了眼睛，頸子的喉結尖而利，再惡化一些，他就是一付骷髏了。他在隨便搭蓋的木板病房裡等死，偶而襲來的巨大咳嗽搖撼了他的內臟和四肢，宗教人士常常送來臨終的經典和禱詞，有些好心的和尚和教士還在字裡行間做註解，要他在死亡時做出恰當的反應以免身陷十八層地獄。他感到他就要死了。就在冬日的一個晚上，他感到血都被他吐光，靈魂就要逸出他的頭頂，所有剩下的體液都跑到膀胱，他跑到病房外面如厠，心裡清楚地知道只要排掉這些體液，他就撒手歸西了。荒寒的病房郊野，天上一顆星也沒有，他感到寒涼，直覺地意識到他和另一個世界產生了連繫。他忽然看到闃黑的地面上有一團白色的光，彷彿那兒有人在談話。他發現自己凌空飛行起來，朝著光的地方飄過去。眞令人難以相信，他是飛行在地面之上呀，在幾個坐著飲酒的、穿白袍的人面前，他落下來。他很清晰地看到白袍人飲酒的桌子是玻璃透明的長矮桌，周邊鑲了各種不斷流變的圖形，酒杯也浮雕同樣圖形。年紀似乎較大的那一位表示要請他喝一杯。警長以為他們是夜晚出來喝酒的醫生，他很高興，於是拿起酒杯，一飲而盡，當他喝了酒遞回了酒杯時，那些人就不見了，大地又恢復了一片的黑暗，他才警覺到置身於離厠所有三百公尺外的野草叢中，他感到身體一下子好起來，有一種溫暖駐進他的體內，使他能走回房間。第二天他竟大病痊癒，不久就出院。以後他常向人提及這件事，他說他曾離開地面飛行了三百公尺，眞的就那麼帶著身體飛向那片光，但沒有人會相信，就是最不理性的他的老妻也會斥責他胡說八道。以後一想到那團籠罩在黑暗中的白光，他總覺得特別的年輕，他知道他交到好運了。四十幾年，他身體很好，健壯地像小牛，從沒有像這次的狼狽。他想起了紅蝙蝠飛起來時的那團紅光，感到似乎和早年他看到的白光都不是世間的東西，他就是感覺那樣，因爲它們具有一種反人間的力量，只是白光使人溫暖，紅光使人恐懼，他不禁罵著說：「邪門的東西啊！」之後他頹然地躺靠在店門口。也許他的生命要走下坡了。

「還撐得下去吧！」站長過來扶他，說：「還行吧！」

而這時的站長也渾身大汗，除了臉部的不舒服外，主要的是天氣，熱的空氣叫他難受。他給警長點菸，坐著觀看車站。

「我想我現在才覺得自己老了。」警長說：「這幾十年來過得太平日子，很少有老的感覺，但現在眞的感到畢竟老了。有一天總要死的。」

「今年貴庚？」站長說：「兒子、女兒多大了？做什麼？」

「我屬牛，今年五十八，湖南人。到台灣才討台灣老婆，二男一女，男孩子老大在美國搞藝術，女孩子在國防部做事。男孩子老二在軍校幹到上尉牽涉貪污，退役，現在在飯店當伙伕。」警長用另一隻手拿著菸，說：「你呢？」

「我生肖虎，少你一歲吧。小孩三個都是男孩。大兒子在南美洲做生意，沒回來過，眞想不通他怎能在智利的首都搞那麼大的百貨店，聽說賺了很多錢，不過我沒看過他拿回來一分半文。最小的這個兒子剛唸一所專科學校，就是你剛看到的那一位。還有老二，做包攬工程的生意，但他手腕不乾淨，倒塌掉的A市體育場就是他的傑作，二十一歲我就給他娶老婆，但他外面有女人，整天不回家，去年和一個女人雙雙死在一家賓館裡，是洗澡時瓦斯中毒的。他到墳墓去了！」站長一面說一面想流淚，但腫大的臉擠住了他的淚腺，他有氣無力地說：「小孩使我煩惱、丟臉，眞不懂他們在想什麼？」

溫熱的風愈來愈使人難耐，太陽彷彿靜止不動了。四周的街道開始蒸發了昨日的雨水，有些地面乾掉了，泥濘變成薄薄的乾土，爛泥的味道隨著溫風四處傳播。有些小樹木的枝葉在高溫的風中枝葉軟垂，廣場上的員警受不了，他們脫下外套放在車上，渾身大汗。車站兀自在太陽底下散放沉鬱的光。警長和站長共同感到他們馬上就要陷身在一個大烤箱中。

二點三十五分，支援的部隊陸續趕到。消防隊、鎭暴車、二十個局外單位調來的警員及一小隊持五七式步槍的山防部隊。他們和警長協調，由山防部隊指揮，在黃昏以前他們要發動一次驅逐蝙蝠收回車站的行動。

坐在商店簷下的站長和警長可以看到支援的隊伍迅速在整編之中，記者和少數膽大的市民都在銅像前議論紛紛。警長知道支援的員警和山防部隊想當第一線部隊，搭乘武裝的鎭暴車硬性闖入車站大廳，再分成兩批去獵殺紅蝙蝠；第二線是消防車用水柱硬性噴射各處攀爬的黑色小蝙蝠。警長擔心的是這種驅逐的方式能達到什麼目的呢？假如說蝙蝠們今天撤退了，而明天又來了怎麼辦？一群地上的走獸可以驅逐牠們，但對付一群會飛的生物，又有什麼好方法呢？最好是噴一次蝙蝠們所害怕的藥劑，讓牠們自動飛走，但蝙蝠害怕什麼呢？辦案多年的警長也無法知道。

三點整，試探性的三隻狼犬被放出去了，那是訓練場上優秀的狼犬，金黃的軟毛在陽光下發出閃光，酷熱鼓動牠們嗜殺的本能，牠們一陣的嗥叫，刹那衝進車站的大廳。警長和站長共同聽到大廳爆發一陣動物撲殺的嗥叫聲，由大廳的左邊忽而轉到右邊，忽而又團團地轉成混亂的一片，最後則歸於沉寂。一隻狼犬跑出來了，最初牠仍用著輕捷的步伐跑過泥濘已乾的廣場，不停地舔著嘴角啣住的一隻黑蝙蝠，但到了銅像前牠蹲下，在警官主人的脚上乖順地哼著，而後牠驟然躺下，翻了過來，圍觀的人看到牠的腹部整個破裂掉了，黛綠的腸子流滿一地。廣場的人都靜默了，宛如受到一記沈重的悶棍，粉碎了所有樂觀的心，警官彎下腰去，撫摸著這隻可憐的狗子。這時，在車站蒸騰著暑氣的空中有一團紅影子冉冉昇空，就像是飄飛起的一架巨大的風箏，牠展翅上昇，而後慢慢降落在車站的屋頂，昂頭怒叫，牠的口裡啣掛了一副狗子的內臟，血正往地下掉，人們看到牠的眞面目，就像焚燃的一架火車頭。

牠停了幾分鐘，從屋頂示威性地擲下了狼犬的內臟，又冉冉昇空，而後迅速地落入那邊的月台裡去。牠是一個有謀略的殺手。其他二隻狼犬必已遇難。

廣場急速掀起一陣的忙亂，市民不安地走動、新聞記者忙拍照，支援的部隊又重新商議、重整。最後山防部隊的指揮官跑來向警長徵詢意見。那位年輕的軍官表示他們不再有那麼大的信心了。他們要改變策略，先由鎮暴警車擲丟催淚瓦斯逼迫紅蝙蝠離開大廳，而後第一線的攻擊隊伍再佔領大廳，之後向月台進行掃蕩，必要時他們甚至想使用噴火喞筒焚燒蝙蝠，消防隊在後頭必須做好一切準備。警長點頭要他們小心。

三點四十分左右，空氣酷熱難當，更大的熱風——夾著火燄一般的風由車站後的山脈拂掃過來，幾乎要使車站一帶燃燒起來，邪孽異常的風使剛成澤國的A市水氣蒸騰。收音機播出酷熱的風已使一家造紙廠發生了小火災的事。警長和局長感到屋蔭下的他們的皮膚澀裂乾燥起來，廣場的人有人開始中暑、皮膚起泡。不到半天的時間，A市已由寒冷暴雨的冬天進入盛夏溽暑的天氣。

廣場的景物在赤陽和水氣下看起來變得有些飄浮不定，警長和站長的眼光模糊起來，他們的意識一起進入深沉的私祕幻境。警長看到他的兒子被軍事法庭審判的場面，所有涉及軍方採購鞋襪集體弊案的人都低頭站在法庭前，他的上尉的兒子官階太小，連辯論的餘地都沒有，當法官宣判他三年有期徒刑時，他的上尉兒子搖著滿頭的散髮，整個人都癱瘓地昏死在地上，軍警拉起他手上的鐐銬把他拖向法庭的大門，警長的夢都碎了，他想要讓兒子報效國家的願望化成泡影，那時他邁動蹣跚的脚，跟在軍事警察後面，他的人都無助顫抖起來，宛如被判刑的人是做爲父親的自己。站長則看到高高矗立於A市的那家MOTEL，銀光閃亮的霓虹橫越在天空，許多的轎車都停在巨聳的賓館底下，穿金戴銀的婦女、西裝革履的紳士以及暴露著乳暈的年輕少女都站在廣場，他的做生意的兒子和一個少婦被抬出來，他們赤身裸體，在霓虹燈光下，他們的膚色五彩繽紛，粉白的、粉紅的、綻青的、鵝黃的顏色交換地照在纖毫畢露的年輕人的身體上，死亡使他們變得無邪而天真。站長和他的老妻奔過去要抱他們的兒子，被救護人員把他們擋開，在抬上救護車那當兒，記者都跑過去拍照，站長彷彿看到兒子在那時舉起赤裸的手向他叫喚：「父啊！請救我脫離這五花十色痛苦的慾海啊！」那時站長心酸異常，他竟然號啕大哭了。

四點正，又有一群黑色的小蝙蝠橫掠天空，投入車站之中。空氣酷熱異常，攻擊部隊有人想行動。警長和站長尚未進入更大的幻境中，一輛鎮暴車已開到車站大廳，擲出幾顆催淚彈，白色的煙霧自各個窗户冒出來，整個車站大廳就像舊式火車頭靠站時吐出蒸氣一般，立即被蓬蓬的白煙籠罩。

地面突然地動山搖起來，車站的樓頂嘩嘩地崩落了水泥和屋瓦的碎片，蝙蝠們都飛起來了，隨著一陣天崩地裂的聲音自地面發出，警長正在懷疑是否攻擊的部隊使用榴彈砲之類的玩意攻擊車站，但一會兒他和站長同時看到整座的火車站，包括大廳、售票處、行李託運處、貯藏室、月台……凌空昇起，像是啓動的一艘太空船，被拔葱般地由地面連根拔起，向著空中緩緩昇高。在警長和站長恢復意識時，車站已上昇有三層樓那樣的高度，紅色蝙蝠被發現了，牠飛在車站的頂樓帶頭冉冉昇空，所有的幾萬隻小蝙蝠紛飛在空中車站的四週發出吱吱的聲音，逐漸向天際逸去。空氣傳來澎湃的震波。

廣場的人大驚失色宛如看到世界末日，他們不能想像一座火車站怎麼會凌空飛去，所有的人張著大大的嘴巴，用手指著空中的蝙蝠車站，看它愈昇愈高，愈來愈小，終於消失在無比酷熱的藍天白雲之中。

警長和局長說不出話了，直等到火車站消失在雲端，他們的目光落回空無一物的車站遺址時，口裡才不約而同地迸出一句話：「天啊！」

當天晚上，報紙立刻以「蝙蝠車站」爲題，做了這個奇異現象的報導，但當新聞記者沖洗出血色蝙蝠及飛昇車站的照片時卻發現一片空白，幸好車站消失乃是無可否認的證據，報紙的主編在半信半疑下，只好把這事件當成怪譚在社會的風化版上和緋聞案一併處理。縣政府立即闢謠，建設課長一再聲明車站的消失乃是因爲工程疏忽，結果在暴雨中不幸倒塌，建設課以閃電的手法在幾小時之內把車站的一磚一瓦都搬走了，縣政府要人民不聽信任何謠言，繼續展望未來。然而有幾家靈異雜誌的編輯在醫院中找到病況好轉的警長和局長，他們做證描述事件的經過，並斥責縣政府掩飾眞相，由於他們是唯一面對血色蝙蝠的人，因此變成地下新聞事件的英雄。

幾天之後，A市出現更多的異象。譬如在民族路的醫院區，一陣的大火光顧了整個街道，大半的醫院陷身火海之中，大火撲滅後，最大規模的一天要拿掉一百個嬰兒的墮胎醫院毫髮無傷，而隔壁的傷殘復健中心被焚成一片灰燼；暴風也閃擊郊區的經國大道，最大的挫魚場的客人没有人感到什麼暴風，但隔壁仁愛孤兒院的孩童發現他們的遊樂設施被風帶走。有一家養牛場的牛竟然生了一大堆四方型的蛋，一個婦女生了六個頭的連體女嬰。

Ａ市的人都議論起來了，他們無法忍受這些異象的襲擊，很多人開始認爲這些現象和彭少雄的當選有關。尤其被狙擊死亡的林繼德的親戚一再描述掛屍於竹林的凶手罪行，很多市民希望彭少雄當選無效。有人揚言只要彭少雄不當市長，他願意捐出一半的財產給Ｋ．Ｍ．Ｔ當謝禮，也有人甚至寫信給總統府，只要彭少雄離開Ａ市，他願意在當天買下全省的花籃放在總統府四週。大半的人暗中得到好消息，說Ａ市附近的地方法院很認眞在偵察這起選舉謀殺案，法官已掌握彭少雄選舉期間的任何行動，包括他每一天裡的飲食、睡眠、如厠、交際、做愛以及每一秒鐘的大腦活動，全部的證據顯示他涉及謀殺罪行甚深。Ａ市的市民猜測彭少雄難以如意坐上市長的大辦公椅。

但是，就在二月二十三日，地方法院做出了急速有力的判決，結果是：

涉嫌謀殺不妨害彭少雄的當選！

法戰

1

在A市的舊市場後面有個老社區，這是A市最老的一個聚落。在日本時代，它就是伐木工人的住宅地。由於近年來的都市計劃者從來沒有注意到它的存在，因此它變得更加古老而隱密，這裡主要由一條仁美路和十幾條巷道街弄所構成，一百多户低矮的木頭房舍、紅磚小屋、半新不舊的水泥平房錯落在這裡，當區域外頭的省立醫院、市立羽球館、美麗安大酒樓高高被興建起來的時候，它變成了鬧區中的小盆地，人們依然過著日本時代、光復初期那種寒酸、保守、拘謹的小生活。困苦的、剛踏入社會、無親無故的、甚至是賤賣身體的人都賃居到裡面來。它自成小文化區，當然它是卑瑣的、古舊的、不合時代的，但也卻有謙卑的、互助的民風沿襲在這兒。

熱風消失後的幾天，冷氣團撲擊A市，使市場區立即籠罩在瑟瑟的酷冷裡，薰黑的每家屋簷不約而同地發出哀鳴的、淒涼的北風聲。

二月二十五日，仁美路暴露在冬風的掃蕩中，磚石的路面不停掠過蝕骨的寒流，使行走的人們格外地感受到痛苦，差不多到了夜晚的十一點後，家家都關了小門，在小屋裡準備躲進棉被取暖。但是在路中間的寺廟巷道依然有人走動。這些人都是醉漢、逃離家庭的、撿拾殘飯的、患失眠症的、思想異端甚至是有邪癖的份子。他們仍然經常地，每天深夜都走入巷道，進入巷裡的玄天上帝廟去聚合。

這個玄天上帝廟始建於清朝道光二十年，由唐山分靈到台灣時是泥造小廟。清朝末葉，由Ａ城士紳捐款改建爲紅磚建築，變成具有飛簷雕樑的金壁大廟，日本時曾並代供日照大神，光復後又添了幾座矗天浮層，青龍紅鳳一時飛躍屋頂，看來頗有氣派，她的分廟遍佈北、中、南部，回來進香的分廟每年甚多，因此一逢玄天上帝誕辰，社區這一帶就鑼鼓喧天，炮竹的紙張把仁美路都溢滿了。然而隨著現代都市的發展，加上古蹟的破壞，這座廟宇年久失修，雕樑畫棟成了雀鳥的窠巢，前院的大榕樹落下的榕子、樹葉無人打掃，後院的花園野草叢生。廟宇的屋頂又過於龐大，覆住了廟身，除了天井外，神殿及廂房都顯得太暗太矮，在夕陽西下之後，整個古廟就露出了幾分的頹敗陰森，甚至有點詭異妖邪了。

每逢政治熱潮季節一到，這家廟宇就變成社區老人們的政治議場，近日來Ａ市的地方選舉又使人們來到這裡，五顏六色的競選標語反美學式地亂貼一陣，除了靠近神像的大殿還不敢侵犯之外，就是神案、供桌也被公然地貼上候選人的頭像，一時之間，廟宇就更顯得荒謬無稽了。

隨著彭少雄的當選和Ａ市異象的頻生，玄天上帝廟也發生了幾次詭譎的事件，就譬如說有人在晚上看到被槍殺的現任市長林繼德渾身是血地跑回廟裡來申冤，或是有人在榕樹下俘虜了一條九只眼睛的腹蛇。又有人謠傳彭少雄當選後要整頓市容，第一把火就是焚燒這家常有反動人士聚會的廟宇。種種的傳說使玄天上帝廟更加深了一層陰慘。

這天，十一點過後，薄薄的霜開始覆蓋住上帝廟的前庭、台階、屋瓦，落葉滿天飛舞，雜物交相碰撞出軋軋的聲音，冷風滲入人的皮膚、進入骨頭、進入心肺，凡是接觸到空氣的人都會直打哆嗦、牙齒打顫。

由天井兩邊的廟道走到大殿前，大半的燈都壞了、不亮了，只有神像玻璃櫥裡的一盞燭光在搖曳，再走過大殿，就是後院的野草地。有一間用破鐵皮搭蓋的堆積桌椅、神具的寮子被建在圍牆邊。這一天，鐵皮屋似乎特別熱鬧，除了長住在這兒的廟公鄭阿泉以外，還來了七、八個人。他們是A市寺廟聯誼會的成員及夜不歸家的流浪者。有極善世尊公墓的管理員吳厚土使者、海將軍廟的啓靈師傅陳旺水先生、九天仙女廟的女醫顏天香女士，及一、二個醉漢、賭徒，裡頭甚至有一位秀麗的、瘦弱的自稱得了AIDS的少女雛妓紀美芳佳人。他們夜晚常在這裡聚合，沒有人叫他們來，也沒有多少人在深夜裡敢到這裡來當聽衆。但不知道爲什麼，一旦他們之中有人有強烈的感應，他們就會在這裡聚會，並且會不約而同地談到相同的主題。

今夜，廟公鄭阿泉爲了給大家驅寒，特別煮了一壺酒，還舖排了一桌的素菜——豆雞、豆乾、海帶、花生、筍絲，並且打亮了五十燭光的兩盞電燈。逢年過節時所出租的桌椅碗盤都被搬到鐵皮屋的西邊角落。東邊靠窗的粗糙水泥粘成的簡陋廚房上放著烏黑的舊瓦斯爐，南向的木板床上的蚊帳、棉被都堆疊有致，地上掃得一塵不染。宴客的八仙桌就擺在屋子的中央，柔和的燈光和煮酒咕咕響的沸騰聲使寒意被驅逐不少。鄭阿泉是這批人的仲裁者，也是聯誼會的會長。他具有宿命通——能瞭解許多人的過去往事、天眼通——知道許多人即將發生的事，甚至能靈魂出竅，周遊地球。幼年時，他的父母親在玄天上帝廟設齋堂，長大後，父母雙雙去世，他繼任廟的管理員，包辦祭拜儀節及洒掃廟宇的工作，一直到今年他六十五歲，數十年如一日。鄭阿泉在台灣各地的命相界都大有名氣。在年輕時，他旅行台灣各地，和所有知名的術士交換五術的心得，並在各大城鎮的旅舍定期地替人算命解厄，賺了不少的錢，足以讓他娶了一個老婆和栽培兒子到東京帝大去唸完經濟博士。但是一生中，他從未有過富裕的生活，在光復之初，台灣經濟到處都很困難，他娶妻後立了一個規定，凡是前來算命的人，只要算出來的命不好或災厄臨頭，他就不收算命費，他總說：「你們命不好，要是我還收你們的銀兩，那麼你們不是要更困厄了嗎？」可是那時代的台灣人怎會有幾個好命的，大半算出來不是勞碌命就是窮死命，哪像現在新一代的人一排八字這種簡單的命盤就是正偏財祿一大堆，爲此，他以前也不曾賺足多少錢，即使在較富裕的今天，前來算命的人，如果不是桃花命就是犯官符，在鄭阿泉看來，這也不是好命，因此也大半不收錢，爲此，現在也不曾賺進多少錢。他省衣縮食，減少開支，在米罐裡、枕頭下、鞋底、內衣褲裡、甚至地底下存些銅板，使自己能控制在飢餓邊緣的上頭，金錢從來沒有大煩惱。但他有收集癖，凡是術士的書籍、符籙、工具或是基督教、佛教、回教、道教的經書、文件他都儘量蒐購；加以上帝廟的修葺需要付一些款項，因此他的財務往往在飢餓線上彈跳。早年，信齋教的妻子很能欣賞他這套把戲和人生觀，但晚年時，她就完全否定老伴的死頭腦，她搬到日本東京和搞銀行的兒子住，又在東京的老人原宿弄一棟房子，日子過得樂不思蜀，她給老伴的信是這樣寫的：「老伴，我被你騙了半世紀，什麼虔誠拜上帝公的人只要有一口飯吃就好，什麼靈魂出竅使人活得乾淨無慾，全是胡說八道。現在我在東京兒子這裡，才知道人可以不需要上帝公，也不需要靈魂出竅。」他給她的回信是這樣的：「老伴，我雖然騙妳半世紀，但還是有上帝公、有靈魂出竅呀！」兒子和老伴看他可憐，偶而寄幾萬塊日幣給他，但是他常把錢拿來修廟或者竟然施捨給A市的窮人和流浪漢，A市的人都笑他，把他當瘋子。愈到七十歲，他滿頭白髮活得愈夢幻，靈魂常無端地離開身體，有人常看到夜晚的上帝公廟有一團發光的靈魂體升上來，而後繞著A市的天空飛；有人甚至同一個時候看見他出現在孤兒院和復健中心。近一年來他幾乎不曾離開廟宇，大家遺忘了他，或者竟認爲他死了。雖然如此，所有的術士都很敬重他，把他當成是包容五術界的好仲裁者。

酷寒的黑夜，風不斷吹掠鐵皮屋的屋頂，到處是響聲。燈雖然不是很明亮，但格外地使桌子的四周感到溫暖。鄭阿泉去小廚房拿來煮好的熱酒，每人給他們一個酒杯，爲他們斟酒，招呼他們坐下後，拉起他玄色的長袍，也坐下來。今天他特別顯得高興，方形而五官略小的臉未喝酒就已有幾分紅潤了。他把紹興酒杯湊近略小但挺直的鼻子聞一聞，說：

「喝吧！涼了不好。」

所有的人都舉起酒杯喝了一口，只有少女紀美芳佳人坐著不動，她用著美麗的、黑白分明的眼睛盯著大家。座上的人都知道她又要說自己有AIDS不可以傳染給別人。於是大家都看著她，微笑了起來。

「大家多用菜。」鄭阿泉又招呼他們說：「待會兒我再炒幾盤青菜。」

流浪漢和賭徒餓了很久，認眞地吃了起來，酒很快地喝了一大半。

「我想說一件事。」極善世尊公墓的管理員吳厚土使者放下了筷子，他說：「你們儘量用菜，但是我想談談最近頗令我驚奇的一件事。」

「你儘量說。」鄭阿泉又給他倒一杯酒，勸著說：「但請說慢一點，一面說一面喝酒好了，不要忘記吃些菜。」

吳厚土喝了一口酒。在燈光下看到他的額頭一下子有些鐵青，但被他的古樸的、憨厚的、褐紅的臉迅速地掩蓋了。

在A城，吳厚土的名字不是一般人都可以聽到的，但只要家有喪事，擇選墓土的人就一定會聽到他。原因是喪者的親屬大抵都會想要爲喪者擇定極善世尊公墓安葬，那的確是好的墓園，就在A市的山坡地上。這個墓地由左右兩片自然的小丘拱繞，四周都是蒼翠的柏樹，山脚下就是A市的環山溪流，地勢高聳，在明亮的陽光下，可以坐望整個A市景觀。早年有人傳聞這塊山坡柏樹林地曾冒出青煙形成雙龍奪珠的形狀，一個月才散去。後來有人說這兒曾發現二條寸長的金龍，但沒有人認爲這地方有什麼實際價值。吳厚土在一九七〇年左右在這裡造了極善世尊祠，剛開始大家認爲他故作玄虛，但香火鼎盛，慢慢變成廟宇，成了A市踏青的地方。十年後，A市的小建築商吳經城買了柏樹林山坡地，想遷走廟宇，吳厚土以同宗的友誼勸他造小墓園，遷葬吳家的祖先遺骨到這裡，又過十年吳經城變成大建築商，出任第七任市長，吳厚土又勸他半開放墓園，收葬孤兒寡婦及A市的慈善人士，於是這個小墓園變成一種代表無邪百姓、良善家庭、有德人士的象徵，大家都想要祖先的骸骨葬在這裡，既求名又求利。吳厚土卻拒絕大半人士的說項，他說：「能不能葬在這兒，要問一問極善世尊的意思。」大家都知道，他公開擲一副杯，擲三次，只要一次陰陽杯，就算通過。但能擲出一次陰陽杯的很少。許多喪家認為吳厚土在杯上動手脚，要求使用喪家提供的杯，可是情況仍然一樣，通過測試的人仍很少。有一次市民代表會的會長動用市長及吳經城去說項，一定要把父親的屍骨葬在那兒，但被吳厚土拒絕，於是製造了一副擲十次都會陰陽杯的十公斤的石杯，邀集市長及名人作證，在極善世尊廟前公開擲杯，一共擲了七次，最後一次，石杯跌成粉末，仍然沒有一次是陰陽杯。代表會的會長失去理智，火冒三丈，他說要派人燒掉世尊祠廟，並且要控告吳厚土是斂財神棍；第二天，代表會的會長清晨起床後發現他的喉嚨好像缺乏了什麼東西，他想叫家人去請醫生來看看，卻發現發不出聲音，差不多有一年，他變成了不折不扣的啞巴。極善世尊和吳厚土從此變成邪行人士的大敵。

吳厚土今年四十六歲，不論正面側面看他，都是標準的圓球體身材，頸子和手脚都短，身體卻很結實，胖而壯，並且臉上的肌肉太豐厚，在顴骨的地方形成兩個球狀的肉塊，臉就像左右兩個大括弧所形成。他的嘴天生較一般人寬闊，被拉長，抵達了頰邊，雙唇也是厚而多肉，自幼他給人的感覺就像橡皮製的胖娃娃，即使年已過不惑，他給人的感覺仍是幼年的感覺，只是多了鬍髭。

鐵皮屋裡的人都知道他侍奉極善世尊祠的故事，那可是一件莫大的好事兒。

四十六年前，吳厚土在A市的花卉區被生下來，他的母親是操勞的種花婦人，父親先當牛販，後來轉往A市各市場區賣豬、牛肉。一生下來，除了母親外，就沒有人喜歡他。在二歲左右，他被發現比一般小孩要矮小很多，六歲時被發現疑是侏儒症。他的肉似乎是橫向生長，把小小的骨架攀了一圈又一圈。花卉區的小孩都叫他「矮仔爺」，大人叫他「皮球」，女孩子乾脆叫他「蟾蜍」，再難聽的稱呼都曾有過。不過稱呼不算什麼，頂多使人難堪而已。最糟糕的是大大小小的人都打他。由於他渾圓的身材，肉比別人要多些，彈性好，一觸到就令人感到愉快，大家都喜歡打他。從小他就被同伴擰過、撞過、踢過、摔過，甚至多次被咬下頰肉、股肉。但偶而被打一頓也不算什麼，他還撐得過去。最厲害的是他父親幾乎每天分三餐地打他。在那個時代的台灣社會，凡是父親都是權威的。他的父親在他六歲以前是刮他的耳光，由於父親受過幾年的日本小學教育，對於刮耳光的方法很有一套，那是一種突如其來的先用右手手掌的揮打，一下子可以把吳厚土的左臉打歪，之後是左掌再對著右臉向上摑打，再左右輪番開弓，打得吳厚土昏死過去。六歲到十二歲是用拳頭打，一掌正中心臟，或是朝鼻樑閃電般地直搗，往往把他打得翻倒身子，甚至口吐鮮血。十二歲之後用脚踹，把他當成皮球，一脚踢翻他，再用脚踹，用力想踏扁他。在學校老師也打他。小學五、六年級補習，吳厚土的成績中等，不上不下，級任老師認爲他不用功，凡是每考完一張試卷就叫他站在孫中山的遺像下，要他把褲子脱下半截，露出屁股，而後要他俯身在講台，級任老師拿了紅、藍、白三色童子軍棍大喊：「你對不起國父！你對不起國父！」然後就是一頓幾十下的屁股，把他打得皮破肉爛，但是他的成績仍然中等，不上不下。級任導師再嘗試其他方法，包括在夏天曬太陽，冬天坐冰塊，用小竹子打手背，用鉗子夾手指，他每天忍受皮肉的痛楚，直到他嘔吐、昏厥、像狗一般地哼叫，奄奄一息。十二歲之後，他考上一家普通的縣立初中，成績仍然中等。父親在市場的牛肉舖需要他做幫手，於是他幾乎是一年上學、一年休學地唸書。他的個子實在太矮、肉實在太多，衣服再如何穿看來都是不整齊。體育、童軍成了重大的負擔，於是體育老師、訓導人員、童軍教導員和強壯的同學都找上他，處罰他、打他，同學常抓住他的手，猛力地旋轉身子，之後鬆手，吳厚土就像一個陀螺一樣，被摔出十幾公尺而撞跌在牆壁上。訓導人員抓住他不整的皮帶，提高有一公尺左右，用力把他摜丟在椅子上。童軍教員每週一次用鈍厚的鐵刀刮他的頭皮，使他本來已理光頭的頭皮都流出血來。他初中畢業，已經十八歲，但仍然一五〇公分左右，整個人就是球形。他的父親要他報考士官學校，由於父親曾在日本時代當過日本兵，把從軍當成是神聖的工作，也是一種莫大的光榮。吳厚土不答應，父親就踹他，在地上踩踏他，踢他的鼠蹊部和臉，直到流血，大叫：「我要你戰死沙場！男兒要戰死沙場啊！」之後，吳厚土入了士官學校，打他的人換成軍隊的訓練官。由於他沒有軍人的威儀和條件，訓練官用「黃埔十道菜」侍候他。豈只十道菜，更厲害的都有，包括赤裸身子躺在水泥地蓋棉被曬太陽、徒手匍匐前進在鵝卵石的乾河溝、拿著吊鋼盔的槍蹲馬步，用石頭打爛他的脚脛。十九歲生日那天，他們部隊測試障礙超越，吳厚土在伏爬鐵絲網的時候太慢，訓練官等他站直身子時用槍托直擊他的額頭，把他擊昏在鐵絲網上，被抬回營區時，他醒來，開始胡言亂語，長官以爲他借瘋偷懶，把他綁在通舖上，用鉛線層層綁住他的雙手雙脚足足有一星期，做爲處罰；之後他仍胡言亂語，軍醫判定他神經失常，送他入軍醫院的瘋人室，他被關在鐵籠子裡失去行爲能力、失去心智、失去記憶，呆呆地在籠子待了半年。一個軍醫試驗一種新的治療劑，把他當成藥物試驗的動物，每天早晨都打一針，一個星期之後，他的呼吸停止，被判死亡。軍方通知士校來領回屍體，卻在送回士校的時候又活了。士校唯恐惹禍，批准了他的退學，他回到父親的牛肉舖時已十九歲，看來仍像天眞的小孩。

十九歲，彷彿是人生即將轉變的關鍵歲月，不錯，那可是一個混合彷徨及悲歡的年紀。因爲這一年，他的父親飲酒過量，血壓急速昇高，在藥石罔效時死了。吳厚土接管牛肉舖，他的挨打的命運結束了嗎？沒有！宿命彷彿很難改變。現在毆打他的是市場幫的一批小流氓。

這群流氓差不多收取市場區的保護費有十年了。在吳厚土的父親還活著的時候，倒頗客氣，父親的脾氣不好，有時會當著那幫小流氓面前磨屠刀，當把屠刀磨得霍霍響，一遍又一遍地磨，然後瞪著那些小鬼，咻地把屠刀在空中畫圓弧，當下砍下一個豬頭，小流氓都怕了，不敢在肉舖上停留一秒鐘。但等吳厚土接管肉舖，小流氓無所顧忌了，他們往往先拿走肉舖一大塊的肉，然後打他，揍他的胸部和肚子，把他打得吐出膽汁，之後再向他要保護費。

被揍了整整一年，最後吳厚土放棄牛肉舖，神祕地在山腰建極善世尊祠，從此沒有人再敢打他，擺脫了悲哀的前半生。黑幫的反過來都害怕吳厚土用法術報復他們，見到他就自動避開。

自從他全力侍奉極善世尊後，他的靈力日漸增強，不但能替人看風水，更能預測A市的吉凶，他會觀察各地散發出來的地氣，做為預測的標準。有人甚至常看到他站在剛下葬的新墳前大喊：「降雨吧！」於是天空立即飛來密集的雲，下了及時之雨。也有人看見他叫乾旱的墳前突然冒出極其清冽的泉水。

今夜，鐵皮屋裡的吳厚土卻顯得不穩定，喝了一、兩杯酒後，臉顯得時青時紅。他開口說：「各位，如你們所知，我管理的墓園最近收容了一位市場區那幫小混混的遺體，大家都批評極善公墓最近改變原則了，他們不諒解一個有靈聖的墓園爲什麼要收葬一個小流氓。其實我是被逼的。」

「是呀！」鄭阿泉廟公看了吳厚土一眼，說：「我們也想不透個中道理。那不是你們一向的習慣。」

「我有苦衷。」吳厚土啜了小小的一口酒，嘆氣說：「這件事完全是彭少雄的主意。我曾拒絕他的說項，但沒有成功。」

「呀！是嗎？」桌前的人都很驚奇，他們認眞地盤問著，說：「你不是公開擲杯做決定嗎？你怎會拒絕不了他呢？」

「問題就出在擲杯上頭。」吳厚土沮喪地說：「擲杯的結果是我輸了。」

「怎會輸呢？」鄭阿泉說：「難道極善世尊答應讓那個市場幫的小混混葬在祂的墓園嗎？」

「不！那絕不是世尊的意思。」吳厚土困惑地說：「我確信那次擲杯時，世尊的靈並沒有始終停在祠堂上，就因爲世尊的靈不完全降臨，所以我擲杯輸了。二十幾年來，從沒有發生這種事。這件事兒說來話長，我儘量長話短說好啦！

『如各位所知，自從我們興建墓園後，隨著世尊祠的名氣的擴大，墓園的規模日漸龐大，光是納骨塔就建了三座，逐年增加的墓位使山坡地不夠用，大大小小的庶務工作再加上花木栽培及新墳規劃，這個墓園已是不小的企業，所需的人手不少，老市長也聘了新的經理人才在那兒主持業務，除了重大的事情需要擲杯決定外，我大抵已不干涉那墓園的事。最近二、三年我開始和妻子忙於剛經營的二家托兒所的工作，已抽不出時間去墓園。可就在選舉前的二個月的晚上，我接到墓園一位職員打來的一通電話，表示墓園來了彭少雄，他有一位死去的朋友想入葬極善公墓，要與我商量，入葬費極高，一定要和我當面商談。那時已是午夜二點，敢單獨在深夜出入山上墓園的人一向極少，我意感到彭少雄的事必是極爲迫切，於是我穿了厚毛衣，駕了車，趕到那兒。

我在五年前就認識彭少雄。五年前，他由北部流浪回到A市來，曾在吳老市長的建築公司做事，他由挑磚工人開始一直變成製繪建築圖的人員，表現十分優秀，吳老市長曾誇獎他有設計和生意頭腦，想提拔他，但不知怎麼搞的，半年期滿，他離開公司，完全沒有人知道他去做什麼。我風聞他在A市混幫派，和市場幫有來往。前幾年他競選市民代表居然當選了。那時也就是A市黑氣開始瀰漫起來的時候。我說的黑氣你們一定能瞭解，那是我常在山上墓園俯視整個A市所見到的景象，這幾年來我在靈異雜誌常提到這個不好的景象，A市所有的風水地理師都同意了我的看法。

偌大的墓園被深夜的寒風及漫山的蕭條草木所籠罩，天上只有幾顆若隱若現的星兒，月亮不見。當我抵達大門內的祠堂大埕時，看管墓園的人都已休息安睡了。我在祠堂右邊的辦事廳找到了彭少雄。這個年輕人在夜裡還戴墨鏡、黑皮手套，穿著及膝的一襲黑色風衣，頭髮向後梳亮，可以看到他高亮的天庭及細長的柳眉。大家都知道三十歲上下的這個少年郎很俊秀，我還不曾這麼近看過他。此時感到他的風采比一般人所說的要英氣幾倍。

我立刻請他坐在那組檀木大會客桌前奉茶，把燈都打亮。此時燈光穿過玻璃，寒涼地照在埕上的韓國草坪，季節眞的很深了，冬天的味道濃重，如果是白天，一定能看到此時的墳墓都籠罩在一片低矮牽纏的葛藤中吧！

「請坐。」我說。

「謝謝。」彭少雄把墨鏡和手套拿下來，放在大檀木桌上，露出俊麗的丹鳳眼，他坐在椅子上了，說：「吳師父，你們墓園的生意愈做愈大了。」

「哪裡。這全靠大家的幫忙。」我小心地端詳他，直覺感到他是懷帶一種不良的企圖到這兒來的，我說：「彭先生一定要多幫我們才好。」

「當然，當然。將來有機會我想和你們合作一些事。」他說著，笑了，英俊的臉掠過一種青年特有的秀美，而後忽然嚴肅起來，說：「但那是將來的事。我現在想直接向你請教最近的一些事。」

「好呀，你說。」

「爲什麼你近來老是暗中批評我們在A市的許多作爲。在最近的一期靈異雜誌裡你又指出A市瀰漫一種黑氣的這件事，並暗示A市的黑色幫派會急速膨脹，最後將趕走警方，控制A市，你知道說話是要負責任的哦！」

「彭先生，我曾那麼說過沒錯，但並沒有指名道姓，事實上我對黑色幫派瞭解有限。」

「你曾指名。」彭少雄的臉掠過一陣的冰涼，說：「吳師父，你指出市場幫那批人簽賭，收攤位保護金，這就是指名道姓。你騙不了我的，從前你曾受到市場幫那批人的欺壓，但如今事過境遷，何必報復？」

「我不報復。」

「是嗎？」彭少雄點燃了一支菸，說：「這不叫報復叫什麼？」

「唉！事實上我只是實話實說。」我忙著解釋：「每天正午，我只要在山上就可以明晰感到一股黑氣籠罩在A市。我不能不向市民提警告呀！」

「你的觀察是小玩意！」彭少雄夾煙的手指指著我說：「這是一般的地理仙都看得

出來的小兆頭，識相的人不會說出來，不識相的人才到處亂說。你以爲說這些話能增加你的墓園生意嗎？或者會增加你吳師父的權威嗎？我想不但不會，反而適得其反。市場幫的那群凡夫俗子可能會怕你，略歇氣燄，因爲他們認爲你有一些茅山法術，會叫他們吃暗虧，但是其他的黑幫不一定會畏懼你那些把式。你用咒、用符、呼風、喚雨，在我的眼底那是小孩子的遊戲，內行人嘲笑那種小能力。」

彭少雄說完，惡戲地看著我，含有一種挑戰的意味。我努力觀察他的來路，覺得他的背後隱藏一個極大的詭譎力量，可惜我無法確知那是什麼。

「彭先生一定有高人指點，能教導我嗎？」我只好這麼說。

「好了。對這件事我不計較。」彭少雄知道我在揣摸他的底細，把話一轉說：「事實上今天我不是來責備你的。我是來拜託你另一件事。」

「眞的。」我早料到他的事很迫切，我說：「有什麼事我可以效勞嗎？」

「有這麼一件大事。」彭少雄又笑起來，眼神更爲柔和秀美，他說：「吳師父，你一定知道市場幫的頭頭林刀的兒子林鷹揚前幾天死了。」

「是呀，聽說了，報紙也登過。林刀二十年前雖欺侮過我，但現在他晚年喪子，我並不幸災樂禍，反倒很難過。」

「我想商請你能讓林鷹揚的遺體葬在這個墓園。」

「不！」我立即拒絕說：「我們的墓園一向不收這種人的屍體。」

「這是什麼規定！」彭少雄不高興起來，他嚴厲地注視著我說：「你剛不是說不記仇報復了嗎？怎麼一下子又記仇報復了！我很能瞭解你的一生，就是因爲你的前半生受了一些人欺凌，才養成你今天的種種看法，你一直都很在意你早年的遭遇，事實上這是由於你的視野太小導致的偏見。老實說今天在這個島上，每個人都難逃與你一樣的毒打和酷刑。自古以來，台灣人就是生活在父毆打子、夫毆打妻、師毆打徒、兄毆打弟、官毆打民的世界之中，這是台灣發展出來的特殊五倫，台灣人大半認爲這很平常，算不了大事。不明世故的人常以爲台灣暴力氾濫，但世故的人卻面帶微笑，趁機而起。我們黑幫的人也只是比較世故一些罷了，我們知道在台灣打殺百姓、魚肉鄉人是沒有罪的，並且還能出人頭地，因此我們就順勢而爲，卻有些人看不習慣，批評我們，這是螳臂擋車，不會有好結果的。我倒要勸你加到我們黑幫裡才對，就以市場幫來說吧！近來他們的勢面很好，愈來愈活躍，今天你若答應讓林鷹揚的遺體入葬，明天市場幫的人就給你意想不到的好處。你何不做一做順水人情，向他們靠攏。」

「不行，林鷹揚的壞事做得太多了，和墓園的宗旨不一樣，何況他是和警方槍戰時受傷而死的，我們怎能收容他？擔不起別人的批評和責罵呀！」

「沒錯，他是槍戰而死的。但我卻認爲他不像你想像中的那麼壞。至少我們A市的黑幫的大老現在都認定他很了不起。這幾年來敢與警方槍戰的人也只有他一個，憑這種勇氣，他就可以葬在這裡。」

「不行不行！彭先生，無論如何極善公墓的慣例不能讓市場幫的人破壞，二十年來，這兒埋了大官也埋了衆多無告的孤兒寡母，卻沒有埋過任何一個黑幫兄弟，這裡的死者都很清白，經不起一點點的污染。在A市仍有許多的公墓私墓，找個更堂皇的地方埋葬林鷹揚都可能，我們的墓園太小，容不下大魚，彭先生不該爲難我們。」

「你的話眞是絶情。」彭少雄不屑地斥了一聲，從口袋拿出一疊千元大鈔，放在桌上，他說：「這是五萬元的定金，尾款二十萬將來再和你們算，這樣行吧！一小塊墓地二十五萬，没有比這個更好的買賣了。不瞞你說，我也知道林鷹揚只是小人物，生前看得起他的人少，死時還是賭場的小保鑣，仍在市場收地攤稅，他没留下什麼錢好用來買墓地。這次我卻不計價碼代他出錢前來說項，這純粹是我的計劃，我最近要出馬競選市長，很希望借林鷹揚的葬禮來整合市場幫及其他幫派的弟兄，我需要他們的支持。這個葬禮在於爲他們打氣，表示黑幫的人也能像社會上任何的名流或清白人士一樣葬在極善墓園。」

「很抱歉，彭先生，希望你把錢收回去，我幫不起這個忙，林鷹揚如果是善良的青年就好了。不必什麼五萬、十萬我們都會收葬他。」

「善良？你拿這種簡單的道理來拒絕我嗎？眞是匪夷所思。一個簡單的善良與不善良的判斷就讓你們墓園輕易地少賺二十五萬。既是如此，我願意和你談談什麼叫做善良。這世上據我看是没有善惡的。孤兒寡婦就一定善良嗎？他們做了什麼善事？給了別人錢？幫人渡過危難？或是救國救社會？我想埋在這裡的孤兒寡婦會齊聲大喊：「我們什麼事也不曾做過！」這才是眞相。你們只是因爲主觀地感到那些孤兒寡婦可憐就收容他們。但林鷹揚就不可憐嗎？他不是被警察們槍殺在街頭嗎？平時要躲警察，暗地裡還被恥笑，這不可憐嗎？你們所說的「善」不過是沽名釣譽，你憑什麼說搞救濟、捐出金錢辦公益的有錢大爺就是善人？爲什麼你不去瞭解他們如狼似虎的那股奪取金錢的惡行。你們定出的善與不善的準則只是表面的判斷，類如小孩子的戲論。我倒認爲你們應該把「善」的標準取消，代之以「勇氣」要比較好些，至少比較具有說服力。你們早就應該空下一些墓地來收葬一些勇者才對。「善」本是虛僞的觀念，「勇氣」才是實在的。我想「勇氣」你是不明白的，它純粹就是一種美感。也就是說人敢於豁出一切，和那些自認正派，自認眞理的人士搏鬥，在搏鬥中，人釋放他的卑弱渺小，轉換了一向的位置，他變成了眞理、主宰，就是那種美感。我不妨說一說林鷹揚的勇氣給你聽聽，你一定會喜歡他。那天是星期日，A市火車站旁的首飾街人潮滾滾，林鷹揚一行人正到達雙喜珠寶行收保護費，有一輛警車開過來，一些弟兄看到警察就先溜了，只有林鷹揚不怕。他把手槍掏出來，放在桌上，要珠寶店拿出保護費，警察走進來，叫他把手舉起來。林鷹揚一句話也不吭，他轉身，拿了桌上的槍，朝警察開火，於是槍戰爆發。林鷹揚的腿先在珠寶店挨了一槍，右肩膀在街道挨了一槍。四個警員包圍了他，但他毫無懼色，利用街邊的廊柱和對方作戰，使二位警員也負傷，所有首飾街的人都見到林鷹揚的血沿街揮洒，他奮戰不懈，在攔截一輛計程車時，有一排子彈終於打中了他的胸膛，他死了。整個過程達到三十分鐘之久。這種勇氣你不會懂的，這場的血戰卻使他成爲偶像。上年紀的黑色大老都欽佩不已，如果他不死，將來必會成爲角頭大哥，我認爲他比什麼僞善的人更有資格葬在你的墓園，你說不是嗎？」

「彭先生，我不曉得該怎麼說，總之，我們的宗旨不適合收葬他。事實上，我們很多的規約都是經由公開擲杯所訂立的。收葬孤兒寡婦全是極善世尊的意思。如果林鷹揚想擠身進到這個墓園，世尊恐怕不會答應的。」我不想引起他更大的誤會，只好把事情推給擲杯這回事。

「很好，你說到了公開擲杯這玩意，我很感興趣。」彭少雄笑了笑，剛才顯得青蒼的臉忽然有了興奮的光芒，他說：「你提到了擲杯，嗯。」

「是呀！彭先生，有時我們遇到無法說服對方的事兒，就在世尊祠前擲杯，請世尊裁決，很公平，大家都可以互做見證人。」

「很好，很好。這二十年來，你和極善世尊在A市出盡了五術界的風頭。我無意與你們為敵，但我要警告你們，憑你們那一丁點兒的法力是難以在我的面前打混的。我可以和你們公開擲杯。」彭少雄用食指指著我說：「我要和你們打一個大賭。如果說我擲杯輸了，立即送二十五萬元的香油錢向祠堂賠禮。但如果贏了，我希望你們把吳老市長尊翁旁邊的那塊空墓地讓出來，那塊地是墓園最能吸引人的地段，我要林鷹揚葬在那兒，立一個大紀念碑。」

「彭先生好像很有把握的樣子。」我有點生氣了，說：「你不該打那片墳的主意。那個風水不該是林鷹揚得到的，極善世尊不會答應啊！」

「我自信我會贏。我們一言為定好了，下個星期天，我們公開在祠堂前擲杯，當天我會把林鷹揚的遺體運來，我不另外使用自己的杯，就用祠堂的木杯好了。」

「好的，我們一言爲定了。」

「就這麼決定了。」彭少雄露出堅決的表情，說：「不過我仍有些話想告訴你和吳老市長。我能再耽誤你一些時間嗎？並且請你把我的意思也轉告給吳老市長。」

「你說吧。」

「吳師父，」彭少雄的臉緩和下來，他的手撫著桌上一本重達五斤的大日曆以及墓園的舊期刊，說：「我們不是剛認識的朋友。早在五年前我們就在吳老市長那兒見過面。當時老實說我很羨慕你們大興土木的本事。但我一眼就看出你們是沒有眼光的建築商，你們缺乏膽量，Ａ市的未來只有靠膽量才可以創造出來。因此我辭職了。老市長當時問我爲什麼不留下來。我當面告訴他，我想獨立發展。老市長笑我不知天高地厚，他說我缺乏資本難有作爲。可是他猜錯了，一年之後我就和一批人承包了市政府蓋的娛樂廳工程。我不想明說我是運用什麼手段去包工程的，總之，那是一件很有趣的事啦！我和一夥朋友去警告那些外來的承包商，叫他們放棄或轉讓承包權給我們，事情就解決了。不到三年，我的房地產至少有幾億以上，老市長才看出我的話不是空話，我還勸他和我們合作，譬如說開放墓園或擴大成連鎖性的經營，甚至是合併殯儀事業等等。但吳老市長左一個行善、右一個濟世，儘談一些不切實際的話，現在他的事業日漸式微、做的工程也不多了。你們是在爲自己立貞節牌坊，到頭來你們什麼利益也得不到，現在改還來得及，再慢了，Ａ市就沒有你們立錐之地。等我當選爲Ａ市市長之後，你們會很快瞭解我話裡的眞義。」

「彭先生，很感謝你的提醒，但是人各有志，賺了錢卻賠了道德也不是好事。」我鄭重其事地說：「即使賺得了億萬財富卻收容了林鷹揚這種人又有什麼意義！」

「你們眞是執迷不悟。」彭少雄站起來，說：「我現在就走，在臨走前我想讓你開一開五術界的眼界，A市的五術一向落伍，我相信你們需要在我這兒學一些什麼東西。」

彭少雄説罷，擲掉手中的菸，脫掉了他的風衣，露出血紅的短襖，他戴上墨鏡，打了一個手印，用右手的中指指著桌上偌大的那本日曆，大喝一聲，此時室內無風，但那本半個桌面大的日曆竟然一頁一頁地翻動過去，嘩嘩然，瞬間就翻到底頁，他又大喝一聲，整本日曆翻了幾個身，宛如一個生命體，重重地掉在地面上，立在地上還不斷跳動。

我知道我和極善世尊遇到了勁敵。

下個星期日到了，天氣意外地暖和，我意識到一場法戰也許難以避免，於是我穿起了海青色的長褂，戴了老瓜皮帽，一大早我就離開家門，趕到山上墓園。

我們墓園的工作人員顯得特別團結，大夥兒一致認爲不能讓那個小混混的遺體葬進來。老市長經一個星期勸阻彭少雄無效，他在這個法戰日特別邀請A市的耆老，一齊到祠堂來觀戰。許多的名流風聞這件事都跑來了，流線型的轎車佔滿了墓園前的大停車場。

十一點整，山脚下傳來巨大的西洋樂隊響聲及喧嘩的電子琴車的噪音。跟著我們看到祠堂下的山路上慢慢駛動著喪隊。最前面是左右各十輛白色的無篷吉普車，後面跟著兩排五匹的高頭大馬，車上和馬鞍上都坐著穿黑色西裝、戴黑色墨鏡和黑色手套、配黑色領帶、著黑色皮鞋的青年，頭髮梳得發亮，另外在前面引導的是一輛無篷的大禮車，車上是市民代表會會長，酒家的當紅女經理、KTV的老闆和K．M．T的地方黨部主委，當然彭少雄和林刀在最前頭。馬隊的後面則是一輛箱型的靈車，菊花鑲飾在車頂上，有一個亡者的大照片就置於菊花環中，那照片一派英氣勃發。靈車後面就是牽亡陣及東西方的音樂隊了。

當喪隊開進了墓園前的廣場時，黑色使一切迅速地嚴肅起來，彭少雄的手在禮車上一揮，所有吵雜的聲音頓時停止了。

以彭少雄、林刀爲首，喪隊的要人尾隨在後，走進了墓園的大門，朝著辦公廳左手邊的祠堂成群而來，看起來頗像是興師問罪而來的。

吳老市長再一次前去與他們協調，他深切地表示墓園雖是他建的，本無意排斥任何人，但規則也不可以遭到破壞，希望林刀能另謀其他墓園。林刀不說一句話，倒是黨部的主委開了口，他說林刀一向就是黨的好幫手，林鷹揚死亡時，所有黨部的人都很難過，黨方爲了彌補愧歉，所以支持林鷹揚葬在世尊公墓，而老市長是黨員，應該不會阻擾這件美事。

我知道大勢已定，一場法戰已在所難免。

彭少雄走到我的面前來，今天他的打扮更爲瀟灑。他向後梳了油亮的黑髮，額頭淨白發光，長而柔的眉毛略爲畫成上揚，頰面好像略施脂粉、白中透紅，丹鳳眼炯炯有神，優美弧形的嘴唇略爲酷冷，黑色西裝鮮亮畢挺。

「彭師父，」他冷笑地說：「林家急於埋葬林鷹揚，我們開始擲杯吧！如果你贏了，喪隊就會死了心，馬上下山。」

「好的。」我點點頭說：「請走上祠堂的階梯。」

祠堂就在辦公大廳的右方，早年我們就把祠堂擴建爲四百坪左右的平房大廟，並周圍的四分左右土地拓墾成小公園，種了各種花卉，之後又在公園內建了辦公大樓，假日開放給遊客拈香膜拜，很熱鬧。在祠堂的階梯下有個大理石舖成的小埕，我必須把杯擲在埕上，只要三次的丟擲中有一次陰陽杯，彭少雄就贏了這場比賽。

世尊祠立即緊張起來，四周的龍柏和開紅色花兒的九重葛在冬風下楚楚顫動。

祠堂小埕前做證的名流都站成兩邊。我走進祠內，越過廊道、越過天井、走到大殿。自世尊祠建立以來，我按照世尊的託言，不在這兒設立偶像。只供奉一塊在我家後院挖到的刻有古代蝌蚪文字的銅牌，慣例不容許殺生祭拜和焚燒金銀紙錢，唯一准許的是焚香及燃燭。

和別人做擲杯比賽時，我固定要在大殿的供桌上豎立八根手臂粗的紅蠟燭。當我開始擲杯之前，會請求世尊的靈降臨祠堂，通常降臨的現象是那八根蠟燭會自動燃燒起來，這是我與世尊共同的訊號。事實上，偶而信衆有眞正的困難時，只要世尊被感動，那些蠟燭也會自動點燃。有些信衆常目睹這個奇蹟而驚訝得說不出話來。

我在世尊的供桌前祈禱了約十分鐘，確信世尊的靈即將降臨，那是一種慢慢推擁而來的層層波動，能使我的身體產生平緩而舒服的震盪，於是我拿起了供桌上置放的使用了二十年的半斤左右的木杯，這副木杯是建祠的那年，我叫一個工匠用九芎木雕成的，如今已被信衆的手磨得發光，我因爲緊張，感到它比平常的重量要更重了一些。我走到祠堂門外的石階上，和彭少雄面對小埕上的人們。

「你做做法吧！」彭少雄微笑了一下，說：「可不要輕視我才好。」

彭少雄說完，立即嚴肅地抱胸站在一旁。我發現他的眼睛有一種不明的紅色的光輝盪漾著，先是叫我覺得詭異，後來我猜想那是我的幻覺。

世尊的靈已瀰漫在祠堂的四周，我的身體抖動得愈來愈快。在不能再怠慢的狀況中，我大喝一聲：「著！」

八根尺長的蠟燭立刻燃燒起來，並且光焰暴漲，簡直就是八支火炬，把祠堂內都照亮了。

那時我偷偷地看了彭少雄一眼，當蠟燭焚燒起來時，他的臉色稍稍轉成蒼白，額頭浮一層汗漬，但不一會，我見到他的黑色西裝上衣在無風的狀況下突然鼓漲起來，就像灌進風的帆一樣，他的眼睛閃閃爍爍，像是巨大的撐圓的貓眼，紅光四射，他先抿嘴，而後也大喝一聲：「降臨吧！」

我終於看到他的眼睛轉成純粹的透明紅了，像紅瑪瑙，之後感到有一片巨大的紅色影子從四面八方向祠堂聚合，而後帶來極冷的寒風，不！那不是風，應該說是很冷的一股力量，它甚至沒有使樹葉或任何人的衣裳有絲毫的搖動，但格外寒冷的這一股力量卻在四周形成波動。

祠堂開始搖撼了起來，世尊的靈和那股冷氣搏擊得很厲害，像是爭鬥的兩股海潮。

不久，我發現尺高的火焰慢慢衰竭下去，之後只剩寸餘，之後熄滅了。

在小埕上圍觀的人都面露詫異，搞不清發生什麼事。墓園的工人走過來，表示要去點燃蠟燭，我阻止了他，說：「不必了！」

彭少雄走過來，他惡戲地看著我，說：「吳師父，擲杯吧！」

我感到大勢已無可挽回，世尊的靈已經離開了，墓園被冷冽已極的一股靈所控制。我的雙手一放，那木杯朝小埕上掉了下去，翻了幾翻，赫然出現了准許入葬的陰陽杯。

所有彭少雄那幫的人都歡呼起來，黨部的主委立即走過去和吳老市長握手，大聲說：「你看，老市長，世尊也肯定林鷹揚的一生的表現呀！」

我很沮喪，立即離開了墓園。

第二天，我再到墓園去走一趟，在公園後的第一區墳地上看見吳家大墳邊有一個修築得金碧輝煌的大墓。比吳家大墳要高出幾十公分，墳旁立一個丈高的紀念碑，上頭書寫了血紅大字：英雄林鷹揚大墓。

「各位，這就是近來我難以釋懷的事。二十年來，我和世尊的靈從不曾遇過這麼大的挫折。隱隱約約中叫人感到有一個更巨大的靈，它已降落在A市，就是極善世尊也只好退避三舍了。」』

吳厚土說完，冷風似乎更惡意地掠過鐵皮屋，搖動了屋裡的燈兒，終至於人也被搖撼起來。

這時站著旁聽的紀美芳佳人臉色白晰鐵青，她猛烈喘氣，說：「唉！我看到一片烏雲！唉！我的腦裡有一片烏雲！唉！」

大家知道她的病又將發作，醉漢和鄭阿泉趕忙扶住她，把她安頓在牆邊的木床上，鄭阿泉安慰她說：「可憐的孩子，妳休息一下子吧！睡一覺就沒事了。」

2

他們又再度坐回桌邊，繼續小酌。

靈醫顏天香女士抬起艷麗的臉端詳吳厚土一會兒，欲言又止。大夥兒覺得她有話要說，於是停了筷箸，反過來端詳她。

「妳說吧。」鄭阿泉替她斟一點酒，他說：「不妨把心底話說出來，好讓大家參考參考。」

「沒錯呀！」吳厚土鼓勵她說：「大夥都是多年的老朋友了，沒有什麼不能說的。」

「我的確有些難以啓口的話要說，本來想一勁兒把它悶在肚子裡當成沒有那事兒，但剛剛聽完吳師傅的一席話，使我爲他叫屈，對於五術界而言，只要略爲說出自己的缺點就等於自貶身價，沒有人會自認五術不及別人的，更何況是坦承法戰敗北的這樣的事。吳師父的悲傷一定更甚於驚訝。他的勇氣很叫人佩服。所以我也沾上了吳師父的勇氣，略略來談及近日仙女廟所發生的一件事。」

顏天香女士說完，向吳厚土打恭作揖，然後她端身正坐，四十歲左右的她，露出了不但是艷麗且是堅強的神色了。

在五術界，大家都知道顏天香的盛名，在A市，她使用靈能為患者治病。年已居不惑，但看起來還沒有四十歲那麼老，應該說歲月沒有在她的外貌上留下太多的痕跡。她是A市少見的好外貌的女性，身高一七五公分左右，皮膚白晰富彈性，一頭黑髮，眼眸清澈如一泓秋水。A市的人們都知道，打從十七、八歲起，她就是市內的美人。年輕時的她蒼白高瘦，渾身閃動一種楚楚的靈光，和她打照面的男士都會被她夢幻般的異世界靈光所吸引，很多人都追逐她。可是她不是快樂的女孩。由於顏天香的父親顏萬春在光復後十年因政治案件入獄，這個顏萬春是日本時代的名畫家，光復後仍可以繪畫糊口養家，但入獄後，家庭的經濟陷入絕境，母親只好幫人洗衣煮飯，協助兩個兒子成家，做小妹的顏天香只能在唸完高商美工科後謀職，沒能再唸更好的學校，但她的繪畫天份難以掩蓋，二十一歲時在北部舉行一次個展，大抵都是神祕派之作。在畫展中認識了北部一個大戶人家的子弟，結婚，停了繪畫。之後在六年間生

了六個兒女，都被丈夫不生育的幾個兄弟姊妹收養，她被公婆虐待，之後離婚，離開了傷心地回到A市，生了一場幾乎喪命的大病。就在那時，九天仙女的靈降在她的身上，她的大病痊癒，並開始爲人治病，並爭回一個女兒，幾年後和出獄後的父親營建九天仙女廟於A市的加工區，變成一股新興的年輕人的信仰。

人們對於顏天香的北部夫家所知不多，只知道那是擁有百億資產的官家，那一個官家的人上上下下都酷待顏天香，對於她而言，那段婚姻的日子構成她永恆的傷悲，她一直慣於穿著黑紗的衣服並且終年帶孝，就是把那場婚姻當成死亡來看，只有逢著仙女廟的大節日時，那時她才會改變打扮，將烏黑的髮如雲一般地披散下來，穿一襲水綠的緊身旗袍，略施脂粉、淡掃娥眉，於是像一泓流動的秋水，一時之間，光灩照人。由於九天仙女屬於少女之神，人們大抵都瞭解顏天香不易年老的原因。

九天仙女廟位在加工區的中心地帶，這個加工區是沿著A市通往西部平原的大公路逐漸形成的。在一九八〇年後，由於交通方便，加工區越來越繁榮。大的貨櫃場、營運公司、半自動工廠……都來到馬路兩旁，群聚了年輕的勞動人口。顏天香在這兒建廟大約在一九七五年左右，她以自己僅存的離婚賠償金，先見地買下了足足有一甲的農地，在這兒開始她的後半生的事業。

她除了忙於廟務外，每星期有一次揀選性的公開靈療大會，那個大會極其神奇，不可不看。時間大約是在每星期的星期日早上。她允許任何五術界的人前來觀摩，並允許所有的記者拍照、錄影。

所謂的揀選性的治病是指仙女廟的治病對象是有選擇性的，前來求治的人並不一定會獲得治療。顏天香使用九十九塊的圓形薄石板，那石板上的表面玄黑光亮，半徑約十公分。當顏天香坐在法壇時，她的面前就是九疊各十一塊的石板，病患被要求分成九排坐在離開法壇有三十公尺的地方。在仙女的靈降下來的時候，顏天香會用手指指著石板，於是那些石板往往放出玄色光芒，凌空飛翔盤旋，如一個個小飛碟，美妙地降在求治者的面前，石板就浮現仙女的頭像，最後頭像起火燃燒，病人的病就獲治療。但石板並不是無所選擇地飛臨任何人的面前，有些病人儘管數度枯坐在大堂裡等石板飛臨，但每一次都沒有達成願望。顏天香表示九天仙女瞭解每個人所做所爲，祂同情那些應該同情的人。最常被治療的是A市加工區一帶的女工，以及來自全市或鄰近縣市的窮人或末期病患，得不到救治的往往是老女人或老男人。由於治病的對象似乎是有選擇性的，因此仙女廟受到一些人的攻擊，有人認爲九天仙女醫德未臻於至善，但顏天香不認爲如此，她說：「把一個惡人救活再讓他去做惡，這不是仙女廟應該做的事。」曾經有一位以開設酒家起家的議員帶著他的母親前來治病，這個老母親生了嚴重的腫瘤，由於這位母親一向護衛他的兒子，平常也苛待酒女，實際上就是一個頗厲害的老鴇，石板因此並沒有降在她的脚前。議員大怒，雇請了一位有名的五術前輩前來向顏天香説項，那位母親也指責九天仙女不應忽略她，在揀選治病時，她踢翻了幾疊的石板。顏天香只好用焚燒符籙幫她治病，可是當這班人離開仙女廟不久，這個母親在車上死了，那位五術前輩從此臥病不起，從此没有人敢再威脅仙女廟。

隨著交通的便捷，仙女廟的求治者愈來愈多。來到這兒接受靈療的人不只是爲了治病，更是爲了考驗自己的行爲是否合於善行而來。顏天香並不私下接受治病費，但接受捐獻，並且把捐獻的金額刻在廟宇的一面巨大的石碑上，在一九八〇年以前，病患都很窮，大約停留在一〇〇元至三〇〇元之間，到了一九九〇年以後，最高超過了一萬元，病患也由每年一〇〇人增加到一〇〇〇人以上，病患的獻金恰好足夠廟宇的擴建、維護及工作職員的薪金，顏天香不曾爲金錢多費心。

鐵皮屋裡的人都知道顏天香的話一定很重要，因此都緊緊地盯著她看。

「在最近這段日子裡仙女廟遭到的挫折和吳師父很相似，但我似乎失敗得更徹底，只是很少人知道罷了。我的失敗和彭少雄有關。」顏天香緩緩地說。

「怎麼會這樣呢？」吳厚土詫異地說：「這陣子妳不是一直和彭少雄聯合在仙女廟爲人治病嗎？大家都知道你們搭檔有二個月之久了，你們醫好更多的人，怎麼說都不應該是失敗。」

「表面看來也許是成功的。但實際上不然。」顏天香搖搖頭說：「各位知道，這二個月以來，仙女廟的病人增加了足足有十倍以上，以往一個星期只治療一、二十人，但最近已激增到一、二百人，這是異於常態的。以往所治的病大抵都是婦女疾病，包括身、心兩方面的疾病，但最近卻都是男性疾病，且是潰爛性的疾病。當然，病患的增減有時和季節有關，但要說一下子增加十倍，無論如何都是奇怪的，這種現象打從彭少雄進入仙女廟爲人治療時就發生，我暗中懷疑某些病患彷彿是先中了某種祕術再到仙女廟求治的，裡面有蹊蹺的地方。同時我答應彭少雄入仙女廟爲人治病也有不得已的苦衷。你們不妨聽一聽這個經過吧！

『各位，我和彭少雄早在五年前就認識，他曾在我父親的畫室學過繪畫。不過近幾年，我們不曾見面。二個月前的星期日晚上，我記得那天一直下著冷雨，在早上我辦完了靈療大會，由於有幾個人的病情比較特殊，我和他們談了整個下午，等我收拾好仙女廟的內外雜務後，已經過了晚上十點鐘，我返回文化區的老家宿舍。這時仍下著雨，當我走進屋裡時，母親先已睡了，卻沒有見到老父和女兒在屋裡。於是我問母親和隔壁的鄰居，他們都表示没有看見他們回來。我又到文教區的街道去尋找，在書店、裱褙店、藝廊仍然不見他們的影子。回到屋裡已經十一點了。冷雨打濕了我的衣服。我洗了澡，換一套運動服，泡了茶在客廳略坐，這時電話響起來了。原來是金記塑膠鞋工廠的老闆打來電話。他說我的父親和女兒在他的工廠作客，要我去工廠把他們接回來。王阿金曾是我的病患，三年前是他的事業最混亂的時期，他在中美洲投資的塑膠鞋工廠遭到當地工人的罷工抵制，在台灣又遭黑社會的威脅，太太女兒多次被綁架。在不停的打擊下，他失去了控制力，陷在很深的憂鬱中，到仙女廟求治前，他曾二次自殺不成，是我治好他的病的。因此我在電話說：「王老闆，你能不能派個司機送他們回來呢？」王阿金欲言又止，最後他表示他的女兒一直要我老父指導她作畫，不肯讓他們祖孫回來，無論如何我親自去一趟比較好。

我不疑有他，立刻動身前往。

金記塑膠鞋工廠位在通往西部平原的大公路旁，是加工區相當醒目乾淨的工廠，廠房沿道路迤邐而建，形成狹長的形狀，男女工人大約在千人左右，即使是略有陰雨的十一點夜晚，這裡的水銀燈依然異常明亮，我的車子駛到了工廠大門，兩個警衛立刻打開大門，當他們用銳利的眼睛盯著我察看時，我才注意到這二個人年紀都在十七、八歲上下，穿戴著黑色的大衣和墨鏡及一頂黑色的警衛大盤帽。

大門內有幾百坪的韓國草地，中間就是六層樓的辦公大樓，工廠就散落在四面八方。我被帶到辦公大樓下見到了王阿金，他立即請我到五樓的貴賓室奉茶。

這兒不愧是金記大工廠的貴賓室，偌大的客廳足足有二百坪以上，大理石的地板、牆壁，中間有會議用的圓桌，室內有酒櫃、大螢幕電視、撞球桌、電動玩具、高級音響、豪華壁飾，落地長窗可以看到四周水銀燈下的工廠全景，大夜班的工人正在趕出貨。我以爲王阿金一定把我的父親及女兒安頓在這裡，但意外的，我並沒有見到他們，在會客室裡的竟然是彭少雄。

當我發現似乎中了某種詭計的時候，王阿金立即向我道歉，他說：「顏夫人，很抱歉，我不能不這麼做。其實你的父親、女兒不在這裡，他們目前正和我太太、女兒逛百貨公司，一會兒我太太就送他們回家。所以帶妳到這兒來全是彭先生的主意。彭先生認爲這樣才可能見到妳，他知道妳一向對他有成見。這三年來我除了受妳幫助外，就數彭先生幫我最多，你們都是我的恩人，希望你們聊聊，能化解彼此的誤解。對於這次的失禮，我改天再到仙女廟去向你賠罪，你們隨意談談，等會兒我再來一趟。」王阿金說完，匆忙離開了。

我看了彭少雄一眼，在最近我頗注意他在A市的崛起，他和我父親有些關係。五年前，他剛由北部回到A市時，曾入我父親的畫室習畫。他有天份，具有很強的表現主義的畫派潛力，但不知道什麼原因，只學了一年就不再習畫，不久參選市民代表，當選後又捲入幾起恐嚇和私槍的買賣之中，後案子被撤消，他偶而會打電話到仙女廟找我，但我覺得他走上一條令人無從理解的道路，所以總是拒絕他的長談，尤其他和一些議員大肆炒作加工區的地皮，使我根本看不起他。

但是，今夜的彭少雄看起來卻很令人舒服。他穿一件藍白相間的格子青年西裝，頭髮中分梳得整齊，長長的眉毛下的那雙丹鳳眼有一種憂鬱的沈靜美。就像從前他在畫室裡所作的自畫像一樣，陷在一種藍白雨霧下的那個閉眼的青蒼少年一樣。我承認彭少雄是漂亮標緻的青年，假如我再年輕十五歲，說不定我也會被他的外表迷住。但如今我反而必須把這種青年的美當成一種惡兆，他使我想到十年前離婚的那個薄倖的丈夫。

「顏姊好。」彭少雄邀我在明亮的酒櫃前的高脚椅子坐下，他擺上一組酒杯，說：「很難得我終於能單獨和你見面。要酒嗎？」

「好，請給我倒一小杯甜酒。」

「我先向妳道歉。」彭少雄去壁間取一瓶外國甜酒，又說：「其實，要妳到工廠來是我的好意，我可以在這兒和妳長談一番。妳的酒在這兒。」

「謝謝你。我們不是外人，你一定想和我談作畫的事吧。從前我就已當面告訴過你，你是我少見的頗有天份的畫者，可惜你又不想畫。你現在是不是後悔了又想回我父親的畫室，三心兩意不會有好的成就的。」

「不！不！我不是要談畫的。」彭少雄喝著罐裝的黑啤酒，說：「那玩意我早就不搞了，不過是當時偶然的興趣罷了。今天約妳在這兒見面另有目的，我直說好了，我想和妳一起在仙女廟爲病患做靈療，也就是說我想用仙女廟的名氣在那兒掛名治病。」

「你不是開玩笑吧？」我非常詫異，以爲我聽錯了話，不相信地問他說：「你知道靈療不是一般人做得來的，要有條件的呀！少雄老弟，假如說到習畫，我肯定你有天份，但靈療你不可能會有那種天份的。」

「誰說我沒有那種天份呢？顏姊。」彭少雄笑起來了，他揚一揚手中的啤酒罐說：「不瞞妳說，我這次出馬競選市長，需要妳的幫忙。」

「我能幫什麼呢？就讓你掛名在仙女廟當個和我一樣的巫醫就能給你幫忙嗎？」

「不錯呀！顏姊，我希望多拉一些加工區的選票。」

「你這種想法是不對的，接受仙女廟靈療的人不多。」

「也不能算少，顏姊。妳的情況我比妳更清楚，每週大約有一、二十人在那兒治療，二個月就有二百個人左右，如果這二百個人再向家人拉票，那麼選票可以變成四百票，更何況仙女廟的信徒不下有幾千人。這個影響力很令我注目。」

「你倒很會打算盤嘛！」想不到彭少雄會打這個主意，但我不相信他選得上市長，所以我仍勸他說：「你選不上市長的。」

「妳又錯了，我會選上的。」彭少雄用食指指著我的臉，彷彿要糾正一項極大的錯誤說：「這件事妳不懂，沒有人能猜測我的實力多強大。舉例來說吧！在五年前，當我離開畫室時曾告訴妳父親，我說我不想再畫什麼，台灣人不懂也不要什麼現代畫，做一個畫家就等於判自己窮死。我說我要發大財，你的父親怎麼說呢？他說我瘋了。但五年後的現在，我不是有幾億的房地產和現金嗎？發財在台灣很容易，這個妳當然不懂。又譬如說我在王阿金這裡每月也可固定地收入幾十萬，我倒頗願意告訴妳這個祕密。妳認爲王阿金的生命是仙女廟救下來的嗎？」

「我想是的，仙女廟曾治好他的精神崩潰。」

「妳的說法是片面的。我不客氣地說，仙女廟的救治是短暫的，眞正救他的人還是我彭少雄。三年前，當王阿金陷入被勒索的漩渦中，每隔一段日子，南部的幫派份子就有人駕車前來工廠，當面向他要現金。一次就是三十萬、五十萬，王阿金拿不出來，他們就當場擄走他的妻子或兒女。王阿金曾報警，但那個幫派在警局裡有內線，只要王阿金打完電話，五分鐘後，南部幫派就知道他報警，勒索就更大。當王阿金懷疑我是否有能力保護他時，我就告訴他，只要給我十天的時間，就保證他的生活風平浪靜。王阿金答應了。於是我派了手下人馬駐進工廠，開除了幾個疑似南部幫的假員工，我叫我的手下加強門禁及巡邏，不到幾天，工廠的浮動氣氛就平靜了。當然一場火拚是免不了的。我還記得那時正是民進黨大規模在北市抗議的時候，全台的警力都調往台北。南部幫派人送帖子來，約好在A市的河床上談判。我那時並沒有把握。但你父親說對了，我有時彷彿是瘋了。爲了贏取那場談判，我立即購下了兩挺輕機槍。妳是個女人家，不瞭解那場談判有多刺激，南部幫的人雖凶猛，但我預先在河床兩邊的山稜構築好機槍陣地。當他們十輛以上的轎車開進了河床，立即遭到機槍火網的封鎖，在倉皇中，他們急速地逃跑了，他們想不到我的火力如此強大，從此他們放棄對王阿金的勒索，不敢再跨進Ａ市半步。於是王阿金受我保護，條件是每年三百萬的保護費，以及員工的檳榔、香菸、茶水都由我統籌買賣。今天我見到你的老父，他當場批評我墮落，並直說我是Ａ市的人渣。對這種批評我不願辯駁，因爲他曾被Ｋ．Ｍ．Ｔ關在綠島十五年之久，付出的代價很大，也是我仰慕他的原因之一。我也曾入獄過，知道那種怨恨和痛苦。但我也告訴他，在台灣生存的人被Ｋ．Ｍ．Ｔ判刑入獄是正常的，可是能在出獄之後仍與Ｋ．Ｍ．Ｔ周旋才是了不起的，我就是個中翹楚，並叫Ｋ．Ｍ．Ｔ心服口服，這才是眞本事。我不想當妳女人家的面提到這許多爭鬥的事，雖然世事難料，但我已下定決心做的事，就一定要達成，妳一定要幫助我。」

「不！不論如何，我不讓你在仙女廟掛名爲人治病，你一定沒有眞正地看過我怎麼治病，靈療可不比你的火拚呀！」

「我知道妳的診病實況，曾經有一位記者爲我在這兒播放過現況實錄的影帶。」彭少雄的臉轉成一幅嚴肅，他說：「妳使用石板替人治病，還有石板上靈的顯像焚燒都很特別，妳的確有些神力。不過我卻認爲妳們的神蹟不算什麼，浮體飛行空中的五術很普遍，不知內情的俗人會認爲不可思議，但知其內情如我者卻當它是一場無稽的雜耍而已。」

「你說我的治病是一種雜耍？」我聽了一時間感到生氣，厲聲說：「你的真面目是什麼？憑什麼竟敢斷言我的法術只是普通而已？」

「不用生氣吧，顏姊！」彭少雄戲笑起他很美麗的臉，勾人心魂的眼眸一片迷人，他說：「妳使用的法術我也會。石板飛旋、顯像焚燒我做得比妳好。請恕我誇口，仙女廟的治療有時還不一定人人有效，但假若由我治療的話，療效必可百分之百。而且妳不要怪我批評妳們的作風。妳們憑什麼選擇出某些人該治療、某些人不該治療？不做虧心事的人就該獲治療，做虧心事的人就不該治療嗎？但是什麼叫做虧心事呢？殺人放火就是虧心事嗎？那麼請問更大的大自然的災害、人們的飢餓、死亡戰亂是誰做的虧心事？不是至高的神嗎？至高的神都做虧心事，一般的人又怎能不做虧心事？我倒認爲做虧心事的人才應當獲救，他們不過也是履行神的旨意而已。神的旨意有兩面，一是創造一是破壞，沒有破壞那有創造。我不須多說。簡而言之，仙女廟的作風是幼稚、不成熟的。壓根兒缺乏辯證。這樣好了，妳不肯治療或不願治療的人由我來治療，下一個星期日早上我會到仙女廟去。」

「是嗎？」我覺得他的話具有挑戰的味道，加以我根本不相信他有靈療的本事，我一時產生過度輕敵的情緒，說：「如果你有本事，我也難以拒絕。不過你要不要證明一下你有這種能力呢？」

「這倒不難。」彭少雄愉快地又喝了啤酒，他說：「我先預言下一個星期日將有九十九個人到仙女廟求治，一個不多，一個不少。假若你治好的人比我多，我就離開仙女廟，假若治好的人比我少，那麼請務必讓我分一點仙女廟靈療的光采。現在我略施雕蟲小技，請不要笑我吧！」

彭少雄站起身來，伸開了略顯青蒼但不失優雅的手在酒櫃上劃咒文，他的臉變得十分美麗，然後大喝一聲，櫃子上浮一層的紅光，而後杯子和茶盤浮昇上來，像一隊的蝶子，繞著偌大的貴賓室飛了一圈又一圈，之後又落回酒櫃上。

我看不出他的任何底細，但我知道我遇到了勁敵。

星期日診病日到了，爲了應付彭少雄的來臨，我凌晨三點鐘就待在廟裡，員工們也提早打掃廟裡廟外。如各位所知，仙女廟的面積有一甲以上，除了幾分地的廟埕外，大半都種了檳榔樹及長青的闊葉樹，在廟後尚有一個大的放生池。廟分三樓，始建時是小祠，但十幾年的經營，變成一棟三樓的大建築，一樓是供奉仙女像，入口模仿宮殿的建築，建了白色的闕台和欄竿，廟門修建十分高聳，通往大殿的廟道光亮寬廣，頗有氣派。本來只想在一樓大殿供奉九十九塊石板就好，但我父親反對，於是我親手繪製仙女的飛翔姿態，囑咐雕刻匠刻出大理石的一公尺高的雕像，就供奉在大殿上。二樓則是治病大堂，三樓則是圖書館。自從和彭少雄長談之後，我敏銳地感到仙女廟發生一些怪象，譬如說在太陽下山後，我佇立在三樓頂上，眼光越過冬日下加工區的那片工廠，眺望寂靜的山脈，我幾次發現在山上有衆多的紅色光體隨意在頂頭飄浮旋轉，它們甚至會成群結隊向著仙女廟飛來，但當我凝視它們，想探查它們的底細時，它們就又成群飛入山裡，宛如刺探的一隊小兵。又譬如說有一天早上，我在一樓的大殿整頓神案，意外的發現大理石雕像的仙女的臉龐有些什麼東西，我吩咐打掃廟庭的一位阿巴桑拿淨布擦拭，才發現是附著的水珠，本來以為只是霧氣所凝結，繼而又發現水珠掉個不停，我沾了水珠放在口裡，有鹹鹹的味道，這才斷定是神像眼睛所流下的眼淚。打從仙女廟建立以來，我還沒有見過這種現象，以往我總想神像是雕出來的，並非靈的本身，不可能會有什麼神蹟發生，因此我極感震驚，一會兒才想到有些意外的事情可能要發生了。

這個星期日的早晨，我不敢怠慢，一大早就進入二樓的治病大堂裡，這個大堂是由父親的一位日本朋友設計的。四周都用了木造的和式門窗，寬廣的大堂內都舖了榻榻米，正面的牆上畫了大圓，圓裡書寫「仙女」二個字，在大圓之下就是法壇和我的座位，大堂後置放幾大缶的田田蓮花。此時細格子的大扉透進來冬日蓮霧樹及玉蘭花樹的香氣，氣候略寒，卻使人精神抖擻。

九十九塊的石板立即被置放在法壇之前，依次排開成九疊，這些石板是我父親在石門的山地所購得，也是仙女一向使用的靈療工具，我從來不敢輕易地置放它們。

一大早，陸陸續續地有許多前來求治的信徒，他們依次坐在榻榻米上，每排九人，重病的患者由家屬扶助他們，我看到一個母親抱著她的患病女兒坐在最前面的一排，寂寞的身影使她們本來就瘦弱的身子更加地瘦了。今天的病患增加了很多，使我暗暗驚訝。

八點三十分，廟埕外擠滿各地來的大大小小的車輛，我聽到了一陣更大的囂鬧的車隊聲在公路傳來，就走到一樓外的廟埕上。我看到廟埕外的大馬路邊停了兩排的無篷白色吉普車，每一輛吉普車上都坐著身著黑色西裝、戴墨鏡的年輕人，吉普車上插著林立飄揚的競選旗幟。之後就是無篷的流線型轎車，每一輛車都站了幾位穿著透明白紗的少女，她們的手都捧著花，女孩子白色的皮膚在冬陽下發光。

彭少雄下車走進廟埕，他的背後當然跟著一些民代、議員及Ｋ．Ｍ．Ｔ的黨部人員。他們表示今天車隊首次要到Ａ市繞街，表示彭少雄參選的決心。

我們立即走到治病的大堂，彭少雄一行人站在我的法壇右側。當我細數求治的病患人數時，赫然發現是九十九個人，一人不多，一人不少。

如各位所知，我的治療儀式並不神祕，通常我要閉眼唸一遍禱文。在禱文結束時，我的意識就會向另一個世界浮升上去，慢慢和大堂的環境產生一種薄膜性的隔閡，大堂和我愈距愈遠，意識便一直爬昇到一個空白的但充滿靈動的界閾，於是一個界閾過了又一個界閾，每個界閾都有人居住在那兒，並且友善地向我打招呼，最後是上昇到一片光音無限的靈動空間，在那兒我聽到了處處有著風鈴般輕盈的樂聲，我就停止飄浮，九天仙女無限美好的頭部輪廓就在光的波動中出現，那時我會感受到一種年輕的、充滿活力的靈動力量進入我的內在，剎那間我變成一種靈界與現實世界的交流器，我只須揮動現實世界的手，那些薄薄的石板就會被手指滲出的強大靈力舉起來，盤旋地降在它們該降落的地方，而後過剩的靈力會在降落後的石板上凝結出長髮披肩的美麗仙女線條頭像，情形就像水凝結成冰一樣。這時的病人會感受到靈的力量，渾身震動，有些病人會浮昇在空中，通常我會事先告訴他們，遇到這種情況是正常現象，不應該慌張，當仙女像焚燒之後，他們的病就會好轉獲治療。

但是，這次的治療很意外，當我的意識直奔那個光音世界找尋仙女時，並無阻擋，那世界仍一片光音無限，我的指尖仍滲出一股一股的靈力，但卻發現大堂的情況有異，那時只感到大堂的空間距離我忽然遙遠不堪，簡單地說彷彿有一種力量把大堂的空間向後移，終至於移向遙遠的一方，我的靈力抵達石板時已變得柔弱無力有如強弩之末，儘管我努力揚手釋出靈力，卻只有五、六塊石板飛騰起來，我只知最先降下的石板落在那對瘦弱的母女前面，其他還有幾個人勉強獲得治療，和往日一半人獲治療的情況不同。

我大吃一驚，立即走下法壇，向求治的人致歉。

彭少雄走到我的前面來，他的裝扮仍和前一天我見他時的那樣，但不同的是這次在他的手腕戴有一個六角形的類似羅盤的飾物，上頭鑲著六個鏡面。

「顏姊，我猜這次是妳最差的一次治療吧。」彭少雄孩子氣地笑著說：「但妳不必說這次的治療是失敗的。還有我呢！」

彭少雄說完，他打了一個優美的手印，大喝一聲，我發現他手腕上的飾物放射紅色的光，像汩汩流動的六道血光，照射在石板上，於是石板凌空而起，排成幾排飛翔的鳥群之狀，降在其餘九十幾位求治者的腳跟前。那些人一陣搖動，有人匍匐在地、有的仰頭倒下、有的手舞足蹈，不一會那石板浮起靈的顯像，明顯的不是仙女頭像，卻是一只類似蝙蝠的圖形，之後就焚燃起來，病患都說他們已獲治療。

我立即走下一樓的大殿，在仙女像前焚香，我目睹神像的淚更加明顯地汩汩流著，我的淚也不禁滂沱而下了。

「各位，之後的情形你們當然知道。我被逼必須接納彭少雄在仙女廟爲人治病。他果然在競選期間使治療人數增了十倍，他要求被治療的人把票投給他。但我懷疑爲什麼A市二個月之間怎會增加了那麼多嚴重的病患！」

鐵皮屋裡的人聽了顏天香的一席話都沉默了，尤其吳厚土的臉變得更爲凝肅，空氣更爲顯得寒冷。

這時病床上的紀美芳佳人反而因爲鐵皮屋的肅靜醒過來，她的身體不停地翻覆著，她叫著說：「唉！痛呀！我的身體要被撕開了！痛呀！唉！我的身體要裂開了！」

鐵皮屋又一陣忙，醉漢和乞丐又跑過去安撫她了。

3

海將軍廟的啓靈師父陳旺水在桌前欲言又止，他看了看吳厚土和顏天香，臉色也變得慚愧起來，他說：「我在最近也受到了彭少雄的一場侮辱。只是我比較臉薄，不敢先說出來，不過現在我也覺得沒有保留的必要，說出來還是快活些。如各位所知，A市的啓靈學會最近有很大的變化。本來只是海將軍廟的我這一派力量較大，但是最近彭少雄膺任副會長，他的勢力隱隱然已超過了我這個派系，估計下一屆啓靈學會的會長的職務就由他擔任了。他的學生日漸增多，降靈的技術令人嘆爲觀止，他使我感到老邁不堪，甚至是自慚形穢了。」

「你是說彭少雄的降靈的技術勝過了你？」吳厚土搖搖頭，不相信地說：「這種事怎麼可能發生呢？」

鐵皮屋的人都和吳厚土一樣，難以相信陳旺水所說的事。在A市的五術界裡，陳旺水的名氣好極了，不只是因爲他的海將軍廟很靈驗，更是因他桃李滿天下，A市或者說是許多中部的寺廟的乩童都曾受教於陳旺水的啓靈術，他傳授降乩的一套方法，協助一些想打開生命的另一道窗的人們。每個月有一次，他在海將軍廟的大埕上擺道壇，壇上供奉七盆象徵智慧的白珊瑚樹，通常他會有很長的一段優美的祈神舞蹈，之後是催神符咒，他的符咒相當複雜，大體類如象形文，就是符籙專家也難以洞悉它的內涵。這些手續做完，他使用一把古銅劍，大喝一聲，靈就如雨一般地降下，它擊打在圍觀者的身上，嗶嗶剝剝，有人就會感到眼前廓然洞開，看到一片景觀。儘管景觀不一，但被靈所附的人大抵都先看到美麗的海洋世界，這個世界會透露一些訊息給他們。曾經有一次前來觀禮的一位記者被附身，他明顯地說出在西洋岸的河口沉落的一艘鄭氏沉船，裡面是一些古幣和瓷器，這個消息引動潛水伕的興趣，後來果然在河口撈起不少的東西，這個記者日後成爲有名的預言家。陳旺水最有名的演出是降靈在動物的身上，竟然可以使一些動物也說出預言，曾經有一位旅行各地的南美洲叢林術士風聞這個神蹟，他搭了飛機，經由澳洲，繞了半個地球抵達A市，他攜有一群魔術鸚鵡來到海將軍廟，那位術士叫鸚鵡演唱十個國家的民謠，由於唱得好極了，大家還以爲是術士暗中播放音樂。他也要求陳旺水使鸚鵡們歌唱，陳旺水說他只會叫鸚鵡說預言，術士不相信這種把戲，於是陳旺水使海將軍的靈降在鸚鵡群中，十隻鸚鵡齊聲說出這位術士是海洛英的走私者，並將死於一場叢林毒梟的殲滅戰，由於十隻鸚鵡一齊使用了西班牙語說話，宛如十個警察齊聲吶喊一樣，這位術士當場暈倒。陳旺水因之名噪國外，曾旅行在國外做表演，頗有國際名氣。儘管如此，陳旺水並不只是以表演爲他的事業，他嘗試做一些對人群有益的事。有一群刑事警察曾接受過啓靈，大抵都在短期內有了靈視，當中有一位是身受槍傷瀕臨退休的小警官，有一次當他把玩一疊凶殺場景的照片時，立刻指出兇手隱藏在一棟七樓大廈的樓頂上，並叫繪像的人員畫下了兇手的面貌，案子立刻偵破，這位警官在退休後成了各大刑案的指導人。

從外表看來，陳旺水有點佝僂，這是因爲他打從年輕時就低著臉走路的結果。他的身材還算高䠷，即使如今已五十歲的他仍看來有一七五公分以上，但是他的臉太小，彷彿有一種力量由臉框不停向內擠，最後硬被擠成小三角形，但耳朵展開如二把大扇子，看起來就像外星怪物。自幼他就感到相貌醜陋，不敢見人，這是他一生命運坎坷的開始；這一點倒還不足爲奇，最奇怪的，他在年紀

很小的時候就過度地意志薄弱，像一個超乎常情的傻瓜一樣，輕易地相信別人，尤其是一大群人一齊謆動他時，他常把持不住自己。

十三歲時，他念初級中學，一向他的成績都很好，顯得比別人聰明。但大家知道他意志薄弱，都跑來欺侮他。有一次英文期中考，一個女同學告訴他月考的試卷上將只有一道考題，而且考題的答案只有一個「read」的單字，只唸這個單字就得一百分。剛開始他不相信，但另一個男同學也這麼說，不久後有第三個人又對他這麼說。陳旺水發誓不中他們的詭計，他不相信考試如此簡單就得一百分，但同學一再重覆對他這麼說，最後他竟相信了，在貪便宜少唸書之下，考試的結果當然零分。於是「林美麗要他親她的嘴」「校長要請他吃鱷魚蛋」……等等的好戲都出籠了，陳旺水居然全都照做了，他變成同伴取悅的對象。這種易信的怪格在長大後仍沒改變。

十六歲他初中畢業，學了三年的煮飯技術，同時唸完商科的夜間部，之後因爲扁平足，當了幾個月的國民兵，二十歲，他開始在A市做米糧生意，他聰明地摸索出致富的訣竅，那就是貸款給窮苦的、繳不出賦稅的西海岸農民，利息收得略重，而後在稻米剛收成時，運回抵帳得來的稻米，收藏起來，在米的價格上揚時，他拋售稻穀，並碾了大量的白米賣給米店，他又代售進口的雜糧，大賺了一筆錢，在A市的市場區，他有一爿店面，又有一家的碾米小工廠，他省吃儉用，頗爲富有。但一九六二年，古巴危機發生，由於謠傳世界將毀於一場的核戰，A市的人鎮日都談到世界末日的來臨，他的朋友叫他賣掉所有的存米及碾米場去尋樂一番，靜等死亡的降臨，陳旺水本來不信，但後來認識他的人都那樣勸他，於是在恐慌中，他以十分低廉的價格賣了他的動產和不動產，這次導致他破產。

之後他轉業經營房地產，在Ａ市買賣土地，他有一種方法可以得知全縣即將破產者的訊息，然後登門拜訪他們，收購他們的房地產，破產者通常會以極低廉的價格賣出他的產業，因此陳旺水往往能大賺一筆，幾年之後，他又有些資產。但一九七一年到了，台灣退出聯合國的消息引起人們注意。起先是不明顯地有人賣出Ａ市的房子和土地，往國外移民，不久就捲起狂潮，大家都感到台灣已失去了國際的支持，即將變成國際的棄嬰，不久就會消失在這個地球上。陳旺水又緊張起來，大家又來給他出主意，於是在慌亂中，他以不到一半的價格賣出暴跌的房地產，他又再度破產。

之後他流落到西海岸，透過朋友的介紹，他挿足遠洋漁業，股份了幾艘大型的流刺網漁船。他曾經隨船遠航捕魚，冒險進入美國的領海偷捕鮭魚，結果被拘留，也曾在阿根廷的福克蘭群島遭機槍掃射，更在南太平洋的群島遭到颶風被困孤島，只好野地求生。所有這一些遭遇都没有使他懷疑自己的人生，但一九七九年到了，整個台灣迅速籠罩在中美斷交的陰影中。普遍的半知識階級都被恐共症俘擄了，Ａ市的許多人更加相信台灣一定會被中共佔領。朋友又勸他賣掉漁船，準備流亡到國外。他努力抵抗這種黑色的恐懼，但風潮愈來愈大，最後他以最低的價格脫手賣出漁船及所有僅存的股票、房子，這回，他眞眞正正地破了產，好幾年的努力付之東流。

最後的這一次破產使他想自殺，他回到Ａ市的祖厝，把從西海岸航行時向南太平洋的土著買來的一把古銅劍掛在大廳上，吞食大量砒霜，但沒死，被送往醫院，回來大病四十天。這時廳堂上的銅劍卻不斷地發出靈力，他被一道藍光帶向一個湛藍的海底世界，他周遊神祕的海底有四十天。之後大病痊癒，他發現他無端地可以見到許多的景象，於是變成了啓靈的師父。

這時，他想到了最初他的謀生技術——廚藝，於是他嘗試在最熱鬧的電影街和夜市區之間，開設了海將軍餐館，由他親自掌廚，由於他和西海岸的漁市熟稔，可以得到便宜的魚貨，他的廚藝也不錯，於是生意興隆，又賺了錢。

他又在夜市的後面購了三分地，建了海將軍廟，他省吃儉用，把餐廳賺的錢用來支付廟宇的興建費用，十年來，他的廟香火鼎盛，使他不必再爲錢煩惱。從此他擺脫噩運。一九八七年，蔣經國去世，他不再感到流言的恐怖，並沒有使他亂賣一點點的產業。據他自己指出，往日他易受謫動、驚嚇是因爲他對未來有一種不能把持的恐懼感。他說人類對過去及未來的事情所知有限，這是一種宿命。一般人不在乎，但他不一樣。自幼以來，只要面對未來，他的大腦就呈現一片黑暗，自己彷彿是置身在無邊空暗中的小燈，不久，燈光滅了，他就做出恐懼的反應，結果不是小錯就是大錯，但現在海將軍的靈救了他，在面對未來時，他的大腦就會看到有關未來的景象，他知道趨吉避凶，不曾再慌張了。譬如說有一陣子，財團和幫派企圖買下整個夜市的土地，他們勾結黨方的官員恐嚇了夜市的商家，傳出要徵收這一帶的土地建學校，但陳旺水指出了這個流言的內幕，遏止了賤賣土地的悲劇，他變成夜市商家的代言人。海將軍廟的名氣也隨著啓靈人士的增多，在A市的寺廟界擁有尊榮。

陳旺水看了看鐵皮屋的衆人，終於開口說了：

『如各位所知，這幾年，我在夜市賺了一些錢，本來想歇業不做生意，專心侍奉海將軍，但礙於仍有些舊帳未還，所以更努力煮飯了。就在選前的一個半月左右，有一天，我正在廚房忙，有人找我說彭少雄的競選總部成立了，那兒要辦一百桌的酒席，想包給我料理。他開出的每桌的價碼超過一般價碼的二成，我毫不考慮地就答應說：「好。」

彭少雄我在四年前就認得他，有一段時間，他和一批人在夜市開設了一家川菜館，還到過我的餐廳來學幾道名菜，但後來他竟一聲不響地離開了，同時關了川菜館。不久，川菜館換成了鋼珠店，與電影街的幾家賭博電玩同時開張，據說是彭少雄在背後掌控，我認爲這是謠言，但最近，他和一批議員一直要強購夜市的土地，這件事每人都曉得，我認爲他對夜市的妄想已經很深了，他大概瘋了。

他的競選總部就設在K．M．T地方黨部剛遷走一所空曠的大園邸裡，就在市政府的旁邊，坐落在四周都是高樓大廈的包圍之中。這座建築是舊黑的一排三層樓水泥建築，共三十六間房間。四周長滿了野草，大概有二甲以上的土地，有一道很高的鑲著鐵蒺藜、破玻璃的牆壁圍住了它。我以前在A市做土地買賣的時候就很注意它，有幾次聽說市政府想拋售它，但礙於租給黨部，始終都舉棋不定。在一九六〇年代以前，它是一所軍營，有一個小部隊住在這兒，幼年時，我就常看到黃昏時有一隊赤裸上身的戰士跑出營區沿著街道做操練。一九七〇年左右它是職訓監獄，關了各地來的犯人，大家必定看過他們有時到學校或廟宇幫忙整頓屋瓦的姿影，一九八〇年變成少年吸毒勒戒所，不久又成爲地方黨部，總之，這是一塊很奇特的土地，那棟建築也充滿神祕的印記。幼年時，我常偷偷跑來看它，便瞧見高於圍牆上的那排窗户，鐵條密密麻麻地扼住了窗子，就像一排無告的、瘋了的眼睛，聽說在這兒改爲監牢的那時期，這裡發生了幾次的暴動，死去許多的人。K·M·T的地方黨部遷進來時，爲了避邪，把大門敲掉，換了鐵柵的新門，在門邊掛了黨部的大徽記，又挿了一片黨旗和國旗在兩邊，可是建築在日益衰敗下益形散發詭異的感覺，和黨國的氣氛合起來，更加地強化了監禁和肅殺的一股壓力。近來黨部遷走，它一下子陷入了完全空洞之中，有人盛傳這兒出現不祥之物，我還不清楚爲什麼彭少雄要租下這個建築做他的競選總部。

當我走進了這座舊黨部園邸之後，才發現它比我想像的範圍還大。佔地在三甲以上。靠近樓房五十餘公尺用一道生銹的鐵絲網圈圍起來，大抵是乾淨的水泥地。鐵絲網之外一直到圍牆的空曠地則是斷垣頽壁和土埠坑洞，被高大的雜草、錯雜的苦楝樹及鈴鐺花之類的植物掩蓋了。在右邊有一棟斷壁的建築，瓦牆散落，似乎就是謠傳中監獄暴動時燒掉的囚犯工廠。圍牆外隔了巷道，毗鄰的就是高聳入雲的賓館和飯店。

我們在水泥地擺飯桌，圍搭巨大的篷子，足足有一百桌以上。餐會在夜間七點開始，祝賀的狂潮使這個園邸擠滿了人，黨政要員都列席在餐會上，包括了省黨部代表、省府委員、縣長、鄉鎮長及法官都來了，人人爭相發言，就是老鴇及各校的校長也搶著麥克風說幾句話，這種吃喝的盛況在我廚師的生涯中尚不多見。

在餐會結束時，已經是十二點了，退去人潮的酒席留下了滿地的殘渣。由於我的餐廳的人手不足，所以事先另請夜市的許多同行來幫忙，但由於餐會龐大，收拾起來頗費工夫，在整頓好桌椅廚具時，已經是深夜三點鐘了，我感到有些累。

這時，我被叫往三樓上的大廳，彭少雄表示要當面和我談話。由一樓到三樓的樓梯事實上已很古舊，雖然努力地粉刷，但階梯及牆上到處有斑斑的苔痕，有些地方似乎留下了彈孔的痕跡。

三樓的大廳很寬，是以前黨部的辦公室，天花板還吊著電扇，辦公桌仍相當整潔。我看見了許多穿黑色西裝，梳亮頭髮的青少年在桌邊玩牌。一看到我，他們就離開了，房裡就剩彭少雄。

他在這個大喜的日子，穿一件黑亮的皮衣，流線型的褶紋寬大黑西裝褲，長筒義大利黑色馬靴，脖子上圍了一條乳白色的手編圍巾，身上所披掛的大紅的準候選人的彩帶仍未脫去，看起來很像軍營的值星官。大概是喝了一些酒，他青蒼晰白的臉透出一層粉紅，秀麗中帶著英氣。

他邀我坐在大辦公桌的前面坐下，說：

「陳師父，不瞞你說，這次請你煮這頓飯的原因，除了表示我對你的誠意外，就是想和你商量二件事。」

「什麼事呢？彭先生。」

「第一件是夜市的事。」

「我知道，你一定是要我勸夜市的人賣掉他們的土地，對不對？」

「正是如此。」彭少雄微微笑著，眼睛炯炯有神，他說：「你是他們的代言人，只要你勸他們賣，他們就會有人賣。」

「不！我不能勸他們賣，相反的，我要叫他們守住土地，不向惡勢力低頭。你不該勾結黨政方面的人來欺壓夜市這些謀生者，尤其你也曾在夜市生活過，怎能做這種泯滅天良的事。」

「陳師父，這是你對我的誤解。事實上我不欺壓誰。」彭少雄搖了搖頭說：「我放棄經營小餐廳已經四年了。當初我爲什麼要放棄呢？那就是意識到夜市的小生意是沒有前途的，不過是吃不飽、餓不死的維生方式。我知道這些年，你們在夜市所賺的錢並不多，大家只是窮打混，過一天算一天。假如說有人要高價收買那兒的土地，你們就該及早賣掉，好的機會不多。如果那兒的土地讓給了我們，夜市就可以蓋出層層大樓，你們難道不希望夜市有朝一日能繁榮無比嗎？其次就是和所謂黨政人員勾結的這件事。勾結這個名詞有些難聽，其實這只是賺錢的一種手段而已。陳師父，你還記得我有一陣子曾在你的餐館學手藝的事吧，那時我曾勸你在餐館多掛一些黨政名流的肖相和墨寶，也曾建議你優待黨政人員到你餐館用餐，當時我一再提醒你這是致富的要件，你可以和他們建立一種互惠的關係，彼此都有好處。在台灣生存的人，人人都需要黨政關係當靠山，但你不聽，當時我就直感到你雖聰明，但終究是成不了大器的人，到現在你的餐廳仍是舊日規模。我倒願意提供近兩三年我和黨政人員共生的實例給你做個參考。這不是祕密，我不怕你知道。前一屆的立委選舉你記得吧？那一年反K．M．T的戴萬仁受傷退選的事你仍記憶猶新吧？當時大家都覺得他必然當選，卻不幸受到了重傷害只好退出選舉。你知道他爲什麼身受重傷嗎？」

「人有旦夕禍福嘛，這很平常。」我說。

「不！這件事是我做的。」彭少雄戲笑地說：「那時K．M．T地方黨部爲了戴萬仁的事傷透腦筋，他揭發了黨太多的內幕，而且黨的提名人又不能落選，地方黨部想不出有什麼法子可以制裁戴萬仁，因此有人介紹黨部主委和黑幫的兄弟吃飯，黨方暗示我們除掉戴萬仁才能力挽狂瀾。黑幫的人都噤著，大家不願意拿這麼醒眼的目標下手，因爲容易出事。卻只有我願意去做。我向黨主委保證這件事必能如他所願。在選戰最激烈的時候，我在朋友中挑了一位做案的高手，當時他在縱貫線跑單幫，很猛，我給了他一張戴萬仁在各地舉行政見說明會的流程表，當戴萬仁正在百貨街沿路拜票時，那位朋友騎了機車朝宣傳車裡丟下了改製的一顆手榴彈，轟然一聲，戴萬仁被炸離車外有二十公尺處，渾身找不到一處是完好無恙的，隔天他就退出選局。這個事件從此使我和黨方有很深的關係，我固然需要他們，但是他們也需要我。不知內情的人認爲我勾結黨方魚肉百姓，但知道現實的人就覺得這種事很自然，大家都方便嘛！陳師父，你還認爲我們要不到夜市的土地嗎？」

「我不敢說你們一定要不到，但我們也不會束手就擒的。」

「說得好，陳師父。但是我仍想勸一勸你加入我們這個團體比較好。你一生的悲劇我很清楚，生活在台灣原本就是一件拚命的事。這個島本來就很不安全，隨時都會發生大問題。衆多的人隨時都準備賣掉產業遠走高飛。但我認爲你早晚總會想通一件事，不管世局如何，只要你和黨方統治者站在同一條線上，你就不必緊張，也不必賣掉產業。我不想和你談太多這種事，這一件夜市的地皮的事不急，我還有第二件事。」

「你說吧！」

「我想當啓靈學會的副會長。」

「什麼!?」

「我想加入你創立的啓靈學會，並且想當副會長。」彭少雄鄭重其事地說：「我知道你一定很吃驚。但這只是爲了使我順利選上市長的一著棋而已。你知道這次我出馬選市長，如果啓靈學會的人支持我，那麼各大寺廟裡就一定會多一些選票。我不想和你競逐會長，畢竟你是創辦人，我只當副會長。陳師父，我們在商言商好了，你讓我擔任副會長的職務，我會提供一筆五十萬元的經費供海將軍廟做修繕，你同意嗎？」

「不！海將軍廟不貪這種小財。你想當副會長有兩個手續必須做好，一是你先取得啓靈學會會員的資格，方法是你在年底的大會裡顯露你的啓靈術，通過審查團的審查，你就是會員。再者是當天舉行正副會長選舉，如果你的票數超過了我，那麼不要說副會長，就是會長你也當得成。」我不想再與他拐彎抹角地說，我直接問他說：「最近我聽說你賄賂啓靈學會的會員，到底有沒有這回事？」

「賄賂嗎？我會做這種事嗎？」彭少雄收斂起他戲笑的臉，嚴肅地說：「我從不賄賂！當然我送了一些銀筷金杯的東西給學會的成員，也許你認爲那是賄賂，但我卻認爲那是一種禮數。不瞞你說，大半的會員都收了我的禮數，就連你的學生中也有人收了杯子，可見你的學生也不一定完全迂腐，你怕會長的寶座會保不住嗎？」

「這一點我倒不擔心。」我也鄭重地說：「如果會員們不選我，我就只好下台，但我卻不認爲你能選上副會長。最起碼，你還不是學員，你必須是個通達降靈術的人才行。」

「這不難！」彭少雄冷笑地說：「一般五術界的人都神化了你和海將軍的降靈術，不明究裡的人把你們捧上天，但識貨的人就會把你們當成與一般的乩童沒兩樣，你們的幻視、預言都還很膚淺，還難不倒我。」

「彭先生。」我聽了他十分誇大的話，頗爲不悅地說：「你說我們的降靈技術很幼稚，這還是我第一次聽到的苛評。能說這種話的人必當是這方面的行家，你到底是誰？你的指導者是誰？」

「我不想告訴你。」彭少雄惡戲地看著我，他說：「你問問海將軍吧！如果祂知道了一定會告訴你。但恐怕祂也不知道我的眞面目呢！彭師父，這個月的望日十五就是你們大會的日子，對吧？」

「没錯。」

「我會準時到達會場向你們討教降靈術。大概來說，啓靈學會的會員的降靈術都很普通，大約也只能降靈在自己或別人的身上。只有你才有降靈在動物身上的本事，我也想表演你這個絕技。如果我也能叫鸚鵡之類的動物說出預言，那麼你一定不要忘了推薦我加入啓靈學會。」

「彭先生如果有這個本事，我們當然歡迎你的加入。」

「好，我們一言爲定。現在我略施小技，在你陳師父的面前露一手，希望你不要笑話我，請站到窗邊來。」

於是，我們起身，面對窗外的大空地。這時已經是午夜四點鐘，嚴寒冬夜下的高樓大廈都熄了燈，整個大院都被黑暗籠罩，更加深了陰暗頹敗。

彭少雄解下了他披掛的那條乳白圍巾，然後望著漆黑的夜空劃了咒文，我瞧不出他的咒文的底細，但經過他劃過符的空中卻留下紅色的符印，之後他大喝一聲，那條圍巾陷入一團紅光中朝著漆黑的大院飛去，斜斜落在野草野樹叢中。

我看到叢草林忽然洞開了一個微明的地下世界，有一個梯子放進洞裡，一列的幻影士兵沿著樓梯爬上來，而後在廣場上端槍排隊，踏步地往圍牆那邊走去。同時在倒塌的囚犯工廠那邊，熊熊的火的幻影燃燒起來，剃光頭、戴脚鐐手銬的人橫衝直撞，有幾個人從火中拉出一具被火燒焦的屍體：：景象有如無聲的電影，一幕又一幕。

我大吃一驚，沒有想到彭少雄有這種重現往事的能力，我知道我面對一個可怕的五術高手。

望日到了，意外的竟是風和日麗的一個天氣。從七點鐘之後，夜市就湧動著人潮，人們風聞海將軍一年一度的降靈大賽，都爭相趕到這裡。

如各位所知，海將軍的規模不大，當初我就無意使它變成大廟，所以只在夜市後買了便宜的三分地，草建了一個水泥平房小廟，以後想擴大，已買不到地皮了。因此只好使廟往空中發展，我把它建成五樓的金色樓閣。一樓是大殿，不設偶像，只供那把古銅劍；二樓是啓靈報的編輯部，每個月印行啓靈月報五千到一萬分不等，分贈各地寺廟；三樓是圖書室；四樓、五樓是客房，供給來自遠方的信徒食、住。樓房之前就是廟埕，提供給夜市附近的居民辦各種活動。

一大早，啓靈會一百多人大半都抵達廟前，當中有幾個是外籍的術士。九點開賽之前，彭少雄也領著大群穿黑色西裝的青少年及黨部的主委到了廣場，人潮把廣場都佔滿了，一片的喧囂。

會員審查的工作在正九時開始，由十人組成的團體擔任審查工作，來自各地的朋友很認眞地表演他們附靈時的劍術、詩藝、預言：：各有特色，最奇異的是一位剛學會說話的三歲小孩，他由父親帶著，站在廣場中央，邀請五個圍觀的人站在他的面前，當他做了一個祈神的儀式後，居然能依次說出那五個人的出生年月日和他們父母的名字，大家都拍手讚嘆。術士當中有一位是西藏的喇嘛，他的專長是說出一些人的前生，他想憑這個本事加入啓靈學會，但遭到評審員的拒絕，因爲前生的事很難驗證眞假，那位喇嘛僧只好苦笑退出。之後是各地知名的通靈師介紹，並當衆展覽他們的各種活動圖片記錄，有一位是菲律賓聖泉治病的瑪琳娜女士，她曾自釘在十字架上有十天之久，另外二位是來自英國的學生姊妹，她們曾在草叢中發現姆指般大小的精靈，確定了精靈世界的存在。一直到了正午，節目才慢慢進入尾聲。

準十二點，太陽高掛，驅走了冬天的寒意，我和彭少雄的法戰上場。

這場法戰由啓靈學會安排，他們帶來了三十隻的暹邏貓。爲什麼要選擇這麼多的暹邏貓呢？我想大概是大家認爲暹邏貓比較安靜，一旦降靈時受到什麼意外的刺激也不致產生大害，另外他們也許想讓我們的降靈成功率增大。

法戰開始，我吩咐學生把七棵白珊瑚樹置放在法壇前，並高掛古銅劍在法壇上，由我先行表演。通常當我做法時，我要先焚一支香，做一場祈神儀式，繼而手持古銅劍焚幾道符，我借著肢體的動作收攝我所有的精神，一支香後，我的眼睛會向下垂看，由鼻尖一直望向丹田。慢慢地我的意識集中在很深的自己的內在，我甚至懷疑自己潛入了血管的內部。而後意識就會通過一道很深的隧道，下降到一個比較要更寬闊的通道，如此一個通道又過一個通道，每個通道都浮飄著五顏六色的泡沫，最後來到一個廣闊無垠的藍色海底。當然這個海洋和現實的海洋有所差別。現實的海必然有水，但這個海卻充滿藍色的透明霧，或者應該說他是藍霧水形成的液體，我必須「游」過一個又一個礁石，經過無鰭的鯊魚群、沒有水柱的抹香鯨夫妻、無尾的熱帶魔鬼魚群，我見到遙遠的沒有熱度的海底火山爆發以及不斷呼吸的海底山丘，之後在一個平原上我游進了龐大的、枝葉錯雜如電網的白珊瑚林，它佔地有幾甲之廣，由上往下看，它宛如圓形的一個大腦，被藍霧所包圍，當我游進珊瑚林時，就會感知自己掉進一個浩大的時間和空間的力場裡。我會突然明白我想明白的許多事，不管是過去的、現在的、未來的。我變成無所不知，有問必答的器皿，只要我的手指略略按了古銅劍，靈力便會釋放出去，感染了有知覺的生命體，使另外的生命體也變成靈的器皿，這是我降靈術的秘密。

但是，就在這一次，當我的意識仍循著通道下降到藍色海底時，我發現有一股紅色的水把前路染污了，叫我看不清去向，我拚命泅泳，迷失在海底有半個鐘頭。當我發現了白珊瑚林時，已經十分疲累了，我匆忙釋出古銅劍的靈力，其中有五隻的暹邏貓受感染，牠們叫了幾聲，奔到五個圍觀者的面前，清晰地說出那些人即將發生的事。我渾身大汗，學生們以爲我出了事，跑過來扶住了我，當我向大家示意一切平安時，大家才拍手叫好。

彭少雄急速地站到法壇來，面對各地知名的術士似乎使他略顯緊張，我看到他的鼻翼已滲出汗珠。他脫掉黑色西裝，露出紅色的夾襖，左腕上有一個瑪瑙紅的手鐲，他做了一個祈求的手勢，把右手的食指捺在左腕的手鐲上，立刻有一種震波自四面八方擁來，慢慢地我們都發現四周被一種紅光所籠罩，血腥味很濃重，有幾個觀衆不舒服、暈眩、顫抖。場上三十隻的暹邏貓都豎起了耳朵，眼珠瞪著四周看，卻低伏著頭，宛若看到極其詭異的東西。彭少雄大喝一聲，朗朗的天空忽然降下紅色的一記閃電，轟地打在廟場上，那三十幾隻貓遭到了某種力量的驅策，躍入觀衆之中，說出了明晰的語言。地上留下一記紅色閃電的影子，就像一隻棲躺在地上的紅色大蝙蝠。

場內的人先是大吃一驚，後來鴉雀無聲，最後拍手聲四起。

我知道他通過了學會的審查。

當天下午，選舉結果，他膺任副會長。』

陳旺水説完，鐵皮屋裡鴉雀無聲，大家陷入了無邊的沈默中，感到冬天的寒氣越發濃重了。

紀美芳佳人又在寂靜中醒過來，這次她大叫：「唉！我的子宮，我的子宮，唉！痛呀！我的子宮！」

顏天香站起來，她走近紀美芳佳人的身邊，爲她祈神治病。

貓羅山之行

1

當唐天養和禱告團的成員抵達了公園區的時候，二月底的天氣意外地有些暖和，夕陽已緩緩地沉落下去，天光黯下來了，圍繞著古老公園旁邊建造起來的五顆星大飯店、來來賓館、巨峰拍賣中心以及無數的大小商店，都旋轉起它們的霓虹燈。以公園爲中心的四條古老街道的住家也都扭開了燈光，行人與車輛擁擠在馬路上。於是，儘管蒼穹剛剛黯淡，萬家燈火的景象卻早就悄悄地展開。

正當他們行經公園朱紅的大門前，唐天養又聞到了一股濃濃的花香，彷彿就是二月間永不凋謝的副熱帶山區的植物香味，暗暗的、重重的，彷彿會溺斃人的那種百花之香。他先是身體一顫，感到整片軀幹皮膚都漸漸痲痺了，隨即他意識到尚有清晰知覺的鼻翼兩側有濕漉漉的、滾動的水滴爬在那兒，他伸手去臉上抹了一把。牧師杜主恩和執事楊約翰在他身邊不約而同地叫起來，因爲他們一齊看到唐天養的臉一片鮮血，把五官整個地塗成一片模糊。一滴滴的血仍不斷由鼻翼的毛細孔末端滲出來，就像是有一股壓力從鼻翼的內部擠壓著，終於在皮膚上凝出血珠，沿著皮膚掉下來之後又冒出幾顆。

唐天養比隨行的人更震驚，他猛然意識到，也許他命在旦夕了。

禱告團的人迅速地把唐天養扶進公園，在噴泉旁的一張四人座的椅子上把他給平放下來，公園的溫柔的燈早就亮了，在暈黃的光線下，他們看著唐天養的臉，在模糊的血跡中並沒有找出什麼明顯傷痕，但是臉面底層早已經透出一層的鉛灰，像是失血的人，慢慢地褪色了，凋殘了。

「怎麼會變成這樣？」杜主恩牧師過來搭一搭他的脈搏，他說：「你的脈搏很亂，正加速地跳著，這是怎麼回事？」

「我不能確定。也許是太累了。」唐天養去口袋裏掏了一條他的服飾店特製的手帕出來，說：「你們誰到噴泉那邊幫我沾溼手帕，讓我把臉抹乾淨，躺一下就會沒事的。」

楊約翰執事接過了印有十字徽記的手帕，向著噴泉那邊跑過去。

禱告團的人顯得有些焦慮和無措。

現在唐天養靜靜地躺在座椅上，他再度聞到那股花香，那裏頭至少混和著七里香及瓊花的味道，還有也許是檀香的氣味。他分不清楚這些花香是來自於這個公園的植物或者是來自他的夢幻。總之，他直覺地感到，只要香味更深一些的話，他就從此與這個世界永別。

「也許這是我的錯。」杜主恩牧師的話在花香中傳播過來，在昏黃的燈光下，畢挺西裝的胳臂下的聖經浮現燙金字體，他說：「這個禮拜以來，我沒和你見面，事先不曉得你病了，昨天還一直逼你前來爲人禱告。」

「不要緊的，禱告是我的義務。人無百日好嘛！」唐天養微微地笑起來，安撫著大家，說：「人不可能常常健康的，對吧？」

唐天養翻個身讓自己側躺著，他竭力地運用殘存的意志力，努力抵抗花香的增濃，那股花香浸入了內臟、也浸入了靈魂的底層，充滿死的味道。

楊約翰跑回來了，把溼溼的手帕打開，爲他抹了臉，說：「唐老師，你會復原的。」

現在，側躺的唐天養可以看到公園蓊鬱的草木。

這個亞熱帶的公園始建於日本昭和二年皇太子出生之時，是三井株式會社的附屬辦公廳，那時會社在A市從事青果的栽培。大抵都是香蕉、鳳梨這些作物，有些青果製成罐頭，行銷到日本內地或歐洲。原有的辦公廳愈建愈大，四周栽植的花木愈來愈多，就變成了公園，最後又在公園外加蓋了員工的木板低矮宿舍，住進了日本人，它就變成一個特區，不久沿著特區的外圍形成幾條街，使這一帶變成了較多的人口區域，大半都是轉運青果的小商家。終戰後，K．M．T潰退到台灣來，日本人遷走，來台的大陸人立即住進日本宿舍，把公園內辦公廳前的日本總督頭像毀掉，在辦公廳前樹立了孫文的銅像，揷上青天白日旗於屋頂上，將之變成國產的一部份。但是這一切都無損於它原來的美麗，日本的小橋流水造景、亭榭小築仍被保留，尤其園內所植的大王椰子仍高聳天空，和著藤花小道彎彎曲曲地切割地面，變成大大小小各種苗圃和花圃，近來A市公所（市民習慣仍稱它市政府）把辦公廳改建爲兒童閱覽室，並在公園的四周砌了故宮式的圍牆，變成A市唯一可以向外界誇耀的優美的公園，凡是遊覽A城的人，必會在他們的旅遊手冊中找到這個公園的圖片。

這時，陷落在四周高樓大廈中的這個公園氤氳在一種靜謐的氣氛中。奇怪的是唐天養幾度懷疑花香是來自於公園內，的確，這個公園的草木就是那麼蓊鬱。不過，他很清楚地記著打從昨日開始，他在服飾店就感到暗香浮動，尤其是今天一大早起床，花香已經很濃，使他不得不站在三樓的客廳俯視著服飾街略爲換氣，那時他感到整個世界是如此憂傷，幾度讓他痛苦異常。

楊約翰執事又跑去洗滌手帕，再跑回來，又替他擦臉，這次血似乎略爲止住了，臉面也清晰起來。

「我們在你的臉上看不出有明顯外傷，總之今天你有沒有什麼意外的刺傷或割傷？」杜主恩俯下身對他說。

「從早上到現在，我没有什麼意外的事。」

「昨天呢？」

「如果是昨天，血早就流過了，怎麼會……。」

「說不定是潛伏性的，當時不怎麼樣，但幾天後就一發不可收拾。」

「嗯。」

「你想想吧。」

「啊——」唐天養忽然叫起來，說：「就是那只蝙蝠。」

「你剛說到蝙蝠，什麼蝙蝠？」杜主恩俯視著他，疑惑地說：「我們看過的那種類嗎？」

「不是每個人都看過的。」唐天養略爲仰頭看杜主恩，由下往上，他明顯地看到公園外五顆星大飯店的大樓頂變成杜主恩頭部的背景，彷彿有一種曾被驚嚇的悸動又使他心臟微縮，他說：「有七尺以上的寬翅膀，飛翔起來就像空中屋頂的那種大紅蝙蝠。」

「好像在那兒我也聽說過這種動物。」杜主恩更加關切地說。

「在報紙上。」唐天養說：「有人連續寫了許多這只蝙蝠的事情。」

「對，我想起來了。」杜主恩說：「聽說牠盜走了A市的火車站。你確信你看見了牠嗎？」

「可以確信。」

禱告團的人都沉默了，顯然這不是好消息，他們都希望唐天養身體健康，能繼續爲病人禱告治病，不希望他和血色蝙蝠有什麼瓜葛。

「你要不要先歇一會兒？反正我們的禱告治病在七點半才開始，距離現在還有一個鐘頭左右。問題是你撐得住這次的禱告嗎？」杜主恩又去搭他的脈搏，說：「我的意思是說，七點半之後，我們要跪在地上禱告一、二個鐘頭，會累死人的，以你這種狀況，還撐得過去嗎？」

「我會盡力的。只要血不繼續流就行。」唐天養把自己翻身躺成一個大字型，他說：「也許這次以後我就再也不能替人禱告治病，但最後的這一次我會盡力。」

「好。那麼讓你暫時歇在這兒養一養體力。一個鐘頭後，我們再來這兒扶你去五星飯店。」

「謝謝你們。」

杜主恩轉頭向禱告團的人吩咐，要他們暫時在公園附近走走，一個鐘頭之後再回來座椅這兒聚合。

現在，唐天養單獨一個人躺著，杜主恩和楊約翰也走離公園。四周的燈亮得更溫和，韓國草坪、細石步道、苗圃、花樹、亭閣靜靜浮在燈下，使他的思緒在靜謐中慢慢地發酵，他看到公園的門口不斷進出的行人的身影，開始想起三天前的事。

就在三天前的那個早上，他曾進入後山的預定遊樂區。那是一種禁不住的焦急，自從他一個月以來發現了血色蝙蝠飛翔在遊樂區的事以後，他就想到也許他能發現蝙蝠的巢穴也不一定。並且他明顯地意會到血色蝙蝠和他的學生彭少雄有千絲萬縷的關係，深深的焦慮心，驅動他進入了遊樂區。

那天的上午天氣很好，他獲知彭少雄和一批人在遊樂區野宴，於是堅決地把車子停在山脚下，徒步沿著十五度的斜坡道路爬向坡上的台地。

遊樂區就在台地上，那時正值大興土木，整個台地一片狼藉。這是A市的幾位民意代表向市政府承租十年的山坡地。偌大的幾十甲的竹林和樹木全被砍倒在地上，鐵紅色的土壤暴露在天空之下。工程師早就對這片山坡地做了規劃。第一區是包括鬼洞、空中吊繩、超越障礙……等的運動區；第二區是旋轉木馬、空中飛人、鐵道急行、星際旅行……等的乘坐區；第三區是橡皮划艇、水中踏車、水族觀賞……的水塘區；第四區是養著獅子、老虎、猿猴、孔雀……的動物園；第五區則是原始森林、電動恐龍的古世紀模擬區。工程之大恰似美國的狄斯奈樂園。重要的工程人員從國外禮聘而來，建材也由國外運到。斥資的民代想把這塊山坡地建設成縣內最大的遊樂園。

他越過第一區一直向前走，千瘡百孔的山坡上真是窒礙難行，每隔幾公尺的地方就會有一棵百年的大樹倒下來擋路，尤其鋸斷的竹子留下斜劈的楔形尖端，看起來地面就是一塊塊面積不等的釘床。當他進入第四區的時候，就遭到血色蝙蝠的攻擊。

先是他在四周都是竹子的地面找尋可以落腳的間隙，在每片倒下的竹林上就會發現一兩棵的檜木或柏樹的屍體，他宛若在一個剛剛遭到屠殺過的戰場上走著，一不小心，他走進了高低起伏的地帶，陷入了四周都是竹子、樹木的迷魂陣中，他聞到了被鋸掉的樹木、竹子的青臊味，完全沒有意識到危險正向著他逼近。等他抬頭去看前方擋道的倒下的檜木時，他才大叫起來。有一隻類似於大熊類，形貌奇特的動物就踞在樹屍上，強壯的翅膀有力地偃息在身子的兩側，牠站在正前方俯視著他，猶如老鷹俯視著小雞。唐天養完全忘記他腰間挿著的一支開山刀，那隻紅色的熊類在他驚訝錯愕中飛翔起來了，猶如滑翔翼繞著他的頭頂盤旋了一圈又一圈，他本能地去尋找藏身之處，就在二棵交叉倒地的柏樹的地方，他發現了可以躲藏的岩石凹窟，他快速地跨過竹子和樹幹往前移動，但未等到他抵達那個藏身所，那隻熊類飛翔而下，他聞到了一陣的血腥味，就感到整個人被抓舉起來，那時他才清楚那只紅色的熊類原來是一隻蝙蝠。極冷的一種觸感使他的身子從脚底冷到頸項，叫他渾身顫抖不已。

那隻蝙蝠惡戲地攫住他飛來飛去，在一扇懸空的崖頂突然放了他，又飛臨到十公尺外另一扇崖頂歇下了牠的龐大身軀。

唐天養的心狂跳，他想爬下崖頂，才發現崖頂下的台地仍然沒有藏身的地方，而崖頂的另一邊臨著深澗，少說也有幾丈深，澗水輕盈地在澗底的石頭間流動著，他沒有跳下去的勇氣，午間的陽光溫和地照在四周的山景上，他鼓起殘存的意志，昂臉面向另一扇崖頂的紅色蝙蝠。就在那時，他發現蝙蝠不見了，站在崖頂的竟是彭少雄。

美麗的、英氣的彭少雄沉默得如一支冰涼的劍，那種尖利、殘忍的眼神叫他終生難忘。但是唐天養的注意力馬上被對方穿著的血紅夾襖所吸引，在陽光下，穿在乳白襯衫上的那件夾襖燦紅奪目，發出澄澈的紅光，唐天養就是猜不透那是什麼樣的織品織就而成。

彭少雄沉默不語，一秒鐘，又過了一秒鐘，忽然大喝：「老師！你去死吧！」

唐天養感到夾襖的紅光一下子暴漲增濃起來，像一顆被釋放開來的煙霧彈，紅光立即噴湧地把彭少雄籠罩住了，身形在一瞬間蛻變成血色的大蝙蝠。在唐天養還沒開始想及這是怎樣的一種魔術之前，那隻蝙蝠展翅又飛翔起來，巨大的、優美的雙翼拍打著空氣，然後傾身在唐天養的左側劃了一道下弦月的大弧，迅速地把他掃落幾丈深的谷底去了。

在暈眩中，唐天養感到他必死無疑，他本能地大叫：「神啊！救我！」

在幾乎摔落谷底的時候，有一股靈動的力量自淺淺的澗水迷漫而上。彷彿有一隻巨大的手掌托住了他，又像是一扇溫柔的鴿子的羽翼承載了他，把他浮昇上來，整個人飛昇在空中，越過了第四區，降落在第五區尚未開發完成的樹林中，他摔落在一大群人的外頭，在意識模糊之時，他能感到這裏正在宴會，有一個樂團正演奏著一首吉魯巴。

人叢開始發出了驚叫的聲音，他仰身去看那群人，就看出這裏仍是竹林和大樹的風景，有幾棵巨大的檜木羅列在前方，枝椏伸向遙遠的天空。也就在這時，他看到那團紅光正向檜木一帶迷漫而來，在靠近檜木時就被看清是那只熊般的怪物，牠飛攀在檜木之間，不斷變換牠的位置。

唐天養微微有了清醒的幾秒鐘，但是當他眼睜睜地看著那隻熊類突然停下來，倒掛在離他二十公尺不到的那棵大檜木的枝幹上時，他再度感到魂飛魄散。

宴會的人群同時看見那隻紅色的熊類，音樂和驚叫聲，頓時停住了。空氣變得緊張凝肅起來。

突然那隻大熊飛下來了，以俯衝的姿態閃擊他的臉部。

唐天養忘記了挪移身子，心想這次劫數難逃，他只能叫著：「神啊！我就要死了！」

忽然他的身子抖動了一下，有一股很大的力量從他的身子跑了出去，急速地如一陣的電，掃向飛翔的熊類，四周的竹林和檜木枝葉宛如遭到巨風的掃蕩，激烈地翻飛起來，那隻熊類遭到閃擊，身上發出沉甸的悶響，失去了重心，旋轉地被拋擲出去，撞上了一棵檜木的樹幹。「轟！」地一聲，紅光不見了，有個人摔落在地下，赫然是彭少雄。

宴會的人大亂，他們叫著說：「出事了呀！快過去幫忙！快！」

在意識完全潰散之際，唐天養還能看到一大群穿著黑色西裝、戴著墨鏡的青少年，朝著彭少雄跌落的地方跑去，但他也同時看到被撞擊的那棵檜木樹幹流下了濃濃的血跡，朱紅燦爛的血逐漸凝結了幾個字：「我—會—再—回—來。」

由於過度地疲累，他就昏過去了。

幾個鐘頭之後，在醫院，他醒來。發現除了幾處的抓傷之外，並無大礙。只是身體皮膚略有局部性的麻痺，世界看起來比往日要來得憂傷一些。由於找不到多大的傷痕，他打電話給朋友，辦了出院的手續，就回家了。

這是前幾天的事了，由於事出突然，沒有多少人知道這件事，他照樣起居作息，照樣管理百貨街的服飾店，忙著照顧三個小孩，甚至照常幫人禱告治病。但是昨日的黃昏，他知道他不行了，身子的皮膚痲痺感逐漸嚴重，心情的沮喪和世界給他的哀傷叫他想自殺。靠著僅存的聖靈的力量，維持了他一點點的意志力，就在昨天晚上，他接到杜主恩傳道的電話，要他爲一個小孩做二度的禱告。

現在他就躺在這個公園裏了，無端地被濃濃的花香所圍困。他又側翻身子，想要找出花香的來源。就看到公園門口外面開始來了許多的小販、賣饅頭的老人，賣水果的中年人、賣首飾的婦人……他們都燃亮小攤子的燈，細心地招呼出入在公園的人們。許多的燈光、許多的人出現在他的眼簾，但是沒有進入他的心。他的意識緊隨著花香，進入了往事的叢林之中，就像一個亡故的幽魂來到審判鏡前，讓他看清了這個人生無窮的挫敗和悔恨。

許多的往事，是的，尤其是近二十年來，令他難以面對。剛開始他只是一個大學哲學系的研究生，卻意外的變成中學的教員，而後結婚變成服飾店的老闆，再變成一個基督教的半異端，終至遭到血色蝙蝠攻擊，他的人生是徹底的一個夢。這個夢的結局會如何，恐怕他自己都難以預測。

談到唐天養，在A城多少有些名氣，尤其一年前他參與過立法委員的選舉，一度聲名大噪。可是，早在一九七八年左右，他就回到A城教書，那時他已經引人注目了。

在回到A城之前，他是在T大的哲學系研究所唸書。那是標準的陰慘的七〇年代，台灣的一切籠罩在一層苦悶的氛圍中。當時，K．M．T的戒嚴令仍緊緊地綁住人們的手脚，並束縛住知識份子的大腦神經。沒有多少人敢對當時的處境發牢騷，就是嘆息聲也必須加以掩藏。那時，他在北市一家神祕的咖啡廳參與了一份地下反抗刊物的編輯工作。天眞的他並不完全清楚這份刊物的屬性。幾年之後他才弄清，事實上要瞭解那份刊物的複雜性是不可能的。內容包括政治、文藝、哲學思潮；份子包括左、右、中間各派系都有。那時反抗情緒成了一切的交集，也就是說凡是不滿K．M．T的壓制，凡是不齒K．M．T的荒唐作爲的人都匯集在一起。他幫刊物寫了一些自由主義的哲學文章。一陣子後，爲了蒐集碩士論文「青少年宗教意識的萌芽」的資料，他離開了學校，回到A市的國民中學當代課教員。當時他只是很單純的學生，就像是他寫作碩士論文的目的一樣，只想澄清他過早萌發的宗教意識到底是正常的呢或者是一種精神病的現象；即若他在反抗刊物所撰述的文章也不過是懷著對哲學的一股熱誠所寫出來的文章罷了。但是就在那時，反抗刊物出事了。K．M．T當局逮捕了發行人、總編輯；並且捉住了相關的每個份子。他費了九牛二虎的力量，找了許多人幫他洗脫了罪嫌，竭力證明他的思想的純正性。幾個月後，他總算不再被拘留。這時他聰明起來了，他知道表面的釋放並不代表他就能永遠安然無事。K．M．T的情治單位保留了他鉅細靡遺的資料，那些資料的詳細度也許連他都猜不到。他所能做的就是從此以後加倍小心，最好是在心裏頭把自己想像成一個啞巴或盲人，對於什麼事都裝聾作啞，遠離背後監視他的那個眼光。於是他不想要再回去唸書，也不想再接觸知識界。他開始在國民中學任教，之後轉向一所高級中學。

但是，他的特異的外表以及瘋子般的思想、語言在A市開始引人注目。

首先，在未及三十歲的那時，他長得好看極了。身高一八〇公分的他，不論採用那種姿態站立，都高別人一個頭。他的四肢都很修長，又習慣穿高跟的皮鞋，使他鶴立雞群。臉龐的立體感很突出，配合略彎的嘴唇，長而溫柔的眉，更加深了他的瀟洒。在A市裏，他騎了一輛白色的速克達的車子，每天都經過圓環到附近的國中去上課，大家遠遠地看到了高大的他經過，都說：「唐老師又要上班了。」

其次是他没辦法抑制的、胡思亂想的老毛病，使他又開始發表了一些文字，大半都是在報章上寫的雜文，後來嫌不夠實際，轉向招收社會上的學生，他在任課之餘教授他們哲學、宗教的課程，當時救國團在財神大酒店的十五層樓上設有諸如揷花班、瑜珈術、烹飪術……的課程，提供給市民學習，他就在那兒教授社會青年和社會人士。A市的人都知道他的課很有趣。除了常會請一些有名的學者來談人生哲學之外，他居然也允許大夥兒在這裏談易經、八卦，甚至是風水勘輿。他很能知道怎麼和大大小小的學生愉快相處。

如是，他在這種表面愉快的情況下生活了十年。但事實上，他是在逃避。這種表面瀟洒和浪漫的日子是針對人世間的最根本逃避。除了假性地把K．M．T的迫害忘掉之外，也是對他自認不完美的個人生命的逃避。

原來，他從十幾歲開始就對自己活著的這件事胡思亂想。記不得是什麼明確的原因，他常自問爲什麼要活在世界上，或者說什麼是活著的眞正目的。睡覺、走路、吃飯嗎？那麼又請問吃飯、睡覺、走路有什麼更根本的意義？是爲了快樂嗎？那麼爲什麼要無端地快樂？人到最後不都要死掉嗎？那麼快樂這碼子事不是純粹只是一種體力浪費的舉動嗎？又請問人到底是什麼？是一塊肉嗎？是一堆原子嗎？是一架機器嗎？是一個被操縱的木偶嗎？或者人根本就是一場夢的一部份？這個世界又是什麼？是一個物質的結構嗎？是能量場嗎？這些都是眞實的嗎？假若人和世界都是眞實的，那麼不眞實的那個東西是什麼？按理說假如有某種東西是眞實的，總該有不眞實的。那麼假若我們換個立場肯定不眞實的東西是眞實的，那麼眞實的不是變成不眞實的嗎？……，他放縱自己，想之又想，猜之又猜，終於使自己在國中時就變得神經兮兮，精神耗弱，但不能得到答案。

唐天養的祖母是日本時代末期南瀛佛教會的成員，後來歸入日本的曹洞宗門派。在南瀛佛教會未

成立之前是齋教的一個堂主。大正九年，台灣佛教龍華會創立，她膺任A市支部的會長，在A市推動博濟慈善事業以及免囚保護，在大正十二年歸入曹洞宗，受日本人囑託，在A市附近從事宗教教化及社會教化工作，曾得到總督伊澤多喜男讚揚。不論是曹洞宗也好、齋教也好、甚至是龍華會也罷，總之和禪宗都發生了關係。他的祖母顯然對禪宗有很高的實修經驗，親手編輯過公案禪的體系並解説過洞山五位及十牛圖闡明的書籍。當唐天養十四歲時，祖母已經九十高齡，她返老還童，戴著巨大的耳環、梳著髮髻、穿著寬大的涼爽的薄尼龍衫，嚼著老辣的大紅檳榔；她身廣體胖，在蒲團坐下來，老年的奶子垂到了膝蓋來，唐天養最喜歡靠著她的身邊，把祖母的奶子拉得又低又長，祖母哈哈大笑，把他當小豬看待。這個宗教界的女性高人大概怕她死後秘術失傳，因此在半開玩笑之下傳授孫子打坐和呼吸的訣竅，並且指導他參禪。祖母給他三個公案，一個是「萬法歸一，一歸何處？」，二是「『無』字公案」，三是「南泉斬貓」。這三個公案的後二者是企圖滅絕世間的相對性；前一者則是使相對性的世間復歸成太一，再追究太一的來源。這三個公案具有極大的針砭性，禪宗的術語叫做「毒辣」，這是畢生搞禪的宗師也未必然能搞通的公案。返老還童的祖母卻要十幾歲的小孩參究這些公案，這種做法有點危險性。

許多年後，唐天養不斷思索祖母的做法，才瞭解祖母不純粹只是想把祕密的心法傳給他，而是隱含了更深的目的。具體地説，祖母是一隻老狐狸。她在台灣活了九十年，必早已深通東方社會的三昧，特別是痛苦的台灣人被逼要在相互對立的狀態下苟且偷生，換句話說壓迫與被壓迫，侮辱與被侮辱，人與非人，生存或死亡……在台灣是永難平息的，台灣人必須要依違在這二者之間做抉擇。但是如果眞的做了一個抉擇呢，那麼可能就會泯滅天良墮向三塗或者竟是揭竿而起喪身失命。只有一個方法可以使人對這種相對狀況不以爲忤，那就是超越它。也就是把注意力移開，在一個神祕的世界去經營一個復歸爲一的本體世界，那麼對於此一相對的世界就能視而不見，甚至是麻木不仁了。就像祖母亡故時，某個日本時代台灣的宗教領袖在告別式中的回想說：「唐李鴛鴦女士一生歷經滿清、日本、民國三個朝代，猶能安然無事地存活下來，必有她過人的人生哲學支撐著她。」當唐天養猜中了祖母的用意時，他感到的不是對祖母的謝意，而是近乎一種對自己處境的感嘆和嘲笑。他痛感到這種東方式的墮落，不論是台灣、印度、中國、韓國，甚至是日本，就是深染這種最根本的墮落。

但是，唐天養並沒有讓祖母失望，費了二年的功夫，在十六歲時，他參破了這三個公案，貫通了禪宗一切的魔術。那時祖母已經顯得不耐久居世間，她精神異常興奮地聽著孫子參破公案的經驗。唐天養舉出了六祖惠能的三十六對法，說：「六祖所舉的這三十六種相對性就是世人迷途的根源。只要揭開那層迷妄，就會現出無邊的太一世界，只要向太一世界躍進，就會看到太一本體整個顯露在每個個體上，於是一花一如來、一葉一國土的眞相就被發現。」他的祖母很高興，大呼孺子可教，印證了孫子的開悟見性。未及一年，祖母就無疾而終了。

在祖母去世後，他的悟境逐漸深化，並且由於思考力的增強，使他另外產生了懷疑。

具體地說他又不滿意所謂的開悟見性。他突然不相信自己經驗到的境界是宇宙本體的世界。所謂的本體必然是始初的那個東西。但是，無論如何，我們不可能見到始初之物。推理告訴了我們，始初之物之前必還有始初之物，這是無窮上溯終而不得其始的原則，將沒有人可以眞正看到始初之物。因此凡是自稱經驗了始初太一的神祕經驗者必然都是武斷的。

於是，他重回蒲團上，再考究所謂的太一及萬物母體的弔詭問題。這時他已經是一所有名的高中的三年級學生。他把禪宗的武斷放棄掉，重新檢討一切。這時台灣正在流行存在主義之類的思潮。他對沙特的無神論及淺薄的個人英雄行徑沒有興趣，卻注意到雅斯培的超越論，因爲後者提到人必須要對永恒做飛躍性地躍入，顯然雅斯培是深奧的。另外他也注意到史賓諾莎和叔本華，前者提及上帝存在於萬物之中，後者提到「物自體」既不知什麼時間，也不知什麼是起始和終結，它存於每個人和每個地方。這些說法和他的領悟並無二致。於是他認爲西方哲學家也許可以提供他更精深的體驗，他報考了T大的哲學系並順利前往就讀。

可惜，他並不能在任何的西方的哲學家的理論找到更好的答案，凡是提及太一、永恒的哲學家們都在複述他十六歲時所得到的經驗，歸根究柢來說也都是武斷的。他只能更加深懷疑，終至找不到出路。當時，他並不知道自己已進入了險境之中。

的確，一種徹底的懷疑，歸到最後一定會懷疑到自我本身。他忽然有了一種新領悟，認識到人們想要窮究宇宙的本體的企圖和貪戀自我的心是分不開的。簡單地說，好談本體的人都帶著一種恐懼，唯恐死後一無所有。對於虛無的恐懼使他們必須宣稱人將會獲取不朽、永恒的東西。即使是最看清生命虛無本質的尼采也要構思一個「永恒輪迴」的神話，堅決地相信在無窮的時光中會因爲偶而的因素又產生出了一個新尼采，其幼稚有如印度阿利安人的輪迴思想。他暗中懷疑所有的哲學家都是懦夫，他們不但不敢清算自己，反向用了一生的思想和文字在鞏固自己，幾乎沒有任何的哲學家是謙虛的，他們不會批評自己，尤其是他們很少人自殺。從柏拉圖一直到尼采都是這樣。最霸道的黑格爾的言語和行爲散發了政治權力的味道，最愛虛名的羅素批評這個批評那個卻從不批評自己，最可笑的是贊成別人自殺的叔本華卻不因自己厭世而自殺。情況好比是一把斧頭只砍別人卻永遠不砍自己本身。倒是文學家和藝術家可愛多了，他們比較會否定自己，自殺者如過江之鯽。有了這個領會，他就調轉戰鬥方向，朝著否定自我的道路前進。他認爲「自我」才是障蔽眞理的元凶。

他找尋包括唯心論、唯物論、心物合一論……一切的西方哲學家言論，並著手閱讀印度上古時代的六家哲學，察明他們對自我所抱持的任何態度。差不多百分之九十九都令人失望。譬如西方的唯物論者和印度的加爾瓦卡學派都否定了人死後還會存有某種東西的觀點，簡單講他們不相信靈魂（自我）永存這種看法，但卻承認人活著的時候仍是有「自我」的。可笑的是，到底人死後如何他們也只能胡猜一通，歸結來說是武斷的，一切都是主觀。並且唯物者往往比唯心者大膽、懶惰，但主觀則是一樣的。經過一番的追查，他被原始佛教釋迦牟尼（顯然不同於大乘佛教及禪宗所說的釋迦牟尼）的「無我」

教義所吸引。在原始佛教裏，釋迦指出人類只有在一種「無我」的狀況下才能洞悉宇宙和人本身的眞相，就像是一個長期戴著有色眼鏡的人突然摘掉眼鏡一樣，那樣眞實地面對世界。他約略揣摩了釋迦的無我境涯，彷彿指說最深刻的經驗是指包括「我覺」及「肉體感覺」的消失而言，那就是消失了存在於世的感覺。並且這種感覺的來臨是一本平常的，既不在夢幻中被經驗到，也不是在打坐的時候經驗到的。正確的說應該是在生活中、理智下經驗到的事。釋迦說那是「無餘涅槃」的境涯。

如逢醍醐灌頂，唐天養準備捨命一搏。他開始恢復打坐、鍊氣，並在大學末期嘗試靈魂飛昇、辟穀養胎、還虛煉丹的道家心法，總之他想努力消除自我，想要否定「我覺」再否定肉體，也就是把一切的精神現象，乃至血脈骨骼全看成非主體。簡單說這一切的一切皆不能當成「我」來看待。這種盲修瞎煉比他十四歲時參究公案困難百倍。有時他竟然在神祕的世界中看到自己飛昇到北極星座下變成一個神，有時竟消失在無邊浩大的宇宙力場中變成宇宙本身，有時來到陰陽審判的邊界上遇到想讓位給他的大魔神，最奇怪的是有時他潛入了生殖的界域中化身成無邊無數的陽具和陰道，或者在激烈的分離術中化生百千億的分身，每個身子都在爆炸；有一次他獨坐在校園的一棵榕樹下，自靈魂超昇術中醒來，他感到坐姿不變，卻瞧見自己冉冉昇空，頭頂降水、脚底出火，一直浮昇過操場，降在升旗的看台上，引動整個操場的人的大驚小怪。他甚至忽然短暫地知道教室每個人在想什麼心事——他獲得短暫的測心術。但沒有任何的境涯能叫他滿意，他捶胸頓足，哭泣流淚，知道一切都朝著目標的反方向在運動，他無法把自己消除掉，卻反向把自我弄得愈來愈強大。他曾想到要自殺。這時他已經是個研究生。他以爲自己瘋了。

在研究所的末期，他徹底失望了，也許自己的想法終歸是一場錯誤。「無我」是一種不可能達到的境涯，「我」就像是一種滲入四肢、百骸、血管的最微細粒子，也許可以把它的一小部份漠視或消除，但要濃縮聚合它，將之一舉消除是不可能的。他懷疑「無我」之論是上古神話的一部份，他卻像傻瓜一樣，拿它當成眞實的事來拼命。他實在太愚蠢了。聰明的他豈能遭到愚弄。他想放棄這種荒唐的修煉。然而一切皆非他能掌控。

記得就在一個大好陽光的早晨，他在研究室寫完地下刊物的一篇論自由的精緻短文時，他做了長而柔和的呼吸，走到學院前的花園時，他感到胸部彷彿有一種鬆動的現象，有一陣的力量忽然把胸部長久埋藏的一棵類似盤根已久的植物拔掉了，他撫胸感到那兒大概正在流血吧。但是很快的，他清晰的感受不到任何的「我」，有一種很自然的氛圍展開來，把他的肉體、思維、精神都推向了遠方，最後完全透明、空化了。「我」、「肉體」彷彿煙消雲散了，在太陽下、萬物之中，完完全全找不到可以稱爲「我」的東西。他不禁大叫一聲：「唉——」，從而擺脫了一切迷霧。他徹底進入了涅槃境涯之中了。那時的花園、校樹、陽光多麼美麗！

他遍翻上古釋迦的言論，居然感到釋迦所說的話就是他想說的。簡言之：他成了一個阿羅漢聖者。

隨後他回到了A城，二年之後開始在救國團開了哲學課。

他品評了大部份有名的哲學家，從近代西方哲人叔本華、尼采、狄爾泰、柏格森、馬克斯、佛洛伊德、海德格、雅斯培、沙特開始上溯到黑格爾、謝林、康德、霍爾巴赫、愛爾維修、狄德羅、伏爾泰、休謨、貝克萊、萊布尼茨、斯賓諾莎、洛克、笛卡爾，一直往上直到西塞羅、亞里斯多德……；在東方他品評了老子、莊子、大乘龍樹、無著、世親及印度的商羯羅……。他開玩笑地說：「我不曉得他們的學說是否都是眞理，但我瞭解他們都在編織一種網絡，這個網絡被某些人說成是迷宮，但我確實知道這些網絡都指向一個中心點，那就是『自我』，所有的思想家都像蜘蛛往來於網絡上不停奔馳，最後的結局都回到中心點，之後當然都死在那兒。」

他變得沉默多了，不再追求什麼，一心想要去當和尚，這已是一九八七年了，他已三十六歲，滿心以爲他的煩惱盡皆剝落了，可惜，形勢總比人強，就在這一年，父親要他結婚。

是的，就是結婚才使得今日的他成爲他。結婚的結果並不好於現在躺在公園上懨懨一息的這個結果。

唐天養從他躺的座椅的位置上可以看到大門口來了幾個夫妻檔的小販。最使他喜歡的是一對賣薑母茶豆花的那對夫妻。在A市的鬧區，他也常常見到他們。除了薑的刺鼻味道使人神智清醒以外，就是那對夫妻合作無間的和諧氣氛感動了他。唐天養常想到美滿姻緣這件事終歸與他無緣，就因爲如此，他才格外注意那些擁有美好感情的夫妻。

的確，他是不該結婚的。就當時的修證看來，他和釋迦牟尼的睿智已無甚差別，那就是徹底地瞭解人的存在只是一場錯誤，唯一可做的就是按照八正道過完這個多餘的人生。至於被空化了的肉體和精神再也經不起人間一點點的染著。但是現實的陷阱卻留待他去誤蹈。

他在一家咖啡廳和他未來的妻子見面。未來的妻子當時二十六歲，長得苗條高眺，一頭烏黑的秀髮，有著白淨細膩的膚色、花兒般含苞的嘴唇，美麗的雙乳動盪有如豐盈的海潮。見面的那天，她穿了一件天魔般火紅的開叉旗袍，唐天養當下被迷惑，失去了冷靜，竟決定了婚事。

妻子是父親老友的女兒，在服飾街開了一家服飾店，用了一位店員，生意不壞，她同時是一家交際舞補習班的指導員。結婚後，妻子有計劃地擴充了店面，把原來的一層店面擴大成上下兩樓，又請了一位店員，並慫恿唐天養辭去教職，專職照顧服飾店，一切就緒之後，妻子全力投入她的舞蹈工作。唐天養搖身一變成爲服飾店老闆兼雜務工。他必須每個月跑到北、中、南各批發店去補貨，在每個換季的時候來個大清倉。小孩子接二連三地生下來，竟然生了二男一女。他開始一手抱小孩餵食，一手取下顧客所要的衣飾。而他的妻子更熱衷於她的交際舞，每個星期只回來三天，有時回家甚至都是三更半夜，她的學生愈教愈多，人際關係相當浮泛，每當她生一個小孩就跳得更厲害，甚至常隨舞蹈團出國，一離開台灣就是一月半月，他沈淪在服飾店的衣物堆裏像驢馬，困居在方圓不出五、六十坪的店面裏過了一年又一年。

他知道妻子是在找回她逝去如箭的美麗青春。她的計謀十分成功。在結婚之初，她要唐天養在大家的面前承諾結婚後不能干涉她的舞蹈嗜好，更不可干涉她生命的成長。結婚後她更富謀略性地在親友的面前哭訴她被婚姻所害。

她認爲只有像她一樣傻的女人才會嫁他這種瘋子。在結婚之前，她多才多藝，又有店面，卻嫁給一個手無分文、年齡過大的哲學家，但是哲學家和瘋子實在是沒什麼兩樣，妻子自認她「人財兩失」。唐天養自知妻子犧牲很大，就更認眞於大大小小的工作，在婚後的二年他關閉了哲學班，最主要的是他不願毀棄這樁婚姻，可憐的他不要小孩有任何傷害，唯恐小孩失去完整的父愛和母愛，他不是心狠手辣、半途退怯的人，他必須撐起這個家，直到小孩都長大成人，能在凶險的這個台灣社會中站立起來，他多麼希望能在死前聽到長大成人的小孩說：「父啊！感謝你護衛著我們走過這個荊棘遍地的世界啊！」

於是，他不稍休息地在服飾店上頭的起居室煮飯、洗衣、替小孩換尿布、餵食、餵藥、哄他們睡覺、送他們上學……，他的頭髮開始斑白、脫落，腰部鬆垮、背脊變曲、思想遲鈍……漫長的六年過了，直到某一天（這時他的妻子已榮獲了全省交際舞的總冠軍），他在鏡子前看到了一隻禿鷹出現在鏡中，那隻禿鷹伸長脖子、高高鵠立、頭頂光禿，瘦癟的雙脚穿著滿是灰塵的鞋子，全身的羽毛黏成一團的髒膩，牠聲嗽沙啞地但不失禮貌地問：

「你就是唐天養嗎？」

「是呀！我就是。您要告訴我什麼事嗎？」

「眞湊巧，唐先生。我也叫做唐天養，您覺得我的樣子瀟洒嗎？」

「嗯。還算過得去啦。不過我認爲您的頭上再長些毛類的東西會比較好。」唐天養對著鏡子裏的禿鷹說。

「這一點我也承認。事實上我以前也有一頭黑髮，那時還是美男子啦！而且那時我也是哲學家。我研究尼采、老莊、龍樹，還有德里達。」禿鷹說。

「是嗎？」唐天養笑起來了，看著搖頭擺腦的禿鷹，使他談興很高，說：「德里達嗎？那個猶太人，在法國師範學校教書的德里達嗎？您也研究傅柯嗎？」

「當然的。我愛傅柯。」禿鷹一臉虔誠地說。

「哈哈哈……」

唐天養終於大笑不止，因爲他想起傅柯也是光頭佬，和禿鷹的頭差不多。他的笑聲震動了整個服飾店，顧客和店員都跑來看他和空鏡子對話。

一連十天，他天天在服飾店的鏡前和禿鷹談哲學，引起鄰近商家的關切。

於是，他被送進精神療養院。

出院後，他不能再思考什麼，腦神經似乎融化癱瘓了，他畏懼光，左眼生了一層薄膜，右眼也模糊不清，彷彿瞎掉了。

他的妻子大哭了好幾天，突然回到現實來，短暫不敢再跳舞，她害怕眞的失去這個丈夫。她逛遍了中、西藥店，買了清心丸、還魂丹還有天知道的各種精神病院的鎮靜劑，想要使她的先生回復正常。在不見功效之餘，她給他安排鄉下小憩、田野漫步，並不惜掏出美麗的、豐碩的雙乳像餵食小孩一樣，企圖喚起先生對母性的依戀情緒，想治好他的病，但是一切均告枉然。

一個年高德劭的日本哲學教授遠從東瀛來探訪發瘋的友人，臨走時出了主意，表示無論如何應該讓唐天養再任哲學的教學工作，借以復健他已萎弱了的枯乾了的大腦神經。

於是，唐天養的哲學班又開課了，但已與往日不大相同了。恢復是如此困難，大半的時間他只能呆呆地坐在講台上盯著學生看，偶而才講一些話。學生也知道老師的困難，主動分組討論，甚至幫他找來昔日的好學員代他上課。就像一只離水已久的魚，只要不是死去，一旦重回水域總會又慢慢活動起來，幾個星期後，略有起色。他的妻子又怕丈夫再度陷入大瘋狂，特別每星期撥空多回來一天，並且安排一個阿婆每天到家裏幫忙他帶一個鐘頭的小孩，使他能略微休息，這些都使唐天養恩感肺腑。但是一種更大的災難正悄悄地降臨。

有一種痛苦突然來到他的肉身。他感到整個肉體變成了一堆和他不相干的原子和石粒之類的外物，並且違反一向容易空化的原則迅速地沈重起來。有一種力量劫奪了他的肉體，在每一次的夢中讓他經驗到乾枯地獄及火熱燒烤的痛苦，他沒法用任何的哲學和神秘教去逃脫這種酷刑。

原來，愛好凌虐的鬼卒知道他仍困居在服飾店，他們每天晚上都穿越了無數的靈的界次，前來拜訪他。鬼卒們戲笑地拖住了他夢中的肉體，把他帶到地底下一萬公尺的乾枯世界中，用螺絲釘穿過他的每塊骨頭，像釘死一只蝴蝶一樣，把他釘在一片千里的花崗岩的岩壁上，在這片岩壁上同樣有千千萬萬的失去靈魂的中年人都被釘在那兒，隨風擺動如千千萬萬的標本，岩下置著熾烈的火燒著他們的脚。每天夜裏他都必須去一趟，直到白天才被釋放，但是每一次他的身體就會留下痕印——出疹或腐爛。

他開始知道了在釋迦牟尼活著的時代，有些阿羅漢爲什麼身罹重病舉刀自殺的原因。他們的自殺悲劇即使是釋迦牟尼都無法勸阻。那不是釋迦牟尼的殘酷，而是終結人世間的苦難的一種不得已的做法。

因此，他告訴朋友說：「我的靈魂（自我）早就死了。現在肉體又要死亡一次。」

他開始吐血、潰爛，得了柏金森症，渾身顫抖得有如舞蹈的傀儡。

已無懼於死亡的他並不想主動自殺，他在一本書裏看過一〇三種自殺的好方法，深切知道自殺最有效的方法，不過他鍾愛自己發明的那一套，那就是偶發自殺法，也就是說終有天，痛苦一定會超越他的負荷，那時他將採取任何可以當下致死的方法，結束他的人生。

記得他預感到自己隨時都會採取自殺的行動的那個乾淨的秋天晚上，他上完哲學課已經晚上十一點。思想的自由使他解除了痛苦幾分鐘，三教九流的學生都滿意地走離了教室，最後獨留一位十三歲左右的男孩阿信。這位小孩剛來上課不久，常向肢體顫抖，半瞎眼睛的唐天養提出一些奇怪的問題，他的臉龐天眞光潤，彷佛是很好的教養下的人家小孩。

唐天養很喜歡這個小孩，但不知道他前來聽哲學課的原因。

這一次小孩走到了面前，用清晰的話說：

「老師，我有一個問題想請教你。是有關於聖經上的問題。老師，你閱讀過聖經嗎？」

「當然閱讀過。」唐天養壓制他不停顫抖的身體，集中殘存的精神說：「不過沒有很深的領會啦。片斷的故事大概知道不少。」

「我聽你談過尼采的思想，好像這位思想家很反對聖經的道理，還有一些哲學家也對聖經持著不信的態度，我很難過。」

「哦，這恐怕是我上課時沒有把話說清楚的緣故。不過也有很多的哲學家支持聖經嘛！」

「是呀！不過我的難過不會太久的。我認識一個人，他叫文森．賽南，外國人。他要我問你相信耶穌眞的能死而復活，終至昇天的這件事嗎？」

「他爲什麼要問我這個問題呢？阿信。」

「我不能告訴你。」

「好。這是好問題。」

唐天養開始躊躇幾分鐘。原因是按照這二、三十年來他在祕術的經驗來看，復活、昇天是一件平常的事。不要說上帝之子的耶穌有這個本事，就是中國的道教門徒也宣稱他們能羽化登仙。他的神祕經驗使他不能排除耶穌的這個神蹟的可能，考慮又考慮，唐天養終於說：

「我相信耶穌復活昇天的這件事。」

「呀，眞的？」阿信笑動他美好、天眞的臉說：「你眞的相信？」

「當然呀，阿信，這是可能的。這種可能性很高嘛！」

「那麼，你相信上帝的存在囉？」

「可以這麼說啦。按理來說，必有上帝的存在。只是我尚未見到他，所以不應該獨斷地說祂必存在。」

「爲什麼你不想辦法去見祂。」

「是啊。也許是我懶惰的緣故。不！應該說我不太喜歡帶著一堆的麻煩去找別人。你知道，我會把別人煩死的。」

「我知道你的意思。你是說你不好意思要別人幫你解決問題，你總想以一個負責任的人應該自己解決自己的問題。對吧？」

「對了。阿信，你很善解人意。」

「不過你可以不必那麼客氣呀，有時求別人幫忙也等於是給別人一種成就美事的機會嘛。再說去找別人也不一定要他幫什麼，只當是單純的交誼嘛。文森．賽南先生說如果你相信了耶穌可以復活昇天的話，他很想見你，希望你去找他當朋友。他現在住在杜主恩牧師的聖十字教堂裏。杜主恩說你是他國校的同學，是嗎？」

「是的。我說不定那天去找他們。阿信，我不是一個很孤僻的人呀！」

阿信很滿意地走了。

唐天養目送小孩離開哲學教室，走到十五樓窗口邊眺望秋夜下的景色，他又感到自己的眼睛彷佛要瞎掉了。此時財神大酒店的對面的文化區和醫院區燈光輝煌，十五層樓下的街景現出了排列有序的風貌，街道宛如深澗陷落在壁立萬仞的層層樓房之中。最靠近窗口的街道，由文化中心大樓開始，旁邊就是一排書局，越過書局就是縣立小學、省立高中，再過去就是咖啡飲茶小座，再過去就是幾座寺廟……最後的建築消失在黑暗的夜色中。

他不斷地瞧著窗戶下所能看到的每條街道。幾乎每條道路的車燈和霓虹均皆閃爍不定，形成了燈河，流動地包圍了一排又一排的大樓。就在他看得出神的時候，有一個奇異的景象吸引住了他。在距離財神酒店三條街外的溫莎大醫院頂樓上，他瞧見了一片明亮耀眼的白光。在光中現出了銀色的十字架姿影，有一個人被釘在那兒。之後那片光和十字架飛起來了，越過了更高的欣欣百貨公司的頂樓，朝著遠天冉冉逸去。後來越昇越高，終至於消失在黑色雲母般的天空中。

唐天養剛開始大吃一驚，揉一揉尚能目視的左眼，以爲自己眼花或者神經病又發作了。但隨後那道光仍不斷上昇，最後還似乎停留在空中幾秒鐘。

差不多十分鐘之久，唐天養才收回他觀看街景的眼光，一下子，他定心下來，覺得精神好多了。他自我諷嘲地笑起來，覺得荒謬的事隨時都會在他的眼前出現。可是，他立刻釋懷，自幼以來，他看到的異象很多，這個異象還只是小玩意，沒有能夠唬住他。

略略整理了一下衣服及顏面所沾的粉筆灰，收拾好教室凌亂的課桌椅。他坐了電梯，下樓，騎了速克達，回到服飾店。他進入店裏去詢問正準備打烊的會計小姐一些事，之後走上三樓的居室。

宛如原始洞窟的這個陋室三房一廳，是六年以來他和小孩終日困守的地方。他日日俯仰在這裏洗衣、煮飯。這裏留下了無數時間的痕跡，迴響著無窮的小孩啼哭聲，他瘋病略爲痊癒時戲稱這裏是「禿鷹及禿鷹兒子之屋」。他並不埋怨誰。

這時的小孩們被阿婆和店員安頓好了，正在小房間裏交疊而睡。他用著顫抖的手泡了茶，在沙發上略坐，冷不防的，溫莎醫院的異象又閃擊他的腦袋。雖然客廳如此明亮，服飾街的人潮車輛依然喧囂，但異象仍浮現得那麼清晰。

他忽然想弄清楚這個異象的眞義。於是他去到雜物的堆積室，把破衣服、積木、廚房傢俱搬開，在屋角的一堆廢書中找到一本燙金封面的聖經。他不知道基督昇天的記載在哪一頁，竟想由第一項找起。他的手翻過了書皮，就看到最前面創世紀的前幾行字如是寫道：「太初，上帝創造宇宙，大地混沌，沒有秩序。怒濤澎湃的海洋被黑暗籠罩著。上帝的靈運行在水面上。」他先楞了一下，感到他的內在觸到了一種力量，一剎那間，他發現了自己的身邊站立了一個浩大的玄色實體，就像一座無比高大的巨峰，高遠而不可名狀，空闊的實體中響動著有如衆水匯流的聲音。他先是感到他彷佛來到一個懸崖邊面臨萬丈深淵，但由他坐著的沙發又可以確定他的確在室內。唐天養的內心發出了詢問，說：「如果我猜得不錯，你就是聖經所記載的靈。」

那玄色、空洞的巨大實體沈默不語，只顧滾動一種浩大的力量。

唐天養幾乎瞎掉的眼睛不斷地流淚。在恍惚間，他坐著一動不動，慢慢失去了空間感也失去了時間感，直等到那玄色實體稍稍離開時，他清醒過來，桌上的茶已涼，夜色已深。他和那玄色的靈體相處大概有三、四個鐘頭，卻好像一瞬間。

他起身，走到樓下來，店員早在幾個鐘頭前關了服飾店的大門離開了。唐天養由側門走到街上來，深夜的人潮退了，只剩7—Eleven和小豆苗商店還開張著。他散步在街道，看著深不可測的天空，很難整理這一天所遇到的奇蹟。

在深夜四點鐘，他才又回到客廳，躺在沙發上，他能感到那座巨大玄色實體仍然沒有在客廳消失。不過他沒有再看聖經的情緒，也搞不清楚這股力量降臨的意義。這時他想閤上眼睛略睡，才想起每夜都必須被帶往地底一萬公尺下的花崗岩的事，於是他竟好像是開了竅一樣，他握著雙手，低頭說：「聖靈，我這樣稱呼你還適當吧！如果你就是聖經記載的那個靈，我倒願意知道你對花崗岩地獄的看法。」

他睡了。就在跌入深沈睡夢的界域那兒，他感到有一股溫和的力量來臨，把他托起來，夢中的他以爲那座靈的實體又再回來，但意外地卻讓他清晰地看到托住他的是一隻手掌。

地面裂開了，他緊隨著巨掌直落花崗岩地獄。

偌大的無際的大岩壁仍然釘著無數中年人的標本，崖下仍然焚燃著大火，不過他卻沒有鬼卒來捉拿他，在崖壁之前，他孤單站立有如一管細細的枯草。

起先，岩壁看來仍是無垠的。但是，慢慢的，它縮小了。變成類似一扇三樓的屏風，看得出來它仍然是有限的。不久，巨大的手出現了，唐天養明顯地可以看到那是銀色的、發光的、厚重的右手掌，比岩壁更大而有力。那支手輕輕地拂過壁面，於是被釘在岩壁的人兒像一只只甦醒的蝴蝶，翩翩地飛離岩壁。而後巨掌舉起來，不停拍打岩壁，一陣子的山崩地裂，巨大的花崗岩壁破滅成一堆粉狀物，消失在空中。

唐天養在沙發中驚醒過來，感到巨掌的靈力滲入了他的胸坎，他的睡意全消，完全領略了這個異夢的意義。他慌忙地翻閱了聖經，把創世紀篇看完，這時已早晨六點鐘。他才想到應該去找阿信所說的那個外國人。

早晨七點半左右，他開始煮早餐，把三個小孩叫醒，爲二歲的小男孩餵了牛乳，穿好紙尿褲，用毯子包裹住，把他抱到後街的保姆家去，又把四歲的女兒送到幼稚園，回來，幫六足歲的大兒子整理好書包，逼他吃完早餐，穿戴整齊，送他去小學。這時已居八點二十分。他檢查完服飾店的擺設，把要吩咐店員的話寫在紙條上，又開了側門，騎了速克達，朝著文化區的教會去了。

他詢問了幾個人，終於在一條極狹隘的古舊巷道找到了聖十字架教堂。由於對基督教的陌生，他對教堂產生格格不入的感覺，幾次想掉頭回去，但是他終於按了門鈴。

一個正在禱告的牧師起身來迎接他。唐天養在模糊的眼光中認出了是杜主恩。雖然整整有二十年不見面，但他仍能認出這位同窗舊友。杜主恩曾經赴外國留學多年，四十幾歲的人，身材已經胖壯了。

「你來得正是時候。」杜主恩笑著說：「前幾天文森・賽南牧師說要在市內找一個研究哲學，患眼疾，身高一八〇公分的人，我一猜就是要找你。没想到你卻這麼快就來了，眞是心有靈犀一點通呀。」

「哦，不！不是我主動來找他的。」唐天養怯怯地說：「是昨晚有個叫做阿信的小孩要我來找文森先生的。阿信很可愛，一定是你的教堂的小信徒，對不對？」

「你說阿信去找過你？」杜主恩的臉露出疑惑，說：「不太可能吧？阿信是教堂的信徒沒錯。不過去年他因心肌梗塞去逝了。這小孩眞可憐，一出生他就有心律不整的現象，他常到教堂來玩。」

「呀！眞的！」唐天養吃了一驚，鎭定一下精神，說：「怎麼會這樣呢？不過，總是有個小孩去告訴我啦。說不定我聽錯了他的名字，他不叫阿信，而是叫什麼的，這樣才合理。」

「這個不重要。」杜主恩宛若小學時代那麼純眞地笑起來，說：「你今天光臨教堂是我們的上賓，文森牧師正在寫一篇稿子，準備今晚的講道，你坐下來暫等他一會兒。」

不久，教堂側門走進一位高大的外國人。年紀大約七十歲了，穿一件高領毛衣，大把的鬍子把下巴都蓋住了，並且整個臉都長了微褐的細毛，露出尖挺的西方人的鼻子，有著溫柔的一對老人的眼睛；整個人看來就像是一隻老去了的但仍存威嚴的獅子狗。

文森牧師先自行介紹。他是旅行各地的佈道家，定居澳大利亞的墨爾本，在那兒他創辦了一個基督教中心，並出版錄影帶函授全球各地的學生，主要是教導學生神蹟治病。由於台灣幾個教會的邀請，他前來佈道。A市是他在台灣行程的最後一站。再過一天一夜，他將搭機到香港。就在前幾天，他獲得一個啓示，必須在A市找一個瘦高的教哲學的老師，啓示的內容文森不願多說。但他完全能瞭解唐天養當前的困境，替他解決困境是很重要的事，這裏頭有諸多的秘密。

這位佈道家不再多說，他叫唐天養站在他的面前，而後把手按在他的頭上。顫抖而目盲的唐天養感到有一種靈力由頭上流遍了全身，他的身子立即停止顫抖，眼睛有一層薄膜飛離了眼眶，頓時使視感又明亮起來，文森牧師說：「你好起來了。」

即使是幾年後，唐天養依然記得文森牧師的手按在他頭上的那種溫暖感覺，那種流注而出的靈力，也就是他感受過的巨手的靈力。

就在當天黃昏，文森牧師邀請他去禱告治病。病患是聖十字教堂的信徒，嚴重的癌症使那位信徒進入彌留的狀況。唐天養純粹出於好奇竟跟隨他們去了。

病患就住在經國大道的加油站附近，是一家修車場的老闆，當他們抵達了現場時，聽得見修車場內有人哭泣的聲音。

文森牧師要患者的家人把病患抬到暫時停工的修車處來。四周都是油污的味道，放在椰子床墊的這個六十歲以上的病患臉孔早已扭曲不堪，略白的頭髮都絞成一團，眼睛早已翻白。唐天養能感到這個垂死者的疼痛一定不下於他曾被釘在花崗岩崖壁的疼痛。

隨行的人都跪下來了，文森牧師使用英文一次又一次地唸著禱詞，大家都不斷地喃喃禱告。經國大道有許多好奇的人都在遠距離的地方觀看，他們一定覺得這個團體是送終而來的。

唐天養又覺得有一種力量產生在四周，籠罩了整個禱告團。有一種確實的信心在他的內在形成，凝結成蓄勢待發的狀態，不知道爲什麼，他就是感到病患將被治好。

半個鐘頭之後，文森牧師停了禱告，問了禱告團的人說：「你們之中，有誰覺得病人會好起來的，請前去按手。」

禱告團的人沒有人答話。

唐天養忽然走向前去，沒有人甚至於唐天養本人都不瞭解爲什麼會有這個舉動。他把病患從腰部抱直起來，有一種力量由他的身上釋放出去，他能感到又是那隻巨大的手掌，不停拍打及掏空病患的全身。

一會兒，唐天養大喊說：「人啊！你的病好了，起來行走吧！」

那個事實上已等於死亡的人忽然睜開了眼睛，沿著馬路邊以健行般的速度在加油站走了一圈又一圈，圍觀的人大大震駭，以爲看到殭屍復活。

唐天養成名了。

當文森・賽南牧師離開A市後，聖十字教堂的禱告團就由他帶領在A市開始爲人禱告治病，聖靈在醫治的操練中更爲強大。唐天養善於醫治癌症、潰爛、柏金森、腦疾及精神病患，有時兼及脊椎彎曲及癱瘓病。大抵上和基督教早期的使徒，甚至是耶穌本身次要的神蹟雷同。當然，他不可能和耶穌一樣使死人復活，但次要的神蹟他多少能做一些。要求治病的人慢慢增多，本來病患只限在鄰近的縣市，後來擴大到日本、朝鮮和菲律賓，甚至遠達歐美。由於他不可能離開三個小孩，無法遠行。在不得已的狀況下他只好嘗試手帕治療，他製作了印有聖十字教堂徽記的手帕，禱告後，依信件的住址寄給病患。本來他不相信這會有什麼功效。但是，一切都出乎意料之外，事實證明功效極大。他的治療擴散到極遠的地方，每個月特製的幾百條手帕幾乎都寄光了。他的影響力與日俱增。

可是，他受到的阻擾也是大的。

首先就是A市的傳統教會攻擊他。他們膽顫心驚地看著他使用基督的名在公開的場合施展神蹟，深怕他爲基督教帶來迷信色彩。傳統的來自歐美的教界包括天主教都認爲聖靈在基督教傳遍羅馬帝國之後早就停止運行了。倘若還能行神蹟的人必是受了魔的附體，他們認爲唐天養是東方亞洲的巫教異端。剛開始，唐天養顯得怯弱，不敢反駁，但隨著他得到的更多的啓示和恩賜，使他敢於宣稱他是異於傳統的等待派的教徒，他自認他不歸屬於任何世俗的教派。他摒除自己於限制之中。他曾經有一回奇妙的遭遇，在登臨一個響動聖名的世界中，看到了白人、黑人、紅人、黃人聚合的大花園，那裏頭再也沒有任何時間、空間之下人與人不同經歷的隔閡，所有的花草樹木都宿含了飽滿的愛性，萬物都發出了晶亮的光，他認爲他只堪是屬於未來才抵達的這個未來的教派和國度。至於他的神蹟治病應該是屬於四福音時期的這個系統，而不屬於之後另外的系統。

其次是他妻子的抗議，由於他的禱告治病十分費時，在不得已的情況下必須挪用經營服飾店的時間，幾次使服飾店缺了貨。偶而回家的妻子開始數落他，並譏笑他這種超現實的把戲。唐天養先是不理她，妻子便鬧到教堂去，揚言要控告杜主恩毀壞了他丈夫的正常生活。岳父也來了，共十二次斥責唐天養的荒唐行爲。然而，聖靈使唐天養心平氣和，逐漸健康起來的身體和自由的意志使他可以反駁那對父女的自私之言。他並警告他的賢妻，如果她再胡言亂語，當心聖靈會給她適當的懲罰；他的妻子停了胡鬧，但卻藉故更少回家。但就在這時，他的岳母挽救了他。由於看不慣女兒的行徑，岳母自願擔起照顧孫子的工作搬來同住。唐天養擁有更多的時間，他不但可以爲人禱告治病，還繼續在哲學班上課。年輕時期關懷社會的心也復萌起來，在上次的立法委員選舉時投入了選戰，雖得票率不高，卻在A市帶起了一股反買票的風潮，雖沒有當選，但也沒有損失，他生活得愈來愈有力。全沒有想到如今突然會遇到新的災難。

他能夠很清楚地回憶起彭少雄小時候的顏容，那時彭少雄是他任教國中時的班上學生。他怎麼也無法想像到如今的這個學生已非昔比，那場竹林的遭遇戰，使他隱約地瞭解那個學生的身上蘊藏一種極可怕的力量，那力量非同小可，它深達神祕世界的內部，一想及就令人顫抖。

唐天養在濃濃的花香中睡了，又在濃濃的花香中醒了，七點三十分左右，禱告團的人重又回到公園裏。成員中的年輕人的臉散發一種天眞的、美麗的笑容。良好的基督教教養好像要洗掉亞熱帶的A城的俗氣。他撐著身子坐起來，禱告團的人又圍聚到他的身邊。

「好一點了吧?」杜主恩更加關切地問著他，深度的鑲金眼鏡閃爍著水銀燈的反光，聖經不停地由右腋轉向左腋又回到右腋，說：「我剛剛和楊執事打了電話給劉家的人，他們正在等我們。」

「我還能撐一陣子的。」

唐天養用很大的力量站起來，禱告團的人過來扶他，走了幾步，感到身體內彷彿正在發生新的變化，好像有許多細微的線正在身體內部織著網。

「不要勉強呀！」杜主恩說：

「到飯店還不成問題。上次我們是搭電梯到十樓他的客廳治病的。一個五星大飯店的老闆不能住郊外別墅，卻只能窩居在那麼高的地方，實在太委屈他了。」唐天養想起楊老闆的無奈很覺感慨，他問杜主恩說：「杜牧師，剛在電話裏，對方有沒有說到小孩的新病情？」

「比昨天又退步了許多。本來他們打算送孩子去特殊學校上課，今天臨時又改變了主意。」

「是嗎？唉——。」

唐天養終於走到街路來，一種虛脱感使他失去了觀看一切的興趣。他不禁想起了災難不少的劉家小孩。

那是四個月前的秋天時分，唐天養爲手帕通訊治病的事大爲忙碌，他和聖十字教堂合作，每天平均都會接到一、二十封的求治信函。如果是台灣地區的信還能應付，美國和日本的信也不成問題。最難的是使用德國、西班牙、俄國文字的來信，這時他們還要請翻譯社的人翻譯，有時找不到翻譯的人只好乾著急。

就在那時，劉老闆有事來了。

唐天養還記得，那天的聖十字教堂的低矮巷道來了一輛勞斯萊斯的車子，隔了一會兒，杜主恩牧師帶進來一位穿夾克的老年人，頭髮已斑白，步履蹣跚，臉面十分衰老，最少也有六十五歲以上。跟在老人身邊的是前一屆和唐天養一起競選上榜的伍議員。他們立即在會客室談起來。

劉老闆本名叫劉木禾，是A市長久以來的聖十字教堂信徒。打從日本時代以來，家人和聖十字教堂結了不解之緣。

日本時代，劉家就在A市經營旅館業。當時就叫千葉旅舍。戰後，劉老闆繼承父業，擴充了旅舍規模，變成十層的大飯店，在A市十分耀眼。水準以上的設備吸引了各地的旅人前來投宿，在戰後的二十年，賺了大筆的利潤。但近二十年，同行競爭激烈，大小賓館在鬧區如雨後春筍般地被建立起來，色情行業十分猖獗，爲了生存，五星飯店只得隨波逐流，慢慢地也不乾淨起來。劉木禾老闆依違在天堂的信仰及墮落的世俗之間飽受煎熬。四年前，他的妻子死了，小孩都在國外，劉老闆認識了飯店的一位女服務生，來自窮困家庭的這個女孩子有不幸的遭遇卻長得乖巧、懂事，隨著劉老闆的勸告加入了教會，不久他們結婚了。卻生了頭部畸型的一個男嬰，腦部嚴重損壞。

小男孩叫做阿羅，他的腦部畸型帶來嚴重的官能障礙，自幼就無法取物。平常既不能說話，眼睛常常呈現痙攣僵直的現象。從他會坐直身子開始，身體就常發生扭曲和變型。手臂、雙腳常發抖；頸子無法支撐頭部重量，一直左右向下偏墜。

劉老闆本來想送走男孩，叫別人看管。但是宗教信仰使他不願背棄良心放棄小孩，他承擔了這個無比沈重的養育責任，曾遍訪名醫想治好小孩先天性的痼疾。可是所有的醫生都束手無策。所有的醫生似乎只能使小孩多睡幾個鐘頭，等小孩醒來，一切仍然如故。他們老夫少妻遭到巨大的打擊，尤其劉老闆的妻子更是茶飯不思，自小孩降生，她大半時間都和孩子待在十層樓上，一步也不離開房間。在四個月前，小孩居然開始會無端地浮升在地面之上，大抵是沿著牆壁向上浮昇，並發出一種嘶嘶的叫聲。爲了這件詭異的事，劉老闆曾聘請外教的巫師前來驅邪，但一切均歸徒然，最近經由杜主恩傳道的介紹，希望唐天養能幫忙解決這個困難。當天晚上，唐天養立即帶著禱告團到了劉家。

那次的禱告治病十分有效。唐天養記得他們很快地抵達了飯店十層樓的劉家。良好的宗教信仰使劉家的裝潢擺飾十分樸素。在客廳裏除了牆上所掛的一幅「神愛世人」的匾額之外並無餘物，簡單的木造一組坐椅已經從日本時代使用到現在了。簡直就是一個五十年代的農家客廳擺設。

劉夫人在側房抱出了阿羅，天可憐見的這對母子相偎相依而難以分開。劉夫人的頭髮散亂不堪，雖努力整理想使自己不致於在客人面前失禮，但無論如何也看不出那副蒼白憂愁的面孔是尚未二十五歲的面孔。

當劉老闆從劉夫人的手中接過小孩阿羅，把他放在地上時，恐怖的現象立即發生。就在磨石的古舊地板上，唐天養的眼睛洞察到一條蛇的影子在攀爬。那個影子慢慢攀住了阿羅的身上，阿羅就痙攣起來，隨後沿著牆邊，小孩浮昇上來，停在牆面的中間部份不肯下來，並向禱告團的人發出聲音。禱告團立即緊張起來了。

「跪下來禱告吧。」唐天養立時鎮定地說。

於是他們跪下來了。

當禱告團的人開始唸誦聖經所載一段蛇的邪行時，小孩不斷用額頭撞擊牆壁。

唐天養站起來了，提高了聲音，指著空中的阿羅的身子說：「邪惡而污穢的東西，你的邪行是無可隱藏的。奉基督的名，立刻離開小孩的身子，出去吧！」

又是那隻巨手，祂伸展到牆上，強力地擊打在小孩的身上，一會兒，他們一齊看到長長的蛇的影子好像被攻擊無處藏身，牠從小孩身上出來，斜斜地飛出廳堂，墜落在門外的十層樓空中去了。小孩慢慢跌回到地上。

之後的幾個月，教會和唐天養常接到劉家夫婦的電話，那些電話的聲音多麼快樂和輕鬆。偶而劉夫人也到唐天養的服飾店買衣服，她會冗長地談起她早年不幸的遭遇，但主要的話還是有關阿羅的近況。她曾說：

「最近他的四肢、雙眼的僵直現象明顯地消退。在一星期內甚至不淌口水，眼睛的轉動和一般小孩沒兩樣。他慢慢能爬行，動作不很快，但可以由臥室的這一頭爬到那頭。」

唐天養勸她不要一直把小孩鎖在室內，他說：「他不會再浮昇空中了。妳可以帶他到外面去玩；同時妳要放下年輕的那段遭遇，不要在心裏存有怨恨、苦毒。這些都會助長邪靈的降臨。」

禱告團的人沒有一個懷疑小孩正在痊癒，無數次的經驗叫他們感到治療阿羅是萬分成功的。可是就在最近一星期，他們又聽到阿羅病情轉烈的消息。以往的發病現象倒是不見了，可是取代的疾病是皮膚失去彈性，肌肉乏力；怕冷、嘔吐、噁心；全身的皮膚蒼白，尤其臉、嘴唇、手掌更是可怕，白晰晰的，就像被異物入侵，血液慢慢被吸光了。

劉老闆再度要求禱告團爲阿羅做二次禱告。

現在，唐天養來到了這條街上，他衰弱的身子和腦子活躍的思緒成反比，他的大腦有著劉家夫婦的困苦的容顏，更有阿羅可憐的影子，他不斷聞到花香，感覺死亡的迫近，卻還有一種近乎靈感的判斷在大腦出現，他忽然對杜主恩說：

「我感到這次阿羅的體內的邪靈和上次的邪靈是不同的。」

「你的意思是上次趕走了一個，但裏頭還留有一個？」

「不！我們上次已把唯一的邪靈逐走了。如今剛出現的這個邪靈是新來的。」唐天養很肯定地說：「我的說法是可能的，只是這個新來的邪靈不知道是哪兒來的。上次禱告後我忘記吩咐劉老闆夫婦一些事情。」

禱告團的人走進五星飯店大廳，有個服務生走來招呼他們。服務生說剛剛有個基督教醫院的醫生也過來診察阿羅，待一會兒他們會抱孩子下來，這次他們不敢麻煩禱告團的人上樓，就在飯店的會客室禱告就好。

十分鐘後，劉氏夫婦抱著小孩下樓，醫生提著診療皮夾包跟著下來。他們立即進入會客室。坐下來。劉氏夫婦又恢復了以往的憂傷，在大會客室明亮的燈光下，禱告團的人看著劉夫人懷中的阿羅陷入昏迷狀態，皮膚白得透明。

六十開外，白頭髮的醫生完全失望了，他對禱告團說：

「由外表看來，小孩的確是患貧血症。有幾個原因可能會導致這種症狀。譬如說瘧疾原蟲侵入血液啦，鉛中毒啦，或者說兒童吃了新鮮蠶豆或某些藥物也會引發紅血球的不正常，由於被破壞的紅血球太多、太快，骨髓不足補償時，就發生了貧血現象，小孩的皮膚及臉龐就白晰得嚇人。可是我們爲他做過多次檢查，並沒有發現這些病因，也就是說並沒有什麼明確的藥物病原蟲或功能上病變的病可以掌握，但是他的紅血球卻不停被破壞。聽說上次小孩的僵直痙攣現象是你們治好的？」

「是的。」杜主恩牧師說。

「眞是不可思議。」醫生說：「劉老闆說你們這次也是專程來爲阿羅禱告的。」

「我們想再試一試。」杜主恩牧師說：「醫生反對禱告治病嗎？」

「怎麼會呢？」醫生說：「我相信有些我們難以測知的力量是存在的。有時我在爲人開刀或做診治時也先做了禱告，你們放心禱告吧。」

醫生走了。於是禱告團的人開了會客室的大門，叫劉夫人把小孩放在大皮黑沙發上。

「來吧。我們開始吧。」唐天養跪了下來，雖然感到全身的力量都潰散了，但還是撐了下來，他不想拖太多的時間，使自己崩垮，他說：「大家集中精神吧。」

當禱告團的成員第一次唸禱詞時，聖靈就開始在周圍周流，有著不明顯的，卻是人人可以感到的那種震動。阿羅略略醒過來，張開的眼睛痴呆得可怕。就在那時，唐天養看到在阿羅的體內有不明的紅色光不斷移動，就像許多的螺虫一樣，流竄在四肢和軀幹之中。

「你們看到紅光體嗎？」唐天養問著。

「看到了。」禱告團的人說。

「來吧。讓我們禱告那些不明光體離開阿羅的身體吧。」

半個鐘頭之後，紅光仍蟄伏在體內，好像要考驗禱告團的耐性，並富謀略性地匯集在內臟更深的地方。

唐天養感到累極了，花香又聚過來，嘴唇因唸誦禱詞而枯乾了，可是他感到有一股力量催動了他。於是他站起來，把手按在阿羅的胸前，他提高聲音說：

「一切都結束了。不論你是誰，計謀是什麼，你終將破毀不了這個神所垂愛的孩子。」

他大聲地說：

「邪靈！我知道你的來歷了，奉基督之名，你出去吧！滾回你的巢穴吧！」

於是室內的人感到有白色的光由唐天養的手進入小孩的胸腔之中；同時紅色的衆多光點開始由小孩的嘴跑出來，那些紅光體盤旋在室內，最後在窗邊匯合成一隻鳥的形狀，在聖靈的震波中，如瑪瑙的紅鳥再也待不住，撞破了窗户，迅速有如閃電般地消失在夜空。

禱告停止了。小孩睜開眼睛叫了：「媽——」，又沈沈睡了。臉上的白晰退去了大半。

「好了。」唐天養頹坐在沙發上，他說：「阿羅沒事了。」

「眞不知道要怎麼感謝你們才好。」劉夫人拭去淚，不斷向禱告團的人點頭致謝。

「劉夫人。」唐天養疲乏不堪，稀疏的頭髮混合汗汁披散在額頭，他說：「我一直忘了告訴你們一件事，就是不要抱阿羅去一些特殊的地方。他太敏感了。有些地方譬如凹下的、頹敗的、污穢的地方都不要去。你們去過那些地方吧？」

「我不能確定是否去了那種地方。」劉夫人怯怯地說：「這幾個月阿羅狀況很好，進步很大。我們的確抱他去了很多的地方玩，一切都很順利。」

「發病的前幾天呢？」唐天養說。

「好像曾抱他赴過一次宴會。那次是新當選的彭少雄設的酒宴，我們全家都去了。回來之後，阿羅就不舒服了。」

「在彭少雄的服務處，以前的那個黨部嗎？」

「是的。就是那個地方。」

「嗯。」

唐天養沉默下來了。他瞭解紅色體的來源了。

他覺得需要洗一把臉，於是打開了會客室的門，走過大理石的空曠豪華客廳，走進盥洗室。他感到渾身的麻痺感愈來愈厲害，雙腳簡直再也站不住了，他半依在牆邊，伸手扭開水龍頭。用手捧了水在臉上抹了一下，他注視鏡面，想梳好他的頭髮，這時他看見鏡面的自己的臉部一片血淋淋。

「唉！杜牧師！」

他叫了一聲，接著是一陣暈眩閃擊他，立即不省人事。

2

次日早晨八點鐘，唐天養由杜主恩傳道及楊約翰執事以行軍擔架抬著，趕到火車站，想搭乘小火車前往貓羅山，寒冷的二月底的氣流及時消散，當他們坐上火車時，陽光溫和地由車窗照進來。

經過了昨夜的折騰，他們愼重地選定了貓羅山的貓羅小村，希望在那兒能遇到奇蹟。

原來自從昨晚在五星大飯店昏厥後，唐天養的病況一發不可收拾。杜主恩立即在溫莎醫院爲他掛了急診，醫生立即幫他做診斷，卻說他的病不嚴重。醫生懷疑唐天養的血小板減少或功能衰退，甚至是脾藏的問題才會導致皮膚一再出血，但是由於出血的部位在臉上，並非一種常態，難以一下子就做斷定，出血也不厲害，醫生希望他過幾天再來做更仔細的檢查。隨後唐天養也清醒過來，他們立即回到服飾店。

可是病情的發展出乎意料之外。到了深夜，唐天養的四肢和軀幹開始轉爲發熱，同時出現一種透明紅的顏色。隨之，唐天養感到他的身體、軀幹逐漸脫離他的掌握。這種感覺和他在早年肉體空化掉的感覺不一樣，也和一般的潰爛痛楚不一樣。他是不感到痛的，只是無端地強大起來，但卻不是他自己所能控制。說是麻木嗎？又不盡然，因爲強烈的存在感比往日要重好幾倍。具體地說，他的肉體正落入了某種東西的手中，被某種東西劫奪，就像一架機械，操縱的人不是他。對於這一具軀體，他首次有陌生的感覺。

在夜裏，他側躺在服飾店客廳的沙發上，有如一軀木乃伊。岳母和小孩們都睡了。杜主恩和楊約翰惶恐地不敢離開，他們再度打電話向溫莎醫院的大夫求救。急診的大夫已經下班，值班的醫生要他們第二天再去檢查一次。

深夜五點，他們做了一次深而長的禱告，準備在沙發上渡過難挨的一夜。就在五點三十分時，首先是唐天養聞到花香，這陣花香濃得不能再濃，幾乎可以把他的五臟六腑都浸透、醃漬起來。但是他也看到一道明亮的光在視域中出現，光中現出一個散落在鐵道縱橫交叉的小火車站四周的小村莊。有一座教堂矗立在光中，上頭有「貓羅山村佈道所」及「薛以利亞」的字樣，當光亮褪去後，唐天養就醒來，杜主恩和楊約翰也醒來，他們都表示看到同樣的夢境。

他們大惑不解，開始想解夢。

「如果我猜的不錯。這個異夢告訴了我們必須要到貓羅山村找薛以利亞這個人。」唐天養氣如游絲地說：「你們聽過這些名字嗎？」

「貓羅山村是登山鐵路的終點站，這是大家都知道的，那兒的佈道所和聖十字教堂有來往。但是薛以利亞這個名字只略略聽過，我長年在國外並不是很清楚。也許問老一輩的人會比較知道。」

「你眞的認爲我們應該去那兒找那個薛以利亞嗎？」楊約翰說。

「大概是這個意思，可是我不能完全確定。」唐天養沮喪地說。

他們又倒頭睡去。

十分鐘之後，他們又見到同樣的異夢，所不同的是唐天養看到一隻巨掌橫掠在教堂之上。

他們又同時醒來。

「我不懷疑我的猜測了。」唐天養終於說：「這裏頭一定有含意，也許不一定能使我好起來，但一定有什麼更深的目的。我們去一趟吧。」

他們做了決定在天亮時上山，希望能有人能改善唐天養的病況，假若不行，再下山送溫莎醫院治療，時間也只是一天而已。

這時天已亮了，杜主恩和楊約翰在店裏找到登山擔架、準備了禦寒衣物，一大早就出發了。

通往貓羅山的火車一天兩班。早晚各一班。日本時代，鐵路沿途的山村和A市往來密切，曾維持一天四次的車次。終戰後，K·M·T當局大肆砍伐山林，木材資源急速被盜光，車次曾降到一班，近十年來，由於觀光渡假風氣興盛起來，又復甦成二班次，且是旅客有愈來愈多的傾向。

這條通往貓羅山的鐵路大約五十公里。經過三十個隧道，一百二十三座橋樑，由A市的火車站出發是海拔七〇〇公尺，到貓羅小村爲止上昇到二千四百公尺。沿途的氣候隨著地形的昇高而演變，大抵上由最初的副熱帶變成暖帶溫帶再變成寒帶。各種植物伴隨不同的氣候和岩層，呈現了變化萬千的丰采，算是不錯的旅遊路線。

唐天養曾搭過一次火車進入山區，那是第二個小孩降生不久的時候，他曾負荷不住家庭的壓力，進入鐵路中段的原霧山村去避難，他找了寺廟整整住了一星期之久，那時他的行程充滿了哀傷和寂寞，二個孩子的顏容牽纏地出現在他這個父親的腦海，一星期之後，他又回到服飾店。那時並沒有人告訴他更上頭的貓羅山村有一個佈道所的事。此次他又搭乘火車入山，情況更慘，這趟行程吉凶難料。

火車由車站開出十餘分鐘，他們已抵達了A城環山溪流的鐵橋上，車子嘩嘩地響了一陣，立即掠進了一片渾厚的竹林裏，地勢隨之昇高。

這輛火車是老式的登山車，是日本人獨創而成，有著傘狀的齒輪直立汽缸，時速二十五公里，當日本人離開台灣後，四十幾年來，這種火車並未遭到淘汰，它奔馳的情況好極了，依然是有力無比。

唐天養躺在窄迫的車座裏，還能清楚地看到鐵路兩旁的竹林裏的房舍，以及房舍旁堆積的各種竹類的山產，市內的那種俗氣在竹林裏完全不見，清幽的、無爭的生活景觀使他的心獲得安慰。他同時注意到車廂裏除了杜主恩楊約翰外，還有七個旅遊的青年在那兒歌唱和談話。另外在他的前座有一對母子正孤寂地眺望車外翠綠的竹林。

車子慢慢地愈駛愈起勁，不久就上昇到一千二百公尺的高度，這時包括前後左右，他們都被層層的竹林覆住了。

杜主恩和楊約翰一面翻查聖經，一面轉過頭來和他攀談。

「我們正在翻查四福音書裏有沒有你的病例。」杜主恩說。

「找到了嗎？」唐天養報以感謝的眼光說。

「很難找到，基督治好過女人的血漏症，可是你的臉孔出血和血漏症又不是同一種病。」杜主恩說：「基督也治好過癱子，也是用擔架抬著，但大抵應該是中風之類的病，和你的出血症也不同；另外也治過痲瘋病患，但和你渾身發紅也很難歸爲一類。你的病很特別。」

「爲什麼你不治好自己？」楊約翰說：「你不是治好很多瀕死的人嗎？」

「我不知道。」唐天養說：「不過我知道很多的靈療家同樣都發病死亡，他們也都沒法治好自己。」

「聖靈不伸援手，誰也救不了自己的嗎？」杜主恩說。

「大概就是這個意思。」

他們的話剛停，車子就進入一個山洞。眼前立即黯了下來，煤硝味立即瀰漫車內，伸手不見五指。

杜主恩和楊約翰忙著關了車窗。

一會兒火車由山洞出來，車內立即掠進了目眩的亮光，眼前所見仍是漫山遍野的竹林。

這時那對母子開始談起話，從口音可以分辨出他們就是原住民。

「孩子，爲什麼你要做那種危險的事？」母親把脫下來的大衣蓋在十三、四歲大的男孩背上，說：「你不是答應我，到平地阿姨的家要好好地把功課唸好嗎？」

「我曾想專心唸書的。」小孩低下頭拉好大衣說：「但情況愈來愈讓我不想唸書，最後，做了危險的事，我當時並不很清楚那種事是危險的。」

「怎麼會不清楚？」母親說：「那是三樓的欄杆呀！你不知道自己爬上三樓走道的欄杆嗎？」

「我是爬上去了。」小孩的頭更低了，大衣披不住滑下來，他說：「那時我只想挫一挫所有同學的氣，我說全校只有我敢由三樓往地面跳。」

「然後你眞的就跳啊？你這麼傻呀？」

「我本來不想跳，但所有圍觀的同學都嚷著：『跳呀！跳呀！』他們好像看一場戲一樣。李福旺是我們班的老大，足球隊的前鋒，他也對我大叫說：『烏皮的山地仔都是没種的人。』我看見他嘻笑的臉，聽到他罵我的話，我眞的生氣了。之後我鬆手，人就直落地面。」小孩伸手去揩淚，說：「當時我聽到一陣的驚呼，同時感到脚很痛，想到脚大概壞掉了，不能再踢足球校隊了，於是我昏過去，醒來時，看到阿姨和訓導主任在病房裏談話，他們要我暫時休學，不要到學校上課。」

「你眞傻呀！」母親說：「爲什麼一定要認爲自己比別人行呢？」

之後，那對母子用山地語交談。

唐天養看不到那對母子的臉，但車内略呈綠色的餘光可以返照在他們母子黑棕色的皮膚，他們一定是回到内山來養脚傷的，唐天養聞到了石膏味。

這時，旅遊的那批青年開始有人用吉他唱起香港歌星張學友的歌。吉他技術不很好，歌聲卻幾可亂眞。一個女孩跳著旋轉舞步，立即有人拍手應和，於是七個人又叫又跳，全然忘記他們在登山火車上的危險性。他們的五顏六色的背包堆在車廂的角落，浮現一種華麗的光芒。

火車依然一個橋樑又一個橋樑、一個山洞又一個山洞地通過。他們在火車開出的三十分鐘之內，大抵並沒有脫離綠色竹林的包圍，偶而會出現一段光禿禿的岩壁或芭蕉、杉樹的風景，互換的景致會使人的印象失去連續性。就像跳接的影片呈現視覺的並列，終至於混淆了時間、空間的先後和區位。

唐天養又一次地回想他的人生。不知怎麼的，就又想起彭少雄。一想起彭少雄即刻使他回到現實，意識到命在旦夕的這個事實。

彭少雄是他一九七九年任教於國中的學生。和任何的學生一樣，剛開始並沒有給他多少印象，因爲班級人數實在太多。彭少雄在國一時，唐天養去過彭少雄的家一趟。記憶中的彭少雄的家位於靠山的彭厝里一塊斜坡上，是古老的三合院老建築，那次的例行訪談他没有見到任何彭少雄的家人。彭厝里的人告訴他，彭少雄的父親外出經商不回家，母親和二女一男辛苦地住在三合院，靠著後山的農地辛苦地過活。在國二時，彭少雄曾連續二個星期没上學，才引起唐天養的注意。那時的彭少雄就長得頗好看，雖然略顯青蒼，身子卻很結實，臂肌相當有力，有一雙動人的丹鳳眼，做事很敏捷而正確，對老師不失禮貌。他有一個習慣，當大家熱烈吵鬧時，他總是站在圈外寂寞地看著，比一般的小孩來得不愉快，當時他並不用功，但只要月考一到就不離開座位，唸了幾天的書，考出來的成績總會在前面幾名。爲了鼓勵這個學生，唐天養常叫他做學藝工作，出乎意料之外，他有一種頗明顯的藝術天份，在教室佈置時，他會使用多種激烈的亮光紙，鋪陳出色彩燦爛的圖案。有一次他把教室一分爲二，一半用黑色，一半用白色，剪貼出強烈的對稱裝飾，引起全校師生的注目。但他終歸是寂寞的，既不刻意突顯自己，也不破壞團體的規約，國三時他順利地唸完，畢業時考上北部頗有名的一家五專，聽說唸了機械製圖科，之後音訊杳然。

又見到他時是五年前的春日。那時唐天養的精神正要步入危機之中，眼睛開始顯得不靈光。有一次他想到大學時代常聽的美國盲人史蒂夫．汪達的一首歌，覺得那種藍色的調子很能呼應他的哀傷。他離開服飾店，步行到街對面的唱片行去找錄音帶。

由於精神的萎靡，他沒有注意到唱片行的店員在遙遠的店裏向他打手勢要他離開。當他進入了店門口時，才發現店裏的角落坐著一個身披褐色風衣，理光頭的人，旁邊站了兩個穿西裝同是理了光頭的青年。他們背對唐天養，沒有察覺唐天養走進店裏，等他們發覺了，一個穿西裝的青年立即回過頭擋住他，叫了一聲：「你找死！」唐天養感到他的胸前被一把刀抵住了，另一個站著的青年也轉頭過來，亮出了一把閃亮的士林名刀。唐天養大吃一驚，回到現實，全身流了一把冷汗。

坐在椅子上的光頭青年也站起來，轉過頭來看了唐天養一眼，忽然笑起來，他走過來，叫另外那二個青年收起刀子，說：「你就是唐老師。唉——」

唐天養驚魂甫定，看了對方好一會兒，他才想起理光頭的、披著風衣的人是彭少雄，未等唐天養搞清狀況，彭少雄拉來了椅子，請他坐下。

「這是怎麼回事？」唐天養鎮定一下精神，問著眼前已經二十五歲的彭少雄。

「你還記得我嗎？唐老師。」彭少雄也坐了下來，羞澀地笑著。

「認得呀！你是彭少雄。對吧？我們有十年以上不曾見面了。」

「十年又七個月。」彭少雄說。

唐天養收回面對陌生人的那種生疏感，回到了以前國中任教時的那種老師的態度，仔細地打量眼前的學生。羞澀笑容後面的那種寂寞味道仍然不變，只是這個孩子的確長大了。臉比以前寬了些，細長的眉和丹鳳眼在寬闊的額頭下浮現了一種特殊的青春的美麗，由於剃了光頭，更顯出飄逸的、出塵的味道來。唐天養一邊看著長大的學生，一邊感到自己的卑瑣和醜陋，領略到爲人師表的那種複雜的情緒。

「老師近來好嗎？我剛由外地回來，本想到學校打聽您的消息，没想到在這兒見到您。老師還在學校教書嗎？」

「我已離開教育單位。自從你們畢業之後，我又教了三年國中，之後轉教高中，二年前結婚，辭了教職，經營服飾店，就在對面十字路口那一家，你看看。」

「挺現代的嘛！很有格調，年輕人一定很喜歡的。」

「對你們年輕人的品味老師是不懂的。」唐天養笑了笑，說：「店面的裝潢事實上都是店員的主意。如果有空，你約同學到服飾店來敍一敍，我還要請教你們對流行服飾的意見呢。」

「老師總是很看得起我們。我會找同學去的。」

「你呢？目前你做什麼工作？不是聽說北上唸五專嗎？應該畢業很久了吧？爲什麼理光頭？正在服役嗎？」

「老師大抵都猜錯了。」彭少雄的容顏又露出了羞澀的神色，說：「我唸了五專沒錯，但沒有畢業。現在也不在軍隊服役，算是無業遊民。」

「是嗎？怎會？你有很好的才藝，做什麼一定都很行的，找不到職業是不可能的。」

「不瞞老師。我現在正和一批人在混江湖。您看剛剛有人拿著刀子抵住你，他們就是我的跟班小弟。這樣的日子已經很久了。」

「爲什麼？」唐天養百思不解，他說：「如果別人去混江湖我相信，但你會混江湖叫我怎能相信？」

於是彭少雄告訴了有關於他國中畢業後的際遇。

原來彭少雄到北部唸五專，先是投靠住在北部的父親。但是父親和另一個女人重組了一個家庭，生了小孩，生活拮据，付不起彭少雄的學費。彭少雄靠著父親的介紹在夜間的騎樓下幫人洗車維生。在五專最後一個學期的寒假，他轉到一個更好的地段去洗車。洗車行的老闆是A市彭厝里的宗親。老闆是很有辦法的人，他付彭少雄雙倍的薪水，禁止洗車行的工人拿安非他命給彭少雄。老闆說：「我没唸什麼書，從二十歲時就離開彭厝里，很想念故鄉，看到了彭厝里的人就好像看到自己的家人，我和你父親是很要好的朋友，他比較没能力照顧你，吩咐我要善待你。像你這種可以把書唸好的孩子，不要說是你父親的朋友，凡是彭厝里的人都有義務提攜你。我會栽培你唸碩士、博士。」

可是，人算不如天算，就在那年的夏初，天氣轉向燥熱時，他們的洗車行和另一家洗車行爆發了地盤之爭。在夜間大馬路的水銀燈下，雙方火拚。老闆被幾個人圍住毆擊，所有的人都加入了鬥毆。彭少雄和一位彭厝里來的中年工人爲了救老闆，返回洗車場把武器攜來。彭少雄拿了一支武士刀加入戰圈，他砍了對方幾個人，救出老闆，並把對方帶頭的人逼到安全島的護欄上，當場刺殺對方十幾刀，他殺得眼睛都血紅了，對方的人都被嚇退。他只記得又拖住那個帶頭的人把他丟擲在騎樓下，又一刀猛刺對方的肺臟，刀子顫危危地留在那個人的胸膛上，另一個彭厝里的中年人又拔出刀子猛刺了二十幾刀。等到戰鬥結束時，遠距離的騎樓下人潮都摒住了呼吸，他們不相信血竟然把洗車行的肥皂水都染成紅色，混合著泡沫把地面都遮蓋了。最重要的是有個人像畜生一樣被宰掉。

檢方起訴了這個殺人案，老闆賣了一半的洗車場的產業幫彭少雄擺脫重刑，加上彭厝里的那位中年人扛下了所有罪嫌，彭少雄被判五年徒刑。關了二年半，他就

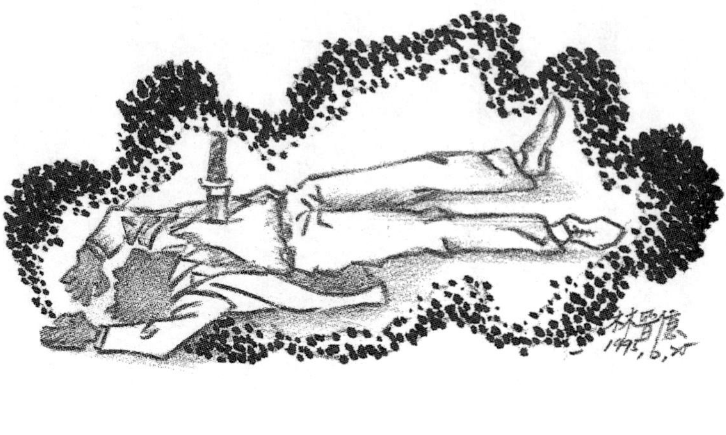

出獄，但他已走上了一條不歸路，由於那場火拚使他一戰成名，他開始混黑社會。

「我繼續在北市生活了二年半。」彭少雄淡淡地說：「開始想到故鄉，同時覺得沒有計劃的胡混不會有結果。於是想暫時回到A市來冷靜地構想未來。上個月我帶了二個小弟沿著縱貫線回來，發現身上沒有錢，於是想到一個好方法。我們準備了幾十罐的茶葉，沿途向豪華的酒店和百貨行推銷，以一罐二萬元的價格要他們買下。一路都還滿順利的。但是就在台中，我們中了一家歌廳的陷阱。當我們在豪華的櫃檯上和他們經理論價時，警察出現在門口。我眼明手快，叫二位小弟猛跑上二樓，我們把三把黑星手槍丟進花盆裏。之後我們被捕。北部洗車行的老闆打了電話給A市市場幫的林刀，他以合作社理事的身分保出了我們，但是我們的頭髮被理光了。現在我們身無分文，只好又拿茶葉要賣給唱片行，就在這兒遇到老師。」

「哦——」

「老師，我這麼坦白地說，你一定會加倍地責備我的。」彭少雄寂寞地笑著，去大衣口袋掏出一包菸，遞給唐天養一根，點了火，說：「事實上，偶而我靜下心來想，覺得過往的事很荒謬，就像一個不合理的夢。」

「老師不會隨便責備學生的。」唐天養聽得很仔細，他接過彭少雄的菸抽著，感慨多於論評地說：「現在的社會大概就是這樣吧。不過老師不要你繼續做這種事。它只會加重社會上許多人的負擔。老師也不希望你入獄或生活在刀光劍影之中。你知道，儘管這個社會使一切人都失去了信心、希望，但身爲父母的或老師的人不要他的子弟受到傷害……嗯，老師是不是婆婆媽媽了，你知道老師的意思嗎？」

「您眞好。」彭少雄淡淡地笑著：「這些話只有老師才會對我説。離開A市去到他鄉這麼久，我總渴望有朝一日能返回母校再聆聽老師的教誨。幾年來我總懷念國中那段黃金般的歲月，有老師的呵護多麼溫暖。聽説您不在學校任教，但仍在救國團開設哲學班是嗎？」

「是啊，最近打算想停掉這個班。」

「我會去上課的，即使再忙，我都要去聆聽您的教導。」

彭少雄站起來了，他向唱片行內室叫著：

「阿標！茶葉不要賣了。老師在這兒，不要讓老師看笑話！」

不久，唱片行內室走出了一位滿面寒霜的十四、五歲的少年，他的手裡拿了一罐茶葉。

「老師這裏有一萬多塊。」唐天養去上衣口袋拿一疊鈔票出來，説：「你們拿去用，不需還老師，以後有困難就到服飾店來找我，知道嗎？你們一定會找到職業的。」

「不！老師！我不可以拿您的錢。」彭少雄淡淡地笑著，他把鈔票推回給唐天養，説：「我會盡力的。找職業的事正努力在進行。老師，我不會叫您丟臉的。」

於是，這幾個青年人離開了唱片行，留下唱片行的老闆不知所以然地愣在那兒。

這就是五年前第一次與回到A城的彭少雄的見面，之後，唐天養知道彭少雄很努力地在建築公司上班，在名畫家的畫室習畫，在夜市經營餐廳，甚至到哲學班來聽課，很努力地改善自己，但很快的，謠傳指出他和市場幫的林刀關係匪淺，並在彭厝里建立起穩固的角頭勢力，也擁有不少的資產，一九九一年，他參選了市民代表，當選，馬上膺任代表會主席，二年之後，牽涉一起私槍買賣，他流亡山區又逃亡菲律賓，半年後，回來受審，無罪獲釋，復職，結婚。這一切已非當初唐天養可以想像得到，彭少雄擁有各種突來的成就，如一顆爆燃在天邊的星星。恐怕唐天養耗盡一切心思都無法瞭解彭少雄的路是怎麼走出來的。

火車劃了一個弧形的彎度，瞬間就被提昇到更高的地勢來，唐天養半躺在車座上，立刻看到火車已告別了竹林區，進入溫帶、暖帶林區，兩旁的岩石更加奇崛。山上長滿了柳杉林。這是海拔一千五百公尺的高地。由這兒往低處的A市眺望，頓感A市的飄渺與侷促，令人懷疑他曾生活在那樣的一個城裏。在窗外的遠方，一座座矗向天際的山峰不斷伸展，有些柳杉穩穩地生長在山巔，有些顫危危地只攀住半山腰，臨空的山澗直墜溪底，澗壁疏疏落落生長著一些松樹、柏樹，陽光還可以照到山澗，使河床浮出一種暗綠的水光。而更遠更高的山脈群落在雲霧之中，沒有人能探詢那種高度和廣度。

那對山地的母子又絮絮地談起話了。

「本來我就不想住阿姨的家。」小孩仍低著頭說：「妳以前說阿姨的家比山上的家要好幾倍。等我住進阿姨家才發現和山上一樣，還不是我們睡慣的矮床，還不是照樣是簡單的炊具，只是多了一個電視。阿姨和姨丈每天都到工廠上班，三更半夜才回來，只有最小的還在學走路的小男孩和我在家裏。我和鄰居的平地小孩玩不起來，很孤單。」

「你阿姨的那二個女兒呢？她們不照顧你嗎？」

「大表姐在一家咖啡廳上班。」小孩停了一下，看了媽媽一眼，說：「有一次她帶我去咖啡廳玩，我被丟在櫃檯老半天，咖啡廳陰濕濕的，有酒味、菸味，卻沒有咖啡味。和表姐一起來上班的女人衣服都穿得很少，客人也不是很正派。我已經是國中生了，知道那是什麼把戲。後來，她出來了，身邊跟了一位老人家，說要去約會，就叫計程車送我回家。」

「二表姊呢？和你同齡的女兒呢？你們不是很談得來嗎？」

「二表姐和我一起唸國中。」小孩說：「但是在我們二年級上學期時，有個大表姐的男朋友常到家裏找大表姐，是平地人。有一次大表姐沒回來，他就想強暴二表姐，二表姐抵抗他，那個人就用一塊磚把二表姐打昏了。二表姐在醫院躺了一陣子，昏迷不醒。出院後，就神智不清，整天喃喃自語，隔壁鄰居都說二表姐精神失常了，阿姨始終找不到好醫生治療她，強暴她的男人拿五萬元賠償了事。我眞想把那個男人殺了，有一次我買了一支摺刀要等那個男人，但是一直沒有等到他。」

「你怎能想要殺人！」母親罵了一聲，說：「不怕犯法呀！」

「我很喜歡二表姐，一想到她神智不清，我就想哭，後來我立志無論如何我要打敗那些平地人。」

「你眞好強，不准那樣想！」

這時車上的那一夥青年人爆發了一陣笑鬧，他們玩接力歌唱，接不上的人就得吃掉盤子上的糖果，吃糖的人矇住眼睛，糖果底下有麵粉，只要吃糖的人沾了一臉的麵粉，他們就拍手大笑。小車廂就一陣搖動，帶來一陣不安和威脅。

唐天養又聞到濃厚的花香，感到不舒服，他收回眼光，打量自己的皮膚，紅通透明的顏色已經侵抵手指來了，他曉得只要手指末端也變成瑪瑙紅，奇異的事也就要發生了，他想起彭少雄瞬間能蛻變成紅色蝙蝠的魔術。隨後他又憶起市長選戰前，彭少雄第一次找他的那次詭譎的經驗。

選戰之前，唐天養在A市也曾好幾次和彭少雄在路上碰面，但大抵都是來去匆匆，尤其是彭少雄當選代表會主席時，更難得在見面時有空談天，很多次彭少雄找人到服飾店購買大批衣物，藉機轉達對老師的關心，但那陣子唐天養陷入了半瘋狂狀態，難以理會身外之事。唐天養也知道A市的人對彭少雄貶多於褒，因此儘量把這個學生在心裏忘掉。有時和一些人聊到彭少雄，身爲老師的他只是噤著，別人會說：「你勸勸他嘛！他是你的學生呀！」唐天養只好苦笑地應付說：「學生長大了，各有所長各有所志，我怎能干涉他。」那種滋味不只是面慚心愧而已。慢慢的，唐天養有了最好不要再見到他的心理。

但是，就在選前的一個半月那天半夜，唐天養從教堂回來，一走上服飾店三樓的客廳，小孩睡了，卻發現岳父和妻子就坐在沙發上等他。

他的岳父精神健旺，略白的頭髮在無風的室內無端地起伏飄動，大概酒喝多了，正方形福泰的臉顯出了霸氣，劈頭就說：「彭少雄想見你！」

「誰想見我？」唐天養一面沏茶，沒聽清岳父的話，問著：「誰？」

「彭少雄，你的學生。他告訴我，你們很談得來。」岳父不悅地說。

「我們的確是師生，但不一定談得來。」唐天養溫和地回了一句。

「不管如何。反正他央我一定要請你到他的競選總部走一趟。」岳父喝了一口茶，在西裝上衣口袋掏出了一張名片，說：「這是他的名片，上面有他特別留給你的話。」

唐天養看了看名片，上面寫了約他在次日的下午到服務處見面的話。

「你一定要見他。」岳父認眞地說：「我最近和他有生意往來，接觸密切。你是我的女婿，也是彭少雄的老師，平常我們時常聊到你，使我們加深了一層關係。但願你能在我與他之間搭一座穩固的橋樑。」

唐天養舉棋不定。像岳父這個人是不計黑白的商人，交友是浮濫的。早年，他在A市經營木材生意，還算正派，也賺了不少錢，如今在郊區還有二家木材廠由他的兩個兒子接管。但最近炒地皮、搞營建則幾近亂來。十年前，他有計謀地夥同一批人買下服飾店這片十字路口的土地，當時還只是舊荒地，之後他策動變更都市道路計劃，把大馬路劃到這片土地上，使道路呈現了歪七扭八的現象，之後大夥斥資，在這兒建立了四棟商業大樓，由於設計不良，不規則的四棟大樓就像四條垂死的鯨魚，擱淺在十字路口。房子滯銷了四年，才開始有人購買，那一場冒險，幾乎使他破產，木材廠差一點被查封。他不死心，最近又在環山河床附近的竹林購買一些土地，曾買通市政府人員想修築橋樑通到他的土地，卻吃了官司。自從唐天養和妻子結婚後，對這位岳父一向畏多於敬。由於大家對岳父的風評不很好，唐天養始終都不敢對他妄加讚詞，他知道像岳父這種人，反省不可能的，有的只是再胡搞一陣。

「你們又合作做些虧心事了對不對？」唐天養瞧著岳父吃得太飽、喝得太好的長相，勸著說：「彭少雄一向的名聲不好，你是實業家，又何必與他合作。」

「這個你不懂！」岳父露出了老當益壯的表情，說：「這裏頭的奧妙很多，你是書呆子，不會懂這些。但是我所做的，對我們家一定有利，也就是對你和你的妻子、兒女都有利，將來你會瞭解的。最近我們和一批人投資了遊樂區的開發，你必定知道這件事。」

「啊——你們在破壞A市的山坡地。」

客廳的氣氛變得很壞，唐天養不願隨便就任岳父指使。

「唐天養，你一定得去一趟。」抱著一堆舞衣的妻子加入了遊說的行列，她說：「阿爸要你去你就去。不要給阿爸難看，我知道你對我有不滿，但不該也對阿爸不滿。阿爸的這一點點心願你都做不到，當心家人怎麼說你！」

妻子去睡覺了，留下岳父和他對坐。服飾街的車聲在愈近午夜時愈小，周圍寂靜下來，他們無語地沏茶。岳父不肯離去。

「我去一趟好了。」唐天養終於開口說：「彭少雄大概要我幫他拉一些票吧。」

次日的下午，唐天養把小孩從學校、托兒所接回來給了岳母，吩咐了店員廉售冬季服裝，就駕了新買來的小裕隆車，拐了幾條巷子，進入舊日K．M．T黨部如今是彭少雄競選總部的地方來。

對於這棟幾乎被高樓大廈所包圍的幽暗建築，唐天養並不陌生。當年他回到A市不久，K．M．T黨部知道他編過地下刊物，就始終把他當「政治犯」來看待。黨部主委好幾次邀他在這棟建築裏餐敍，藉機瞭解他的狀況。尤其上次他出馬競選立法委員時，黨部非常緊張，曾千方百計想勸退他。唐天養對K．M．T的過度反應嗤之以鼻，在競選拜票時路過黨部時不願下車拜票，助選員們甚至都向黨部吐痰。唐天養知道這棟建築太過於污穢、骯髒了，不知道彭少雄租下這棟建築的用意是什麼。

時值冬春之交，天氣寒暖不定，唐天養在大圍牆邊停了車，習慣性地向天空瞧，雲層灰白轉趨濃厚，使天空變得很低，除此之外，也沒有什麼異樣。但是，等到他走到園邸的大門時，他的視網膜感受到一種紅色的光點，舉頭一看，便瞧見十幾點紅色的盤旋的光掠過他的頭頂，飛入園邸裏。唐天養以爲自己剛痊癒的眼睛又出毛病，他本能地去揉揉眼睛，卻發現一切正常。

彭少雄早就站在大門前。一見到唐天養，立即走過來，帶他走入大門。

園邸內到處插滿五花十色的競選旗幟，紅、藍、白的三色標誌在各處張貼，旗幟飄飄有如召魂幡。

他們在一樓正中間的大廳坐了下來。大廳之外的錯雜的荒草枯樹有衆多的工人正在清除。

大廳佈置十分搶眼，牆壁幾乎都剛粉刷過。左右兩邊貼了彭少雄問政的種種照片以及各報刊所載的競選報導，鮮花滿室，中間一組大長方形桌子舖了黃色錦緞，上面擺了各式盆栽植物，有幾盆養蘭協會送來的蘭花正噴吐如血的花朵。在正面的牆邊有一個大電視機和豪華音響，有個嬌小美麗的姑娘正在那兒整理傳單及擦拭活動的茶具。

他們師生就對坐在錦緞大桌前談話。

「老師，你看我的服務處還好吧？」彭少雄穿一件寶藍色西裝，配著乳白的領帶，親切地說：「很遺憾，服務處成立時您沒有前來參加宴會。都是我不好，草草叫人送帖子過去，您一定沒看到那張帖子，我應該親自去一趟您的服飾店才對。」

「帖子我見到了，本是想來的。」唐天養注視這個又成熟很多的學生，就看到這個學生的臉施了一些脂粉，也許是用來掩蓋臉上露出的一些操勞的疲態吧。唐天養說：「但是我的生活很糟，忙得一團亂，反正很多人會給你捧場，事實上並不需要老師這種閒人也湊一份，所以又打消前來的想法。」

「我知道老師生活很忙。但最大的原因恐怕是老師暗中在責備這幾年我的所做所為。」彭少雄寂寞地笑了笑，丹鳳眼陷入了一層迷茫之中，說：「人在江湖身不由己。」

「沒想到這幾年來你發展得這麼快。」唐天養嘆了一口氣，說：「但是無論如何，老師要請你打消競選的念頭。這種費錢費力的事還是不做的好。我們都競選過，這種事你不會不知道的。」

「不！老師，這次我一定要奪下市長寶座！」彭少雄的臉上出現了一種意志力，他說：「當選不難。」

「是呀！當選不難，可就得花大筆鈔票。」唐天養看著對方，說：「目前的選舉誰都瞭解是一場金錢的大對決。有錢的人自然握有勝選的能力。你選不過林繼德的，他當了一任的市長，握有A市的人脈，又是大富豪。你要多少的錢才可能打敗他呢？到處都是他的人呀！假如萬一你落選了，你就難以承擔金錢的損失。」

「我考慮過這一切。」彭少雄又寂寞地笑起來，說：「我會設法不使自己用掉所有貸來的金錢，在投入選戰之前，我曾向合作社、銀行借了一些，同時也有不少商家譬如金記塑膠鞋廠大力支持我。另外我會很快地取得一大筆款項。不瞞老師，也許我會考慮賣出一批海洛英，只要一兩公斤，就能解決這件事。」

這時那位嬌小美麗的姑娘端來了白瓷彩繪斑斕蝴蝶的茶盤，上頭置著泡好的宜興瓜皮小壺及一小碟的菸和檳榔，那個姑娘穿一套商業裝，橘紅的襯衫上環著淺金黃色的領結，金黃的腰帶、孔雀羽的暗紫色的及膝圓絨裙，短髮、白中透紅的瓜子臉、銀白的耳墜、水汪汪烏黑的眸子；十足的清麗、練達的模樣。

「她是阿秀。我的太太。這位是我常談到的唐老師。」

「唐老師好。久仰大名。請用茶。」

阿秀笑了笑。唐天養驚訝於這個姑娘的典雅，她的語音簡短帶著華麗，就像叮叮作響的風鈴。

「謝謝，謝謝。」

唐天養喝了一口茶。感到情緒平靜下來，但更多的擔憂使他的心馬上又沈了下去。

「少雄，你又何必冒這個險。」唐天養說。

「老師，我已決定的事就不再更改。唯一我擔心的是老師一定要加倍指責我的膽大妄爲了。」

「少雄，你的事我事實上是略有所聞。我當然不會無知到否定你的所有作爲，但是老師實在很懷疑你的人生觀。換句話說，這世界上很多的事是不可解的，但假若要做一個解釋，老師要勉強地問你，你的哲學是什麼？老師是學哲學的，我倒要請教你。」

「老師終於提到了最重要的話了。」彭少雄爲唐天養倒了一杯茶，說：「我知道老師暗中一定對我很失望。這幾年來，我並沒有給老師帶來什麼榮耀，反而給了老師很大的困擾，但是我常想，如果有一天我能好好與老師做個長談，把這幾年來的我思我想剖析給老師，那麼老師一定不會過份地指責我。其實我不是一個很堅強的人，與其說我是一個鬥氣鬥力的人不如說我是思索的人，就因爲思索，所以我有很好的哲學當成行爲的後盾，是哲學使我壯大起來，這些哲學其實和老師您的教誨深深地關連著，老師要不要聽一聽呢？」

「我樂意聽。」

「老師一定還記得五年前我整整有三個月在您的救國團哲學班聆聽您的哲學課的事，那時您正準備要停掉這個哲學班。我知道您處在一種巨大的逆境裏。那時也是我最感徬徨的時刻。我正在思考如果我想繼續在黑社會或不想繼續在黑社會混下去，那麼理由究竟在哪裏。我已經開始找工作，也想過正常的人生。但就在聆聽你三個月的哲學後，我找到了方向，得以繼續我的人生行路。那時你很認眞地爲大家講授中外的哲學家，最初我什麼也沒聽懂，雖然勤作筆記，但始終都不得其門而入。然而，我忽然被你的一堂課所吸引，那時您談到尼采，您還記得您講過尼采嗎？」

「哦，我記得。他是我特別注重的一位哲學家。」

「那時，您談『主體的死亡』，所謂的主體，按老師的意思是指靈魂啦、上帝啦、道德教條啦……等等東西，簡單講就是藏於這個世界的內部用來支撐這個世界恆存的那種東西。譬如說以人而言，除去肉體、精神、思想、感覺外還可以單獨存在的靈魂啦、幽體啦等等。當時您說法國的哲學家傅柯宣稱這些東西已死亡了，意思是說它們根本上是不存在的。剛開始我無法瞭解，但隨後你補充說：『在一個世紀前，有一位哲學家，就是尼采，早就提出這個觀念，尼采說：『主體不是任何現成的東西，而是某種被臆造的、被加油添醋的、被人工投入於現存的人的背後之物。』簡單說它是烏有子虛、龜毛兔角之類的空虛之物。眞正的主體是一種「虛無」，也就是說，我們最核心的部份是什麼也沒有，人就像一個皮球，皮球以爲它的內在有什麼東西存在著，但是一剖開來，什麼也沒有，空空的。』老師您記得您這樣詮釋過尼采的虛無學說嗎？」

「我曾這麼詮釋過沒錯。」

「就在我聆聽您這段解說時，我一剎那間豁然頓悟。就在當時，我的內在呈現了一片的廣漠，忽然變成空空洞洞的。同時我一向把持不放的教條、神、靈魂、上帝都通通退向了遙遠的地方，被放逐到偏僻的世界角落去了。我頓感二十五年來從別人所學來的固定規範全變成如影如幻，如露亦如電。之後，我迅速翻閱您的講義，您在尼采的哲學大綱中這樣記載：『尼采說與我們相關的世界是不眞實的……世界是【流動的(influx)】，是不斷演化的，是從來沒有眞實性的假相。因爲沒有【眞理】這回事。所以尼采推翻了傳統的道德，把道德這種【普遍而客觀的法則】的謬論推翻，斥責它是武斷的、不健康的、危險的。因爲道德的眞相是可變的、進化的。』老師在講義上是不是這樣寫的呢？」

「是的，我曾經那樣寫。」

「之後，我有好幾天都陷入了無比深刻、無比舒服的大空無之中。我認爲我掌握了尼采至高無上的哲學精髓，並且我不只懂而已，而是『親身經驗』，它廓清了一切一切我的思想葛藤，拿掉一切累積下來的他人所丟下的價值垃圾，我直感到我解脫了。之後，有一種聲音催促了我，叫我不能在這個緊要的關頭停止前進。於是我又翻了您對尼采世界觀的介紹。您在講義的一小節裏說：『相對於許多哲學家對外在世界的形成看法，尼采別樹一幟。他說：「要積蓄力量的意志是生命世界所獨有的現象，也就是爲了營養、生育、遺傳此一社會、國家、風俗、權威等等，積蓄力量的意志是不可少的……這也是宇宙的動因。也就是說由任何力量的中心出發而意欲使自己變得更爲強大的意志乃是唯一的【眞實】，它要化萬物爲己有，要主宰，要使之變得更強大。」因此尼采歌頌【權力意志】，認爲人或萬物像是一顆橡子，要變成樹，就必須更大的【權能】和【力量】，這個權能和力量就是權力意志。宇宙莫非貫通了這個權力意志才可能不斷演變，人、萬物不過是權力意志的一個傀儡，這就是眞相。』由於老師的說明，我更加瞭解了這種眞理。

並且老師又補充了尼采的自白說：『我恢復了我的健康……在我的生命裏，由於洞徹了權力意志的本質，使我從空無中奮進，在我生命力最低落的那幾年中，我不再是悲觀主義者，自我恢復的本能不容許我有一種貧乏和絕望的哲學……卓越的人使我們感到興奮，他只享受對他有利的東西，他知道怎樣把那些嚴重的意外事件變爲對他有利……他不相信【惡運】，也不相信【罪惡】……我的經驗使我有理由懷疑一切所謂【不自私】以及所有的【親切友愛】的教誨……根本上我就是一位戰士，攻擊就是我的本能……』老師，你這樣摘錄過尼采的自白嗎？」

「對的。我摘錄過。」

「我就是這樣進入尼采哲學的堂奧的。基本上，我認爲我是尼采的門徒，我踵隨了他的哲學脚步。隨後我買了他所有的著作，包括中文、德文、英文的著作，不懂的語文我就叫人翻譯。我更貼近於他的血脈和心臟。我從他所獲得的益處一言難盡，最大的體會莫過於尼采不主張空口白話去詮釋世界，他主張用行動去詮釋，就像他進入砲兵團去從事作戰一樣。他說：『活動即詮釋。權力意志即詮釋。』這一點完全趕走了我的蒼白和徬徨。當然老師也介紹法國哲學家德里達，他的虛無論雷同尼采，但是我認爲他只是拾尼采的牙慧，不足以言創新，他的神秘的解構思想頗似大乘龍樹，但終究不如龍樹。我寧願信任大乘龍樹，他的大空無思想類似尼采，甚至比尼采還更深刻，但他卻能以出家和尚的身份擔任軍事參謀發動大規模戰爭，這才是貫徹了大空虛的哲學。」彭少雄略略停頓，喝了一口茶，說：「這五年以來，我努力貫徹權力意志哲學，劍及履及，又返回黑社會戰場，剛開始還不能隨心所欲，但二年前那場黑槍走私案使我欣逢奇蹟、死裏逃生。從此更堅定了自己的方向，我必須學習自我更新、化萬物爲己有，在面對一切危難時轉化不利爲有利，這都是行動的哲學，老師您認爲呢？」

彭少雄停止敘述了，青蒼的臉浮一層汗漬，但卻沒有倦容。

「少雄。你再喝一杯茶吧。」唐天養摸了摸對方出汗的手，說：「你的哲學眞令人驚訝，沒想到哲學對你起這麼大的指導作用。但是我仍不得不說尼采的哲學並不是唯一的眞理，就像尼采自己說的這世界沒有眞理。宇宙是一個會變形的不定體，各人都以其自我去呼喚它來顯象，得到的『眞相』皆是扭曲。你沒有注意到我在講義上對尼采的評述，我曾說他不是眞正的虛無主義者，他的權力意志實存論及永恒的輪迴都使他建立了另一種「主體」思想。就是那一種不能徹底的否定論，使他不得不走向黑色的行動論。世界的哲學只有釋迦牟尼是眞是的虛無論，他的【無我】教諭不立任何主體，涅槃超出了一切世間的存在現象，就因爲徹底的虛無，必然會導致犧牲和給予世人以悲憫，這是心理學的原則。至於大乘的龍樹也不是徹底的虛無者，他的實相世界仍是一個主體，只是婆羅門教諭的化身而已。哲學歸根究柢來說是我們面對生存世界的突然醒悟，這個醒悟有眞有假，有好有壞，豈有倉促就奉之爲圭臬的道理。」

「不！老師。我看過你對尼采做的評述，但是那不重要。尼采的學說自成完美的系統。具體地說，他的學說不提供思辨和比較，純粹是直觀和行動，他走得比虛無主義更遠更廣闊，簡言之，虛無主義有兩條路，一個是釋迦牟尼頹廢的道路，一是尼采的超人道路。」

「很好，這是你目前的領悟了，做老師的沒有強行糾正學生思想的權利。老師畢竟老了，對於人世已採行消極的態度，在這個弱點下，也許你相對上要比我高明也不一定。我希望隔一段時日再與你討論哲學，說不定那時我們的觀點恰巧反過來。」唐天養嘆一口氣，說：「你今天叫我來，絕對不會只爲了談哲學，你有其它的目的吧？」

「沒有什麼重要的事。」彭少雄淡淡地笑了一下，說：「我想聘老師爲我的助選員。」

「哦。爲什麼？老師適合嗎？」

「行啊！老師，你上一屆出馬競選立法委員時，許多人都很肯定您，只要您幫忙，那麼我的勝算就更大了。」

「不！少雄，老師還是反對你競選市長的。」唐天養想推掉這種拜託，他說：「市長不同於民代，這個職位是人人都注目的，大家會要求市長的行爲透明化，到時候有人會揭你的底的。選不上還不成問題，選上了麻煩更大。老師當然極願意幫忙學生，但是我也有我的顧忌。」

「老師說的很對。想揭我的底的人不少，但我自信可以不讓那些人得逞。既然老師不願登記爲我的助選員，那麼我也不爲難老師。我這裏備有一份推薦傳單，希望有名望的人都可以名列在推薦欄裏，只有靠著更多的前輩的推薦才會使我不孤單。您只要在欄裏簽個字，並不需要老師多花任何的心思。這份推薦函我大約會印行五萬份廣傳在A市。」

彭少雄轉頭向著叫做阿秀的姑娘說：「阿秀妳把推薦單的稿子拿給唐老師看看。」

於是阿秀拿著稿子過來，放在唐天養的面前，又去整理東西。

「寫得好極了。」唐天養略看一下。

「是阿秀寫的。」

「眞是好文筆。」

「老師請簽名。」彭少雄打開一盒簽字筆，拿了之中的一支筆套鑲著紅玉的筆，說：「簽名吧。」

「還是不行啊——」唐天養左右爲難，百般不願爲彭少雄背書，不敢接筆地說：「還是不行啊——」

「老師眞的太客氣了。」

彭少雄終於站起來，他拉開了繡花的椅墊的椅子，做了一個手勢，把筆套朝著門口的一盆怒放的黃色變種蘭花擲去，花叢上飛起了許多的紅色光點，紛飛在室內，唐天養微微吃了一驚，以爲自己眼花，但只一會兒，他感到自己陷入了一片迷茫之中。

「簽名吧。老師。」

唐天養不曉得他到底有沒有簽名，也不知道他怎麼駕著裕隆車回來，他只感到整個知覺彷彿被盜走了，一片空白。

第二天，彭少雄的推薦傳單散播到A市的每個角落，連小學生的手中都有一張，上頭赫然有唐天養的親筆簽名。

登山火車以不失輕快的節奏嘩啦啦地越過了常綠闊葉林和柳杉林，忽然車速慢下來，鐵路懸空陡峭起來，轉進兩旁皆是柳杉的地段，進入左邊是峭壁，右邊是一片雲霧遮掩的群峰大海區域，氣溫低落下來。偶而掠過紅檜、扁柏、鐵杉的群落，他們進入了更高的海拔二千公尺的山上了。

一種危險臨空的不安感和目睹左側連綿的雲海奇觀使車內靜下來，青年們不敢再大聲喧嘩，他們之中的幾個人打開背包去添加衣物。

唐天養非常敏感地意識到自己身體的變化，透明紅幾乎要達到指尖了，不受控制的軀體此刻正在進行心跳的加速。他感到心臟的伸縮異於往常的有力，心音類如皮球擲丟於地的彈跳聲，如果現在他有能力指揮自己的身體的話，此刻他必然十分地壯大。

這時由於車廂的寂靜，又聽到前座那二位母子的談話聲。

「我剛進入了國中就讀，就有許多同學跑來找我。」小孩把大衣拉住，低聲說：「本來我以爲他們只是純粹因爲好奇才來的。我的皮膚比他們要黑很多。」

「你的皮膚本來就很黑。」母親說：「這是你父親的遺傳，我也沒辦法。」

「他們卻一開口就不客氣地叫我『烏人』，把我當非人類看待，接著就擰我的肉，拉我的耳朶。許多人要和我比賽拉單槓，甚至比拳脚。」

「你爲什麼不和他們比學科成績？」

「我的成績不很好。」

「那就什麼也不要比。」

「我氣不過，忍不下，就和他們單挑。」小孩用手彷佛又去拭淚，他說：「在運動場上，沒有人比得上我。校運裏，我百公尺得了冠軍。可是他們不服氣，成群罵我『山豹』，意思是我只會狂飆。國二時，他們在八百公尺賽中要我放水讓他們奪冠，我死也不肯，他們找人打我、修理我，還拿刀刺我的腿。」

「爲什麼你不寫信告訴我。」

「我怕媽會擔心。後來姨丈到學校理論，那夥同學都遭到處罰，但是從此麻煩更多。」

「唉！孩子，你當初就不該和平地的小孩鬥，你要忍耐一點。」

「以後，我豁出去了。凡是他們找我鬥，我就邀他們跳樓，不敢跳的就是孬種。我跳二樓好幾次都沒事。那天我邀他們跳三樓。他們都怕了。我爲了給他們示範，就跳下樓去，沒想到地面的水泥地太硬，我的腳跟先著地，震傷了膝蓋，也傷了後腦部，但是我不後悔，下一次我一定要邀他們跳四樓。」

「不准你這麼做！」母親壓低聲音斥著：「你還是不要唸平地學校比較好，乾脆不唸書算了，就住在山上，平時幫媽種種香菇或到旅館去洗杯盤好了。」

「媽……」小孩斷斷續續哭了。

唐天養又聞到花香，這次是浸透到骨髓去了。他又想起投票日的前五天，他又和彭少雄面對面談話。要他去見彭少雄的人竟是父親。

在唐天養的半生中，他和父親少有相處的機會。由於父親早年在報界服務，後又轉到金融機構服務，不知是有意逃避家庭或專心事業，總之，他很少回家，維持家庭的人上有祖母，下有母親，一切都很穩當，一直到唐天養大學畢業，父親才回到A城，變成退休的閒人。這時他們才有實質的父子親情。唐天養結婚後，他們常見面，爲了不使父親擔心，他從不當著父親的面談自己的困擾，已居七十春秋的老人也不認爲自己的兒子缺乏養家的能力，所以一談起話格外輕鬆。父親是受過日本教育的人，世事多少在心裏有底，並不認爲強出頭干涉社會是對的，一派清閒就是人生至高的生活原則。

那天一大早父親就帶了一個退休的程姓朋友來找他。那位朋友受了地下錢莊的逼債到了走頭無路的地步，想叫彭少雄暫時擺平這件事。當唐天養的父親和他的朋友見到彭少雄時，彭少雄指名要唐天養參加他的投票前餐會，只要唐天養去了餐會，他就會擺平這件事。餐會設在晚間七點。

唐天養不想去，又礙於父親的懇託，於是他只好又去見彭少雄一次。

投票日之前的這種餐會眞是壯觀。自從蔣經國逝世後，這種流水席在臺灣的選戰中日益抬頭，在這次A市的市長選舉前，事實上不論林繼德或彭少雄都分區擺過許多次，只是最後的五天，規模更大而已。

流水席就擺在客運總站前，吸引了百貨街及電影街一帶的人潮，蔚成奇觀。客運總站甚至都清除了所有的車輛，讓出廣場，提供了空曠的停車大場地。所有趕來大吃大喝的人把馬路都擠滿了。

唐天養先喝了幾杯，不勝酒量，他和父親及客運站的董事長在站務處聊天沏茶。之後彭少雄單獨來到這兒。

在這個偌大的場合裏，彭少雄沒有失去冷靜，披著候選人的大彩帶配合他一身乳白的西裝更瀟灑，鑲著紅瑪瑙的戒指反射著瑩透的光，華麗而又不失幽雅。

「老師來了我很高興。無論如何我會幫程天送先生解決這件小事的。」彭少雄很愉快地說：「我在這兒和老師談一下話，你們隨意到外頭喝一杯吧。」

於是所有的人都出去了。

寬闊的站務室立即剩下他們師生兩人。

「你坐下吧。」唐天養拉著彭少雄坐了下來，說：「少雄，我看你是欲罷不能了。這種場面使你已經沒有退路。你何必硬要和林繼德拼場面？」

「他怎麼做我就怎麼做。」彭少雄又恢愎寂寞的笑，他說：「我會贏的。」

「你贏不了的。」唐天養想提醒這個已經失去客觀判斷的學生說：「一般人的分析認爲你們的票數大約呈四六之比。你四，林繼德六。你並沒有佔到便宜。主要的原因是你的口碑不好。你在黑社會的行徑使選民不放心，就我所知，台灣人或者說A市的人還沒有喪失他們的判斷力。」

「不！老師，你的說法並不完全正確。我可以在最短的時間把票數再拉高一成左右。一般人所以看好林繼德只是一種習慣判斷，這是因爲他是現任市長。但我會在這一、二天內改變這種判斷的。關鍵就在於如何使用錢和力量。簽注性的六合彩的方式我正叫人極力使用。對付林繼德的樁脚我也有我的做法。總之，我不但會當選市長，甚至我還想當縣長、省長。」

彭少雄把一杯別人喝過的茶倒掉，又添了一杯。

「少雄，你有志氣，這是好的，但是台灣人或A市的人不會認同你的做法的。」

「他們會認同的。我對這兒的人太清楚了。基本上，我是立足於這兒的民性在做我的事的。老師一定很想聽一聽我對這裏的民性的看法。」

「嗯——」

「基本上，台灣人和A市的人是虛無的。不久前我曾和老師談過我對虛無的體驗。其實本來我認爲對生命持虛無觀點的人大概只有我自己。有好長的時間我頗自豪。然而，後來我意外地發現對生命持這種觀點的人幾乎遍及我的身邊的人。這個發現大大震驚了我。剛剛我說我可以用金錢和力量來贏取選戰，也就是築基在這個發現上。」

「這一點老師不懂。」

「好。雖然現在餐會正在進行，大家催我去敬酒，但是我樂意和老師再談一些話，畢竟我們師生傾談的機會不多。」彭少雄飲了一杯茶，淡淡地笑著，說：「台灣人或A市的人甚至就說是一切華人文化圈的人都一樣，本質上是虛無的。文化上的幾個名人爲這種性格做好了奠基的工作。一是老子，他說：『道本虛無。』；一是孔子，他說：『不知生，焉知死。』；一是華人化的龍樹，他說：『一切如露亦如電。』。在他們的哲學裏，人生只是一種沒有來源和去向的過程，人生之後，俱歸於幻滅，或甚至當前的人生就是幻影。人的底層是空的。爲了添補這種空虛，他們只好用金錢或權力來添補。這是必然，畢竟這二種東西是比較刺激比較好把捉的。只要你丟下一大疊鈔票，他們就會習慣性的盲目搶奪，只要你顯示出權力，他們就會驚訝讚嘆。這是百試不爽的經驗。同時虛無是沒有主體的，凡是華人文化圈內是沒有道德堅持的，遠在老子時就著手廢棄道德仁義；大乘論師一再申論天堂與地獄無別，淫怒貪痴俱是梵行的教義。表面似乎還口頌道德教條，但內在心裏是持一種不信的態度。我相信台灣人或A市的人是分不清楚好人、壞人的。壞人只要當權三天，就會被歌頌爲聖賢。我也不認爲我有什麼成聖的資質，但只要我坐上市長的寶座，三天之內，他們會把我的以往所作所爲忘得一乾二淨。簡言之，虛無必會翻轉一切，把固定的東西都加以流放，而存在不過是一場遊戲。老師一定能瞭解這個道理的。」

「啊——我但願台灣人和A市的人不像你所說的。」

唐天養沈默下來了，他感到這個學生的思想已遠離他能掌握的範圍了，沒有人能阻擋他獨特的意志和判斷。

那時，一大群人走入了會客室，包括地方黨部主委，KTV的女經理以及縣府的人員，另外就是一大群身著黑色西裝的青年。

「敬酒的時間到了。」黨部的主委向彭少雄打了招呼，說：「我們挨桌去敬酒吧！」

「等一等，我要請老師也隨我去敬酒。」彭少雄說。

「唐老師，請。」黨部主委說。

「不！我不行的。」

「老師您一定要去。」

彭少雄站起來，打了一個手印，一縷如煙的紅光冉冉地在他的紅瑪瑙的戒子中升起。

唐天養又感到一陣的昡然，大吃一驚之餘爲了保護自己免於喪失心智，他只能坐在椅子上默禱：「聖靈，請保護我！」

這時，唐天養感到有一種力量自他的胸中被釋放出去，又是那隻巨掌，祂拍擊了紅光，一種震波使很多人開始搖晃，而後巨掌大力反擊在彭少雄右側的臂膀上，把他擊倒在一張辦公椅上。

「這是幹什麼?!」黑西裝的青年狠狠瞪了唐天養一眼，去扶著彭少雄。

彭少雄臉色轉向蒼白，但仍沒有失去冷靜，他站起來淡淡地笑著，說：

「老師，沒想到您有這種本事。我已經知道您是『誰』了，不久以後您也將猜測到我是『誰』，您終究是不會幫助我的。但願我們師生之誼永存，相互扶持。我要祝福老師更健康、愉快。我們走了！」

那群人擁著彭少雄去敬酒，唐天養不禁長長地舒了一口氣，頓感悵然若失。

火車終於走過最後一座橋樑，慢慢駛進貓羅小村，在幾聲汽笛之中，緩緩停靠下來。

那對母子和七個青年先後下車，假寐後醒來的杜主恩和楊約翰恢復了精神，他們攤開了擔架，把唐天養放躺在擔架上，一前一後地下車了。

3

貓羅山村，這是早期的一個林場，也是登山鐵路的終點站。十點，他們準時地抵達這兒，晴朗的早春天氣有著乾淨的天空和漫山的綠色植物，櫻花和桃樹的花朵在車站邊簇簇開放，白色的山霧蒸騰在幾支山峰間。

車站顯然十分古老了，一棵巨大的千年檜樹在右邊垂落了濃蔭，左邊有個日本式的小石園。石園再過去就是青年活動中心，再過去就是高低不等的地形，旅社、溫泉、住家參差不齊地建在那兒，迤邐成扇形一片，各自隱蔽在樹叢之中。右邊檜木過去就是苗圃，再過去就是彎曲的小路，通向森林觀光區。車站正對面一直到達低矮的山邊，廣闊的丘陵地都種滿了茶樹，如同一塊綠色的旗子覆蓋大地。車站後頭則是下降的坡地，在坡地盡頭矗起陡峭的岩壁，一扇接一扇的陡直的岩壁橫向展開，原始而拙樸。

杜主恩和楊約翰把擔架放在月台上，和站務員談話，唐天養還聽得見他們正在打聽佈道所及薛以利亞的住處。站務員指著車站後的下降坡地，說：

「沿著小路穿過桃花林，再越過下降石階，就會看到一片樹林，走到了樹林盡頭，在岩壁下就是佈道所。薛以利亞年紀已一百多歲，他和一個青年人住在那兒。」

「走吧。」杜主恩示意楊約翰抬起擔架，說：「路不能說是很近的。」

這是人工開闢的古老坡道，石頭、木片不斷被鑲入路面。看得出是往日拖運木材的小路，兩旁附近的檜木、扁柏被砍盡了，只好種了桃樹、櫻樹，他們走出了桃樹林，就下降到一片樹林地，巨大的樹林到處生長，使人宛若迷失在樹的迷宮裏，他們繞行了十五分鐘的狹小山道，在盡端下發現了兩道大瀑布飛奔於兩片橫擋的岩壁之間，在岩下形成的一片淺塘，陽光反射在塘上形成巨大的狹長鏡面，佈道所就建在淺塘附近的小平地上。

唐天養還能感受到這裏的山林氣息。就像多年前他夢寐中離世的勝境，可惜，這種勝境對他已不可求而得之了。在陰錯陽差之間，他結婚生子，愈走愈入世了，愈走也愈無路可走了。

他想起就要抵達異夢所指示的佈道所，這個佈道所對他即將蛻變的這具軀體又有什麼幫助呢？他想起彭少雄蛻變成紅色蝙蝠的奇異景象，暗想自己也許正要踵隨彭少雄之後，也變成紅色蝙蝠吧。

他們終於抵達佈道教所前的石園。正門前左右石園除了幾株玫瑰和菊花外，有一兩株銀色葉片和銀色醬果的植物，簡單而不失風味。但他們失去欣賞的興趣。這時他們看到門口站立一位白髮蒼蒼、顏面紅潤的老人和二十歲上下綁著馬尾的青年。

「他就是唐天養嗎？」老齡但仍不失體格魁梧的老人說：「我知道你們今天會來。」

「你是薛以利亞？」杜主恩說。

「是呀。我是薛傳道，請進吧。」

他們被引進佈道所前的石舖的小埕來，薛傳道示意他們放下擔架。

「我們跪下來禱告吧。」

於是他們都跪了下來。

「神啊，就像你在異象中啓示我的，今天他來到這兒，帶來了血色蝙蝠的消息，好讓我去完成最後的一樁任務。在任務即將完成之前，請你先救這位你的僕人吧。」

老人示意那個青年人在一個牛皮中囊裏取出一枚銀色的醬果。

「邪靈，你的末日不遠了。唯一你的去處就是地獄。奉基督的名，你消失於這個人的身軀吧。」

於是青年人放下醬果球在唐天養的胸前，恐怖的異象立刻出現，他們看見唐天養的身子忽然鼓脹起來，臉面扭曲，銀色醬果像一枚澄淨劑般地融化了，把紅色的光芒加以稀化，最後紅光褪失了，一切都恢復了平靜。

「聖靈！請你降下，再一次給這個孩子施洗吧！」

於是他們宛如站立在水流滔滔的約旦河邊，天裂開了，看到聖靈有如鴿子款款地由天空飛臨下來。

就職日

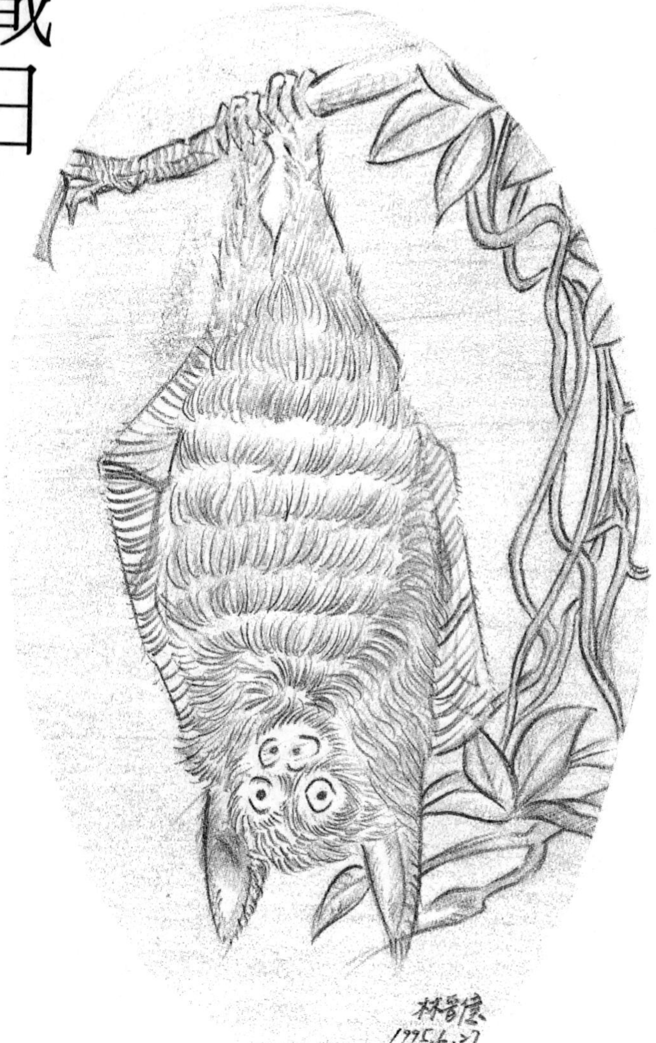

1

當A縣地方法院檢察署的涂秋月檢察官走出檢察署後面的三樓透天私寓時，由於五個月大的挺出的肚子吸引了她所有的注意力，她習慣性地在反身關上鐵門時撫摸著肚子，没有注意到並排的三樓透天別墅上飛起一隻紅色的大蝙蝠。等她關了柵欄準備坐上天藍的雷諾私用轎車時，看到巷子對面的一對父子正朝著她的家裡東張西望。

「檢察官好。」那位父親首先向她打招呼說。

「許先生好。看什麼東西啊？」

「妳家屋頂停了一隻紅色的大鳥。」小孩說。

「眞的呀！什麼時候？」

「剛飛走了。渾身都是透明紅的大鳥。」那位父親說。

「眞奇怪，是一隻老鷹吧？」

「比老鷹大，也比人要更大。」小孩說。

「下次來了，你們趕快按門鈴通知我。」

涂秋月檢察官以爲他們開玩笑，因此挺著肚子去開車門，她的注意力依然没有離開第一胎已四月大的胎兒身上。

今年已二十九歲，算是晚婚的涂秋月檢察官只有一百五十三公分，看起來的確不高，但滑潤富彈性的皮膚使她看起來似乎比別人要渾圓了一些，讓人覺得她有分量。她有一頭垂到肩膀的烏亮茂盛的頭髮，臉部到四肢的皮膚呈現粉紅玫瑰般的健康顏色，烏黑的雙眼皮杏眼及紅潤的嘴唇十分迷人，年紀雖已不小，但看起來很像長不大的芭比娃娃，不過卻有運動家一般的寬肩膀以及腿部，看上去充滿柔軟性的衝勁，同事們都叫她「小皮球」，和她談話就會被感染一種不斷運動的活力。

她拿了鑰匙，發動車子，不爭氣的精神顯得有些混沌，有一種懷胎的安定境界擄獲了她。於是她開車離開巷子，經過檢察署門口，向南朝火車站駛去，這是三月一日星期二早晨九點鐘左右，初春的天氣微寒。

這次是檢察署的檢察長邀請同事的太太們的一次出遊，由於涂秋月檢察官剛結了A市的市長選舉謀殺疑案，爲了慰勞她的辛勞，所以她也被邀請了。

丈夫在C大唸夜間部，有二堂課挪到白天來上，因此沒辦法陪她。這趟旅遊就由她單獨前去，終點是海拔一千五百公尺的半月鄉的半月湖。中途站是雷音寺聽經，藉以洗滌心裏的俗念。

她朝著火車站行駛了五分鐘，才想起今天必須到溫莎醫院的婦產科做例行檢查，她暗罵一聲糊塗，就把車子調轉回頭，又經過檢察署門口，朝著醫院駛去。

一想起到醫院，她立即想到四個月來的懷孕狀況。醫生一再稱讚她的狀況良好。的確，四個月來，她很順利，幾乎沒有害喜的現象，小孩很安定地躲在肚子裏，一點也不找母親的麻煩。「它大概知道母親是法官吧，羈押期間哪敢亂來。」同事都開她的玩笑。

她也沒想到懷胎是這麼輕鬆。不過近一個星期來，情況有些變化。問題不在於胎兒，而是她自己。

原來在一個星期前，她接到郵差送來的一卷與彭少雄有關的錄音帶及一通女人的電話後，她十分耗神地加以研判和分析，就在那時，她警覺到自己的安定性開始降低了，尤其晚上明明是很安然地入睡，但到了半夜就會被一陣的惡夢所驚醒。譬如夢到自己臨盆時發現嬰兒竟是畸形的，或是在嬰兒室中找不到自己的嬰兒之類不幸的夢。那些夢一概在一層薄薄的紅光中出現，醒來時就胡思亂想。特別是容易地又想到自己的婚姻問題，內心往往波動一層奇怪的懷疑和不安。雖然在冷靜下來時，她會斥責自己的神經過敏，但想控制自己不做惡夢，不亂動情緒實在不容易。她有點擔心這種情況會愈來愈嚴重。

「紅色的夢，紅色的老鷹，啊——」她不禁無可奈何地笑起來。

她又想起就在一年前，還當面婉拒母親的迫婚的事。那時母親習慣地這樣說：「人家看上妳了，他的家人早已偷偷察看過妳了，都說妳是當母親的好材料，頭腦好，體態美麗、結實，一定是會生許多好寶寶的女人，他們喜歡妳已經到了瘋狂的地步了。妳答應嫁了好不好？」她不想聽母親的說項，就說：「啊——我又不是小母豬，他們去找別人生小孩吧，如果我要結婚早就結婚了，還輪不到他們。」

沒想到，不久她就結婚了。

人生，從來不是自己可以預料的，恰如她所偵辦的案件一樣，在最後的結果被查明之前，承辦人往往陷入了迷魂陣，等到眞相顯露時，往往令承辦的人大吃一驚，眞是柳暗花明、往日俱非啊！

的確，她跟一般的女孩子一樣，從十七、八歲就開始想及結婚這件事。自己將來是幸或不幸呢？所遇將是有情人還是非人呢？五年之後男人還會愛她嗎？十年後呢？二十年後呢？死亡的那時候呢？或者丈夫有外遇了呢？自己有婚外情了呢？……一大堆的疑問。自少女時，她就不斷想這些問題，書包、書桌都散落了這類的書。《爲什麼不結婚？》美國佈道家的書；《不向獨身低頭》日本作家的小說；《結婚不是事業的墳墓》台灣女性主義的宏論；《婚姻的終結者》身受婚姻創傷而反戈一擊的阿巴桑作品；《我不能不愛我太太》、名演說家的經典作；《丈夫像懶豬》漂亮的女作家的小品……林林總總。二十幾歲她考上司法官，做了好幾年的法院工作，處理層層疊疊的無數案件，但是她的辦公室總有一個大書櫃羅列這類的書，對結婚這件事有任何疑問的女同事一定要光臨她的辦公室來翻查一下，她們說涂秋月設立了婚姻的「題庫」，那裏頭都有答案，不過她自己也搞不懂答案是正確的或錯誤。反正婚姻又不是只有一種，誰知道誰對誰錯，搞不好今天說婚姻怎麼樣的人，明天的說法又不一樣了。

「婚姻只有一個定律，就是測不準定律。」她有點相信某恐怖小說家所說的這句名言。

醫院到了，她打了半迴轉的方向盤，輕盈地把車子停在一個巷道內，走進了巨大高聳的溫莎大醫院的大門，搭了電梯，抵達三樓D區的婦產科。雖然還是這麼個一大早，但等著做例行產前檢查的人就已經有五、六人。她先掛號拿了寫著7號的號碼牌，坐在大四方天井邊的充滿藥味的廊道長椅上，安靜地等著檢查。

準備接受產檢的女士彼此都打招呼，大家都挺著肚子，坐著。眼睛或許還看什麼，但注意力早就八成被肚子裏的胎兒所吸引了。

她看到當中只有一位孕婦是由丈夫陪著的。這位婦友常來產檢，滿臉紅通通的，甚至有些浮腫，一直靠著牆站著，不敢坐下。肚子已經有九個月，一會兒要丈夫搥背，一會兒又把腰桿打直，大概小孩已把她折磨得夠了，這個婦友帶著妊娠中毒的症狀，浮腫的狀況很叫婦友們爲她難過。

不過，除了這位婦友之外，其他幾個都很安詳。有一位每次大抵都穿著藍格子大荷花葉孕婦裝的四十歲婦友一直都打著毛線，龐大的懷孕的身子靜靜地坐在那兒，看上去宛如一團茂盛的荷花水塘；另外有位年紀大概只有二十初頭的小姐孕婦始終都看一本書，她的吊帶的牛仔褲孕婦裝配著紅絨毛衣，綁了馬尾，顯示新一代獨立、洒脫的氣息。他們也沒有先生陪伴。

一想到這次沒有先生陪伴，涂秋月檢察官的心就複雜起來，昨天晚上他先生曾打算今天陪她來的，他說：

「放妳一個人去產檢，不好吧。別人要是知道了，會批評我的。」

「不要緊的。」她安撫著他說：「你去C大上課也是很累的嘛！」

因此，她的先生就沒跟來。她還以爲是她太放縱先生，哪裏知道婦友們也都沒先生陪。

「剛懷孕時做產檢時，他們是會來的，多半是因爲新鮮好奇，兩三次後他們就不來了，男人都是這樣的嘛，老天爺眞該讓男人也懷孕，好叫他們知道懷孕的滋味。」

「我丈夫若是跟著我來產檢，什麼事也不會做，就站在我後面傻兮兮地楞著。那時我就覺得我身懷兩個大肚子，一前一後。丈夫眞是大胎兒啊！」

有一次，婦友就這樣談起丈夫，使大家不由得都笑起來。略略轉移了懷孕的辛苦。

陽光斜斜地由東邊的窗子照進天井，在生著青苔的天井水泥牆上糝了一層光，三樓天井邊垂下的蟹爪花以及綠葉披垂的植物在春日很靈活地生長，使得廊道的光的空間時綠時白，她的注意力落回自己的孕婦裝上，這是丈夫選擇的一套粉紅底濃彩日本浮世繪風景的孕婦裝，展開來耀眼不失幽雅，玄色的扇子及翩然的蝶翅寂靜在布上，看起來很舒服。丈夫雖是水電工人，但對於美的感覺並不是她能趕上的。

她又一次長而均勻地呼吸，摸摸肚子裏的小孩，開始想按照瑜珈術的指導暝想一幅碧水長天的景色，但由於剛想起丈夫，她的腦海立即闖入了丈夫的影子。

她不知道爲什麼被丈夫所吸引，大概是那幅有著溫柔的眼睛，永遠信任別人的憨厚眞情的臉吧，還有那身勞動不息汗漬淋漓的削薄身子吧。在遇到丈夫前，她已經有好多次徘徊在婚姻的十字路口，每一次她都不由自主地朝著反婚姻的路掉頭逃跑。譬如最後的一任男友跟她相處有二年之久，是一個電腦公司的技師，雙方感情深厚，但當對方向她談及結婚時，她一口回絕了他。男友在失魂落魄中才看清她的眞面目，原來她是不結婚的女人。男友終於走了，她陷身在內心的愴痛中，好幾個月不知道接辦的案件是什麼，甚至連走路都分不清東西南北的方向。那陣子她迷失在Ａ城街道的每根廊柱下，甚至於迷失在環山溪流的每一叢野葡萄和野醬果之中。她想解救她生命中最大的危機，終於仍因循既往，對婚姻說珍重。

這個不結婚的惡性想法啃噬她的青春歲月太久了，似乎永難醫治，直到她遇上了她的丈夫。

她是在一個傳統的大户人家長大的女孩。外祖父是Ａ城花卉區與養牛場交界處的大地主，兩處都有土地。日本時代就用了好幾個長工種花養牛。因爲只生母親一個女兒，所以只能招贅。對象就是一位長工的兒子，他們先訂了婚。

外祖父協助長工的兒子入日本學校就讀，和母親唸了三年的公學校，大戰結束，又一起受中文教育。長工的兒子一向成績非凡，又和母親進入師範學校就讀。但是在師範唸了一半時，外祖父就強迫這位長工的兒子輟學，返回家裏續當長工。母親則順利地由師範學校畢業，回Ａ城任教，之後和長工的兒子結婚。之後開展了他們一輩子的紛紛擾擾，這位長工的兒子叫做涂善，也就是她的父親。

外祖父和母親是控制慾很強的人，雖然結婚後父親宛如鯉躍龍門，但實則家庭成了他的巨大的一個軛。父親以師範未及畢業，因此没辦法在學校任教，在外祖父不能工作後，他必須繼續種田養牛。但母親平步青雲，當了幾年的教員之後就出任縣督學，之後變成Ａ城一所國校的校長，長期的杏壇耕耘，她幾乎就任過三分之一以上Ａ縣各國民小學的校長，受教的子弟可謂滿天下，Ａ縣的人幾乎都知道有這位女教育家。但是她的父親仍在花木栽培園、養牛場幹活。記憶中的父親常在寒風猛烈的冬天不斷修剪乾枯的枝葉，赤足墾地灌水，皮膚被凍成龜裂枯黃；在大太陽的夏天，頂著斗笠，呼吸如火的暑氣收割牧草，汗把全身都浸透了，皮膚轉成乾癟黑黯。在早期，養牛不足以維持生計，就關了養牛場，並暫時不種花卉。母親以校長之便，介紹父親去當校工。可是這種工作只能使父親受辱，他經不起人家當面譏笑妻是校長夫是校工的事實，又回去種花。曾經有一段時間他去當修玻璃釘傢俱的零工，但大抵沒有發展，同時也爲了照顧三男二女，他又回到老家重操舊業。在小孩都長大成人時，父親以栽種花木的經驗，說服母親，出版了一套《涂氏園藝大全》的植物培植大書，受到好評，卻滯銷，少人買，賠了甚多的錢，受了母親的責備，從此父親就非常沈默。他以巨大的心理抗力來承擔母親家族的壓力，始終保持長工的好品德，他不菸、不賭、不酒，但家族壓力、外人嘲笑不曾中斷，父親逐漸精神崩潰，在四十五歲生日時，他進入一家精神病院接受治療，不久出院，以爲一切正常了，但外祖父死了，所有的財產都登記在母親名下，父親沒有分到任何的不動產甚至是一分半文。在五十五歲時，花卉區和養牛場的地價暴漲十倍以上，母親爲了預防土地被父親變賣，把所有的地契、房契都祕藏起來，不讓父親有任何染指產業的可能，父親更沈默了，他終日獨坐在家裏喃喃自語，六十一歲又入精神診療所，病情穩定時已不能工作也無法思考，他看著四季的變遷，竟像是被用完的一只牛馬，孤獨愚痴地邁入可悲的晚年。

她的幾個長大的兄姊曾向母親抗議家庭對父親的不公平待遇，但無效。他們兄弟姊妹只好逃避這個家庭。最先是大哥遠走高飛到美國去獨立更生，繼之是二哥出走拉丁美洲，三哥到英國，姊姊也是早早嫁了。可怪的是，每當他們兄弟姊妹要離家遠颺時，父親總是特別清醒，他警告他們兄弟姊妹一定要注意婚姻。就像是一生受盡屈辱的奴隸一樣，父親總說：「你們要按自己的意思去成家。」他祝福他的兒女遠走高飛，擁有獨立的意志。

母親卻不同。她想辦法要主宰自己的兒子、女兒，特別是插手管他們的婚姻，可惜在鬥智鬥力之餘，大抵都不很成功。反抗最厲害的是最小的兒子，他不顧母親反對，在英國和一位英國人小姐結婚，並移民到澳洲去行醫，母親推薦給他的結婚名單都落空。這個小兒子討厭母親的控制，有幾次回國都不讓母親知道，他偷偷叫人帶父親去見面，一直到上飛機回澳洲時才打電話給母親知道。

所有的小孩中以她最晚婚，她和父親最有緣，從餵食牛奶到小學、中學她都沒有離開父親，是父親一手帶大的，她也最像父親，長不高，結實，守本份，很會唸書，有研究精神。可是她覺得父親實在太可憐。從小，她就懷疑祖父和母親如此這般地對待父親，其合法性在哪裏。爲什麼父親無法對這種不合理的對待反戈一擊？這種奴工的命運如何會存在於台灣社會？她懷恨母親，把母親當成促成家庭不幸的元兇，一個謀殺者。爲了這一點，她從少女時代就祕密研究法律，滿心以爲，法律必能找出母親的破綻。可是一直到大學畢業，她考上司法官，進法界服務，她始終找不出母親的不合法，母親所做所爲都是法律允許的。相反的，她卻意外發現，在台灣像母親這種高踞於父親之上的家庭很少，反倒是大半的家庭，父親都高高在上，婦女都被踩在脚下輾轉哀啼，情況不會好於父親多少。當她瞭解了這些狀況後大吃一驚，她竟然無法確定她對父親的同情，對母親的憎恨是否是對的呢？

有好多年了，她暗地裏認爲自己是新一代的女性，應該勇敢地站起來爲不合理的婚姻現象替千萬的婦女申冤，但又想起母親的霸道，覺得如果千萬的婦女都像她的母親也沒有什麼意思，更厲害的是她懷疑婚姻本來就是一個殘酷的戰場。在戰場上，當然不可能雙贏，只能一方勝利一方落敗。一個婚姻如果不是她屈居下風就是他屈居下風。美化婚姻的語詞多達萬千，但是殘酷的事實就擺在眼前。那麼一個新女性對自己的婚姻又該持什麼態度呢？她如何在婚姻戰場上不使自己或丈夫受一點點的屈辱呢？「平等」這種虛構的男女新主義是可能的嗎？……最後她堅決地退居到一條線來，那就是不涉入婚姻戰場。她既不想輸，對贏也沒興趣。

因此，好多年，雖然她有著一般女性對婚姻所持的憧憬、想像甚或玫瑰粉紅的期待，但在幽深的內心，她有一道奇怪的抵抗線，那就是她所培養出來的「眞正的新女性就是不婚的女性」的這個信條。一年、兩年、三年……在她還沒有被男性對方沖昏頭的時候，信條就牢牢鞏固了陣地。

但是就在去年，她的信條被打破了。

那時，她接辦了一起故意殺人的案件。

有一對交通警察正在公路上執行勤務，看見一輛超速的中古的箱型豐田車經過，他們立即追捕這輛車子。在逼近這輛車的時候，兇手調轉頭來，以極快的速度撞及警車，導致警車右邊車頭毀壞，右側彭姓警員頭部撞及車身當場猝死的慘劇。在一個擁擠的十字路口，左側駕車的警員終於追上了兇手的車子，當場將之逮捕。警方立即展開偵訊，確認該嫌罪行重大，立即移送檢察署偵辦，前一位檢察官已開了一次偵查庭，認爲兇嫌難脫罪刑，後來偵辦該案的檢察官外調，由她接辦，當時兇嫌已諭知收押，準備依殺人罪提起公訴。

當她接辦這個案件時，首先引起她注意的倒不是案情本身，而是那位外調的檢察官暗示她這個案件有壓力，省府的人介入了這個案件，同時該位死去的警員是彭厝里的大户人家，這個家族委託彭少雄向院長施了壓力，情況好像是一種先預設好結局的棋奕。外調的檢察官說這個案子已經結了，沒有人能救這位兇手。不過她卻不信。

她再一次開了偵查庭，出乎她的意料之外，嫌犯是一位小她三歲的高瘦溫和的水電小工。由於一場警方的審訊，他的身體幾乎傷痕纍纍，但仍沒有破壞他的溫和個性。在偵查中，他當面否認了他在警方的供詞，簡單說警方是自寫供詞然後嚴刑強迫他蓋了手印，他掀開了被毆打的瘦薄的胸膛說：「我吐了大量的血，鐵錘重擊在一本電話簿上的重力震入了我的胸膛，我禁不住就大口地吐血。」他甚至不瞭解警方眞正寫了些什麼。於是她立即要求詳細檢查車子互撞的痕跡，才發現兇嫌車頭的撞痕是半年以前的舊痕，而且在半年之前，他尚未買進這輛車。爲了追查眞相，她又叫人測度了死者的酒精濃度，發現血液裏的酒精度高達〇・五一％左右，實在已喝了太多的酒了。種種跡象都顯示案情不單純，她又調閱這二個員警當天的活動紀錄，發現這二位員警當天並不是外出執勤，而是請假去參加南部的一場婚宴，警車的車頭似乎也不是與其他車子互撞時發生傷痕，因爲凹下的破裂處夾有大量脫落的水泥屑。

整個的案件就是大冤案，是警方受了死者的家屬的壓力所揑造出來的事實，應該是這二個喝醉酒的警員駕車撞上馬路的水泥電桿自斃的案件，爲了讓該警員以「因公殉職」名義領取幾百萬撫卹金，就在十字路口找一位車頭有車傷的行車超速的水電小工來當替死鬼的冤案。

在台灣，像這種天方夜譚式的冤案不在少數；利用權勢冤枉無告

小民叫人坐監的事屢見不鮮。以前她也曾接辦過幾件，好運的小民可以躲過一劫，但歹運的小民就必須莫名其妙去坐監。

她把案情分析得一清二楚，很快不起訴處分這個案件，並警告警方製造冤案的後果。

以後，她和這位叫做尤慶年的水電工常有來往，大抵都是她找他。她不知道被他的哪一點所吸引，每次見面，這個水電工總是在工作，常常滿身大汗。發亮的汗水遍佈他的顏面和露在短袖衣服外略爲削薄的臂膀，甚至把衣服都浸濕了。他會溫和靜謐地聽她的談話，然後抬頭露出微笑明確地回答她的問題。他有淺淺的酒渦和一排整齊潔白的牙齒，微笑時就會露出一種近乎眞情的羞澀神韻來。他似乎不懂什麼叫做自我防衛或自我掩藏，話總是直說。譬如當她問他說：「你被警方刑訊，會不會因此使你恨警方？」他就說：「有一點點。」她又問：「對於司法會不會完全失去信心？」他說：「不會。」他是在師範附屬高工畢業後接受職訓考上工程師執照，開始在家裏以電話問各個人家找零工的小水電工。她問他：「爲什麼不想再唸書？」他說：「我的家很窮，父親一生沒有固定工作。我想找個職業，不想多讀書。能有個工作過日子，就感到幸福。」她又問他說：「想不想賺更多的錢？」他說：「偶而想過，但以我的能力，不該想這種問題。」她又問：「爲什麼常工作到渾身大汗？」他說：「我不願意耽誤客户一秒鐘，傾全力用最快最正確的技術把工作做好是應該的。」她很喜歡他的笑容，讓人覺得他很乾淨，因此常去找他。最先還問一些該問的事，到最後就亂問，反正他的臉就是會有笑容和溺人的酒渦，愈看就愈有趣。她問他有沒有人生計劃，他就說：「永遠都做水電工，把父母養老。」問他有沒有女朋友，他說：「曾經有過三個。」問他失戀的感覺，他說：「好幾天不能上工，陷入夢遊狀態。」問他會不會一生都獨身過活，他說：「不會。」她更加習慣去找他，想打發時間就去找他，心情愉快或不愉快就去找他，反正他有一張真情、迷人酒渦的臉。二個月後，她警覺到不去找他就好像失落了什麼東西的時候已經太慢了。這個水泥工的眞情的影子和渾身大汗的酣甜味道包圍住了她，把她拖住，帶她進入胡思亂想，心臟狂跳的世界中。她想終止狂烈的連綿的赤裸的和羞人的可怕幻想，嘗試吃冰、自我囚禁或好幾里路的晨跑，無效，最後她使出撒手鐧，乾脆叫一位死黨的女友去告訴這位水電工有關她的往日逃婚的不良風評，並加油添醋說了她一些烏有子虛的缺點，總之，她想要這個水電工否定她，甚至騙他說她已經是老得不能再生育，是大他有三歲的老處女，簡直是已結紮的小母豬，最後要死黨問這位尤慶年的水電工說：「如果涂秋月要嫁給你，你要不要？」這位水電工竟然說：「要！」

她大吃一驚，差點窒息，起先不敢相信這是事實，最後服從命運和他結婚，在結婚的好幾個月內，她以爲自己正在夢遊，但懷孕後，她終於承認這一切都是事實，心情篤定後，她才感到命運之神對她不薄，使她有了一個體貼的好丈夫。

在公車站旁，她找了街上的房子幫丈夫開張了水電行，安置了公婆來協助照顧生意，同時要求丈夫繼續唸書，果然丈夫很快就考上C大的夜間部去進修。她不要求丈夫天天跟她在法院後的房子過夜，但每天一定要見面一次。她願意給丈夫一個充分的自由度，讓年輕的丈夫可以兼顧學業和事業，並伴隨著他一起成長。

苦惱並不是沒有。有一段日子她總懷疑，她選擇了這個丈夫，如此地對待他，是否她是在潛意識中替母親清償虧待父親的債，尤慶年是否就是父親的替代品。幸好善於分別事情差異的天份使她免於混淆這一切。她畢竟是她，不是母親；尤慶年也不是苦命的父親。有時也會有人嘲笑尤慶年高攀這樁婚姻，她都勇敢地站在丈夫的這一邊幫丈夫辯解，這些事早晚都不會成問題的。

事實上如果沒有近一星期以來不斷出現的紅光的夢，她早已克服了對婚姻的懷疑和不安，是吧！一切不是都很好嗎？

拿6號牌子的孕婦檢查完畢走出來了，門口亮起了7號的燈，她推門走入大夫的診療室。護士馬士幫她量體重，做了基本的檢查，一切大致正常，隨後她坐在醫生桌邊的椅子上。

「剛進入二十二週了，對吧？」楊醫生戴著眼鏡，翻閱資料。

「對的。」

「小孩已生出頭髮和指甲了，發育到現在，手脚會比較活潑，妳注意到胎動的新現象嗎？」

「注意到了，昨天和前天感到一陣較大的活動，像是掙扎著要伸展肢體的樣子。」

「美仁前幾天説妳的脚抽筋了。」醫生問她：「不很厲害吧？」

「還不會有太大的痛苦。」她應答著。醫生所説的美仁是她的同學，楊醫生的太太。她説：「當時我還能和美仁做電話的長談。」

「懷孕前發生過嗎？」

「發生過。」

「嗯。」醫生在資料上記了一下，說：「是缺鈣的現象，妳多吃一些鈣片吧。尤其以後的懷孕期更要注意。」

「我會的。」

「一切都很正常，恭喜妳。」醫生蓋住了資料，說：「辦案還是那麼認眞嗎？」

「差多了，總是提不起勁，思考力退化，一直想休息，尤其一些案子會引起噁心。有點辦不下去。」她把背部儘量靠著椅子，使胎兒不壓迫到母體，微笑地說：「但是案子太多，不辦也不行。」

「聽美仁說妳剛辦完選舉謀殺案，很棘手的案子，對吧？」

「算是很難辦的案子。審判了沒錯，但似乎不對勁。」她放舒坦一下，想到寄來的那卷錄音帶，說：「可能尙有後續發展。」

「妳不能太累。少坐辦公桌，多做運動、散步，到外頭走走才對。」

「到半月湖去，可以嗎？」

「很好。但不要自己划船知道嗎？」醫生說：「想不想聽聽小孩的心音。」

「好呀，我聽。」

於是楊醫生示意她走到護士那兒去。

這時陽光透過紗窗和綠色的窗帘滲進來，診療室的東西看起來很令人舒服，聽著放大的胎兒的心音，感到成長的生命眞是宇宙最奧妙的事。

十分鐘之後，她走出了診療室，沿著婦產科的廊道走出來，看了一會兒育嬰室裏的初生嬰兒，而後才滿足地由電梯下來，穿過掛號處到領藥處去領了有關的藥，最後在巷道發動雷諾，時間已是早上的九點四十五分。

半月湖位在Ａ縣最南的東邊山區。行程必須由火車站向南直駛再向東方而行。差不多有一個半鐘頭的行程才能抵達。入山時經由一段入山的道路，地勢會陡直上昇。沿途有美好的景色和許多觀光的據點。

在十點鐘左右，去半月湖的人在火車站會合。身材高大五十歲的董檢察長駕了一輛福特，林檢察官的太太駕了一輛飛雅特，其中還有四個太太及一大群的小孩，向著火車站後面的馬路，駛離了Ａ市。

他們越過了幾個鄉鎮，進入了Ａ縣最東南隅的半月鄉，在進入鄉界時，立即看到無數秧田、香蕉、檳榔林的風景。

的確，半月鄉是香蕉及檳榔林的故鄉。它有一半的面積在平地上（或者該說在山腳下），一半的面積在山上。平地上的馬路兩旁都是連綿的香蕉園，香蕉園外廣大的水田則躍起排列成線的整齊的檳榔樹，住家都隱藏在闊葉樹下，紅色的屋瓦以及強烈黃藍的水泥漆屋牆，使人宛如置身在積木的孩童世界裏。

涂秋月檢察官特別停在一個路邊的香蕉園前，買了一串肥而短的甜蕉，想帶給辛苦年邁的公婆，之後他們又啓程經過幾個小村，拐進了向東的山路，時間差不多是十點二十分左右。

剛進入山區小路，兩邊的山勢立即進入眼簾，道路的左側是一道淺淺的溪流，溪流的雙邊則是由低漸高的連綿山脈，右邊則是一片狹窄的山脚梯田，有人試著栽種草莓，右邊也是連綿山脈，時值春天，山上的草木開始綠了起來，樹的枝葉漸漸掩蓋了鐵紅色的山的肌膚。

峰迴路轉，他們轉了十幾個看不到前路的山彎，掠過眼底的景色仍是連綿的山脈。終於進入了雷音寺所在的菩薩潭的小村。道路在越過一座跨過溪谷的水泥橋後，景色突然開朗起來。又是香蕉、檳榔林的世界。他們在落散的三四百戶的村莊人家中心點買了大量的水果、糕餅，準備送給雷音寺，又驅車趕到村莊山脚下的菩薩潭來。

的確，這個叫做菩薩潭的小村位在半月鄉是相當有名的。在清朝末葉，它就被開發出來。來自山下的一個齋教的人家在這裏落户墾荒，慢慢有墾户也移民進來。恰巧在山脚下有一個低窪的小水潭，容納了八方的流水，可以倒映山色風光，人們就在潭邊建立了觀音小祠，

把水潭叫做菩薩潭，以後村莊擴大，也就叫做菩薩潭村。

雷音寺事實上就是觀音小祠的擴大。日本時代這家雷音寺仍由齋教的人士掌控，並延聘一位唐山的尼姑主持寺務，後來歸併入日本的眞宗。二次大戰後，日本人的勢力退出，擁有寺產的人成立了財團法人，在這裏擴充寺院規模。十年前聘請了財團董事的出家兒子回來主持寺務。這位鄭姓的法師是典型的大乘佛教研究所的畢業生，除了著書立說以外，他以善觀每個人的前世擁有廣大信衆。另外他工於經營技術，模仿台灣觀光佛寺的做法，建立了三重庭園的佔地十甲以上的大寺院，在最後院的正中間供奉西藏毘荼遮那佛大日如來的琉璃全身佛相，做爲鎭山之佛。由於位在半月湖遊樂區的中間站，各地前來半月湖的遊客必會在雷音寺下車休息，有時逢到假日，這裏的遊客如織、熱鬧異常。

他們在寺廟最低下的大廣場停車，已有許多的觀光客到了這兒。

涂秋月檢察官一面關了車門，一面和林檢察官的太太談天。林太太的手裏拉著她的二個女兒。

「住持師父知道每個人的前生。」林太太興緻很高地說：「眞神奇，不是嗎？」

「是嗎？眞是超乎我們的想像之外，這世界也眞千奇百怪。」涂秋月檢察官撫著肚子說：「不知道是否能看出我的胎兒的前世？」

「大概可以吧。聽說師父的弟子以前都是山區的獮猴，師父則是山區的樵夫。那些獮猴都是被獵人捕獲的獵物，師父用錢買牠們回去飼養，之後又放回山林的。今生師父成爲出家人，那些獼猴就轉生成人，跑來皈依師父的。」

「眞的？」涂秋月睜大眼睛說。

「我是聽人家說的。」林太太說：「他們的佛刊彷彿也這樣說過的。」

「太不可思議了。」涂秋月健康的紅紅的臉蛋露出了半信半疑的神情說：「把他的弟子說成是獼猴轉生是很吸引人的，只是不知道他的弟子有什麼感覺？」

檢察長領著他們，開始拾級登上寺廟的台階。

走上百級的石階還眞困難，涂檢察官走走停停，扶著欄杆小心地不使胎兒受影響，石階的兩旁金色木佛金光閃亮，每一尊都低垂眼眸，攤開手掌，每一尊都是圓而矮壯，顯出了重量感。涂檢察官只感到這裏的一切都宿含了下墜的那種沈重的氣氛。這大概是爲了傳達給信衆一種莊嚴、實在的佛土訊息吧。

當他們走完了最上頭的石階，規模宏大的寺景立即出現，門口正對面的大雄寶殿金碧輝煌，黑雲母大理石的牆壁、金色的楹柱雕刻、紅色的横樑交織成一片莊嚴燦爛的畫面，巨大的十二根的圓柱高達數丈，一直把層層疊疊的朱紅屋頂撐向半天空，連綿的屋頂上安置了左、中、右三座銀色玻璃的矗天佛塔。局部看來，每一個細部都呈現圓體、立方體，具有實感，固執而結實地佔有空間；整個正面看起來又像是一個玲瓏的、細緻的、考究的舞台前景，以其眩人的光采吸引住了所有的遊客。

他們很快地走進大雄寶殿去參拜，一陣的低聲吟唱的音樂輕輕響動在空曠的大堂，巨大的蠟燭和木魚置放在三個神龕前，塑膠的西方三聖的巨大塑像，使參拜的人覺得渺小與卑微，許多的信衆匍匐在地上虔誠禮佛，他們的皮鞋敲在寬廣的大理石地板上的聲音被捲進潮水一般、一波又一波的梵唄聲中。

知客僧早就去通報住持。他們爲了趕時間，在第二重院略爲參觀了特殊的散落的日本式的庭園小築，這是規劃出來的寺僧的衆多讀經小屋，每座獨立的小屋前都有造景，灰色的屋瓦及淺黃色的仿木頭紋路的水泥建築看起來十分地舒服，他們參觀了羅列各藏經的圖書館，最後登臨了後院的大日如來法界大樓。比前景更雄偉的宮闕雕飾在兩邊展開。這是二層樓的華麗建築，底層的正中間是寬大的空屋，裏面置放衆多供人消災祈福的大光明塔座，使室內陷入一片的燈海，左邊也是空屋，但在壁間鑿洞放置骨罈，是納骨之處。二樓上的大殿就是西藏密宗的檀城構築，藏式的雕刻、刺繡、彩繪十分地繁複。除了大日如來之外又供馬頭觀者及不動明王像。

涂秋月檢察官目不暇給地看著，終於只能感到視覺上的激烈變化，後來在二樓上她站在最後面的欄杆休息，才注意到菩薩潭的美麗。的確，它是一個很好的小水塘，就在山脈與雷音寺之間，時值晴空，天空的薄藍倒映在塘上，並反照出高聳的山影，大自然的景色被濃縮在池面上，叫人領會出芥子納須彌的這一點點佛理。

他們又返身到了前庭的大雄寶殿來，知客僧立即帶他們進入殿右邊的會客室，住持慧空和尚正在那兒等他們。

慧空和尚並不老，他是檢察長同一輩的人。檢察長曾提及在大學時代和慧空是前後屆的校友。那時學校的佛學社活動頻頻繁，慧空任了兩屆社長，畢業後出家，先在南部的佛學院唸書，因爲是理工科畢業的緣故，曾把佛理和太空物理加以整合，提出一些新的佛學觀念，慧空曾說佛的世界猶如宇宙的黑洞，不斷吸納一切或是爆炸一切而生成世界，總之，檢察長說慧空的佛教瞭解深不可測。

檢察長鼓勵涂檢察官一定要聽一次慧空的開示，這是難逢的機會，也是專門爲他們而做的。林太太則認爲去聽一次開示就可以生一個聰明的有慈悲心的小孩。

於是他們走入了會客室。

會客室擺了一個長桌，黑檀木的桌面十分光滑，上面備有餅乾和茶水，長青的植物盆栽擺滿了兩邊，使人覺得清涼。住持就坐在長桌的一端。

涂秋月本來以爲住持和尚應該是個瘦高的師父，出乎意料之外卻是矮胖而血氣很好的人，由於臉面的紅潤和淨白，看起來比檢察長還年輕。

在開示之初，檢察長和他聊天。檢察長的太太們紛紛地要求看看她們的前世。慧空有問必答，場面十分熱烈愉快。但不知怎麼地，後來他們聊到了彭少雄，談話略略嚴肅了一下。

住持慧空是站在彭少雄這一邊的，他微笑地說：

「我早知道彭施主是無罪的，這麼有爲的青年怎麼會涉入謀殺案呢？」

「他有前科。」檢察長說：「以往記錄不好，實際上他是黑社會份子。」

「這個我出家人知道。」慧空笑瞇了眼睛說：「但是他曾皈依雷音寺，儀式由我主持。他也懺悔過他做過的一些事。一個年輕人知過就一定能改。尤其他很有毅力和決心，犯錯是不會再有的。我很少看錯人的！」

慧空接著就開始講經開示，他先提到大乘佛教所謂的「第一義」的最高教義就是「空」。「空」於出世就是「如來藏」，於世間就是「觀一切如幻如化」；使用這種看待世界方法的人就是擁有極高佛教智慧的人，他說：「世界的本來面目如蒸發於馬路之上的陽燄；如不實的海市蜃樓；如夢幻雨露。人的生存亦如朝生夕死的蜉蝣；如粉墨登場的皮影；如激流河中的泡沫。可是人們卻冀望以眞實、永恒的態勢去相待，寧非愚妄哉！」爲了不受迷惑，洞視此一世界的本相，人就必須修持大乘佛教的無分別心法，唯有入於「無分別心」，才能培植自己入於空境，終而擺脫對立的紛爭的人世。他提高嗓子，發出了警世的佛音說：

「聖教的弟子們，假若我們擁有無分別心，於不久必得解脫。何謂『無分別心』？那就是沒有『是非』、『對錯』、『禍福』、『美醜』、『罪無罪』、『天堂地獄』、『智慧愚痴』的分別心。凡是分別心俱是生命膚淺的顯示，類如小兒的心靈。一個成熟的大乘佛徒必能先把『是』看成『不是』；把『對』看成『不對』；把『禍』看成『非禍』；把『美』看成『不美』；把『罪』當成『無罪』；把『天堂』當成『非天堂』；把『智慧』當成『不智』。之後再努力修行，終至達成『是就是非』；『對就是錯』；『禍就是福』；『美就是醜』；『罪就是無罪』；『天堂就是地獄』；『智慧就是愚痴』。於是該人就得『平等性智』；再加修習，就得『大圓境智』。統一的、不可分的大如來藏立即現前，該修行者立即入於涅槃干城不死不滅，現世中當下成佛。由涅槃的境界再來觀察世間，一切就如影如幻……」

涂檢察官坐在最後的一個位子，一直撫著肚子，注意小孩的胎動，會客室頗爲冷涼清靜，早開的盆栽植物甚至早就在牆壁下露出顏色不一的花朵。慧空的聲音優美流轉，和他的黃色法衣形成流動不息的音色之流，動盪在會客室內，她幾乎要被催眠了，但是適才所談到的彭少雄的事略略使她的思考活躍，不禁就想起這件玄奇詭異的謀殺案：

她是在林繼德被殂擊而死的第二天就接辦了這個案子。警方迅速地在竹林取下林繼德的屍首，由於屍首高掛於竹林末梢，警方以爲必定有人把這具屍首用繩子之類的東西像升一面旗一樣地升到竹林頂巓。那麼必能在孟宗竹林之下找到若干線索；但是整整有二天的搜索，一點蛛絲馬跡也找不出來，甚至連最粗糙的人的脚印或車胎的痕跡都找不著。警方找來了孟宗竹林的主人，詢問他有沒有看見什麼人在林裏進出。竹園的主人說他已一個月沒有去過竹林了，對於這件不幸的事他一點也不清楚。由於誤認竹林是第一現場，警方耽誤了甚多的時間。後來警方放棄這個看法，追查了林繼德死亡前的行跡。競選總部的人指出他們在拜會完火車站前的商家之後的中午轉到夜市區去喝酒，在酒喝了一半的時候，林繼德的行動電話響了。他說彭厝里的人找他，就匆匆離開了，從此再也沒有人看見過他。

警方立即把偵查的方向轉向彭厝里，這時有人以電話密告說午後二點十分左右，在夜市三條街外的亞東戲院前，有人看他進入一輛黑色的自用轎車，之後迅速駛離戲院區。警方立即清查彭厝里有黑色轎車的人。一共發現了三人，警方傳訊了這三個人要他們供出他們那天下午的行蹤。當中以彭拯民最可疑，這個人有恐嚇、鬥毆的前科，素行不良；

他的供詞相當躊躇、矛盾，裏頭有很大的虛假，警方收押了他。在偵訊的過程中，他忽然坦承行凶的動機。

原來在競選期間他曾以神祕電話要求林繼德付他五百萬元的現款。如果不交出來，他就會傷害林繼德，致他於無法競選的困境中。但是林繼德不爲所動。在一月二十日，彭拯民無法忍受這種輕視，就以彭姓宗親會的名義，詐稱他是會長彭鐵獅，想和林懇談，如果情形允許，將給林暗中幫忙。林繼德大概認爲彭厝里有人倒戈，機會難逢，立即到電影街，上了黑色的轎車。

彭拯民一看林繼德上車，立即關了自動門，拿出手槍要林伏在右座的座墊，臉必須貼在座墊上不准亂動。本來彭拯民只想要擄林到鐵橋後的竹林茅屋軟禁，再向林的家屬要脅，如果拿到錢就立即遠走高飛。想不到林繼德反應激烈，很不合作，曾仰頭企圖攻擊他。彭拯民立即要他臉孔貼在底部的鈑金上，並把林的雙手銬在一塊。車子迅速地駛往環山溪流的大鐵橋，就在橋上，林繼德又有激烈的反抗，數度以銬住的雙手和頭部撞擊彭拯民駕車右手，於是在慌亂之中，彭拯民的左手手槍向林的頭部開了一槍，正中了額頭，當場死亡。彭拯民肇成大禍，一時心急，把車子駛向竹林小路，匆忙棄屍於鐵橋右側七百公尺的竹林下，加以掩蓋之後駕車逃跑。

警方扣押了他的車，在車座發現尚未洗淨的血跡以及一把九〇口徑的手槍，確定他涉嫌重大，全案移送檢察署偵辦。

那時，涂秋月檢察官立即會同法醫，勘驗了死者的屍首。

死者林繼德，五十六歲，身高一百七十公分。臉龐輪廓稍成方形，右上排第三顆牙爲假牙。左手戴有勞力士手錶一只，上身著白色雙槍牌內衣，BVD白內褲，褐色衛生衣褲一套，藍色美好挺襯衫，最外頭穿麗台毛料藏青西裝一套，斜紅條紋銀色底領帶，頸部有K金項鍊，上衣口袋有進口皮爾卡登打火機，萬寶路香菸一包及一萬五千元現鈔。左右臉顴骨瘀青，額頭有九〇手槍彈頭射入，彈頭卡於顱內，穿過了腦髓，造成出血及嚴重大腦損壞，顯是致死的主因。西裝上衣留有被類似鐵鉤刺穿抓舉的破洞，疑似被吊上竹林末稍的所遺痕跡。

家屬確認死者係林繼德無誤。

警方依公訴罪嫌移送地檢署。

但是，剛接辦這個案子，她以辦案的經驗略略有了些直覺性的懷疑。

首先，她感到這個案件的偵破太順利，那通神祕的電話來得十分湊巧，似乎對警方的辦案方向十分清楚。其次是林繼德屍掛孟宗竹上的問題。的確，那是一棵非常強壯粗大的孟宗竹，歧出的枝葉完全可以掛住死者的西裝，再支持死者重達七十五公斤的體重。但是問題在於這棵孟宗竹在鐵橋的右側五十公尺的地方，而且位置明顯，任何由鐵橋經過的人都很容易看見。彭拯民堅決地否認他會做這種愚蠢的事，他說他只把死者掩藏於鐵橋右側七百公尺的竹葉堆下，並沒把屍首掛於鐵橋五十公尺右側的孟宗竹上。他帶了警方到掩蓋處去，果然那兒有林繼德的血跡，警方卻認爲彭拯民故意擾亂案情，企圖脫罪，應該說他先用車將死者運往右側七百公尺處掩藏，之後覺得不足以洩憤，又運屍到右側五十公尺的孟宗竹林下加以懸掛，警方逼問下的供詞使彭拯民陷身不利中，只有涂檢察官直覺到彭拯民說的是事實，警方只是單純化了這個案情。那麼把屍首再運出來懸掛的必定另有其人。

於是，在偵訊期間，她好幾次提醒彭拯民必須供出教唆他行兇的人或是共犯的名單，否則由他扛起全案，可能就是死刑。彭拯民垂頭喪氣，並沒有向她吐露其他涉嫌的人。但是就在後來的第一次偵察庭召開時，彭拯民突然修改了口供，他說他的殺人的行動完全是接受同是彭厝里的彭少雄的教唆，市長當選人彭少雄才是幕後的發號施令者，他只是去執行而已，代價是事成之後付他百萬元的潛逃費，他和彭少雄的關係早在二年前就建立。

案情立即萬衆矚目般地沸騰起來。

她立即傳訊了彭少雄，展開了偵訊。

還記得，就在那天，彭少雄由地方黨部主委、A縣議會議長、二位立法委員陪同前來，當幾輛大轎車停在檢察署外面時，檢察長及同仁緊張得不得了，如臨大敵。

意外的，彭少雄卻很和氣，他穿一套純白的毛料西裝，白色的腰帶，白色的皮鞋，梳亮了頭髮，秀麗的臉及窄腰使他看來風度翩翩。他很合作，在闢室偵查中，他和他的律師拿出了一份的借據及一卷的錄音帶。律師指出在半年前彭拯民曾向彭少雄借了三百萬元，事後，彭拯民希望彭少雄能焚燬借據，不索還這筆錢。彭少雄躊躇許久始終都沒有正面答應他。後來他數度電話威脅彭少雄，提到若不焚燬借據將來他必會反目相向，最起碼會給彭少雄一些大麻煩。律師播放了錄音帶，這卷錄音後來調查的確是彭拯民的恐嚇電話無誤，律師指出，彭拯民是一個反覆無常的人，他給彭少雄的麻煩是預料中的事。

她再要求彭拯民提供彭少雄唆使他的地點。彭拯民說了三個他們共謀殺害林繼德的策劃時間和地方。有二個時點彭少雄都有不在場的證明，有一個地點是在後山竹林裏一棟木造的小屋，彭拯民形容那小屋裏有一大堆的黑啤酒、音響以及柔和的粉紅色燈光，就像是精緻的咖啡屋。她和警方特別去履勘，但那兒除了一片的荒草並無任何的房屋遺跡。事實上彭拯民是任意捏造時間和地點。

當第二次偵查庭即將召開時，這件事已掀騰到全市老少都摒息凝視的地步。由於彭少雄成立的一個營造公司準備在遊樂區外又設一個高爾夫球場，也準備在水源區開放別墅的建造，Ａ市的人都希望彭少雄當選無效，大家都在看這個案件的結果。但是上頭的壓力很大。檢察長一再暗示她，這個案件應儘速偵查終結，並且避免彭少雄被捲進來，否則後果難料。同時她和彭拯民的律師詳談，律師也難以提出任何彭少雄教唆的事實。更令人驚訝的是，彭拯民的父親出來說話了，他指稱自己的兒子一向有遷怒、誣告他人的劣習，自從與彭少雄有來往之後，屢次造謠中傷彭少雄，並當著家人的面前揚言要毀掉彭少雄的名譽和事業，他相信將來他的兒子仍然會伺機給彭少雄更多的麻煩。

二度的偵查庭召開了，彭拯民一連用了「好像是」「彷彿是」這種口吻指稱彭少雄唆使他，但都被庭上認爲無稽，最後彭拯民堅決地大叫說：「即使他不是當面指使我，也曾在夢中指使過我。」庭上大嘩，於是彭少雄的唆使之事不成立，檢察官具體求刑彭拯民死刑。

案子結束後，身爲檢察官的她並不就完全輕鬆下來，除了她遭壓力把這個案子辦得太快之愧外，彭拯民的掙扎的影子一直保留在她的腦海；尤其是彭拯民大喊的「他在夢中指使過我」的話，竟像一個荒唐但神奇的咒語，一直出現在耳邊。她知道彭拯民不是隨便說這句話，也不是自暴自棄說這句話，但爲什麼他這麼說呢？他在暗示什麼難言之隱呢？這豈非和屍掛竹林卻找不到幫凶一樣屬於十分深奧而不可解的事？

本來這件事很叫她疑惑，但新案子的連續接辦沖淡了她的注意力，她以爲大概不會再有機會想到彭少雄的事，可是，在一個星期前，她在家裏接到一個卡帶和一個女人的電話。那個女人要她聽一聽錄音帶，並指稱錄音帶裏的男聲是彭少雄，至於女聲則是打電話的女人自己。內容是這樣的：

「要開燈嗎？」女人說。

「嗯。」男人應說。

「全關掉好嗎？」女人說。

「全關掉。」

（停了一下子，有關燈的聲音）

「是你唆使彭拯民殺死他吧？」女人說。

（沈默一陣子）

「我猜的没有錯吧？」女人說。

「爲什麼要這樣做？你爲什麼不說話。」女人說。

「妳不要管男人的事好嗎？睡覺啦！」

錄音帶的話就是這些，那個男人的聲音的確是彭少雄的，至於女人的聲音她没聽過，不過卻是很悅耳的那一種，像銀鈴，很清脆的聲音。

這段錄音是睡前錄的，使用的是超小型錄音機，彷彿是埋在枕下或床墊下錄的，很精緻清晰，可惜並没有確定什麼事。

涂秋月告訴電話中的女人說，這卷錄音帶並没有辦法確定彭少雄就是幕後的指使者；電話中的女人說她會再寄一卷錄音帶，將可確定彭少雄的罪行。

她曾在電話中要求女人表明身份，那個女人只笑著很好聽的聲音，說她是彭少雄的最愛，而後電話就斷了。

以後的一個星期，她等待新寄來的錄音帶，並没有寄來。

她絕對不是專門入人於罪的檢察官，但是她相信，這個案子絕不會像慧空這一類的人所認爲的，和彭少雄一點關係都没有。

在沈沈地回想這一件事時，她恍惚如入夢中，忘了正在聽經，直等到林太太走過來拍拍她的肩，她才驚醒過來。

「是不是身體不舒服？」林太太問她。

「没事的。」她說。

「師父開示結束了。我們該走了。」

「哦——」

於是他們一行人走離了會客室，又到了寺外的台階來，太陽升得好高了，把山寺四週的山脈照得一片的蒼翠，菩薩潭村莊的屋宇隱藏在山脈下的闊葉樹中，紅綠灰褐，頓成山村畫趣。她再三撫著肚子，望著村莊的人世間，略略擺脫了雷音寺的迷離幻境，在精神落實下來的刹那，她想起一件事，就問了身邊的檢察長說：

「我想起來了，今天不是彭少雄的就職日嗎？」

「是啊。」檢察長說：「正午在市政府舉行就職典禮，我已派人送花圈去了。」

2

這一天的早晨九點鐘，市政府前的四線大馬路已經暫時交通管制了。以市政府爲中心左右各一百公尺的距離之內車輛禁止通行。因爲就職慶祝餐會正準備在這兒舉行。

打從昨夜以來，篷子已陸續在這兒搭起來。有一個歌舞大樂隊就把臺子搭在市府前的廣場上，並貼出廣告的海報，邀請電視明星及南部著名的牛肉場的主持人，準備在這兒大規模地表演一場。宴客的桌子也一桌接一桌排好在篷子裏，歡樂的場面還沒開始，歡樂的氣氛早已擴散到整條的大馬路。

市政府正對面的雅口牙醫診所的大夫趙有才準時開了鐵門，讓兩位護士小姐進到診所來，順便拿了早報。一陣明亮的陽光掠進來，把醫療室照得格外光亮。

這個診所設在樓房的最底層。樓房則屬於五福大廈中的最中間的一棟。二十年前市政府還沒有遷到這裏的時候，這兒是日本舊神社的所在地。小紅磚路的兩旁有成排的仿歐式的日本建築，後來舊神社終於被毀成一片廢墟，這條街的房子已舊，這兒曾寂寞了一陣子。後來市政府決定遷到神社舊地，同時市議會也建在三百公尺的地方，接著省立高中、警察局、文化中心都相繼在馬路邊建築起來，這個地帶終於變成人潮熙攘的行政中心。

十年前，仿歐式的建築相繼拆毀、改造。市政府對面的五福大廈開工興建，趙有才的父親買了一棟當住家，現在則變成了趙有才的齒科診所。

診所的擺設很簡單，有三張不銹鋼製的躺椅放在診療室裏，分別對應壁上的三面光亮的大鏡子。門口進來的地方有大理石做的類似酒吧的長檯子，放了三張高脚椅子，做爲掛號及拿藥的地方；走道的牆邊掛著各種圖表、儀器箱、消毒蒸氣；走道地面則是一排患者等候時的坐椅。躺椅的旁邊尚有各種新式的機器。在診療室的最裏面的那扇牆則是一排薄而巨大的透明水族箱，衆多的、成群的斑斕熱帶魚在那兒游泳，使人錯覺到這裏不是牙醫診所，而是水族館。

在A市，很多人頗喜愛這個一目瞭然的診所。

四十五歲，皮膚晰白，臉呈四方，戴眼睛，有些福泰的這個醫生和二位護士打了招呼，他笑了笑，在門口向外瞧了一陣，當他看到市政府前的大宴時搖了幾下頭，轉身就朝診療室後面的廚房走去。他先走過了開了天窗的蘭花培植室，又走過小孩的書房，看見應付高中聯考的大兒子忘了把燈扭熄，他進去把糟亂的參考書整理一下，又走過他與太太的寢室，就到了廚房。太太正在梳洗打扮，他只好倒了開水，泡了桂格燕麥粥，在廚房的飯桌上把早報打開，翻到讀者的投書欄來，想先讀一篇好文章。當他看到有一位署上大學教授頭銜的人寫了一篇主張兩岸統一的文章時，他大笑了一會兒，終至於燕麥粥把那篇文章打濕得模糊不清。當他想繼續仔細去品味文章細節時，護士小姐來了。這位護士小姐來到這兒已有一年了，很能瞭解這裏的狀況。他有點困惑，低聲地說：

「趙醫師，診所來了一個年輕人，他躺在診療室的椅子上，一句話也不說。」

「掛號了嗎？」趙醫生說。

「他不掛號，也不說話。」

「我馬上去看。」

護士小姐走了，他努力把文章看完，又草草翻看了幾個大標題。喝完了燕麥粥，穿了潔白的醫生制服，戴了口罩，走到診療室。這時除了一位阿巴桑已躺在診療椅外，位在正中央的另一張診療椅果然躺著一位穿黑色西裝、戴墨鏡、梳了油頭的青年。趙醫生走過去，說：

「牙齒不舒服嗎？要看牙齒嗎？」

「我不看病！」

那位老兄說了話，摘掉墨鏡。趙醫生才發現對方是一位十七、八歲的年輕人。

「那麼你一定爲其他的事來的。」趙醫生關心地說。

「不！」

「你躺在這兒一定有事。」

「我說沒事就沒事，你嚕嗦什麼，老子愛躺在哪兒就躺在哪兒？」

「老兄，我是醫生，正在營業，你這麼躺著是會妨礙我的工作的。」

「閉上你的鳥嘴！」對方忽然坐起來，從西裝口袋摸出了一把摺刀，漂亮地在手上耍了一下，說：「你沒被教訓過嗎？」

趙醫生大吃一驚，逐客的意志由於那摺刀的威脅被挫回，不過他很快就恢復鎮靜。

「不要生氣，我是一片好意，等一下病人多起來，他們找不到診療椅就會責怪你。」

「誰敢責怪我！」對方慢慢把摺刀放進西裝口袋，又躺在椅上，說：「全是沒見過世面的蠢蛋！」

趙醫生只好背對著那位少年郎，轉身去看躺在另一張椅上的阿巴桑。那個阿巴桑的右臉整個都腫起來了，黑色的衣裙一團糟，頭髮散亂，顯示了她牙痛的深刻性。

「已經疼了一個晚上了是吧？」趙醫生微笑地說。

「嗯，嗯。」阿巴桑摀著右頰，躺著點頭。

「張開嘴巴我看看。」

阿巴桑張開嘴，上下兩排的牙齒鑲了許多處，沒有鑲牙的部份也幾乎都蛀光了。

「這兒痛……痛……。」阿巴桑指著大臼齒說。

「那兒蛀了二個洞。」趙醫生打亮了一個小的手電筒，仔細地朝大臼齒看一看，說：「早就應該補了。」

「嗯，嗯。」阿巴桑又點了點頭。

「妳先用消毒水漱一漱口，忍一下。」

五分鐘後，趙醫生在阿巴桑的牙齦上打了一針。

這時又來了幾個病人，有一位馬上找到第三張躺椅躺下，他是昨天尚未完成牙結石清洗的病患。另幾個就坐在走道上的椅子上等。

實習醫生的二十五歲的青年洪明亮也來了，趙醫生叫他過來，附在他的耳邊小聲地說：

「你繼續替3號躺椅的人清洗牙結石，並且注意2號躺椅上的那位戴墨鏡的少年。記住不要和他起衝突，他有摺刀，知道嗎？」

叫做洪明亮的實習醫生點了頭，去3號躺椅那兒，開動了超音波磨石機，激烈的磨掉牙結石的聲音立即響起來。

正當趙醫生想動手添補阿巴桑的牙洞時，那個十七、八歲的少年突然破口大罵起來：

「喂，他媽的，這是什麼牙齒機器，聲音這麼難聽，噴得老子滿臉是水，你不會使用機器嗎？」

「對不起。」洪明亮實習醫生立即陪了笑臉，但並沒有關掉機器，他說：「您忍耐一下吧！」

又一陣激烈的洗牙聲音響起。

「關掉你的鳥機器！」少年突然站起來，去抓實習醫生的衣領，說：「再噴我一滴水，我就不客氣了！」

這時診所的人都站起來，瞧著戴墨鏡的少年。

「看什麼，沒見過人呀!?」少年對所有的客人說：「你們不服氣嗎？」

「你不要干涉醫生看病。」有一位中年人站出來，他說：「你怎麼可以對醫生動手動脚？」

趙醫生一看情形不對，走過去，拉住少年的手，請他坐回椅上。

「不要生氣，我向你賠禮好了。這兒有個活動的矮簾，我拉起來和3號躺椅隔開，這樣就不致於噴到水了。」

那位少年又躺下去。不過這回他掏出了菸，絲毫不理會診所的禁菸標誌，大口大口抽了起來，而後他突然斜睨著趙醫生說：

「趙有才，我們打開天窗說亮話吧。是我大哥派我出來的。今天是他的就職大典，你不要有什麼小動作干擾他。我們預料你的診所一定會出一些狀況阻擾就職典禮。我在這兒專門監視你，你千萬給我放明白一點。」

「是，是。」趙醫生說：「我不會出什麼狀況的。」

機器又開動了，這時診所前的騎樓下來了很多A市的市民，同時又有許多人進入診療室。

幾分鐘後，洪明亮被一個人請到騎樓下談話，不久又進來。他走到趙醫生的身邊來，拉著他到掛號的長檯子邊，說：

「有人告訴我說，那位少年是本里的里長外甥，我想打個電話請他到這兒來處理。」

「哦，那就快一點，我擔心他在這兒太久難免會惹麻煩。」

於是洪明亮朝著內室的廚房那裏去打電話。

趙醫生又走回阿巴桑的身邊，繼續他的診療。他看到門口站著的A市市民愈來愈多，他們當然不是看病來的，而是看典禮來的。而且這些人大半是反彭少雄的人。

自從幾天前，他就接到A市各角落打來的電話，他們正在醞釀一股反對力量，想制衡彭少雄的當政，好減少被黑道勢力掌控的可能損失。他們深知道趙醫生在A市已和K．M．T奮鬥了十年，希望他能加入連線，一起對抗彭少雄。然而，除了謝絕他們的好意外，趙醫生什麼也沒答應。他在市長選舉投票之前遭到彭少雄的恐嚇，所幸保住了老命，當然不敢再加入什麼反對陣線。他很清楚地知道，對付K．M．T和對付彭少雄是有差別的。簡單說，K．M．T是可以在陽光下以法理來對抗它，但是彭少雄則不然，他是一股很壞的勢力，你永遠無法訴諸公理，毫無道理可以與之對抗，他會使人完全陷入悲傷、自棄與失魂落魄之中。

趙醫生一面替可憐的阿巴桑補牙，一面可以回想這十幾年他在A市的奮鬥史。

自從美麗島事件之後，A市的醫師界就開始有一批人對K．M．T的邪惡行爲做了批評。A市的醫師聯盟並不是最激進的異議團體，但卻是實際上出錢出力的團體，他們給予反K．M．T的人很多的援助。

隨著時間一年又一年地過去，他們的期待並沒有落空。一度蔣經國死亡後的保守派K．M．T政客想復辟他們失去的政權掌控，但隨著李煥及郝柏村的下台，政權終歸回到台灣人總統李登輝的手中。台灣的人權狀況有改善，台灣意識有提高的現象，一切好像還令人滿意。但是，不久，李登輝的K．M．T主流派似乎開始變化了K．M．T的品質，不是朝著優秀方向變，而是朝著劣質的方向變。首先在李煥出掌行政院長的前後，金錢已經嚴重介入政治體系；地方山頭勢力鷹飛鶻躍；黑道勢力也壯大增生。台灣的民性隨雛妓泛濫、環境的污染、金錢遊戲、政治詐術……愈來愈傾向殘蠻，使得有道德理想的人眞眞正正地感到身爲台灣人的那種臉紅和心跳。趙醫生深知李登輝這批在傳統的K．M．T卵翼下長大的舊官僚，以及衆多的地方山頭政客過慣了蔣氏控制下奴顏卑膝的生活，一旦他們掌權，必然會缺乏自主性；同時他們的缺乏才情和缺乏未來想像力的極端現實脾性必會固著在眼前的一刻裏，把現實吹噓膨脹，混小成大。果然，李登輝的一連串金錢外交及草率的六年國建弄得本來就虛無盛行的全島人心飄浮；分明產業狀況朝著空洞化上昇脚不著地，但卻人人感到十分驕縱；分明是中共的威脅日大，卻以大空無的統一政策去呼應，這個叫做「一切向前看」。實則一切都在宣傳、吹噓中變成一場虛無式的遊戲三昧。

在意識到這種危機的時候，趙醫生轉變昔日的靜態參與，他行動起來，希望在漂浮的大海中投下幾個可資穩定的船錨。凡是每場的選舉，他都加入某一個理想候選人的助選團，不管該位候選人能不能當選，他總是陪著候選人到處拜票，一年前他就陪著唐天養競選到底，造成反賄選的旋風。他的目的無他，只單純地希望社會能進步一點點。在這次A市的市長選舉，他又為一個叫做許耀東的年輕人抬轎，他滿心以為，像這種民主的新力量只要多增加幾個，就會改變A市的現況。但是，令人害怕的事忽然發生，他們在選舉中遭到黑道的威脅，終至退出選局。突如其來的，令人喪膽的新式的黑道選舉手段，使他們感到手足無措，台灣的選舉現況已非七十、八十年代可以比擬，縣議會、鄉鎮市的民代已被黑道接管，百分之七十的當選人都是黑道人士，剩下的百分之三十差不多也染上了黑道的勢力，就是立法院也黑影幢幢。趙醫生看清了最最虛無主義的黑道份子終於躍身成為這個虛無社會的主人了。

市長選舉完後，他暫時不敢有所行動，甚至他已暗感自己被時代淘汰了。但是A市的市民仍不死心，他們還想抗衡這個傾斜的局面。因此這些市民必會在就職日的這一天做一些抗爭，那麼他就該小心謹慎，避免彭少雄誤解他是抗爭的指揮者。

用了一些時間，趙醫生終於補好了阿巴桑的蛀牙，躺椅又坐進一個七歲的小男孩，年輕的母親正在安撫渾身發抖的這個小病患。

不久，門外走進來二個人，趙醫生由眼角的餘光中看到他們是本里的里長和一位年紀約莫三十歲的青年，他不能和他們打招呼，頗忌憚2號躺椅的少年知道這二人是診所打電話要他們來的。他馬上低下頭細心地檢查小孩的牙齒。

「裏面有二顆雙重齒，要拔掉！」趙醫生對那位年輕的母親說。

「不會痛吧？會不會流很多的血？」

「都不會。就像没事一樣。」趙醫生微微笑著說。

當他拿起鉗子時，小孩怕得發抖，趙醫生只好叫他閉著眼睛，護士也過來幫忙按著小孩的頭。

現在，趙醫生可以聽到背後2號躺椅上爆發一陣騷動。

「和我回去！」三十歲的青年壓低聲音說。

「我不回去！」少年幾近尖叫地回答。

「爲什麼要這麼做，對你有什麼好處？阿兄的面子都被丟光了。你到處惹事，我到處替你收拾。總有一天別人會說我彭清福是縱弟爲惡的人。」

「誰叫你是我哥哥！」少年坐起來說。

「你和我回去，阿兄馬上給你一萬塊。如果你願意在阿兄的工廠做工，阿兄一個月二萬伍仟塊起薪聘你，我說到做到。」

「只有一萬塊或二萬五仟塊嗎？夠嗎？拜託，哥哥，我一個人一個星期都不只花三萬塊。你不要再嚕囌好嗎？」

「你眞是畜牲！」里長光火了，他說：「你阿兄是爲你好，三番五次央求你，你從來不聽他的勸告，到底你是不是人！」

「阿舅，這兒没你的事，你不要管！」少年又大聲地說。

「這裏爲什麼没有我的事！你鬧爲什麼不去別的地方鬧，偏偏選上我這個文化里來鬧，叫我怎麼當里長？我對不起趙醫生！」

「清風，和我回去。媽一談到你就哭了，她老掛心你不工作怎麼有飯吃。」三十歲的青年聲音十分悲傷，他說：「不要再混下去，好吧？自從阿爸死後，我就力爭上游，總要別人看得起我們，你不要再和彭少雄混，他把彭厝里的大半的人都教壞了。」

「我不和彭少雄混和誰混？」少年生氣地說：「你的看法也未免令人好笑，彭少雄現在不是要就任市長了嗎？總比你成天做皮革加工好吧？我和他混有吃有喝，最重要的是『很爽』，你知道嗎？」

「眞是造孽！怎麼說都不明白。」里長震怒了，他說：「你給我聽清楚，這是文化里，我是里長，是你舅舅。你趕快離開，否則我立刻叫管區的警員帶你走。一到警察局，你就不要叫你哥哥去保你出來。」

這時，診所微亂，很多反對派的人早就站在騎樓下，一聽說有人威脅趙醫生，都走進來要看究竟。

「好，就看在阿兄的份上，我離開！」不知道是聽了勸告或是怕反對派的人多勢衆，少年站起來，戴起了墨鏡，走到診所門口，回過頭來忽然指著趙醫生說：「趙有才！你別裝蒜了，是你叫我阿兄和阿舅來的，你叫我沒面子。這筆賬以後再跟你算！」

一直到戴墨鏡的少年離開了，趙醫生才敢抬起他的頭，那位哥哥和里長馬上過來道歉，反對派的人都過來安慰他。但是，他的不安更加地深刻了。

拔了小孩的兩顆牙後，在半個鐘頭內，他又看了三個病人，他稍稍舒活了一下筋骨，略略走到診所門口向外察看。

很明顯的，市政府的大門完全被打開了，市政府的員工、黨政人員及祝賀的人潮愈來愈多，搭高的歌舞台遮住了孫中山的銅像，台上已橫向懸掛就職的慶賀布條，配合兩旁堆積如山的花環，喜氣愈來愈濃重了。

可是，騎樓的這邊，反對派的人也不少。有人把抗議的布條運來了，那種緊張的氣氛是可以感受出來的。

趙醫生眞的是失望了，這十年來，他在診所日夜地和市政府相看不厭，就是覺得市政府還勉強一天好過一天。他的父親曾當面告訴他，在終戰之初，神社這裏曾槍殺過二十幾個二二八的A市菁英，骨頭就埋在這裏，那些英靈並沒有消失，在市政府建造起來後，許多人還見過那些靈魂常常出現在高高的辦公廳窗口，趙醫生還眞的看見過有一個靈魂體就浮現在大門的玻璃窗上，引動各地的靈異雜誌社的採訪。不過近一、兩年異象不再在市政府出現，倒是半年來，他不斷發現市政府的樓頂上出現了不明的紅光飛行體，有時散開如偵察的小兵，有時匯合成一隻鳥的形狀。他查問過一些懂得五術的人，沒有人肯定地回答那是什麼？只有唐天養似乎透露過那是一種邪靈的分身，但他也沒有說明紅色光體出現在這兒的意義究竟是什麼，也許和彭少雄入主市政府有關吧！

他看一看腕錶，指針已經指出此刻是十點三十分左右，太陽昇得好高好高了。

3

涂秋月檢察官跟隨著檢察長及同事太太的車尾，驅車向著更高的半月湖行駛，在十一點十分左右，路過了石屏村。這是一個和半月湖齊名的風景區，到處都是檳榔茬花的綠葉，宿含水份的綠色闊葉泛濫整個村廓。但是最引人注目的是在村與山脈之間的小台地凸起了一扇扇的屏風狀山巖，巖上稀疏地長了一些灌木，大半的鐵紅色的壁壤都露在陽光下，頗像一塊塊的人工雕刻，使人宛如回到太古時代的原始山林世界，整片的小平地都是這種扇形的小雕刻，眞是鬼斧神工，他們停車參觀了幾個石園。

之後，他們又啓程，車子在山道急駛，在十一點半左右，進入了水蜜桃及櫻樹林的故鄉——半月湖風景區。

這是海拔一千五百公尺的一個山腰的村集，也是半月鄉的另一個行政中心。在半山腰的中心點較寬廣的坡地上，建有附屬的小農會和附屬的鄉公所，有一所高級農業學校及一所國民中學。之外就是各家的餐飲店環山而立。由這塊半山腰的台地可以望見四周圍陷在遠處的山脈，而半月湖就在脚下發出澄清透明的藍色。氣候寒冷了很多。

這裏的人大抵都以種水蜜桃和山梨爲生。果園由小村集向更高的山內延伸，斜斜的山坡幾乎都是果園，再往内山進去則是更爲幽深的森林區，有許多的人家以行獵爲副業或種香菇、金針菜、木耳爲生。

當他們進入村集時，已有許多小商店開始進出著觀光的客人。檢察長把車子停在小農會前，他曾事先給了農會的總幹事一封信，說他們準備到這裡來遊玩。

農會的總幹事大檢察長十歲，頭髮已經斑白了，有一雙骨節特大的手掌和赤褐多皺紋的臉，他是第一代入半月湖栽種水蜜桃的果農，曾經有過一段輝煌賺錢的歲月，現在隨著外國水果的進口，那段好日子已是昨日雲煙。但是山區農人的殷勤、好客的習慣一點也沒變，他早就站在農會門口等他們的到訪，當他們下車時，他忙著領著這群訪客到簡報室做了半月湖的介紹，在喝了幾杯半月湖出產的茶葉之後，他帶著檢察署的人去參觀山腰的水蜜桃園。

涂秋月檢察官在攀登一條山路的時候被勸止，三月的山路潮濕易滑，容易發生意外，總幹事指著一條山腰下的小溪說：「在這條小溪上有座吊橋，妳由剛剛停車的農會前的馬路往前走，就會遇到它，妳走過橋就是一片櫻花林，在櫻花林裏有一座聽濤樓的餐館，它建在湖區。妳先到大餐廳等我們，中午我們在那兒用餐，順便欣賞湖景。」

楊太太唯恐涂檢查官一個人前去不方便，又帶著兩個小孩由山腰下來，陪著她。不久，涂檢察官和楊太太走在馬路上，到了吊橋，他們停下來拍照，倚在橋邊眺望櫻花林及半月湖。

愈接近半月湖，她們才發現湖邊的繁榮，由於一、二十年來觀光事業的發達，沿著櫻花林這邊的湖畔早已興建了或紅或白的各種屋宇，成梯狀的地形使房屋群層層重疊，一直迤邐到達水邊，幾座寺廟甚至高踞在最臨湖邊的崖壁上，青紅的飛簷躍動光芒地出現在綠樹之中，看來頗有美感。楊太太遞了一件編織的毛衣給她，說：

「妳還是多穿一件衣服，千萬不能著涼。懷孕了就不能大意，眞該叫妳先生跟來才對。」

「他原本要來的，是我叫他不必來的。」

「妳眞是獨立，懷孕了還能單獨跑這麼遠。我先生說妳很了不起，男人也沒有妳的辦事能力。」

「那是以前的事，結婚後就差了。注意力被分散在丈夫和胎兒的身上，其實妳帶二個小孩也很累的。」

「沒辦法的，公務員的太太嘛。」

她們又聊起一陣丈夫的事。不知不覺走過了吊橋，在這之間，涂秋月又想起那通彭少雄的女人的電話，她無從猜測那女人怎麼會想告發彭少雄，如果說枕邊人都不可信的話，那麼還有什麼可信？

十一點四十分，她們穿行過櫻花林，經過了幾家溫泉、小山產店，終於走到聽濤大餐館來。這是一個由日本式的小旅館改成的餐館，中央的大廳已完全改造爲大陸式的粗大圓柱，朱紅門楣的大飯店格式，但庭前的造景藝術被保留下來。涂秋月感到腿酸，略在庭園的一顆大石頭坐了一會兒。

到水蜜桃園的檢察長和同事的太太小孩很快地趕到，農會的總幹事立即帶著他們進入大飯廳。

空曠的飯廳有三十幾張十人坐的圓桌，十分寬廣，靠窗的一邊就臨空在半月湖上。由木造的雕花窗子可以看到湖面的景致。這個湖果然佔地廣大，最少在三十甲以上，三面由山脈環抱而成，山澗的流水似乎都匯集到這兒來了。爲了調節水量，A縣的政府在湖水的出口建了四個巨型的洩洪道，湖水也被攔水大壩阻擋，終年蓄積宏大的水量，它的出口溪流往西方較低的山脈蜿蜒伸展，進入遙遠的霧光之中。時當初春，山景交互映現在湖上，巨大的天空也投下湛藍的陰影，就像在五顏六色的大自然擺設中置放了一面鏡子，加大了一倍的空間感，也加大了它的浩渺感。

涂檢察官暫時忘了她正在懷孕，她想無論如何她一定要坐著小舟在湖上遊一遭。

這時，他們預約的一張餐桌已端上第一道菜。

4

十一點左右，趙醫生走到室內去爲一個老人家找一副訂做的齒冠，之後又走了出來。

他知道太太已經帶了最小的兒子去學小提琴。這幾年來，他的太太變成了專職的家庭主婦了。十五年前剛結婚時，她的太太仍有很長的一段時間在地政事務所服務，那時他的診所收入還很微薄，太太也有自己的經濟獨立的想法，所以不敢隨便叫太太辭職。幾年以後，診所的業務忙起來了，小孩一個又一個出生，他只好商請太太辭掉工作。他的太太是頗精明的女人，靠著地政事務所裏的熟人，開始投資土地房產，賺了幾筆大錢，使他有能力支持一些政治人物。可是太太並不是對政治活動有興趣的人，她批評他好管閒事，浪費金錢。他當然只得一再向太太解釋，所持的理由是爲了小孩的將來。他說這一代的台灣人如果不自我犧牲爲下一代爭取更好的社會、政經環境，那麼下一代就會繼續受苦。可是，太太卻不如此想，她認爲台灣不好就移民國外，何必自找麻煩。有一陣子，太太著手想送小孩到加拿大去唸書，經過家人的苦勸才打消計劃。所幸三個小孩還經得起台灣苛苦的教育環境的考驗，書唸得不錯，有一位男孩是資優生。但就因爲這樣使他更不安。他還沒有盲目到看不見其他人家的小孩在受苦受難。台灣是一個殘酷的社會，只允許少數人成功，多數人一生下來就得歷經數不盡的失敗的折磨。成功的人也並不是努力得來的，大抵還得看身家背景以及比別人更凶殘的意志、手段而達成。正因爲這一點才使他更勤奮幫忙改革派的政治人物，他只能暗中對太太抱歉。

他一面想著，就又回到診椅來。

這位老先生的蛀牙洞穴太大，用塡充的方法也無法修復。在幾天前他答應爲老先生加齒冠。通常他慣用陶質做的冠，這不是一件好做的事，他自己沒有塡空窖，也沒有多餘的時間去製作，必須花錢請技師幫忙，成本很高。好不容易地，他央人製造好了陶冠，老先生卻來電話說要金冠。打從鑲牙技術被引進台灣後，伴隨台灣的拜金主義，一做牙齒就非要金質不可，一口閃爍著金光的牙齒非但淡化了牙齒不健康的惡名，反而提高了社會的身價，但是金冠牙齒的後果實在重大無比，既不衛生又花錢。他連續打了幾通的電話給老先生，想和他溝通，老先生執意非要金冠不可，並且威脅趙醫生說他要到別家診所去求治。趙醫生只好打電話給他的兒子，希望他的兒子能從旁勸告。所幸年輕人較能懂醫學常識，今天就陪老先生到診所。

「醫生說的才是對的，就照醫生的意思做吧。」身爲兒子的這個年輕人把老人家扶上診椅。

「我也知道趙醫生是專家啦，不過同年都叫我鑲金牙嘛！」

「阿爸朋友的想法過時了呀！趙醫生不是故意違背你們的意思，實在是爲了您的健康著想。以後您還要仰賴趙醫生的指導才會更康健的啊！」年輕人半哄著老人家。

「嗯嗯，阿爸不懂這些，我聽你的。」

老先生斜躺在椅上，趙醫生開始爲他鑲牙。

這時，診所的外頭來了更多的市民。更密集的騎樓下的人群不時傳來呼叫聲和奔跑聲。

十幾分鐘後，趙醫生走到門口察看。

在騎樓下密集的人群中，被槍殺的林繼德的遺族出現了。他們穿著白色的孝服一字排開在騎樓下的路邊，由前任的市政府祕書領頭兀立。場面不能說不緊張。

但是也有一隊穿黑色西裝，戴墨鏡的青年站在騎樓對面市政府廣場前，他們也靜靜地佇立，並盯著診所這邊瞧看。有一個身高一八〇公分左右、光頭的、額上有明顯刀疤痕跡的青年聽著手中的大哥大。他的晒黑的皮膚、強壯的臂膀及束緊的褲筒使他看來如特戰部隊的士兵。當趙醫生看到這個人的時候，立即感到魂飛魄散，這個人就是在選戰時擄走他和許耀東的人。

趙醫生記得那時正是緊張的候選人登記日。由於十餘年來風起雲湧的政治抗爭，禁忌被突破，使得三十歲左右的青年參政者在A市日漸增多，趙醫生相當看好許耀東這個青年。他是師範學校出身，在國小任教多年，因爲不滿K·M·T的外交孤立政策及選舉舞弊行徑，很早就投入政治運動，並參選前一屆的縣議員，雖然沒有辦法一下就選上，卻慢慢吸引了年輕的選票，趙醫生立即支持他。

在尚未正式登記爲候選人之前，他們已經跑遍了全市三分之一的住戶向大家致意表明參選。情況顯示，他們會獲得大半反K·M·T的選票，如果K·M·T的林繼德和彭少雄相互廝殺，那麼許耀東有可能在亂軍中獲勝，知道內情的人甚至提早來恭賀許耀東的當選。但他們慢慢地接到了一通又一通的神祕電話，警告他們不准在南區做拜會活動，尤其不得涉入彭厝里做任何有關選舉的行爲。在登記日將屆的時候，許耀東的家人接到郵局寄來的包裹，裏面有一隻被槍殺的貓，在血肉模糊中夾了幾顆的子彈，並且附塞了一大堆的金紙銀紙。隨後又有一封信，恐嚇許耀東不可以去辦理登記。

不畏強樑的許耀東和他不吃這一套，像這種下三濫的恐嚇在地方的選舉如同家常便飯。甚至在選戰時用槍攻擊候選人的車座也不是新鮮事，他們並不害怕，只覺得生氣。不過這種卑劣的行徑也顯示許耀東有了威脅某候選人的選戰實力。

十二月二十八日，登記日的第一天，他們準備在下午四點三十分去辦好登記。因爲登記的地點就是診所對面的市政府，他們感到事情的進展很順利，沒有再注意恐嚇的電話，更沒有看到連續好幾天在市政府前不斷出現的身穿黑西裝的青年。當四點三十分，他們雙雙由診所門口橫越馬路走到市府前的花園時，立即被四個穿黑西裝的年青人挾持住了。挾住他們的青年手上都有槍，表示要他們做一趟長途的旅行。

四個青年把他們按進市府邊一輛廂型車內，在他們的頭上戴了紙袋，反手銬住了他們，要他們趴在車底，之後，四個青年中的一個發動車子，朝著無法分辨的路途急馳而去。

車子開出去之初似乎故意彎彎曲曲地走，使他們失去了特定地點的察覺，好幾次好像又繞回市政府。有一次似乎停在大竹林內，因爲有一陣陣被砍伐下來的那種竹子的青臊味鑽入車內，只是他不知道是那兒的竹林。

第一次，趙醫生想及生命的危險，他的精神立即緊張起來。不過理智告訴他不要輕舉妄動，許耀東曾和那幾個人發生口角，那幾個人冷笑地罵許耀東說：「馬上你就不會再說話了！」

之後，車子在一條又一條大路奔跑起來，很少停下來，大概有一次是到了一個市集裏面，因爲那兒叫賣聲鼎沸，有一個青年下車去買飲料，但並沒有給他們二人喝，之後又上路。

如此，最少走了四個鐘頭，他匍匐在車底的身子酸痛不堪，反銬的雙腕雙臂痲木了，血壓升高，頭暈想吐。他不知道這批歹徒究竟要載他們再走多久。

終於，經過無數條起伏不平的小路後，車子停了下來，他們不約而同地聽到了一陣又一陣的潮聲，而後，那幾個人允許他們坐了起來，並且拿掉他們的頭上的紙袋，趙醫生慌張地往車窗外看，四周一片的黑夜，他們正置身在一條木麻黃的鄉下小路上，只有一兩户人家在右邊廣大的魚塭區裏亮著燈，右邊遙遠的地方似乎是海面，因爲有些漁船的燈明滅閃爍。他知道他們在海邊，可惜不知道是那個海邊。

歹徒中有二個人走到魚塭裏的人家去，二十分鐘後又回來，換另外的二個人走，回來時帶了二瓶米酒和小菜。他們打開了手銬，要許耀東和他進食。趙醫生沒有食慾，沮喪地坐著；許耀東喝了半瓶米酒。之後他們又被反銬、戴紙袋，伏在車底，又上路了。趙醫生記得他曾看腕錶，那時已是晚間八點三十分左右。

接著差不多有二個鐘頭，他們都在崎嶇的小路行駛。趙醫生直覺地感到他們是朝向了鬼門關在前進。

車子又停了，這次他們聞到了一股巨大的腐爛的味道。

他們又被允許坐直身子，然後車門打開，就像是二團廢物一樣，他們被推下車來。這當他們的紙袋被取下來時，四周更是黑暗，但他們赫然發現置身在一處大垃圾場中。這時已經是夜晚的十一點，天上沒有一顆星，十二月的冬風慘烈，凍得人直發抖，他們宛若被遺棄在地獄裏。

這個垃圾場很大。他們正置身在場中的小路上，兩邊都是堆積如山的垃圾，報廢的各種傢俱、廢鐵、木板、紙箱、玻璃、塑膠……層層堆疊，在冷天裏還不斷地冒出氣味，有推土機站在垃圾堆的上頭，趙醫生無法看清這個垃圾山到底延廣有多大。而歹徒似乎也不願讓他們有觀察的時間。

他們感到氣餒，又感到憤怒。

「你們到底要幹什麼？」許耀東大聲地問那四個人。

「不做什麼。」四個歹徒中的一個光頭的高個子說：「我們要殺掉你們二個！」

說完，那個光頭的高個子在西裝裏掏一把手槍出來，又從口袋掏了一個彈匣，上了膛。

趙醫生在黑暗中嚇得發抖。

「好歹說個殺我們的理由。」許耀東還能叫著說。

「你的話等於白說，等一下你就沒命了。我們殺人沒有理由，不喜歡的人我們就殺他。」高個子的人暗中冷冷地說：「退到垃圾堆邊去，靠在那兒。」

當中的一個歹徒把一支手電筒打亮，照在一處堆著破輪胎和罐頭的地方。

「殺人是要償命的。」許耀東說話的聲音有些抖動，他說：「你們開了槍就難逃刑責。」

但是他們還是退到手電筒所照的地方。

趙醫生意識到不幸就要降臨，大腦瞬間閃過自己的家人——父母、妻子、小孩的面容，他失去了控制，脚一直要軟跌下去。

高個子站了一會，似乎在等什麼，垃圾場沒有人說話了，只有北風掠過垃圾場的呼呼聲。不久，大個子的大哥大響了，他聽了一陣，不斷嗯嗯地應著。後又放下大哥大，向他們跨前了兩步，突然兩手舉槍，朝他們瞄準。

「碰！」一聲，槍響了，接著又兩槍，子彈打中了垃圾堆的空罐頭，引發了一陣罐頭的亂響。

趙醫生以爲自己中彈了，雙脚失去控制，跪地不起，尿液不由自主地滲出來，把褲子都打濕了，他陷入了半昏迷中。當三個青年歹徒走過來把他提高起來時，他才覺得他没死。不相信自己還活著的他一直看著自己的身子，忽然竟至於號啕大哭了。

許耀東也一樣，他癱坐在另一邊，渾身軟綿綿。

歹徒又把他們弄進車裏。

「算你們命大，我們老大臨時改變主意不殺你，但是下一次就不會改變主意了。」高個子的那個人站在車門外說：「我們再一次地警告你們，不准去辦登記，凡是和彭少雄競選的人就不會有好下場！」

車子前燈打亮了，在暈黃的光線下，趙醫生略爲看清了大個子的臉，那是一幅堅硬、顴骨高聳的大塊骨頭的長臉，就像永不崩解的石塊，刀疤深而長地沿著額頭斜劈到鼻子，粗大的眉令人不寒而慄。

他們又被戴了紙袋，雙手反銬，臉貼車底，車子駛離了垃圾場。

直到半夜，他們被釋放下車，除掉了紙袋，他們發現是在高雄縣鄉下的車站。

第二天，他們搭車回A市，放棄了登記。

太太知道了這件事，把家族的人都找來。父親大爲震怒，建議他向警方報案，但連續幾天，他又接到了神祕電話，警告他不能報案，否則將殺掉他的所有家人，許耀東的情況也一樣。於是，他們只能噤若寒蟬，不敢向外界透露任何被挾持的消息。

那陣子，他整整把診所關了半個月，惟恐家人也遭到劫持，他甚至帶了妻子、小孩避居到一個鄉下，之後雖又回來，但是每天他都從噩夢中驚醒，一一檢查家裏老少，確定一切平安，才又睡覺；白天則習慣性地走到門口來窺探外面，惟恐歹徒又來了。

一直到選舉完畢，彭少雄確定當選，他才鬆一口氣。

這件事，把他從政治夢想中喚醒過來，使得他必須重新估量台灣的社會現實，他不再樂觀了。

今天彭少雄的就職餐會不論發生什麼事，他絕對不能被捲到裏面去。

趙醫生看了遠處站立的那位曾威脅他生命的人幾眼，再也不敢看下去，他走回診療室，繼續爲人治療牙病。這是一個很漂亮的小姐，有著堅挺的乳房，使他的注意力很容易地被收回來幾分鐘。

十二點正，鞭炮聲大作，馬路的人群十分洶湧，所有的人都湧向市政府前的餐桌，午餐開動了，歌舞康樂大隊演奏起一首揭幕音樂，慶祝大會已經開始。

5

涂秋月檢察官是最後一位放不下筷子的人。聽濤樓在十一點四十分就上菜，有炸蚵、蔥油魚、、湖南牛肉羹、鵝肉、清燉雞、甘貝、冬筍、鰻魚、牛排、鹹菜豬肚、高麗菜、空心菜、味噌火鍋……還有特別熬給她的雞汁。最先搶著吃的人是同事的那批小孩，把汽水都喝光了。再來的是檢察長和農會總幹事向太太們的敬酒。由於懷孕以來，她害喜的情況幾乎沒有，小孩的發育特別快，她的胃口常由於胎兒的需要做改變，不知不覺中，她總會突然愛吃某種肉類或蔬菜，禁忌不見了，總之視情況胡亂地吃東西。因此在餐桌上她似乎是已來者不拒。

差不多到了十二點半，她才離開餐桌。和同事的太太走到東邊台階下更接近湖面的觀水廳來喝茶。又是一個偌大的大陸式的客廳。楹柱交橫，大紅大紫，挑高的刻荷鑲金大天花板，木桌木椅彩繪鴛鴦池塘風景。小孩子一窩蜂地堆疊在沙發上看電視，大人們一桌桌對坐著喝茶。窗外的湖水十分碧藍，倒映長空山色。

檢察長提議划船去遊湖，再回來洗溫泉澡。

天氣好極了，他們一行人攜家帶眷走出觀水廳，沿著石階而下，就是船筏的出借處。這裏有個鐵架搭高的藍色玻璃屋，裏面有售票的小姐在辦理船筏的租借。巨大的字寫在玻璃上：彭許林船舶出租行。

現在他們就站在湖邊，更可以感受到湖的碧綠與廣大。聳立在湖邊的三面山脈更加高聳。剛才他們吃飯的聽濤樓就聳立在崖端上，露出了顏彩鮮明的飛簷，和陽光相互反射映照。在山脈之下的湖邊大半湖樹成蔭，有人把船划到樹蔭下休息。更有人撐著長篙，一逕往水壩那兒划去。

帶小孩的太太們共同租了遊艇，準備出發。檢察長、總幹事和她各雇了划的小舟，準備到湖上自由地划一遭。

她雇的是一艘長篙的小舟，可以將她載到水壩那兒去看究竟。

船伕來了。本來她以爲可能是一個老人家，因爲他戴著斗笠，穿一件褐色的夾克，身子有些佝僂地走出玻璃屋。但等他上了小舟，仰起頭，出乎意料之外，是一個身體略顯單薄的十七、八歲的青少年。

「歡迎小姐搭我們的船。」

那個少年把篙一撐，小舟駛離岸上，向著湖面而去。

檢察長和總幹事本來也雇小舟在相距不遠的地方並行，但不久，檢察長示意要離開，涂秋月站著向他們揮手，身子晃了一下。

「妳坐好，不要站起來！」那個少年說：「我在這家公司服務兩年了，撐船很有經驗，妳不必擔心，等一下我再爲妳介紹這裏的風景。」

那個少年對她笑了笑。

她也笑了起來。

的確，這個少年很熟稔地撐篙，船十分平穩。只是她發現這個少年長相很特殊，大概有一七〇公分左右，臉有些枯黃、削瘦，一雙帶著血絲失眠的大眼睛，牙齒因爲嚼檳榔的緣故黑了，但嘴唇卻是紅的。

他們先靠著聽濤樓這邊的山脈划著，山頂上的櫻花正熱烈地開放著，花瓣甚至飄落到水面來。

在離開聽濤樓差不多有二百公尺的一片山壁，壁面古老光滑，有一些類似原住民的雕刻被浮雕在上面，岩壁邊有一條石階小道，已經荒廢，在石階的最底端浸入了湖水之中，有個牌子豎立在石階邊，寫著：「禁釣！禁網！」

「這是怎麼回事？」涂檢察官問著。

「這是從前山地人到湖底捕魚的山路。」撐篙的少年說：「聽說在未設水壩前，山上有一個小番社，當時半月湖的水位很淺，番民可以到湖底撈魚，建壩之後，他們仍來。但是湖泊管理單位爲了保住湖底的魚資源，就禁釣禁網。現在小番社固然遷走了，但偶而仍有人常到湖邊偷釣，立了這個牌子也等於多餘。不瞞您說，我們常偷釣湖裏的魚，賣給餐廳，這裏盛產鱸魚，說不定您剛吃的魚就是我們釣來的。」

「釣魚被抓到了怎麼處罰？」

「不可能處罰啦！大家都很熟嘛。頂多被訓一頓，釣具被沒收而已。」

小船向著水壩方向走，過了幾塊岩壁，有一縷的白煙在山上升起來，向著天空蒸發，之後形成一片雲，沿著山際飄飛，有些居然飄向水壩來，低空掠過湖面。

「那是有名的溫泉區的蒸氣。在聽濤樓那邊是已開發的溫泉，但岩壁這邊則尚未開發。這邊的溫泉比聽濤樓那邊好多了，是屬於青磺泉這一類的，溫度高，八十五度左右，可以治風濕症和神經痛。我們在幾個坑上偷偷搭了寮子，帶客人去洗澡，賺了一些錢。」

「你們這種行爲也是非法的。」涂檢察官很不習慣聽到這種犯法的事，何況對方只是十七、八歲，她說：「犯法是不對的，不過我猜你們被抓到又是不處罰，對吧？」

「當然不處罰，事實上他們自知慚愧，所以裝著没看見。」臉面枯黃的這個少年去口袋裏尋出一包檳榔，嚼了起來，他把篙撐快了，說：「在這個社會上，只要是爲了錢誰不犯法？任何想處罰我們的人，他們也犯法。」

「你的話很有趣。」涂檢察官摸一摸肚子裏正動著的胎兒，想到未來的自己的兒子是否也會有這種看法，她說：「你眞的這麼想嗎？是你的經驗，還是大人告訴你的？」

「大人先那樣告訴我們的，後來我們在社會上驗證的結果就是如此。」少年淡淡地笑著，眼睛仍帶著睡眠不足的血絲說：「再過去一點，靠近大壩邊的山頂上有一棟寺廟，妳仔細瞧瞧，櫻花幾乎蓋住了那座建築，那是有名的半月湖的臨濟寺。聽說二十年前有一對受了愛情阻擾的情侶由平地到這兒來投水自盡，女的死了，男的倒被救起。之後男的就皈依佛門，在這裡建了這座廟。聽說這件事情在當時很轟動，不知吸引了多少情侶爬上石階去那兒參拜，直到今日依然香火不斷。但是也有人認爲這是假的，純粹是爲了生意才揑造出的殉情事件。」

「你認爲是眞的還是假的？」涂檢察官突然對眼前這個少年感到興趣。她很想瞭解現代的少年對這個世界的信任度，她說：「你的看法才是重要的。」

「我嗎？請恕我直話直說，我認爲這件事是假的。」少年的檳榔吃得起勁，他說：「瘋子才會信以爲眞。那種日進斗金，香火鼎盛的寺廟如果還有什麼是眞的，太陽都可以從西邊升上來。有一次我和公司的弟兄去拜訪寺廟，那裏的和尚裝得很清高，不願接待我們。我開他們玩笑，說我要到寺廟後面跳湖殉情。妳猜他們有什麼反應？答案是：他們什麼反應也沒有。我眞的當著他們的面走到懸崖邊，眞的就跳下去了，但他們理都不理我。事實上，我跳下去當然沒事，游泳是我的本行。但是他們的冷漠惹火了我。不久前，我們二度去寺廟，我說了一個謊話，說我要捐給寺廟二十萬元台幣，結果消息很快傳到殉情的大和尚那兒。他馬上召見我，親切得不得了，又是爲我舉行三皈依禮，又是叫我受戒，又是給我一張施主證。後來我受不了，告訴他們這一切都是假的，我一毛錢也沒有。和尚們很生氣，告到公司經理那兒，和我們吵一架，妳說好笑嗎？」

「眞是荒謬！」涂檢察官笑起來，說：「你們眞敢惡作劇。」

「這沒什麼！」少年把竹篙撐到壩邊，說：「凡是在這個社會上愈正經的，就愈應該給他們玩笑，他們不但犯法詐財，竟還敢宣稱是我的導師呢！」

這個水壩果然氣勢恢宏，四個水閘斜斜伸入溪底，由這邊看過去，溪水甚淺，深深的溪底怪石嶙峋，有些石頭宛如鬼斧神工，在崎嶇不平地方沿溪散置。溪流則蜿蜒向著遠方，消失在群山之中，如果這裏洩洪的話必是景象萬千。

「這個水壩很大，不知道是怎麼修築的？」

「聽說先丟萬噸的石粽，擋了溪水，用極快的速度築成的。」少年用竹篙測測水深給他看，眞是深不見底，他說：「近壩這邊最深，魚在這一帶最多，底層有更多的魚。」

「阿弟，你是哪裏人？」涂檢察官很想認識眼前這個少年。

「我是A市的人。」少年笑了起來，又換了一口檳榔，說：「妳知道我是哪裏人對妳並沒有好處，事實上我是彭厝里的人。」

「你姓彭？」涂檢察官吃了一驚，說：「你在這兒工作待遇好吧？爲什麼要在這兒工作？」

「我不想待遇好，也不想去別的地方工作，彭少雄叫我去那兒我就去那兒。」

「爲什麼要跟隨彭少雄？」涂檢察官說：「他那麼好嗎？」

「還不錯呀！」少年說：「他對弟兄都很好，能擋住很多事情，我們很佩服他。」

「比如說？」涂檢察官問著。

「妳眞的要聽嗎？」

「是呀，你說一說。」

「好吧，我隨便說好了。我以另一同伴爲例來說彭少雄吧。這種事我不常說，算妳有耳福。」少年慢慢地撐著篙子，划向桃樹生長的另一個山壁，他說：「我有一位朋友，我們姑且叫他阿立吧。在國中時，阿立並不是一位好學生。所謂不是好學生，在我們的觀念上一定以爲他很會惹事生非，功課不佳的學生，但這種觀念太籠統。事實上，本來他不是。剛開始在國一，他只是無法名列前茅罷了，大概第十名左右。在國二時，學校開始能力分班，把每班前七名的同學編入A段班，將來考省立高中。其他的學生都是B段班，或就業或考職工學校。阿立當然被編入B段班。由於校方對B段班不重視，因此大家開始混。阿立本來覺得他應該唸省立高中才對，但現在這條路絕了，反正若要唸職工學校，不必考試也能進去。他就跟著大夥玩。通常都和一群愛打牌、抽菸、喝酒的同學攬在一起，晚上甚至都不回家睡覺，白天則翻牆進學校上課。到國三時，學校爲了便於管理，又在B段班編出四班的特別班，叫做C段班，一般人都叫做放牛班。阿立順其自然地被編進去。那時他就背著家人、老師吃安非他命。有一次學校大檢舉，揚言要送他們一夥吃安非他命的人去警局。阿立不服氣，苦求校方不要這麼絕情，但校方不聽，他終於被警方拘留做了記錄。回校後，他一怒之下，以一支開山刀砍殺校長以下的訓導人員及輔導人員，使多人受傷。這件事使阿立幾乎被起訴，幸好彭少雄出面化解了這件事。畢業之後，阿立曾加入一個少年的飆車殺人隊，就是利用黑夜和一批少年覆了面，騎了摩托車，手拿刀子，呼嘯地追殺夜行人，純粹只是爲了發洩不滿的情緒。這件事鬧得很大，不久有一位同伴被抓，供出了阿立的名字，彭少雄又幫他擺脫刑責，之後阿立就完全跟定了彭少雄。有一陣子，阿立和A市的市場幫有過節，發生了火拼，市場幫的人抓住他向彭少雄問罪，彭少雄沒有責備阿立，反而當場開了筵席向林刀老大賠罪，其實彭少雄心底是看不起林刀的。彭少雄是民意代表，能力很高，他甚至有許多神蹟，精通奇門遁甲，私下和菲律賓一位省長關係很好，最近甚至由菲律賓運來幾隻的紅鳥，只有高貴的人才能養那麼美麗的鳥。但是，只爲了阿立，他就可以向人低聲下氣，這種大哥哪裏找得到。阿立是眞心地跟定了他。」

「彭少雄的確有一套。」

「因此，就在筵席結束時，阿立當著大家的面，拿了刀子把自己的尾指砍下來，拿給彭少雄，他說他立志要爲彭少雄做一件拼命的事，以報答彭少雄這幾年來的呵護和栽培。」

「後來呢？」

「後來他被彭少雄派到半月湖這兒來，在船舶行工作，彭少雄是這家船舶行的股東之一。」

「那麼阿立替彭少雄做了什麼拼命的事呢？」

少年不答話。臉面變得很凝肅，他慢慢把小舟划向湖心來。涂檢察官感到氣氛有些怪異，説：

「你爲什麼不説話？」

小舟終於來到湖的中心，少年忽然把斗笠丟到水裏，指著她説：

「你就是涂檢察官，呵！我已經等妳很久了。妳的反應也未免太遲鈍了，我的故事説完了，妳還沒有發現我是誰。」

「你是誰？」涂檢察官感到大事不妙，有一股殺機忽然逼臨在四周，她本能地大叫説：「你要做什麼？」

「我就是阿立。」少年揚起他缺了尾指的左手説：「我説我要爲彭少雄做一件拼命的事，消滅妳就是我要做的事。妳一直在追查彭少雄的選舉謀殺案，我注意妳很久了。妳在學校學過游泳嗎？」

「沒有。」涂檢察官緊張而失望地回答，但沒有時間補充説她曾跟父親在環山溪流學過自由式及仰泳的技術。

「那麼妳聽天由命吧！」少年突然擲掉長篙，用力踏向船邊，大聲說：「妳死吧！」

小舟整個都翻過來了。

涂檢察官立即坐姿不穩，跌入湖中。三月的湖水十分寒冷，她先感到一陣猝不及防的冷意浸透全身，跟著水淹過來，而後她直沈湖底，耳邊立即響起盈耳的水聲，她喝了幾口水，但馬上踢開了雙腿，把平底孕婦鞋踢掉，雙手向上划，她的腹部似乎有一股胎兒的浮力，很容易地浮起了她。到了水面，她翻過身，使自己仰首向上，暫時浮於水上。那少年比她更善於游泳，在一會兒的時間已游上水壩，朝著一邊山崖的小路逃走了。

掙扎了一陣，一艘游艇向她靠近，幾個遊客丟繩子給她，協助她登了船。她穿著孕婦裝，冷得發抖。

十分鐘後，所有的人把她扶到聽濤樓的溫泉屋來泡熱水。她大夢初醒，到這時她才想起這幾天她事實上已陷入一片的險境，她第一個念頭想起少年說的紅鳥及早上停在屋頂上的紅色老鷹及她在等待的錄音帶。

她迅速離開溫泉屋，立即打電話給丈夫，叫他今夜絕對不要回到法院後面的家。

6

趙醫生繼續爲一個婦女架了齒橋，時間已是十二點三十分，他特別再延長幾分鐘的診治時間爲一個熟悉的朋友裝假牙，其他的病患則請他們下午再來。

這時街道已經傳來一片酒菜的腥味，杯盤的碰撞聲及類似潮水的談笑聲已攻佔了整個街道。市政府前的大舞台上，女歌手打扮宛如孔雀，伴舞的女郎舒展象牙般的光滑胴體，幾乎三點全露，樂隊正演奏一首「鴛鴦蝴蝶夢」，柔柔的音樂聲飄向每一個人家的住戶，是典型的牛肉場歌舞秀。

這位前來求診的朋友是隔壁超級市場的老闆，年紀雖只有三十八歲，但卻需要裝上全副假牙，他的病例令人發噱。這位老闆說他的牙齒在三十八歲前掉光是一種天運。他曾找過算命師替他算過牙齒的命，結果命盤顯示他的巨門星暗淡又化忌，又正巧落在疾厄宮，是極壞的牙齒運。那時他的牙齒已經快蛀光了，剩下的三、兩顆也朝不保夕，於是乾脆叫醫生通通拔掉，裝了假牙。可是霉運並沒有結束，之後每隔一、兩個月，他的假牙就要遺失一次。到現在最少拿過二十副假牙！他說牙齒是他永遠的痛。

原來，這位仁兄在幼年時是寄養在祖父母老家，父母親則在遠方工作。自日本時代以來，老一輩的人一向過著缺糖的日子，因此在照顧這個孫子時，爲了使他高興，特別買了一罐又一罐的糖哄他吃。從一歲開始，他就不斷地大把大把地吃糖，到七歲時回到父母身邊，牙齒及牙齦幾乎都破壞殆盡了。他又怕看醫生，總是忍無可忍才到診所求治，平時也不知道該如何維護牙齒。二十五歲就裝局部假牙，但是局部假牙又拉扯掉健康的牙齒，最後當然就所剩無幾，滿口無牙對他來說是正常的。

「我一向很忙。」有一次這位超級市場的老闆說：「一忙就常掉假牙，好幾次都掉在超市的貨物堆裏，有時則掉在客人的菜籃子裏被帶走。最慘的是不久前去中國大陸旅行，在行經江浙的路上，遇到了攔路的山寇，大家怕得擠成一團，手錶、項鍊、行李都被搶了，我的假牙放在行李中也被帶走，於是行程中無法進食，只好喝稀飯及牛奶之類的流質裹腹，一趟旅行回台後，足足瘦了七、八公斤。」

趙醫生一面安慰他，一面要他用藥水漱口，拿了假牙給他試戴。

這時酒宴起了大騷動，酒席上的人都走出篷子到外面來，趙醫生被好奇心驅使，忘了禁忌，和診所的人員都走到門口來察看。

原來是馬路那端慢慢駛來十輛左右的白色吉普車及幾匹高頭大馬。上頭坐滿了黨政要員和黑西裝的少年，彭少雄當然在最前頭，但最奇怪的是隊伍後面有一輛小貨車，上面顯然載了幾個鐵籠子，外頭用黑紗布蓋住，差不多有一公尺半高，沒有人可以猜中那裡頭是什麼。

當隊伍行經診所這邊的騎樓下，穿著孝服的林繼德遺族及反對派的人士大嘩，有人好像要惹事，警察立即過來維持秩序。

一會兒，彭少雄抵達市政府門口了。歌舞團的歌手即刻退場，彭少雄被人簇擁地站上舞台，十幾個穿黑西裝的少年立刻站在他身邊。

大街立刻鴉雀無聲。

彭少雄今天穿了完全紅色的西裝上衣，白顏色的西裝褲，腰間掛著紅色的錶鍊，臉上抹了脂粉，白中透紅，異常秀麗，由診所這邊看過去，他神采奕奕。

答謝的話立即由擴音器傳播出來，無非是說明他今後的施政重點，包括開發山坡地、整修市容、開放水源地的別墅建造云云。

這時，林繼德的遺族和反對派的人士有所行動了，他們排開了一字隊伍，拉著布條，越過馬路，越過市府前園圃，脚步整齊，把白色的布條展示在歌舞台之下，聲明追究選舉槍擊案的眞兇及工程透明化等等意見。

有人衝上歌舞台和彭少雄的手下發生拉扯，但一會兒又告平靜。

十分鐘後，彭少雄演説結束。

掌聲在各處響動不停，接著是黨政要員的簡短的讚美和祝賀。

十二點四十分，餐會已近尾聲，這時有幾個人把小貨車運載來的籠子抬到歌舞台上面來。K．M．T地方黨部的主委上台了，他向所有赴宴的人表示感謝參加宴會，並談到黨的政策完全跟得上時代的潮流，如今政治正值年輕化，一代新人換舊人，黨方完全肯定彭少雄這麼年輕的人入主市政府，他將帶給A市全新的感受。最後他談起彭少雄的傑出經歷和愛心，説：

「彭少雄不止一次讓我感受到他的美好。很少有人像他一樣看遍世界的各種現代的建設和景觀，他似乎旅行到很多地方。由於閱歷的寬廣，他也和所有的台灣人一樣，喜愛著各種珍禽異獸，常能愛人不能愛，養人不敢養。今天適逢就職日，爲了與所有與宴的人把歡同樂，他特別展示一種剛從異國買回的新鳥類，能看到這種鳥類的人必能健康多福壽。這是市長給市民的最佳的見面禮。」

説到這裡，黨部主委叫人把籠子上的黑布掀掉。所有街道的人立即掀騰起來，在三個籠子裏分別蹲伏著如幼熊一般大小的壯胖的飛禽，渾身血紅，在三月的陽光下發出紅瑪瑙一般的透明光芒。

趙醫生微微吃驚，他不知道這是什麼樣的一種新的動物。

歌舞台上的黨部主委又說：

「各位，這就是世界上極罕見的血色蝙蝠，只有彭少雄這種抱持著生命界大愛的人才得以豢養牠。但是他已決定在台灣大量地繁殖牠們，由他新開闢的後山遊樂區開始培養，慢慢讓牠進入A市的每家的客廳，再飛翔於台灣的上空，甚至是展翅在總統府廣場上，他將要建議李登輝總統也豢養一隻。」

彭少雄走過去，把三個籠子的門都打開，那三隻鮮活有力的血色蝙蝠飛出籠子，飛在街道，如三道流動的晶瑩的血光；之後在街道遠方折返回來，又在市政府廣場前繞飛三匝，撲翅落在三個籠子上。

大街立即歡聲雷動。

這時街道那邊也駛進了一輛裕隆車，在市府廣場的外邊停了車，走下三個人。趙醫生看到他們分別一個是白髮蒼蒼的老人，一個是綁著馬尾的年輕人，一個是他熟悉的禿了大半頭髮的高瘦的唐天養。他們站在那裏，眼睛盯著歌舞台上的血色蝙蝠。

「那位老人家的白髮眞漂亮，白得發亮，眞像畫像中的聖徒。」趙醫生問著站在診所大門觀看的人說：「不知道他是那裏的人？」

「我知道他是誰。」實習醫生洪明亮說：「那是貓羅山村佈道所的薛傳道，我們平地的教會人士都叫他貓羅山的薛以利亞。」

蝙蝠巢穴

1

這是貓羅山的薛以利亞失蹤後的第二個禮拜日。二十歲的青蒼高瘦的佈道所助手阿星起得特別早。七點正他一骨碌從二樓的大通鋪爬起身來，由於夢境仍纏繞不去，他感到彷彿仍置身在紅色光芒的大巢穴中。不過他清醒得很快，他先在自己的四肢做了簡單的敲打按摩，起身走到盥洗室，用冷水往臉上抹一抹，刷了牙，帶了一桶水，走回通鋪，把昨夜使用的棉被疊好，和枕頭放入壁間的木櫃，用水把二十個木板鋪位擦拭一遍。這時窗外的陽光照了進來，他首先聞到了茶園飄來的淡香，就看到鳥兒在窗外的湖邊樹上飛躍，三月下旬，不知名的花兒點點開放。他趕快穿了一件紅黑線條細方格子的長袖絨衣，白色卡其褲，套上運動鞋，把長髮綁成馬尾，用快捷的脚步下了木板樓梯。

這是他第一次主持的禮拜日聚會。

從昨夜起他的心情就顯得不穩定，除了不習慣於接手薛以利亞的工作外，他也有了離開貓羅山的想法，今天晚上他的父母和大學的師友將到山上來找他，說不定他就眞的下山了。他没辦法短暫擺脱對於薛以利亞的依賴，上山一年了，薛以利亞對他照顧有加，他很難在失去薛以利亞之後能獨立行事，尤其他不知道要如何扛起薛以利亞失蹤的責任。尚稱幸運的是，貓羅村的村民都很體諒這件事，他們認爲薛以利亞的失蹤和阿星無關。貓羅村人純粹相信薛傳道是昇天了，既不是什麼神祕不可解的事，更不是遭逢不測。

這是因爲一星期之前，薛以利亞即將離開貓羅村前，曾在佈道所對所有的教友說：「我就要出門遠行一趟了，大概要和大家告別了；不是死亡，而是永生；不是朝著陰冷的地方而去，而是奔向火與靈的家邦。阿星隨我下山，不過他會很快地回來照顧你們，你們可以依賴他。」薛以利亞說完，就留下一封密函給身爲長老的村長；之後阿星就隨著薛以利亞下山了。村裏的人都把薛以利亞的話當眞，將近半個世紀以來，薛以利亞從不亂開玩笑，所說的話大半出於眞誠，所以那天的佈道所竟然悄悄地籠罩在一種離別的愁緒中，有人早就猜中薛以利亞就要昇天了。

阿星回想村人信任態度恰好和警方的懷疑態度成了對比。他憶起一星期之前，他和唐天養去警局報案時，當阿星說：「那個山谷中留下了A市失蹤的火車站，我們走出車站，在山谷中睡了一覺，在近午的時候，我們醒來，薛以利亞在大石上說他要昇天了。有一道很亮的光在雲層中出現，而後薛以利亞整個人好像被提昇上去，他衣袂飄飄，消失在群山之上的蒼穹了，一點痕跡也沒留下。」警局的人一聽都笑起來了，他們笑得很厲害，當中有一個警員陰沈著臉，說：「你們撒謊！我們要拘捕你們兩位。」唐天養站起來抗辯，於是警員們又變得十分狐疑不定，一直鬧了一天一夜，沒有辦法做筆錄。一直到村長送來了薛以利亞留下的遺書，警方才在筆錄上做了總結：「薛姓傳道在山中自動脱隊迷失。」當阿星和唐天養走出警局時，警方告誡他們說：「如果他回來了，你們一定要來銷案，知道嗎？」但是阿星和唐天養知道薛以利亞再也不會回來了。

村長得知阿星想要離開貓羅村的心意，立刻跑來協調。村長已近六十歲，山地人，半世紀來他就是緊緊地信靠貓羅山佈道所成長的信徒，這個佈道所是他的生活的一部份。村長說佈道所若是缺了聖靈恩賜的人主持一定會垮掉，況且村莊年紀大的人愈來愈多，對佈道所的依賴日益加重，無論如何阿星都必須在這兒待下去。他們願意和阿星分擔一切的工作，所有的活動仍維持薛以利亞在世時的舊樣。

可是，阿星卻不太有信心，自從他避居到貓羅山佈道所之後，雖然日常的活動，包括掌廚、洒掃、會客、聚會，甚至解釋教義，他都做，也做得不錯。但是有一種最爲深奧的事他卻只懂皮毛，那就是薛以利亞的神祕能力。貓羅山村的人常會把病人抬到佈道所的庭院來，要求神蹟治療。大半都很有效。阿星曾目睹在不久前的一個大佈道的日子裏，鄰近幾個山村的人把病人都抬來了，把石造佈道所的前埕都擠滿了，當講道結束時，薛以利亞做聖靈施洗的儀式，凡是能站的、坐的，薛以利亞就分別給他們按手，凡是被按手的人都像醉了酒一樣，開始搖晃，阿星就扶著那個人，使之躺下。之後，薛以利亞望空呼求聖靈降下，於是宛若大火的一股力量從天而降，橫掃了庭院，所有的信徒都被擊倒在地上，包括病得坐不起來的人都開始說了方言或唱了靈歌，一個小時之後，醒過來的人都大病痊癒。阿星不敢妄想自己會有這種能力。薛以利亞曾經有過好幾次叫他爲病人按手，功效還不錯，他很明顯地感到有一股從天而降的力量順著他的手傳到病人身上，但歷練的不足使他僅能做到個人的局部性的治療。薛以利亞曾告訴他，聖靈的能力是可以靠操練而臻於化境的，只要他按手幾千個人之後，他也會變成薛以利亞，但是阿星仍沒有信心。因此他料想佈道所在日後一定會令老信徒失望，所以他很想回絕村長的慰留。他舉棋不定，最後想起薛以利亞給他的遺言，凡是涉及聖靈的事可以找唐天養幫忙，他略略放了心，只告訴村長他還會在佈道所待一陣子很長的時間。可是萬萬没想到他的家人和師友得知他的行蹤，打算上山來勸他走。

他下樓到了聚會廳來，這是四十幾坪縱深的石牆廳室，信徒就在這裏做禮拜。貓羅山佈道所不同於時下的教堂陳規，她竭力恢復到原始基督教的樸素，没有牧師，也没有講壇，只有一個空曠的聚會所，因此擺設簡單，有一架風琴放在牆角，五十幾張的鐵製椅子收靠牆邊，没有十字架及任何聖像標誌，就像空空的器皿，等待聖靈來充滿。他很仔細地把老舊的、溼氣的水泥地面打掃一番，依稀可以看到薛以利亞生前在地上留下的鞋印。他又走到聚會廳後的書房，這是一個薛以利亞及山林小孩的閱覽室，每逢星期日就開放給小孩進來讀書，星期二、四，阿星還義務爲小孩補習英、數，這裏有許許多多的聖徒的故事書和百科全書，有些書籍十分古舊，是多年來大家累積的巨大的圖書收集室，也是最多歡笑的地方；書房之後則是廚房兼幼兒的玩具室。他把所有的東西收拾一番，清除了一些灰塵，就走到外面來。早晨的太陽已昇上東天山嶺的頂巔，浩浩地向著山村、森林、湖泊、瀑布投下了金色的陽光。

每個星期日的清晨，他都必須到車站那邊去看一看上山來的小孩。那些小孩中有些都是星期六晚上就來了，他一定得去和他們打招呼。小孩子們必定還不知道薛以利亞已經昇天了，他一定要先安慰那些小孩。

他信步地走過佈道所前面的森林小路，沿途檜木高大枝葉上的露珠受晨間動物的干擾，紛紛掉落下來。他拭著身上的露珠，拉高了長袖絨衫的衣領，走出了樹的迷宮世界，再走過桃花林，走上車站月台，走過青年活動中心，就走到一個小飲食店來。他在門口站了一會兒，就有一個阿嬸從店裏遞了一塑膠袋的便當和罐頭飲料過來，阿嬸說：

「這次我多加了半碗飯。昨天我忽然想到小孩子正當發育，總要多吃一些。昨天阿發由平地回家來，比以前多吃了一碗。」

「眞的？阿發幾年級了？」

「國三了，高了我一個頭。」

「恭喜妳呀，阿嬸。」

阿星接過了塑膠袋，轉身朝著車站走回去。

這個阿嬸是老教友，平地人，十年前和她丈夫遷入貓羅山種茶。當時貓羅山的茶園事業還沒有興起。他們很幸運地買了一大片山坡地開墾種植。剛到這裏他們人地生疏，和山村一帶的原住民又不熟識，靠著薛以利亞的幫忙，他們找到了人工，茶園才經營起來，因此他們也信了教，這幾年，一直爲佈道所提供了很多服務。尤其近幾年來，每個星期日他們都準時爲上山的小孩提供早餐，那種愛別人的小孩如自己的小孩的胸懷使人尊敬佩服。

一想起上山的小孩們就想到薛以利亞，阿星的眼眶就禁不住濕濡起來。

不知道是從哪一年開始，也許比十年前更早吧。薛以利亞發現貓羅山村開始出現一些背著書包的平地小孩。剛開始，薛以利亞認爲他們大概是到這兒來遊玩的。不過仔細觀察他們，總發現那些小孩臉上充滿沮喪、憤怒或者是哀傷的神色。他們會到處閒逛，無目的地走。大抵是二個或三個小孩一夥，有時甚至只單獨一個。大半是男孩。他們不由家長或師長帶領，也不跟隨任何的旅遊團隊，因此常破壞了車站和這裏的苗圃和樹木。曾經有三個小孩企圖越過貓羅山村向著更高的七十七峰雪區前去，中途困在一個寮子裏，餓了二天，才被山地獵户帶回。有一次是二個小孩不知道用什麼方法攀上以琳瀑布，由頂巔往下跳，幾丈高的瀑布叫他們跌得渾身是傷，他們還能爬到佈道所求救。這些小孩的人數會隨著時間起著增減的變化，大約以六個星期爲一周期，人數由少到多，周而復始。剛開始，薛以利亞只覺得奇怪，並不瞭解個中的奧妙，曾經有好幾次，他好心地接近小孩，想問小孩爲什麼到山村來，小孩都守口如瓶，又看到薛以利亞白髮蒼蒼，也就没趣地走開了。

眞正使薛以利亞得以瞭解這些小孩上山的原因是一個初春的晚上。深夜的薛以利亞正在書房讀經，覺得佈道所的外面石園裏似乎有小孩的哭泣聲，他走到圍牆外面來，就看到三個背著書包的小孩躲在石園裏蜷曲著身子睡覺，當中一個年齡似乎最小的孩子醒了，不停地哭。薛以利亞立即帶他們進入佈道所問明原因，小孩説他們没有錢搭車回平地，只好露宿山村，又怕管區的警察發現，只好躲到佈道所的石園來，想到難過的事就哭了。薛以利亞又問他們爲什麼要上山來，小孩們起先不肯説，後來才勉強説他們是國中生逃學上山來的。

第二天早上，薛以利亞給了他們吃了早餐，買了車票，立即送他們下山回家。但是，從此以後，佈道所竟不斷地來了更多這種逃學的小孩。

薛以利亞本來並不想收容這些小孩。他深知小孩離開家庭是不好的。可是這些遊蕩的小孩的壓力實在太大了，有些小孩打開了書包，就是整書包的考卷，甚至有些小孩還露出手背手心給他看，大抵都是紅腫瘀青，他們厭惡家庭和學校的壓力，想一走了之或竟是自殺死掉。薛以利亞開始同情這些小孩，不忍棄之於不顧。他動了心，允許小孩暫住佈道所。薛以利亞曾告訴阿星說，佈道所搭建了二樓木板房的原因，就是爲了安頓這些小孩。不過薛以利亞只容許小孩最多只能在這兒過二個夜晚，第三天一定得回到平地。曾經有一個小孩被養父母虐待，放學後都被養父母用鐵鍊鎖在家中，薛以利亞留置這個小孩有二星期之久，最後商請平地的一個天主教會和孩子的養父母談判，最後教會收容了這個孤兒。

這個社會就像是小孩血肉的鍛鍊場一樣，壓力日深一日。因此十年來，前來佈道所的小孩也愈來愈多。二年前，每天差不多都有二十個以上的小孩留在山上避難，由於二樓通舖舖位不夠，薛以利亞商請山村的信徒提供房間給小孩，原則上仍以男孩子爲主，女孩子第二天就送她們回家。

就在流浪的小孩日益增多時，管區的警察派出所到佈道所告訴薛以利亞不能再收容小孩了，有平地的父母親和老師打算控告佈道所和山村的居民誘拐小孩。薛以利亞和村民都很生氣，想反控那些父母和老師虐待小孩。但是由於法理上站不住脚，訴訟絕對處於不利的一方，因此薛以利亞和管區達成協議，就是只允許在星期日晚上收容小孩暫宿一夜，並且必須參加佈道所的晚上禮拜聚會，同時向管區報備，由管區向家庭聯絡，在星期一由管區警員護送小孩下山。這麼做等於是放棄收容的原意了，但聊勝於無。

阿星在濕濡的淚光中，似乎還可以看見七年前，他也曾逃學到佈道所的事，那次他也像這些小孩一樣地呆呆流浪在車站附近，整個世界一片焦灼，到處是焦土一片的大地上，他看不到有任何可以通行的路。逃學的滋味就是那樣，他刻骨銘心地品嘗了那種況味，因此最近上山後的一年中，所有安排逃學的小孩的事都由他辦理，他很能善盡職責。如今薛以利亞已不在人間，他更應該盡最大的辛勤來照料小孩子們才對。

他一面想著，不知不覺地走到車站來。

這個車站已經十分古舊了，水泥的月台生了蘚類，木板搭築的屋架斑駁蛀蝕，由於林場的廢棄，實用價值減低，當局不願改造它，站長只好商請佈道所為他樂捐，點點滴滴修補它，每隔一年就用綠色的漆粉刷一次，它因此和四周的山景十分協調。阿星還記得，七年前他第一次逃學到這兒來，車站剛粉刷不久，留著很濃的油漆味，他卻喜歡那種樸素綠色的風格，他睡在車站，直到午夜才遇到薛以利亞。一年前他又逃到了這兒，也同樣每天早上陪著薛以利亞散步到火車站，他們會站在月台上做晨間的呼吸，在太陽猶未昇起之時，四周的山脈被一層黯綠的光線包圍，一切都呈現了溫柔的幾何圖貌，就像一片渾厚未醒的巨大夢境，他們含帶了太古的記憶，二個相差整整有八十歲的人都像伊甸園的亞當一樣，穩重而離世地佇立，那種感覺眞好，如果可能，他願意再陪薛以利亞多活一百年。

現在，他站在車站的月台，向四方眺望，就看見三個國中生蹲在左邊那棵千年檜木的樹蔭下談話，小孩的前面就是縱橫交織的鐵軌，有幾個車廂和二個古老的火車頭停在軌道上。那三個小孩中有一位是他熟悉的鄭心遠，其他兩位則是不曾見過面的，他們穿著米黃的長卡其褲，藏青的學生夾克，白色帆布書包，都低著頭，看著地面。巨大的樹蔭使他們顯得青澀而渺小。

阿星提高聲音叫著：

「喂，阿遠，我來看你們了。」

那五個小孩交頭接耳一陣，抬起頭，揮揮手，打招呼說：

「阿星先生，我們在這兒。」

阿星跳下了月台，在鐵軌上走起來，把著的便當略略搖晃起來。

在大檜木下，阿星把便當和飲料交給阿遠，說：

「阿嬸給你們的。」

「謝謝啦。」阿遠不好意思地說。

「你在電話中不是說中午才來的嗎?怎麼一大早就來到這兒?又帶了二個同學來。」

「我眞的很難忍受學校和我家了，待不下去了。」阿遠低著頭，手緊緊地握著書包的肩帶，他說：「事實上昨天傍晚我就溜上山了。另外這二個好朋友也覺得生活太糟了，就跟來了。」

「你們都是國三的同學嗎？」

「是的。同校不同班。」阿遠說。

「到山上來怎麼對家人交待呀！」

「反正警察會打電話回去的。」

「不！不必等管區打電話去通知你們的父母。等一下你們自己先打電話，就說是到山上的佈道所來好了。我們沿著觀光區的路繞到以琳瀑布那裏去，說不定在路上還可以遇到幾個上山來的同學。」

於是他們一群人走過大檜木，向原始森林的小路走進去。這時太陽由東方的山脈那邊照過來，林中一下子明亮起來，漫山遍野都是檜木及五葉松。路邊低矮的灌木叢偶而有野兔及山雉的影子；偶而會有松鼠在樹上睜著惺忪的睡眼看著他們，一被發覺就以極快的速度攀向更高的枝椏。這片開放的森林順著龐大的山脈到以琳瀑布剛好劃了一個半圓形，是當局刻意保護的林區，但是很明顯地可以看到斑斑鋸斧的痕跡，實則是巨大的樹都被砍伐了，殘餘的年輕的樹勉強維持了原始森林的外貌。遊客會在這兒做森林浴。自日本時代以來，這裏留下一個試驗所，許多的苗圃散佈在森林中，終戰之後，試驗所仍保留，研究員仍出入在這裏。這片綿亙的山脈環抱了山村，變成巨高

的屏障，攀過這支山脈往更高的山區走就是雪山及七十七峰的領域。

阿遠和其他二個學生緊緊跟在阿星後面，不斷環顧高大的樹木及奇偉的岩壁，他們的臉上不時露出驚訝的神色。阿遠是最近逃學到山上來的小孩，就讀於A市的一所國中，是升學班的學生，成績排名還好。雖是如此，他對爭排名沒興趣，因爲他只想在畢業後去唸美術專校。以他的成績要考上美術專校絕對是綽綽有餘。可惜他的老師和父母卻一定要他考高中。他受不了壓力，上山來找薛以利亞。他的美術能力頗高，看得出他有這方面的天份。

「上次說好不是要把你的志向告訴老師的嗎？怎麼又逃學上山呢？老師不接受你的陳情嗎？」阿星回頭問阿遠。

「我告訴老師了。就是一個月前上山之後回校，當天就和老師談了二個鐘頭。我懇求老師將我調到普通班，升學班實在佔領了我太多的時間了，晚上我幾乎無法到伍老師的家學素描。伍老師免費教我素描，他也勸我轉班。但是我們導師不答應，他用著冷漠的眼光和語氣反覆地說，凡是經不起升學考驗的人都是懶惰，既是懶惰必然就有許多藉口。」

「那麼你也告訴了爸爸媽媽了？他們怎麼說？」

「我爸媽也不答應。他們說別人的小孩能唸一流的高中，他們的小孩也應該如此；尤其他們已準備好將來讓我唸醫學院，好讓我當個醫生。我坦白地告訴他們，我不是那種料子。他們就罵我不長進，尤其媽竟然氣哭了，她說姊姊哥哥都在一流大學和省立高中唸書，只有我不求上進。爸爸則說他要花大筆的錢讓我讀書、補習，總有一天我會高人一等。他說教育就是投資！」

「你的父母對你很關心，也許他們說得沒錯，他們眞的想使你出人頭地。其實你可以先唸完高中，以後再考美術大學，這樣也很好呀！」

「本來我也這麼想。但是當我連續幾天不拿畫筆的時候，我就會變得很沮喪。尤其不到伍老師的家去看看畫冊，呼吸一下美術空氣，我的心就悶了起來。老師在上課時一發下考卷，全班就進入鴉雀無聲的狀態，我的呼吸都要窒息了，一動筆寫考卷，我就想死掉算了。」

「所以你又上山了！」阿星又回頭問。

「不！本來我並不想上山。」阿遠由後頭跑到前面和阿星並行，肩著的書包頗有重量，不斷換手提著。他說：「本來我認爲上山來麻煩薛以利亞和阿星先生是不應該的。我想儘量忍耐，直到我畢業。但是昨天我們考數學，有一個題目已經是老掉牙的題目，我卻心不在焉地寫錯了。在檢討試卷時，孫老師很凶。孫老師是很盡責的人，四十五歲了，還沒結婚，不管刮風下雨他都守在學校補習，直到晚上七、八點鐘才回家。他的嗓門很大，人長得粗壯，常發脾氣，凡是被他教到的學生都怕他。他的要求很嚴，凡是不該錯的題目答錯了一定挨罵。當批改完的試卷發下來時，他說那一題老題目寫錯的人站起來時，全班只有我站起來，他破口大罵，走下講台刮了我三個耳光。我感到有血從嘴角流出來，也感到很慚愧。之後他突然諷刺我，說我是人類的渣滓。他說凡是搞詩歌、繪畫的學生都是天生的卑賤人種。他說有名的希臘哲學家柏拉圖在二千多年前就做了這種品評，柏拉圖不准他的學院收容詩人，因爲詩人、藝術家是缺乏理性思維的低能兒，簡直就是枉費爲人。孫老師知道我在二個月前參加全省國中生水彩寫生比賽第一名，他故意那樣諷刺我。阿星先生，我在歷史課本唸過柏拉圖這個偉大的思想家，他眞的這麼歧視詩人、藝術家嗎？」

「這是眞的，不過柏拉圖在年輕時也曾經是個詩人。」

「哦，眞是讓人搞不懂。總之，我唸的書沒有孫老師那麼多，所以我没法反駁，但是我們的班長卻站起來說話。班長和我一向很好，喜歡我的畫，我們常一起做壁報，他的數學好極了，但常和孫老師辯論。他站起來說柏拉圖是出於嫉妒才這麼說的；柏拉圖知道數學是可以靠訓練和偷竊學會，就像是畢塔哥拉斯偷了埃及的幾何學，卻說畢氏定理是自己發現的一樣，但是詩人、藝術家的才情是偷竊不到的；況且當時詩人、藝術家廣受大衆歡迎，而哲學家只是躲在象牙塔的一群孤芳自賞的懦夫，柏拉圖就是心態有點失衡的獨身者。全班的同學聽了都大笑起來。孫老師聽了暴跳如雷，他說班長侮辱了他，拿了椅子朝班長丟過去，班長應聲倒地。我看到班長的頭部流血，把他的白上衣染紅了，全班都震懾住了，我再也不能忍耐，就瘋狂地揹書包跑出教室，當時我唯一想到的就是上山。」

阿遠一面說一面流淚。

「你最好打電話到班長的家問一問他怎麼了。」阿星覺得事態嚴重，對阿遠說：「這件事不是小事。」

「昨夜我打了電話。」阿遠說：「班長的家人說班長送醫院縫了十幾針，他照了頭部掃瞄，大概不礙事。班長的父母親打算控告孫老師傷害。」

「還好，還好。」阿星放了心，說：「挺嚇人的一件事。」

現在他們走到檜木的盡頭。下降的坡地立即出現在眼前，由樹林的盡頭開始就是寬廣的向下傾斜的灌木叢的細石台地，經過無數的歲月沖洗下的地面流下暴露在天空下的沙磧大地。右邊高大的山像一個臂彎，形成半弧形展延到以琳湖那一邊，山脚下有一道溪流，把山上的水都收集起來注入了以琳湖。山壁則是遍佈了狹長的橫條皸裂紋路，有幾個地方是燕子及鳥類築巢的地方，到處都是崖洞，濕濡的，土黃的顏色如同濃郁的油彩粉刷在上面，展延有半公里以上，和地面的數十甲沙磧台地構成一種太古風貌，宛若尚未開發的古世紀。

阿星帶領三個學生沿著山脚下的小溪旁的小路，開始順勢往下慢跑。半個鐘頭他們抵達了以琳湖畔。太陽昇得更高了，向著湖邊投下明亮的陽光，湖邊沙磧上的片片桃花林都開了白色和粉紅色的花。

他們選擇湖邊一塊平坦的岩板塊，坐在上面。湖裏的水十分清澈，看得見淺淺的水中有魚貼在石縫中靜止不動，偶而由對面山崖傾瀉而下的大瀑布會把水珠拋向岸邊，有時甚至形成一種雨霧，嘩嘩地降在湖面。

以琳湖的歷史不知道有多久了，大概和貓羅山同壽吧，佔地有三甲以上的面積，一直沿著台地傾斜向西，最後在陡峭的斷崖那邊流入更低的山谷。薛以利亞說當佈道所建立在湖邊的時候，這個湖才引起更多人的注意，早年很少人抵達以琳湖斷崖那邊，但如今在佈道所後面已有一條小路可以直通斷崖，阿星不止一次和薛以利亞去斷崖那邊散步，前面是深不可測的群山之坑，常常是綿厚的雲海中矗立著無數的峰頭，一片迷濛。

這三個國中生對以琳湖興味濃厚，本來有點沮喪的表情在此時不見了。

「我們就在這裏吃早點吧。」阿星叫阿遠他們坐下來。

「以後不要替我們準備早點。」阿遠說。

「這是薛以利亞的老規矩，也是阿嬸的好意，目的在爲你們省幾塊錢可以搭車下山。」

「你們對我們這些學生實在太好了。」

他們不說話了，開始用餐。

阿星也低頭扒著飯，他靜靜地聽著瀑布沖擊著湖水的聲音，慢慢地感到彷彿又回到了七年前的國中歲月。他還記得那時他也是國三的學生，也是在桃花開遍的這個季節逃到山上的，那時他比阿遠還落魄，身無分文，患了嚴重的胃病，不知道何去何從。

七年前的國中，升學競爭就已經十分厲害。A市裏的國中沒有一所是正常的。他剛進國中就讀是一九八六年的夏天。剛開始就有點令人難受。校長是一位體專畢業的大老粗，學校拼命辦體育競賽，常常舞龍舞獅。幸運的，他的導師是一位早期師範出身的許敬文老師，年紀將近五十歲。很瞭解班上每個學生的個性。可是，在阿星國二時，校長換人，來了一位出身陸軍官校的校長，五十二歲，台灣人。這個校長一臉嚴肅，常在朝會時罵老師及學生，甚至當面掌摑學生。學校立即被嚴厲地整頓起來，垃圾和紙屑被撿拾得一乾二淨。學校的樹都被砍光，地面一概鋪上水泥，圍牆加了鐵絲網，這還不算，更令人吃驚的，他把各年級每班前五名的學生編成二個班，叫做特優班。其餘的十八班都叫普通班。他訓令特優班一定要有幾名學生考上建中、北一女，其他普通班也一律要參加升學輔導，並規定考上職工學校的人數比例；他身先士卒，理小平頭，穿野戰布鞋，六點鐘就到校，帶著特優班的學生跑操場，他自認自己是教育的先鋒，是台灣新教育的經營者。除此之外，他不讓學生有空閑，儘量用考卷考試，下課了不准學生在校園大聲講話；他編組糾察隊，登記行動魯莽的學生，在朝會後實施踢正步訓練。於是全校進入一片肅靜的氛圍中。從國二起，阿星就被編入特優班，校長指定許敬文老師帶領他們升學。

阿星在國二時曾參加全縣資優生智能測驗，名列前面幾名，開始引起全校注意。可是，他和所有班上的學生一樣，仍需要時時刻刻應付考試，有時一天之內考了七、八張的試卷，把他的手都寫酸了，自幼他就有長年的胃病，長時間坐在位置上就會引發過多的胃酸上溢到賁門，造成他食道、腮頰的燒熱，而整個胃就抽搐疼痛不堪。但是他仍需把考卷一張一張地塡滿。病，使他早熟地意識到人生的痛苦，也比較一般學生瞭解到教育的殘酷。

他瞭解到每天他們所面對的考試其實有大部份是沒有必要的，十張的考卷中有八張是重覆的，只是題目的角度略爲轉換了一下而已。多考的考卷並不能增加什麼知識，只是爲了聯考做各種模擬猜題而已。對於阿星而言，解答那些考卷並不費力，可是對於資質較差的同學則是嚴重的折磨，除了必須費盡腦筋去思考之外，每一次的失敗就是一次的挫傷，這些挫折到最後就累積成一種無可奈何的情緒，演成一種自信全無的人生觀。何況處罰和打罵更容易使人落入焦慮和恨意的情緒中，人也就慢慢地不健康了。阿星不止一次地在病床上想著這些他不該想的問題。

許敬文老師頗瞭解阿星的困難，只要身體不舒服就允許阿星去病室休息，有時准他請假。校長知道了，就責備許敬文老師。校長認爲阿星必須做楷模，能在省聯考中名列榜首。

國三時，許敬文老師和校長發生了衝突。詳細的內容阿星並不清楚，只知道許敬文罵校長是奴才，推行的教育是奴才教育，是嚴重的違反人性的犯罪行爲。終於，許敬文老師不再擔任他們的導師，新來的導師是一位唸政治剛畢業的女教師，她嚴刑峻罰，凡是少了一點點分數就是幾十下的手心。全班進入更深的一層恐怖之中。阿星到醫務室休息的特權立即取消，幾乎不准請假。他必須戰戰兢兢，在一〇〇分的線上掙扎，設法不使自己少掉一、二分。女導師說：「凡是最能挨打的才是資優生。」

他曾把不滿意的情況告訴父母親。但是家裏的弟妹有三人，當時父親又開始投入股票市場，和一批自稱是股市分析師的人混在一起，常半夜才回家，母親則忙於一家花店的開張，沒時間聽他訴苦。他們認爲把阿星交給那麼有規律的學校使他們很放心，至於胃病只要吃一吃胃乳和胃片就沒事了。他覺得很寂寞，也很爲自己日益加重的胃病焦急，每天他走進學校的教室就好像走入肉體的折磨場一樣。

有一次，他在一個大早上考完試卷後嘔出鮮血，被抬到醫務室，躺在床上的他有一陣寂寞的清醒。他又聽到正在朝會的校長在那兒破口大罵全體的師生，使他想到許敬文老師、特優班的同學：他回教室，帶著書包，悄悄走出了學校，決定不再回來。

那時，他曾聽說有人逃學到貓羅山的事，於是他買了車票，沒有帶什麼禦寒的衣物或零用錢，就毫無目的地上山了。

他在車站附近徘徊了一天，當晚夜宿在車站裏，不料胃病發作，那時天氣仍籠罩在初春的寒流中，夜晚的山上吹著颯颯的寒風，車站附近的人早早就熄了燈，青年活動中心和大飯店的燈光十分微弱，他靠在車站牆角的木板長椅緊抱著國三的書包，胃痛使他不停地呻吟。他以爲他就要死了。

在逐漸昏迷過去的那時，有一道手電筒的光照過來，他以爲警察來了，一動也不敢動。但一會兒，他看到一個老人站在他眼前，把他從地上扶起來，遞給他一件毛衣，然後要阿星站起來和他走。胃痛使阿星沒有了一點點的行走的力量，最後是老人揹起了他，到了佈道所。

當時佈道所已蓋了二樓的通舖。他在昏暗的通舖上看到許多和他一樣年齡的國中生都睡著了。然後老人來了，他說，這裏是教堂，可以安心睡覺，之後老人在他的額上摸了一下。他感到有一股強大的電流傳了過來，注入了胃中，胃痛就好了。在迷迷糊糊中，他睡著了。大概是半夜，他感到有一陣白白的亮光來臨，就像是一團的太陽，把他的身子也點燃成一支光的火炬，他一下子覺得身子融化了，變成抽象物。他醒來時已是次日早上，卻發現精神十分輕亮和愉快。第二天仍有寒流，他繼續待在佈道所，翻翻藏書，直到第三天早上他才下山。

在那三天中，他有幾次和老人談話的機會，老人自稱是薛傳道，已將近一百歲。他又和老人學了禱告的技術，他回到學校，一逢心情不好和胃病就禱告，他不曉得他在做什麼，但卻慢慢能渡過苛酷的、無聊的聯考歲月。他也從不敢告訴老師及家人這個逃學經歷，深怕別人誤解他懦弱。他在寂寞、乾枯的國三中，卻不斷回想著貓羅山佈道所的事，把那段經驗當成是一種重生。

不久，他以優異的成績考上中部一所有名的省中。

高中的歲月仍然充滿升學的壓力，但離開了邪惡的國中及寄宿他鄉，使他的肉體和精神有了些許的自由。他開始有了廣泛閱讀的習慣。在圖書館及書店裏，他的目光很快地被教育方面的書籍所吸引。企圖尋出當前的教育癥結成爲他固著了的焦點。

他在高中的成績平平，並沒有比其他的同學突出多少，枯寂有接近於補習教育的生活仍乏善可陳，省立高中的老師絕大部份並不關心教育本質，乃至老師都淪爲單純的賺錢機器，他並沒有和高中的同學、老師建立深刻的友情。他唯一能談心的人仍是國中的許敬文老師，高中對於他而言只是一灘平靜的死水。由於成績平平，他也不願有太高的抱負。畢業時他輕鬆地考上北部國立師範大學的教育系，公費的優待免掉了一些金錢的憂慮，他竟然想放手一探台灣的教育沈痾是到了怎樣深重的地步。

大學一年級開學，他以爲教育的答案可以在教育哲學中找到。一開始他就唸福祿貝爾的理論。福氏主張培養小孩的自由思考和個人獨立性，最重要的是能使小孩得到充分的自我表現。他也被福氏同一路線的艾默生、盧梭的理論所吸引。當他唸到艾默生說的：「教育就如同人那麼廣泛。人，具備什麼能力，教育就應培養之並予以表現出來。假如他是靈巧的，則教學就不應該埋沒這種能力；假如他的思考利劍可以將人劈分，則教育就應該把這把利劍出鞘使之更鋒利；假如他具有調和衆議的親和力，教育就使之成爲社會團結的粘固劑。啊！加速地行動吧！假如他是個說笑話的料子、機智鬼、慷慨好義之士、多藝的技師、剛毅的指揮官、強有力的友伴、預言家、超人……社會總是需要他們的……」阿星寬慰了，他瞭解那是多麼好的理論。當他唸到盧梭在愛彌兒寫的：「兒童的本性皆善，因爲來之於造物主手中的萬物皆善，來自於人手中的萬物皆敗壞。」阿星覺得這是如何美妙的聲音，尤其盧梭提倡重視兒童感官的感受，深切地說中了當前壓迫性的、痲木性的台灣教育癥結。阿星拼命待在圖書館一本又一本書去找這些理論，他滿心以爲，教育理論的大師們盡皆如此。然而，半年之後，他就再也找不到那種好的教育哲學家。他開始發現，有大量的教育哲學家都令人生厭，甚至師大的學生必讀的教育心理理論都難以叫他不厭惡。杜威的「進步教育」把人和社會深深整合在一塊了，使其主義具有強烈的工業、政治效率目的，傾向了群體觀念，這一點使阿星反感。對於法西斯教育理論及桑戴克的刺激反應論，則使阿星深惡痛絕。這些令人厭惡的理論超過了他喜歡的理論好幾倍，而且深受庸俗教育界的推崇，那些教育哲學家彷佛都被視爲是智者，但仔細去品味他們，就會發現他們帶著很強的獄卒和流氓的味道，和國中的那位校長是同質的。在唸了半年的師大後，他竟奇怪地發現他的大學老師絕大部份是集體主義、工具主義、制約主義的信徒。阿星感到淡淡的悲哀又再度聚攏過來。

大一下學期的春日，他和一位桑戴克主義的大學老師發生了衝突，萌發了他放棄教育理論及輟學的觀念。他開始警覺在舉世滔滔的非人教育界中，將不可能用任何的理論和空話去改變現狀，廣泛的救贖是不可能的，他只希望實際幫忙掙扎在現行教育制度的學生，即使只救一兩個小孩他就滿意，他想行動。

他跑回了A市來找許敬文老師。這時的許老師已退休。對教育的徹底失望使許老師老化得很快。但許老師仍能很明確地分析出台灣目前中等學校的教育癥結。

許老師認爲台灣的殘酷教育現象的確和世界的工業主義、集體主義、制約主義息息相關。五十年來，台灣並沒有出現任何本土的教育家。教育理論、方法都是抄襲外國，於是劣質的、易仿的理論、方法就流入台灣，從來就沒有人有能力去批評它。有時分明是一種過時的、報廢的學說被引進，大家竟然高捧它爲最新的學說，爭相仿效。加以K・M・T當局五十年來的教育是一種軍事主義和殖民主義混合起來的制約教育，它必須先把思想獨立、能力卓越的教師和行政人員加以清除；再把教育的鞭子交給一群軍人和土豪劣紳。於是起自教育局長終至各校的校長，大半都是轉業軍人和地方惡棍。這些人面對K・M・T都以奴才自居，逢迎拍馬；面對教師、學生就以物體視之，鞭打咒罵。幾年前，全省的師資事實上早已提高到學士、碩士的程度來，但有大批的教育局長和校長是不學無術之輩。這些人的手上都握有教師的聘任權；態度十分專橫，這些人極無人道及鄉土觀念，滿腦子都是K·M·T的訓令，於是全盤的軍事及殖民主義教育才得以推展。許老師說出當年的一段祕辛，他說在阿星國一時的那位校長事實上是連一張信都會錯字連篇的地方武術館的拳師。國二、國三的校長則是只會踢正步的上尉軍官。許老師曾經有好幾次問他們是根據什麼教育理論辦學校，他們一致的答案是：「教育理論見仁見智。」當許老師提及福祿貝爾時，他們完全不瞭解歷史上出現過這麼一個人。許老師說台灣的殖民·軍閥教育太久了，已徹底地麻痺了台灣人，教育的改革必須從教育人員的身上去喚醒主人意識，再用無比的愛來灌注於教育界，使台灣人思索他們到底該不該踐踏自己，就在反省之中，台灣或許能出現大教育家。世界的教育潮流當然會持續影響台灣教育；但是，只要努力去蕪存菁，批評它，改良它，就可使災難減到一定程度。許老師說他在教育界待了三十年，空讀了一大堆的理論，並沒有實際做什麼貢獻。他能做的、已經做的也僅只有在自己有限的能力之內，降低了幾個學生所受的教育迫害而已。如今他年老，再也不能繼續那樣做了，而教育界的黎明依然遙遙無期，這是他最深的遺憾。

阿星回到學校，日以繼夜思索這個問題，最後決定暫時離開學校。他冥冥中感到空談教育是無用的，他寧願採取實作的做法去改變現狀，但是他仍不知道該走向何方。雖然國中後，他的胃病有減輕的迹象，但還沒痊癒，他擔心抱病在身是否能經得起東飄西蕩的生活衝擊。

最後，他還是辦了休學，爲了生活，他先在北市內的一家裝潢工廠做工，後又轉入一家電化產品公司做事，也幫過一家兒童書局策劃書籍出版。最後轉到高薪的陶器傢俱公司送貨。阿星還記得那家陶器傢俱公司頗大，送貨員不少，薪水很高，爲了多賺錢，他趕時間送貨。老闆給他一輛一百五十CC的摩托車，使他能在小巷子進進出出。有一天他載了一套衛浴設備給客人，在車水馬龍的街道上他煞車不及，和一輛卡車對撞。他和機車硬性地被撞摔在安全島上，路上的行人都大叫起來。他很快地由安全島爬起來，卻發現自己站在身體上方有二公尺左右的空中，渾身輕飄飄，由空中往下看，一大群人正圍著他的機車和身體議論紛紛，有幾個女人哭了起來。阿星覺得自己死了，四周隨之黑暗起來，空間被濃縮成一個黑暗甬道。他在甬道中開始飛奔起來，那種飛奔的速度極快。他越過了所有速度較慢的行人，終於跑出了甬道，眼前立即出現一個光亮無比的天幕，他發現自己置身在廣闊的繁花盛開的原野中，天幕上有一顆極亮的、燦爛的太陽，他感到四周都流淌著美妙的歌聲；而他的身體早就變成了透明的發光體，正散放柔柔的白色亮光。他朝前而走，看到地平線的那端出現了一個白袍的發光的高大的人，他走向前去，看到那個人的臉正像天空的烈陽，頭髮雪白如羊毛，彷彿有幾千歲的年紀了，這個高大的千歲的人用光圈住了阿星，將他提昇起來，降落在上坡地面的一個露天聚會的大世界中。有一個由層層的天階所構成的露天大堂高踞天空，大堂上有鑽石寶座，四周都在花草的大地和蜿蜒的河流，煜煜生輝。整個看起來他彷佛是來到一個江山如畫的光輝的城池中，四周散落了無數形形色色的人種，有一種無言的愛性及無言的理解環抱了這一切，不停的讚美聲匯合如衆水之聲，到處都有人歡迎他的來到。就在高大的千歲的人登上天階時，他看到人群中走出一個壯碩的老人，他看了一下，大吃一驚，原來是薛以利亞。阿星走過去拉他的手。薛以利亞告訴他這是三重天，是個可以安居的大好地方。但是他的時日未到，應該回去。阿星很喜歡這裏，並不希望再回到地上，他淚流滿面，宛如在千辛萬苦中回到凱旋的家邦一樣，可惜他無法如願。當薛以利亞拉他一下時，他就在自己的身體醒過來了。

當他從人行道拍拍灰塵爬起來，並拭掉鼻孔、嘴巴的汚血時，救護車來了。圍觀的人感到不可思議，他們把阿星扶上救護車。在醫院的斷層掃瞄器中明顯看出他的顱骨遭到撞擊，但找不到瘀血的痕跡。瓷具公司的老闆一直慰問他，向他表示歉意，最後塞了一筆錢給他，但被阿星拒絕，老闆無法理解這個年輕人的心，阿星反向安慰老闆說：「我要感謝你這段日子給了我這麼好的工作，也叫我知道我的未來方向在那裏。」

他出院，直奔貓羅山佈道所。薛以利亞果然還活著，並且收容了他當助手。

這一年之中，他在山上正式接觸聖經教義，爲了彌補正式神學教育的不足，薛以利亞介紹他每星期三在A縣的一家神學院旁聽自修。這家神學院正夥同幾家教會出錢想辦一所私立中學。阿星很有興味地協助他們做籌備工作。一年來，阿星擺脫了學校及家庭的壓迫漠視，使他得到了安寧，他活得很愉快，儘量少和外界通訊，寫信都不署明他的藏身所，没想到二個星期前由於薛以利亞失蹤，他和唐天養名字暴露在報端，學校和家庭都追蹤而來了。

大石板岩塊上的三個國中生把便當吃完了，脫了鞋子，開始在湖裏玩水，後來乾脆脫下衣褲，躍入水裏，追逐著湖裏的魚兒玩。

一個鐘頭後，太陽升到九點鐘的位置，阿星叫他們上岸，穿好衣服，沿著湖邊小路，朝佈道所前去。

「介紹一下你這二位同學吧。」阿星一面走一面問著阿遠和上山的這二個初見面的國中生。

「歐清勤和游新雨，他們想考音樂學校。因爲學校把音樂課都挪去考數、理，他們只好另外在校外請人補習。阿勤和阿雨都參加過校外的鋼琴演奏比賽，很早我們就彼此認識。」

「很好，很好。你們都很優秀，很榮幸能與你們認識。」阿星說。

他們快抵達佈道所時，就看到許多村民在院落忙著，當中還有幾位揹著書包的國中生，明顯是準備參加星期聚會來的。

「今天的星期聚會由我主持了。」阿星對阿遠他們三個人說。

「一向不是薛以利亞主持的嗎？」阿遠問。

「他不在佈道所了。你們上山的同學一定會很失望。」

「眞的？爲什麼不在？」

「他昇天了。」

九點鐘左右，佈道所已群聚了百餘位貓羅山村的教友，正準備做禮拜。

阿星快速地走進小埕，進入聚會室，吩附教友開始排上椅子。又把上山的國中生通通帶到二樓，分配了通鋪給他們，叫他們把書包放好在位置上。他下樓來，到廚房去。

這時已有幾個早到的教友自動在廚房裏幫忙煮一些小餐點，有二位姊妹一向很殷勤，她們在聚會時幫教友看管小孩，在書房裏她們安排了一個小孩的積木世界，並把畫筆、畫紙都鋪在地上，和小孩玩在一塊，書房的閉路電視同時播放了芝麻街，小孩戲笑的聲音充滿書房。

十幾分鐘之後，阿星回到聚會室，所有的人都坐好了，把屋子坐滿。阿星從牆上拿了讚美詩，指定了扉頁，司琴的山地媽媽打開了風琴的蓋子，大家站起來，高聲唱起了悠揚的歌調。

這個佈道所的組織和風格早在薛以利亞以前就由首任的外籍傳道羅義耳所決定。佈道所並不設有牧師，也不稱呼佈道所爲教堂。薛以利亞曾提及羅義耳傳道是一世紀前聖靈復臨運動時代的人。那時許多新興的教派都想恢復耶穌剛剛昇天時的那種信徒的自由聚會方式，竭力和後期的教會禮拜劃開界線。簡言之，他們不採取天主教或新教的那種教會、教職的傳教方式。凡是教友俱皆平等；凡是有人的地方，即使是一棵樹下也是宣教之所，有些教派甚至都履行了公產的制度。羅義耳傳道以平凡的信徒自居，在這兒建立佈道所，與會的信徒都可在聚會時隨興站起來講道、見證，每個人居然都變成了傳道者，形成非常民主的聚會氣氛。後來爲了不使發言過於散漫冗長，特別由傳道事先選定幾個講題，經大家同意列爲下次聚會的中心講題。至於教友解釋經義的指導和糾正則由會中選出的「長老」或傳道本人來擔任。通常「長老」都是由教齡較長、信仰篤實、熟悉聖經的老信徒中選出。另有負責聯絡教友工作的「執事」，大抵都是村長，鄰長兼任。而整個的佈道所的土地及房舍所有權原是幾個老村民所擁有，並不屬於羅義耳和任何傳道所有。這種簡單的組織很能團結村民的感情，大家把佈道所視爲村莊的共有產業，頗能盡心盡力。自羅義耳傳道到了山上興建了佈道所之後，實際上分出了幾個更小的佈道所到台灣的各山地去，有一些佈道所獲得豐盛的發展，但爲了維持自由的傳教氣氛，這些佈道所並沒有横的或縱的隷屬聯繫，大家的地位都是平等的，只是以羅義耳或薛以利亞爲大家的傳道榜樣而已。

詩歌唱完，照例由長老站起來說明聚會討論的主題，另外他們要特別在這個聚會上舉行薛以利亞的追思，讓教友回述往日薛以利亞的光輝事蹟。長老的話剛講完，一個年輕的女孩子一站起來講話就哭了，引起聚會的教友一陣心酸。那個女孩子忽然問了阿星說：

「薛以利亞一定還沒死，他是隱居起來了，對吧？阿星，你不要欺騙我們了。」

「不，他的確昇天了。」阿星說。

「我不相信。他下山的時候身體還那麼好，對我們說的話仍那麼有力，怎麼說都不該突然死去。他是失足跌落山谷了，對吧？」

「不是的，他既不是隱藏也不是失足。」阿星說：「如果眞的那樣，我一定會照實說的。我也不必苦苦在警察面前說他昇天，讓他們嘲笑我。畢竟昇天比較不容易被相信，不是嗎？」

村長趕快站起來說：

「這件事早在一個星期前解決了。請大家不要再對昇天的事懷疑。阿星和唐天養老師都是目擊者，而且薛以利亞給我的遺書也是這麼寫的。這樣好了，阿星再把那天他們的行程說一下，讓大家對這件事有確定性的理解。」

於是阿星始把經過描述一下，他說：

「那天我們起程趕往柴仔坑山村的西方山脈。因爲我們遺失了一枚星形葉片在那兒。星形葉片你們都見過，就是小埕的石園裏種的那種銀色植物葉子。自羅義耳移植這種植物到佈道所後，我們就很看重它。因此我們翻山越嶺去找尋。在西方那支山脈的南邊盡端我們意外地發現了一個山谷，就是傳聞的蝴蝶谷，山谷到處都是蝴蝶，在山谷中有一個佔地二甲以上的硫磺池，我們意外發現A市遺失掉的火車站就嵌在谷壁旁。我們在火車站裏找到了星形葉片，又在谷中，睡了一覺，直到中午，薛以利亞就在岩石上昇天了。他整個人浮昇向著天空飄上去，並沒有留下什麼，一切都很自然的。如果不信我和唐天養所說的話的人，只要他有興趣，我們可以帶他去看一看那個蝴蝶谷和岩石，並沒有什麼神祕不可解。」

阿星略掉了大半的情節，這是爲了不引起更多的誤會和恐慌，他和唐天養相信大多數的人是不適合於瞭解整個事情的細節的。

聚會的人不再追問阿星事情了。這時長老從座位站起來，他叫大家把聖經翻到使徒行傳裏來，要他們注意一段經文的記載，那段經文記載耶穌的門徒腓力的往事。經文說及腓力曾在一條小河中爲一個太監施洗的事。當腓力完成了他施洗的儀式時，他被聖靈從空中提昇走了，太監也不知道腓力去了那兒。長老提醒大家，由這段經文看來，基督徒能凌空消失並無奇特，在信仰的歷史裏必有更多的這個例子。聚會的人都答著：「阿門。」

不久，他們輪流追思薛以利亞的往日事蹟。有一個祖母輩的山村婦女說她在年輕時得了頗厲害的婦女症，薛以利亞曾按手治好了她的病，保住了她的生命和婚姻。一位年輕的男孩子的母親說孩子多年的糖尿病是薛以利亞最近治好的，本來她要小孩在這禮拜日對薛以利亞致感謝詞，卻沒想到太慢了。村長特別提到有一次他偕同薛以利亞去慰問北部一家痲瘋病患的事，他說薛以利亞用一顆銀色的醬果球置放在一個青年患者的身上，那個患者的身體立即恢復乾淨……

阿星開始哭了，竟不敢用淚眼直視在座的教友。他同樣不希望薛以利亞離世，在教齡上，他比大半的教友更短，更需要薛以利亞的提攜。可惜任何人迫切的需要都留不住薛以利亞的，他的離世是必然的，只因爲他已完成了生命中最後的一件事，在消滅了令人恐怖的蝙蝠巢穴後，他有權回到三重天去安歇。

事實上，他們抵達柴仔坑西邊的山脈，是爲了追剿血色蝙蝠的巢穴而去的。這個計劃是費了心力所擬定的。

原來，自從唐天養病癒下山後，薛以利亞就整個人陷入很深的思索中。偶而唐天養打電話來，總是和薛以利亞有一陣的長談。剛開始，阿星並不瞭解裏頭的奧祕。慢慢地，薛以利亞以偶而性的短談或有意的長談，爲他說明這樁難以理解的事情。全部的奧祕都涉及了聖靈與撒旦之間的爭鬥。薛以利亞曾在以琳湖邊散步時談起羅義耳傳道的往事。

羅義耳傳道於一八五〇年出生在英國的倫敦，家族是虔誠的長老會的信徒，在羅義耳傳道出生前二十年，有名的長老會牧師珥運已在倫敦攝政王廣場推動聖靈的恩賜及基督教更新運動，主要是傳講聖靈治病和說方言的奇蹟，在倫敦引起一陣的騷動。羅義耳傳道的家人和珥運關係匪淺。一八六五年在一次按手中，羅義耳獲得了說方言的能力，不久竟有聖靈治病的大能，他的家人勸他全力奉獻傳教，於是他離開了英國，旅行到各殖民地去傳教，他曾隨著佈道團體遠達澳洲和南非一帶宣講教義，到了一八七〇年，他二十歲左右，固定在東印度及中國的廣州往來。有一次他在廣州的尖沙咀一帶救治一個兵丁，那個兵丁外貌酷似南海的馬來人，但兵丁卻說故鄉是台灣。就在當夜，他的夢中出現了異象。有一群背著弓箭的、棕色皮膚的人站在一個綠色島嶼上向他呼喚。他本來以爲那個島嶼是香港，可是香港並不住有那種人。於是他辭了佈道團職務，隻身冒險進入台灣的淡水。當時的淡水在清朝台灣巡撫整頓下開始有一些現代的建築設備。早在一八六〇年，淡水就開放了對外貿易，船隻在港口愈來愈多，河畔的大稻埕也開始吸引了洋行和大陸商人來做生意。台灣的農夫在這兒開闢山林，焚地耕種，頗充滿了健康、美麗的畫面。羅義耳立即喜歡上這個島嶼。一八七二年，馬偕牧師在淡水設立了牛津理學院，開始把西方的學術傳進來，靠著教會的介紹，他在學院充任過臨時教席。他以爲自己大概就要在淡水居住下去了，但是又有一個異象指導他離開北部，進入中部的山地。這個異象又出現了背弓的人種，背景則是群山之中。一八八〇年，他由中部的平原溯溪進入山區，接觸一個又一個部落，最後抵達貓羅山，山上的景色如同異象中所顯示的一樣，他決定住下來。

剛開始的佈道十分辛苦，由於他的長相和山地人相差頗大，不容易獲得山地人的信任。幸運的，有一次他在以琳湖邊以聖靈的力量治好一位溺水的青年，開始獲得部落人們的喜愛。之後有幾個人受洗成爲信徒，他開始在以琳湖邊搭築木造房屋，慢慢擴展了他的教務。他和村民一起漁獵、耕種，生活得十分辛苦，幾年後，他幾乎被山地人同化，有時竟遺忘了他是大英帝國的子民。

就在一八九五年後，他遭逢了十五年的山地生活中最大的危機，這個危機也使他的宗教生命進入了神祕的核心地帶，因爲有一種血色的光芒突然現身在他的眼前。

一八九五年，馬關條約的簽訂，迫使台灣進入日本的勢力之內。日本的佔領軍沿著北部一路攻佔台灣的西海岸線，抗日軍死傷累累，並且不時波及到山村一帶。在山線一帶倒不是山地人常常主動抗日，而是平地的漢人游擊隊避入山區帶來騷動。一八九七年，有一支西部海岸線的抗日軍撤入A市，並且向著貓羅山地帶流竄，引動了日本帝國皇軍的冒險追剿。整個A市東邊的山區進入了一片風聲鶴唳之中。抗日軍沿著貓羅山以下，海拔二〇〇〇公尺的落霞山線構築陣地，企圖在這裏穩下陣脚，同時出擊A市的日本設施。那年的夏天，日軍不再縱容抗日游擊隊，正規軍和警備部隊開始對落霞山村發動剿殺的攻擊。當時貓羅山的村民有人前往落霞山村支援游擊隊，大半都很快回到村莊來，他們都說戰況十分激烈，十分嚇人。由於日軍對山地地形的陌生，被圍困的事並不是没有，但是，最重要的是日本軍隊似乎是痛下毒手，非要一舉殲滅游擊隊及山村的人民不可。巨大的砲聲偶而傳到了貓羅山來，半個月後，戰役結束，落霞山村被摧毀，抗日軍幾乎全部被消滅，日本軍離開了A市東邊的山區。

當戰役結束時，貓羅山村的人才發現有許多青年没有回來，大概在落霞村戰役中遭到了不幸。有幾位是受洗的青年。包括羅義耳本人，村莊幾位大膽的獵人都想下山去落霞村找尋遺失的村民，即使已成骸骨，也要將他們的遺骨帶回來。

羅義耳當時五十歲不到，精神氣力都還很好。他立即和五個村莊的青年整裝翻越山嶺，進入落霞山村。當他們進入部落的路口，屠殺的景象立即出現在他們眼前。在道路兩旁的小丘及草叢裏散棄了衆多屍體，有平地漢人也有山地人，偶而也留下了身著日軍衣服的人員。偌大散居的村莊一個人也没有，能逃的大概都逃光了，遺下的都是屍體。他們在怒放著山花及濃綠的山村中穿梭尋找，凡是死者，他們就看一陣，發現不是貓羅村的人就走開。在公廨前他們找到了二把貓羅山的獵矛，還有一袋弓箭，他們一步一步由村莊道路進入部落最高處的集結陣地。這是一個高聳的山岩，可以控制整個山村。土塊石塊的工事十分整齊。有一條小路可以攀爬而上。當他們登上山岩的陣地時，大吃一驚，整整有百具的屍體都被集中在那兒，日軍並沒有埋葬他們，任由太陽曝曬他們，屍體已開始腫脹腐爛。有幾堆的屍體被燒成半灰燼，大概是臨行前的日軍放火燒屍的結果。當時的天氣實在很好，大陽當空，藍天無限。他們終於在陣地裏找到了二具貓羅山青年的屍體。他們開始砍下樹幹做擔架。這時，羅義耳發現四周圍的空氣有一種異樣的震動，他抬頭向著右手三十公尺左右的高大岩塊觀看，就看到有二個青年蹲在那兒談話，一個是日本軍官的樣子，面貌清癯，下巴有如剛剃過鬍髭般地青綠的色彩，臉無血色；另一個則是平地的漢人，臉面滿是擦傷的血痕，眼睛血紅。羅義耳被他們的面容所驚嚇，一輩子都忘不了。在驚訝中，他竟至於呆呆地站著。那二個岩上的青年發現有人看他們，斜斜緩緩站起來，羅義耳目睹一股紅色的光輝立即在岩石上產生，那二個人飛縱岩下，斜飛逝到那邊的山脚下。羅義耳以爲他產生了幻覺，並沒有告訴另外四個山村居民。他們做好了擔架，把二具屍體放好，扛著離開落霞村莊，翻上一個山脊，正要朝著小路下山時，在四周都是扁柏的林間，他們陷入了二隻飛行的大紅蝙蝠的攻擊，整個的扁柏林瞬間都被紅光籠罩，他們五個人手足無措，羅義耳以爲自己難以倖免，只好坐在地上默默禱告，奇怪的是紅色蝙蝠頗畏懼他的禱告，飛行俯衝一陣子後就攀離了扁柏林，消失在山頂上。只有一個抬擔架的青年過度緊張，他在紅色蝙蝠飛臨時曾以木幹反擊，臉部稍被抓傷，但無大礙。回到貓羅山之後，他們並沒有重視這件事，因爲日本人來臨使山村陷入一片恐怖之中，紅色蝙蝠不過是大災難中的小災難而已。不過隔了不久，羅義耳聽說那位被抓傷的青年在貓羅山失蹤了，沒有人知道他去了那兒，彷彿有人說：「他變作

一隻紅色的大鳥飛走了。」

記憶中的次要情節在時光中被遺忘，但主要的那些景象卻隨著歲月愈來愈鮮明。羅義耳的大腦中刻下了紅色鳥類的印象，成了大好的山居歲月中的噩夢。他當然想尋出這些詭異現象的背後原因，但無論他如何廣閱博覽，都發現不到一點點的個中奧妙。

有二件事使羅義耳短暫忘掉了紅色蝙蝠的事。

一是他開始著手擴大了傳教的工作。那就是他開始訓練一些優秀的青年人，到其他的山村傳教，他開始和青年翻山越嶺，勤快地走動。他甚至在一些山村固定地培養信徒，再由幾個信徒發展出團體。

二是自一九一六年後，日本著手貓羅山的林場開伐，鐵路由A市修到貓羅山來。對於沿線的村莊而言，這是很大的變動，日本警察和平地人很方便就可到達這兒。尤其是伐木工人大量進出，改變了閉塞的原始村落風貌。羅義耳擴大了傳教對象，和伐木產業的工人建立了友誼。特別是一九二〇年後，由於教友生兒育女的結果，許多家庭全都是佈道所的信徒，譬如長期擔任村長的莫魯瓦欽先生，當佈道所成立時，只有他做禮拜，但幾十年後，子孫超過了二十個，全都變成信徒。羅義耳必需付出更多的時間在信徒的團聚上。

忙碌，也使歲月過得更快。

在一九二五年後，產業鐵道運輸事業益形發達。貓羅山村及附近各部落加入伐木工作的人愈多。有信仰的村民以佈道所爲中心，組成了伐木工人組合，和日本株式會社爭權益。他的佈道所成了日本人注意的對象。就在那一年，擔任A市支廳長的岡田健一曾到貓羅山巡視，並在落霞山一帶參拜陣亡將士墓碑。岡田自詡他是落霞山及貓羅山的老朋友，他只是重遊舊地。在貓羅山的火車站，羅義耳看到了岡田的臉大吃一驚，記起他似看過這個日本人，仔細思索，他的記憶回到了三十幾年前的落霞村，赫然叫他記起岡田健一就是落霞山陣地旁，蹲在岩石上的日本軍官。

他趕快找人打聽岡田健一的來龍去脈。原來岡田是一八九五年，隨著能久親王來台掃蕩抗日軍的軍官，在那時，他立了大功，曾回日本一陣子，又到台灣，在總督府擔任侍衛長，後來又參與噍吧哖之役，很有貢獻。他是實際能給台灣人嚴厲懲罰的日本官員，對台人從不手下留情，尤其對山地的人民更是痛下毒手。

一九三一年，日本進兵支那滿洲，軍人掌控日本大政，在台灣開始鼓勵人民排斥歐美人士，他們誣指教會思想落伍，著手教會的思想改造，企圖把基督教日本化。貓羅山的佈道所被要求在做禮拜前要舉行皇宮遙拜，聚會時也要使用日語，便衣警察常出入在佈道所四周。羅義耳感覺日本野蠻而不可理喻，一九三三年，他把佈道所的工作交給長老，束裝回到英國倫敦，短暫告別貓羅山，當時他己八十幾歲了，但外表好像五、六十歲的人。

他住在家族附近的一所老教堂裏，開始撰述這半個世紀在遠東所見過的奇蹟，並在報紙上爲文稱讚台灣山地的美麗和純樸。果然他的文章引起許多人的迴響，一位西班牙籍的神父和他取得了連繫，那位神父剛由加勒比海一帶傳教返國，打算下次前往遠東傳教。神父在通訊中和他交換了異地傳教的經驗，使他獲益匪淺。在通訊時，神父寄來了十七世紀一位耶穌會教士唐何多阿塞的旅遊書給他，那本書描述了加勒比海千奇百怪的風俗和奇蹟，當中有幾頁是動植物介紹，插圖十分生動。有一幀是飛行鳥類的素描，那隻鳥展翅斜飛，類似態類，但實際是一只蝙蝠，插圖旁邊註明：渾身透明，紅色。羅義耳以爲他看走眼，再三詳細審視，確是血色蝙蝠無誤。

在驚訝之中，他立刻請求神父寄給他唐何多阿塞的資料。有一本寄來的小傳中說明唐何多阿塞多才多藝，具有鑄造砲銃的技術，被派任美洲傳教，由於幾次的神祕經驗，使唐何多阿塞闡發一種奇異的天界見解。唐何多阿塞自認曾在三重天與天使生活過，在那個世界裏充滿了快樂和愛，所有的靈魂都能依照計劃降生到人間來行善或累積生命經驗。唐何多阿塞否認人死後一定要住在陰間等待末日的審判，他堅持美好的、充滿信望愛的靈魂必能住於重天之中，再俟末日審判的來臨。這種論調實在已接近東方投胎轉世的理論，和傳統的天主教教義背反，於是耶穌會判他異端，唐何多阿塞遂選擇自我流放，在一個加勒比海的小島上，他過著隱居的原始的生活。在一六六八年，他曾和一個探險隊深入委內瑞拉和巴西的交界處，在那兒他見到不少的物種，並和一種巨大的紅色蝙蝠有過爭戰的記錄。

唐何多阿塞第一次面對紅蝙蝠是在被廢棄的古馬雅遺蹟中，那時探險隊越過了沼澤地疲乏不堪，正準備在廢墟中休息，沒有提防到空中飛臨的危機，幾隻紅色蝙蝠圍攻了他們，造成探險人員的受傷，探險隊只好撤退。第二次的探險行動又在一處的叢林裏被血色蝙蝠阻擋，唐何多阿塞使用槍枝對付這種動物，但沒有絲毫的作用。在一次異象的啓示中，唐何多阿塞折返了海岸邊的一座古教堂的古墓上，摘取了一類銀色植物上的星形葉片爲指針，與羅盤製成一個追蹤器；並以銀色醬果球爲權柄之憑據，又回到叢林，追蹤血色蝙蝠的巢穴所在，並將之剿滅。唐何多阿塞自述血色蝙蝠乃撒旦的工具之一，當撒旦的一類意志操縱了人的軀體之後，就會因著不相稱的意志、肉體的結合飛翔成蝙蝠之狀。撒旦這類意志的據點就是血色蝙蝠的巢穴。在地球上，撒旦的化身多不勝數，可是只有血色蝙蝠代表了撒旦激烈的嗜血性的破壞傾向。通常牠的出現會帶來屠殺性的災難。唐何多阿塞在晚年曾進入北非和東印度去旅行，又發現幾個血色蝙蝠巢穴，他自述無法洞悉撒旦在地球佈下了多少的巢穴，但他可以想像到撒旦的魔界似乎是無遠弗居。唐何多阿塞晚年才回西班牙終老。

羅義耳看了那本小傳，堅信唐何多阿塞所言非虛。於是在一九三三年春天，他靠著西班牙神父的幫助，旅行到西、葡交界處的唐何多阿塞的故居來。將近三個世紀之久，偏僻的小村依然維持舊有面貌，唐何多阿塞的石屋依然存在。羅義耳翻找了遺物，在一個屋角找到了以帆布縫成的厚袋子，裏頭正是裝了幾枚星形葉片和醬果球，並附有一個羅盤和使用說明書，羅義耳把帆布小袋攜帶出來，感到三百年來強大的靈動力量依然周流在袋子的四周。

一九三八年，歐洲的政局十分緊張，羅義耳意識到悲慘的戰事即將發生，他不想目睹悲劇，同時他十分惦念貓羅山的信徒，深怕那些居民成了日本人發動侵略的祭品，於是他又束裝返回貓羅山，他暫時放棄了擴大宣教的工作，只生活在貓羅山村裏。一九四一年，太平洋戰爭爆發，他被日警驅趕下山，和其他英、美的外國傳教士被集中在一所日本人所主持的教堂裏加以看管。在下山之前，他挖了小埕前的石園，把那袋銀色葉片、醬果埋在小坑裏，誰也不知道這兒埋有唐何多阿塞的遺物。

終戰後，羅義耳又回到佈道所。一切仍然如常，三年之間，較少聚會，多些塵土和蛛網；損失較大的是有些青年信徒被調往南洋從軍，死亡不少，使佈道所略失活力。他再度整頓佈道所，在聚會堂後搭了石子的廚房，又整理埕園的雜草，修補小路，這時他發現小埕前的石園長了一棵銀色植物，銀亮的葉子和醬果耀眼生輝，亮光有如天空最美麗的星光。

世局的變幻難測，就是羅義耳這種先知也會失去判斷，本來他認爲台灣一定會和琉球一樣置於麥克阿瑟將軍的接管之下，但前來接收的竟然是蔣介石這幫人。一九四七年，二二八事件爆發，雖然已近百歲，但是他還看得出這件事的來龍去脈，在同情本地人之餘，他開始接濟上山前來避禍的台灣人，大半都將他們往更深的山裏送，協助他們躲過被捕殺的災禍。

就在這時，羅義耳與薛以利亞見面了。

●

薛以利亞本名薛學智，本是A縣濱海的一個密醫，他的父親原是A縣海豐鄉大地主王阿發的長工。日本佔領台灣的前兩年，他和王阿發的大兒子王建生同月同日被生下來。

自幼他就和王建生一起長大，情如手足。王建生後來唸了台北醫學專科學校，後回鄉開設診所，頗有醫德。薛學智在診所當助手，慢慢也懂得醫術。在四十歲那一年，他接手王建生在海邊附設的臨時醫療所，成了密醫。他具有長工的優良品德，在看病時倍加小心，不敢壞了王建生的好名譽。一直到五十幾歲，他都未婚，把所有的精神和氣力都放在病人身上。二二八事件發生，A縣的海邊縱貫線相當緊張，一批士紳組織了時局委員會，接管了縱貫鐵路的交通及若干設施，聲勢不小；王建生被推舉為委員會的總代表，薛學智膺任幹部。三月十二日，蔣介石的援軍抵達A縣，開始搜捕時局委員會的台灣人。委員會立即解散，並有多人被殺，濱海一帶陷入了風聲鶴唳之中。三月二十日，薛學智、王建生等十餘人在故居的大宅院討論時局，許多人的失蹤使討論會陷入緊張陰慘之中。當夜，鄉下的村莊來了一輛軍用車，十幾個中國兵立即封鎖住村莊道路兩頭。士兵派人前來通告要和王建生談話。時局委員會的成員意感到大事不妙，為了保護王建生，委員會的十餘人立即穿上同一款式白顏色的醫生服，衝出了宅院，分由不同的方向逃竄。在宅院的大門，有一個中國兵朝了薛學智放槍，他只記得右臂一片的冰涼，也顧不及再想什麼，拼命往郊野奔跑。整整跑了一個晚上，他越過鄉界，進入靠山的A市來。在匆忙中，他來到了王建生曾做過禮拜的一家天主教堂來，一個熟識的神父立即帶他進入教堂中，這時他才發現右臂被一顆子彈打穿了，子彈並沒有留在裏頭，只是穿了一個孔，鮮血已把他的白色的醫生服染成血漬斑斑。神父建議他入山去避難。於是他即刻化裝成伐木工人，戴著低低的斗笠，挑了扁擔，搭上登山火車，來到貓羅山，羅義耳立刻安頓他在一個信徒的家，他暫時躲避在這裏。

恐怖的氣氛在山上略略降低。一個星期後，他可以利用夜晚的時候出入佈道所和羅義耳傳道見面。身受槍傷及憂慮時局使他的精神十分萎靡。羅義耳傳道爲他禱告，有好幾次爲他按手，有一次宛若被一陣火焰掃中，他仰首倒下，居然說了方言，有一種無言的力量，使他重新恢復了活下去的信心，他的槍傷竟不藥而癒。時局的混亂，使他不敢下山，在山上他一待就是三個月。

就在第一個月，羅義耳傳道讓他看到了很多的神蹟。

有一次是晚上發生的事，那時薛學智正和兩位二二八的避難者在佈道所後面的書房談話。外面發生了凌亂的脚步聲，門被打開，走進了羅義耳傳道和幾個K．M．T的中國兵。那些中國兵綁著布綁腿，脚登草鞋，腰間繫了麻繩，沈甸甸的棉襖漬漬黃斑，樣貌凶殘。他們被嚇住了，就像突然遇到死神一樣，一動也不敢動。羅義耳傳道指著書房說：「你們看看吧。這兒一個人也沒有。」那時壁上的煤油燈十分明亮，就是瞎子也可以看得到他們三個人。但是K．M．T的士兵卻宛如中了邪，呆呆站在那裏幾分鐘。最後有一個士官長居然說：「的確，佈道所一個人也沒有，是我們太多疑了，我們走了。」於是那班士兵掉頭撤離了。

又有一次，平地來了一車廂的K．M．T搜查部隊，由一位排長率領，在貓羅山展開廣泛的搜山行動。村長被逮捕逼供，在倉卒間，十幾個逃難的人沒有防備，立即向著大雪山逃亡，羅義耳給了薛學智一小袋糙米，他們兼程遁入冰天雪地的高山地帶，在一個隘寮裏，他們住了下來。一小袋米當然餵不飽十幾個人的肚皮。剛開始他們用雪水煮稀飯充飢，並且四出去尋野菜，可怪的是，每一次薛學智打開糙米的袋子就發現糙米裝得滿滿的。如此共有十天，他們不但沒有缺米，回到貓羅山還帶回完整的一袋米。

這些奇蹟使當年的薛學智大開眼界，日後他閱讀聖經的四福音書，才知道耶穌早就顯露過類似的神蹟。

最神奇的是，這時A市的上空開始飄飛一隻血色的大鳥，沿著山稜款款地飄著，就像一個滑翔翼，由平地上山的人不斷談起這個奇觀。羅義耳很瞭解這個異象代表著什麼。那正是指明了有人將擴大這一場殺戮、刑傷。神祕的幽靈——血色蝙蝠又公然現身在城市的天空，一切都朝向血色的世界奔馳而去。羅義耳毫不猶豫，邀了薛學智動身下山，企圖找出血色蝙蝠的巢穴。

他們化裝成採筍的農人，共有三次進入A市後山的竹林區，這兒是血色蝙蝠最常飛起的地方。可是由於竹林過於廣闊，況且某些地方有K．M．T的士兵崗哨，使搜尋的工作很不順利。最後一次是在靠近鐵橋附近的一個人家暫歇。黃昏的歸鳥都回到竹林了，百鳥齊鳴的聲音彷彿要把竹林都搧動漂浮起來，天邊的彩霞露出萬丈雲光，大地一片黯紅。這時有一群數千隻的黑蝙蝠在天空紛飛，不是沒有規則的，是那種朝著地面上的某種東西的操練，它們凝聚如一片黑檀木的雲，破散時則成秩序的隊伍。羅義耳和薛以利亞被吸引了，他們走出木屋來觀看，忽然瞧見大鐵橋上的鐵軌站立了一隻紅光四射、晶瑩透明的大蝙蝠，牠蹲踞著，有如尊嚴的帝王、形同一架焚燒的火車頭。

羅義耳拉了薛學智，靠著竹林的掩護，在窸窸窣窣的落葉中走向了大鐵橋，當他們的脚踩上了橋樑時，血色蝙蝠看到他們。牠偃息了雙翅，張著紅瑪瑙的嘴對著他們，牠神情肅然。在雙方僵持了幾分鐘之後，牠展開光芒瑩潔的雙翅飛起來，像是滑翔翼在鐵橋斜斜地飛了一圈又一圈，而後和無數的小蝙蝠飛向更高的天空，忽然降落在更高的那片竹林裏。

他們立刻攀著竹子，向著眼前的山坡爬上去，翻過山坡就看到眼前是更大的一片竹林，由另一個山坡到這個山坡，宛如一個圓弧的餐盤的底部，到處是竹子。他們選擇了林中一條下降道路，目標是前方下降坡地的幾座竹屋奔跑起來。他們不知道爲什麼要跑向前方的竹屋，大概他們相信會遇到某些農民，也許可以問一問血色蝙蝠的蹤跡。但是就在接近茅屋時，他們警覺到這裏的竹子少了，露出寬廣的一大片空地，顯然這裏是一個工作場。到處都是堆積如山，準備運走的竹材。就在竹屋前的空地上，他們遭到血色蝙蝠的攻擊，空曠的木材工作場使牠取得了靈活的攻擊空間，牠的飛翔變成一道優美的光束。羅義耳很快地在腰間解下了帆布袋子，掏出了一葉銀色的星形的葉片，平放手掌靈動而充滿生命，錚錚地發出了響聲。當血色蝙蝠俯衝而下時，那片銀色的葉子宛若被強力的東西所吸引，如同旋轉的器物，朝著血蝙蝠飛去，打中了牠的身子，引發了爆炸聲，那隻蝙蝠萎頓下來，斜斜掠進竹屋右邊的林子，掉落在地上。他們跑到林中去察看，在墜落處發現一位K·M·T的高級軍官躺在那兒，有一片瀰漫的紅色光芒浮動在竹林頂端，慢慢轉成一只純粹的光盤，像受傷的一個光體，夾帶星形葉片朝著更高的山嶺飛走了。

羅義耳把羅盤和地圖拿出來，放在地面，葉片做成的指針立即指向斜斜的東南方。羅義耳說這個羅盤的指針是由另一片並生的星形葉片製成，所以它會有磁力追縱另一片的星形葉片，假若血色的光盤挾帶著星形葉片回到巢穴之中，那麼只要沿著指針的方向前進，就會抵達蝙蝠巢穴。但是他們放棄了，除了他們翻山越嶺的裝備不夠外，他們頗顧忌K・M・T的崗哨，因此他們又回到貓羅山。

三個月後，二二八事件的緊張情形告緩，薛學智返回西海岸的老家，才曉得他的診所被貼了封條，王建生早被逮捕槍殺，時局委員會的人大半死亡。薛學智在失望之餘，對世局已沒有多大的期望，他又回到貓羅山的佈道所，在這兒受洗成了佈道所的成員。

最早薛學智在貓羅山墾荒種地，把多餘的食糧捐給佈道所做一些貧人救濟，後來在這兒當密醫，以極其低廉的收費診治山區的居民，平常則協助羅義耳訓練青年傳道者；他會日語、日文，可以和山地的人溝通，贏得幾個山村居民的友誼。並且他不揣淺陋，協助羅義耳爲病人按手。他曾以聖靈之力治好脊椎彎曲的小孩病患；使老人再度長出牙齒；甚至使衆多的肺結核病患痊癒。一年之後，他曾和羅義耳下山在天主教會舉行佈道大會，薛學智呼求聖靈爲信徒洗禮，於是聖靈如傾盆大雨，從天而降，整條街道的人都被聖靈擊倒在地，就是路過教堂的人也感受到聖靈的力量，高唱靈歌，說了方言，這股力量整整在天主教會盤桓了一個月之久，引起全省各地基督徒的前來，從此薛以利亞的名號不脛而走，老一輩的人都知道他領受聖靈恩賜的能力。

一九五〇年，羅義耳年紀已近百齡，回英國終老，把貓羅山的教務移交給薛以利亞，從此佈道所走向了更台灣化的道路。

薛以利亞曾對阿星說，自從他接掌佈道所的傳道工作後，已經有四十幾年，他一直都待在山上，除非有必要他才下山，這並不是因爲生性孤僻；而是因爲自從二二八事件諸多親友死難之後，他就視世界如塵土，再也不對人間抱著希望。也因爲恨惡了這個罪行滔天的世界，神才讓他贏得天堂；實際上他早就離開此一世界，只留一副軀體在世上，俟他完成了最後的一件事，他就離開這個世界了。起初阿星不瞭解最後的一件事是什麼，但現在則明白了那件事就是剿滅蝙蝠的巢穴。阿星記得他和薛以利亞是在二月二十八日下山的。這是因爲唐天養忽然來了一通電話，表示他要帶阿星和薛以利亞去看一看彭少雄的就職大典。

他們搭了貓羅山的下山火車，在夜晚時抵達了服飾街，最後在十字路口的四棟大樓區找到唐天養的雅筑服飾店，在三樓的客廳，他們休息下來。

唐天養的身體恢復得很快。禿了頂的頭顱不斷在他們的眼前搖晃，哲學家的臉在溫和中帶著頗有氣氛的憂鬱，他爲薛以利亞煮了好吃的清燉鱸魚，還爲阿星煮了湖南牛肉羹，事先爲他們舖了舒服的床位。晚上九點鐘後，唐天養的岳母赴喜宴回來，他把三個小孩帶回來了，客廳立即進入熱鬧的氣氛中。

阿星和唐天養在書房談得很深入。唐天養以他半生的經驗告訴阿星，讀書是一件好事，但最好要先考慮生活問題；他說史賓諾莎說得好，想要當一個哲學家，就要先學會磨鏡的技術，這是一點都不能有錯的，讀書是添飽腦袋，工作是添滿肚子，兩者是不相同的。

據阿星的觀察，唐天養的生活是悲慘的。那個書房是凌亂的，而桌面則是一團糟，書籍到處亂丟；小孩把無比重要的書撕毀了，拿來做紙鳶；房裏瀰漫了小孩的乳味和尿騷味，到處是灰塵。

但是薛以利亞卻一直和小孩在客廳不疲倦地玩。尤其他和唐天養的岳母大談日本時代的人事，好像回到舊日的歲月。

第二天，他們一大早就在A市閒逛。唐天養駕著一輛廉價的裕隆車，跑了花卉區、養牛場和彭厝里。在臨近中午的時刻，他們來到市政府廣場，唐天養停車時，彭少雄正在台上發表演說。唐天養隔著車窗指著舞台說：

「現在站在台上的人就是彭少雄，他和血色蝙蝠關係匪淺。」

當他們下車時，彭少雄把三隻小而強壯的血色蝙蝠從籠子裏放出來。那是如何叫人震驚的生物啊！阿星的心頓時急促地跳動起來。那三隻蝙蝠就像三隻小熊一樣，伸開的翅膀至少有二公尺長，在街道上狹長的空中走廊飛了一遍又一遍，透明的紅色身軀如同優美的光的運動，引發了酒席的市民不絕的掌聲。阿星很敏感地注意到彭少雄腰間繫的深紅色的錶鍊，有一縷不明的紅細光線一直和那三隻小蝙蝠相感應，好像操縱的一條細微的訊息。

「我認爲那是三個不幸小孩的變體。」薛以利亞用手遮擋著天空的陽光說。

「薛傳道說得不錯，我很能知道那是怎麼回事。」唐天養高懸的禿頭不住地點著。一直到彭少雄由台上下來，搭了吉普車離開後，他們才返回服飾店。

薛以利亞對唐天養說他和阿星應該暫時再回貓羅山做一些必要的準備，十五天後，阿星和他將再到A市來，那時才能計劃去找尋蝙蝠的巢穴。

阿星還記得，那十五天是薛以利亞最忙的一段日子，他除了反覆地對阿星提示聖經上的神祕句子之外；並整理出自己最重要的一些講詞構成一本書，他要阿星常讀它。同時一一約見每位教友，傾聽每個人的心聲；並寄了大量的書信到國外……。十五天之後，他們回到A市。

在三月十五日這一天的夜晚，他們展開了追尋血色蝙蝠的工作。

夜晚十點鐘，唐天養領著他們到達財神酒店，夜裏的酒店人群熙熙攘攘，他們無心閒逛。由電梯直上唐天養教授哲學的教室，之後他們乾脆登上十五層的露天頂樓。由上往下看，繁華的燈光亮遍了整個城市，甚至延伸到東邊的山坡區。A城之外，黑色吞沒一切。

薛以利亞說一世紀以來，他第一次看到A市的夜間全景。

這時唐天養不斷搜尋著夜空，他說他一定能找到血色蝙蝠的蹤跡。

就在十一點左右，城市的燈火開始顯得弱下來的時候，唐天養突然指著竹林方向的那一片幽黑深邃的天空，阿星立即看到許多類似於飛躍的紅色螢光的光點升上來，它們隨意組合，有時盤旋如一個紅色光碟。在幾分鐘之後，它們飛到了城市的上空，朝財神酒店這一地帶前來。阿星並不瞭解那裏頭的玄機，但是一會兒，那群紅色的光點匯合成鳥形，像一道血光翻落在一座高樓大廈之後。

「你看，以前的我是個傻瓜，居然跑到竹林去找牠。」唐天養對他們兩人說：「現在我聰明起來了，其實牠就常在這附近出現。」

「你說就在鬧區這一帶？」阿星問著。

「沒錯，我知道牠就在這附近。」

他們又搭電梯下到財神酒店的地面來，唐天養駕了他的裕隆車，轉了幾個街巷，到了彭少雄的服務處。

「我打賭牠就在裏頭。」

這時已過了十一點半，這個服務處的確是一個小盆地，四周是高樓大廈，在昏暗的街燈下浮現一種詭異。在服務處大門的正對面算過三户人家，有一間五層樓高的豆芽菜工廠，微明的燈光下，老闆還在工作。他們向老闆商量借用那個五樓靠巷子的房間。老闆和唐天養是舊識，立即答應了。

現在他們就在五樓的窗邊，俯視著服務處。

服務處的燈光還很明亮，看得見許許多多的人進進出出的身影，唐天養說這個服務處如今已變成賭場了。自從彭少雄當了市長，這兒急速地來了南北的賭徒，不折不扣的是賭博的好場所。

老闆端了一盤茶和點心到五樓給他們。老闆說賭場不到深夜是不熄燈的，最近更變本加厲，巷道停了無數的轎車，使住民很不方便。巷道的人本來想抗議，但一聽說彭少雄是賭場老闆，大家就不敢輕舉妄動。

「你們是在縱容他！」唐天養提醒老闆說。

「他是市長，好歹我們都要忍一忍。」老闆說：「忍不下時再想辦法。」

接近凌晨一點鐘時，忽然有一盞燈先在服務處熄滅了，接著又一盞熄了，不一會整座的園邸的燈都熄了，四周黯了下來。唐天養不住地喃喃自語，薛以利亞從帆布袋拿出銀色的星形葉片置於掌上，阿星知道這二個人一定感受到什麼事情即將來臨。對於神祕的事情，阿星自覺所知不多，他的道力畢竟太淺。不過此時，他也感到有一股異樣的波動突然增強起來。

果然，就在阿星略略失神時，服務處的屋頂發出了一片的驚心光燦，他定睛一看，就看到一隻大紅色的鳥類蹲踞在屋瓦上，不斷轉動頭部環視四方，當牠注意到巷子對面的五樓上有人在窺伺時，牠似乎是生氣了。阿星覺得那隻鳥的嘴是對著唐天養叫著，彷彿要說些什麼。但不一會，牠拉開雙翼振翅飛翔起來，似乎想急於離開。可是就在牠飛到了五樓的高度時，薛以利亞手中的銀色星葉發出了鏗錚的響聲。阿星看到星葉飛旋起來，如激射的一枚子彈，朝天空劃出了筆直的一條銀光，和那瑪瑙紅的鳥撞在一起，一種清脆的像爆竹的爆炸聲嗶嗶剝剝地響亮在夜空，那蝙蝠如重創的巨鳥，踉蹌地斜飛一陣，向大街那一邊傾身滑落下去。

他們直奔大街。就看到市政府前的馬路上躺了一個人，正是彭少雄。有一片濃厚的紅光徘徊在路邊一棵榕樹的樹頂，不久形成光盤，挾帶著銀光閃亮的星形葉片朝夜空飛走。

薛以利亞拿出了羅盤和地圖，指針立即朝著紅光飛行的方向指出了東南的方向。這時有了一陣的忙亂，幾輛車停下來察看躺在馬路的彭少雄，他們知道彭少雄將會有人送往醫院，於是他們放心地走了。

接著就是一整夜的忙碌：

阿星記得他們依循指針的方向直走到環山河床的鐵橋，但指針依然指向東南的方向，彷彿是意味著星形葉是落在東南方的群山之中，他們商量的結果是搭登山火車先向東而走，直到指針轉向正南的方向，他們就下車，之後再進入山區去找尋星形葉片，也許蝙蝠巢穴就被找到也不一定。

●

第二天的天氣大好。一大清早，雖天候仍有春日的餘寒，但是陽光燦爛，使A市的市景散發出一片的光明。

唐天養告訴她的岳母有關入山的事情，表示大概要一、二天才能回來。阿星協助唐天養到早晨的市場買了一大堆的蔬菜、肉類，好像堆積雜貨一樣地拋進電冰箱裏，並一再恐嚇小孩不可以利用他不在家的時候找阿嬤的麻煩。阿星對唐天養說：「你能養活這三個小孩實在是人類史上的一大奇蹟。」最大的小孩告訴阿星說：「爸常說他用養小豬的方法養我們。」唐天養怒斥了大兒子一聲，說：「沒錯，我把你們當小豬，事實上你們是小豬，但是神卻憐憫你們，使你們長得人模人樣。」薛以利亞和唐天養的岳母分手時很捨不得，他說要找個如此明理的女人很不容易。薛以利亞去他的提袋拿一副翡翠手鐲，他說這副手鐲是日本時代王建生之母的遺物，幼年時他和父親當王家的長工，王母很喜歡他，臨死時把家傳的手鐲分給了他。薛以利亞說這副手鐲是清朝官家遺物，只送給高貴的女人，唐天養的岳母十分高興。薛以利亞又一一地對小孩按手，祝福小孩們會有茁壯的身體和聰明的大腦。而後他們揹起了裝備，奔向火車站。

這個車站自從變成廢墟之後，縣政府正計劃重新興建，如今只能臨時搭蓋一個類似於果菜市場的鐵皮架來容納旅客。客人們依然熙熙攘攘出入在鐵皮架下購票、買東西、看早報。

早班的登山火車出發了，阿星還記得他本來的背包有些沈重，裏面所攜帶的星形葉片、銀色醬果卻不斷傳來一種靈動力量，使他感到不可言喻的輕鬆。他們被火車帶進了竹林、杉樹林、扁柏林，就在海拔一八〇〇公尺左右的高度，一個叫做柴仔坑的小站，薛以利亞手中的羅盤轉向了正南方，他們立即下了車。

這是一個很不起眼的小山村，位在落霞山村之下。車站附近大概有二、三十户的住家。但是據說這山村的居民分散居住，延綿十分廣大。薛以利亞曾想在這兒成立一個佈道所，但由於居民過度分散而作罷。在日本時代，這個山村是樟腦的熬腦場所；尤其在一九一九年之後，樟腦的生產採取官督民營的方法，台灣製腦株式會社在這裏輔助建立二十幾座的腦寮，日本人及平地人早就遷到這裏來居住。如今熬腦事業不再發達，但容易看出許多舊日採伐樟腦的舊痕。

十點鐘左右，他們三人詢問山村有關南行的山路，這個山村到處是樟樹、柏樹，但更多的是五葉松，在春日的陽光下，山村四周的山脈連綿的都是綠樹叢，他們並不敢奢望有道路可以通向南方的群山之間。

村裡頭的人指著村後西邊的那支馬脊山脈，要他們沿著山脊上的小路向南走。村裏頭的人說那個山脊可以縱走，長年以來，村人和山林的保護員已走出了一條道路，山脊上有小路一直向南，就會進入半月鄉半月湖的群山地帶。村人說在冬天，山脊很容易形成一種風暴，將行人吹落深崖；春天則比較安全。可是爲了生命的顧慮，村人勸他們打消南去的念頭，因爲往日有許多人在縱走山脊道路時發生了意外的事故。

薛以利亞說他更年輕的時候曾和一些人翻越過那座不很高的馬脊山脈，抵達更底下的一個山村去傳教，那時彷彿也有人告訴他山脊上有一條縱走的小路，可是他卻沒有機會可以試一試。既然這次他們有備而來，當然不可能中途退怯。薛以利亞說聖靈將引導他們走到該到的地方。

十一點時，太陽當空，他們再次檢查裝備，朝著馬脊山脈走去。村人要他們沿著唯一的一條山澗往上走，那條山澗的水不深，旁邊已被走出道路。當村人反問他們爲什麼要入山去冒險，唐天養說：「我們去找紅色蝙蝠巢穴。」山村的人都說這兒從來都沒有發現那種動物的巢穴。

從山脊上果然有一條澗水流向了山村，不能算小的澗水衝刷河床，有些較寬的河床露出了嶙峋的怪石，使他們可以踏著石頭往前走，某些較狹窄的地方則澗旁都是五葉松的枝葉，低垂的松枝使澗面變成一個隧道。他們穿過重重的樹的障礙，努力攀上斜坡，四周的山林十分寂靜，五葉松之外又有五葉松，偶而露出一大群的樟樹、柏樹。的確，除非是有特殊的目的，人們不會想爬上這座山脊的。

阿星記得，就在十一點四十分左右，他們攀上了幾個高地，突然抵達了六十度斜高矗立的大崖壁之前，澗水戛戛，看不到上頭是什麼。他們大吃一驚，以爲路走絕了，向南又没有道路，要攀向陡峭的五丈高崖很難，尤其唐天養的脚在走山澗的時候扭傷了，行走的力量削弱了很多。他們只好略爲在瀑布下休息。百歲的薛以利亞卻一點也不擔心，他的顏面紅潤，聲如洪鐘，手執藤杖很穩健。很快的，薛以利亞在瀑布左邊一百公尺左右的地方發現了一條可以攀爬而上的小路。五葉松把路遮住了，如果不仔細看，還不容易發現這條山路。這是舊的急水澗乾涸而成，這條小路的兩邊都是山岩，可以攀著山石而上，但更多的是人工刻意地闢築而成，在困難攀登的地方就留下木樁，即使略爲易滑的地方都埋有石板。

當他們奮力攀登崖頂的時候，大吃一驚。原來就在瀑布之上，有幾十甲寬的光禿禿的沙石台地，廣闊的地面散佈了大大小小的鵝卵石，有幾道水流切割了這個台地，四周較高的水流都匯到這兒，再流到崖邊形成瀑布，台地之外則是漫山遍野五葉松，在山稜下的台地那部份，則盤踞了通草、車前草這些植物。

由這個台地俯視著山澗那一帶的景色眞是壯觀，低低的柴仔坑就在遠遠的底下，陷落在群山之中，四面八方的山在陽光下覆蓋一層綠葉，偶而有鐵紅色的山的肌肉露在外頭，寂靜下帶著穩定的力量。

令人更感到意外的是這塊台地上有二個圓形的鐵絲網的養雞圈，裏面飼養幾百隻的肉雞，羽毛斑斕的雞正在那兒爭飼料，雞糞的味道相當刺鼻。在台地右邊的五葉松林下，有二間木頭搭成的寮房在那兒，諒必是養雞的主人。

他們走近了那個寮房，就看到四個男人在左邊的寮房桌前打牌，飼料和雜物堆滿在寮子底下。正在打牌的那些人向他們打了招呼；不久，另一邊的寮子走出來一位年輕的女人，請他們進到裏面小坐。

一走進彷彿是餐廳的房間，他們就聞到了一股很濃的藥補雞的味道，女人正在廚房煮飯。

那個年輕的女人說他們在這兒養雞已經很久了，他和丈夫曾選擇柴仔坑一帶想經營養雞場，但沒有好的地段，所以他們自己就找到崖頂來自闢場地。她說這個地方一向很少人來，除了獵户和林管局的人偶而路過之外，算是人跡罕到。她和丈夫每個星期都必須到柴仔坑把飼料央人背上來，雖然路程不便，但已經習慣，這裏的空氣、陽光都很好，雞仔的成長狀況很好，大抵上他們都由平地買來孵化的小雞，養大了再賣到平地去，收支勉強平衡。

寮子的男主人隨後請他們用餐，七、八個人在餐桌上享用燉雞，雖然這對大約三十五歲上下的男女主人一再說他們養雞多年，但阿星看不出他們有多少山居歲月的樣子，而且那個女主人皮膚白膩，臂膀修長，戴著名貴耳環，雖然打扮樸素，畢竟使人聯想到是個高級的上班女郎。竹屋的男主人問他們說：

「你們到山脊來做什麼？」

「我們做一些追蹤，想找一找有沒有蝙蝠洞之類的東西。」唐天養回答說。

「啊，你們是研究山林動物的學者。」

「大概算學者啦。你們呢？是親戚嗎？」

「當然不是。」寮子的男主人說。

「是路過的山管人員？」

「也不是，他們是暫時在這兒住一、兩天而已。」寮子的男主人說：「有關他們的事，你們最好不要知道。」

唐天養沒有追問下去。吃了一碗飯後，唐天養說：

「我們想沿著山脊上向南走。你們知道路況嗎？」

「我們沒有實際走過。」寮子的男主人說：「不過聽獵户説過，小路並不好走，有許多地方有暗坑，尤其接近山脊的尾端常出意外狀況，那地方聽説有點詭異。由這裏沿小路走到盡頭聽説就抵達半月湖，行程大約五、六個鐘頭。」

「有人出事過嗎？」

「有的，所以你們要小心。你們慢慢走吧！太陽下山之後不要走，如果不妥當就走回來。」

阿星一聽，心裏有些擔憂，但是薛以利亞面帶笑容，彷彿一點都不在乎。

正午的時候，他們各背了行囊，檢查裝備，準備出發，寮子的女主人吩咐他們說：

「不要逞強猛走，回來時可以在我們的寮子過夜，總之，隨時注意路況。」

他們道了謝，爬過了台地，登上山脊縱走的小路，立即置身在山之頂巔。

現在他們更看出四周山勢的壯麗，西向是毗連的高大的原霧山脈，東向則是落霞山脈，藍天飄著朵朵的白雲浮遊在萬頃峰波之上。他們是蒼蒼宇宙中微不足道的小知覺體。

薛以利亞又一次把古羅盤拿出來，指針恰恰就和山脊的方向平行，並且看得出指針的磁力彷彿增大了不少。

「我看我們距離星形葉片的地點已不遠了。」唐天養說。

「加油吧。」薛以利亞鼓勵他們兩人。

阿星還記得，那是一段驚險的旅程。雖然他們知道隨時可以找出星形葉的位置，從而找出紅色光源——蝙蝠巢穴，但是山脊小路的地形起伏不定。有時草深三丈，踏下去卻是鬆軟的泥坑陷阱；有時巖石堅硬，走過後卻石塊崩塌。在凸起的山脊上宛若被懸空於藍天之下；在凹下的地方被圍困在叢草和雜樹之中。幾次他們甚至遭到莫名的山風的攻擊，險些被颳落崖底。他們戰戰兢兢，唯恐高速度趕路會發生意外。所幸這條路有人走過，在大白天，他們還能看到一些人所做的危險標誌，避開了某些致命的錯誤。

他們走走停停，五個鐘頭之後，太陽位置在西邊天上，山勢開始向下傾斜，他們注意到有一段路呈四十五度斜斜伸向小凹的谷地，四周的山脈好像一下子都齊伸入了那個谷地一樣。他們判斷來到馬脊山的終點下坡地帶。不錯！這山脈是到了盡頭，谷地下的對面山脈就是半月湖一帶的山脈。

當他們準備下行到小凹的谷地時，阿星發現他的背包裏有一股強大的靈動力量周流起來，同時有一種奇異的景觀吸引了他們。因爲坡地下谷地展開了一大片昆欄樹的景色，沒有五葉松了！到處是昆欄樹！

「那凹下的谷地必然有硫磺泉。」薛以利亞指著昆欄樹的樹海說：「那地方就是我們要找的地方。」

他們循著下降的小路，果然進入了一大片遮天蔽日的昆欄樹的密林中。這個谷地整整有十甲以上的面積。

氣溫忽然變得燠熱起來，有一條滾燙的硫磺小河由南邊的山的林木中奔流下來。他們在偌大的小凹谷地東顧西盼，想決定下一個行進的步驟。

「如果聖靈的啓示不錯的話，我們應該去找一找硫磺泉的源頭。」薛以利亞揮揮他手中的藤杖說。

當他們再看一看羅盤的指針時，就看到指針正好也指向硫磺小河的來源處。

唐天養把開山刀拿出來，戒備地說：「我們往硫磺小河上溯去找找看。」

到處都是昆欄樹，到處是原始的石壁，如果被倉卒之間投入這裏，一定會一下子迷失方向。不久他們看到硫磺小河是由兩片矗天的山壁構成的甬道中流淌出來。他們踏著小溪石塊走入甬道，仰上看，只見上頭形成了一線天，簡直是鬼斧神工的天地造化。越往裏走，甬道漸寬，但通道兩旁的石壁開始出現一枚枚的斑斕蝶翼，剛開始他們以爲是山間的植物，但一會兒他們就發現是一枚枚的蝴蝶，而且越來越多，斑斕的蝶翼幾乎攀滿了一線天的壁面。

「這究竟是怎麼回事？」唐天養説。

「没什麼事，我們只是遇到蝴蝶而已。」薛以利亞説。

「太奇怪了，三月中旬有這麼多的蝴蝶呀！」

「這裏的天氣不是燠熱得像夏天嗎？」薛以利亞説。

他們終於走出了一線天，就發現他們進入了比較寬的一個河床中，硫磺泉水冒煙地流淌在河床中間，兩岸長滿疊疊花瓣的台灣葛藤，因爲太過茂盛了，一直垂掛到河床來。藤上停了密密麻麻的陰陽蝶和不知名的巨種蝴蝶，羽翼上的花紋如同大的眼睛瞪著他們。他們奮力地撥開兩岸的叢樹和台灣葛藤，好幾次引動了蝴蝶紛飛，成群地添滿河床的空間。

「這裏就是傳説的蝴蝶谷了。」薛以利亞説。

「啊，眞是壯觀！」唐天養説。

阿星長長舒了一口氣，頓覺大自然有其不可思議之處。不一會兒他們走過了寬河床轉了一個彎，爬上水源處，氣溫更爲燠熱，白色的煙霧不停在前方蒸騰冒向崖上的天空。他們仔細看，大吃一驚。一個佔地二甲以上的硫磺池就在眼前，除了小河這個開口外，四周都被高大的山壁包圍住了，陽光可以直照進來，但崖上密密的葛藤、披垂植物蓋住岩壁，加上崖頂的昆欄樹群的遮蔽，在山脊上發現不到底下這個硫磺池，只會覺得有白煙往上冒，但永遠猜不中這兒有個巨大如湖泊般的池子。

就在小河的對面的岩壁邊，有一座四方型的高大建築嵌入了岩壁，矗立在那兒，葛藤由建築的屋頂攀爬下來，它宛如荒廢的古建築，露出一個入口，但裏頭完全空曠。硫磺的溫水在建築前冒著一陣又一陣的煙霧。

「我認出來了，它就是A市消失的火車站。」唐天養叫了起來，說：「眞

令人想像不到，它被遷移到這麼隱密的地方。」

「來吧。我們必須進入車站之中。」薛以利亞胸有成竹地說：「那兒就是紅色蝙蝠的巢穴。」

薛以利亞複述唐何多阿塞的解說。唐何多阿塞認爲血色蝙蝠的巢穴是魔鬼知覺、意志和想像力、判斷力一部分，牠可以任意地自我分割，並尋找一個總根據地棲息下來。牠的存在缺乏人類肉體和強烈的人類感受。缺乏肉體使牠必須找尋活人的肉體做附身，牠必須靠著人類實際的肉體去感知更多人間的現實狀況。並以當下的狀況從事牠的計劃，其計劃是破壞性的。唐何多阿塞說在魔鬼還是驕傲的天使長時，牠一度認爲牠和上帝一樣具有創造力，能支配萬物的誕生，但當牠背叛上帝，墮落成魔鬼時，才發現牠失望了。牠並不具備創生萬物的能力，甚至洞察宇宙的未來變化都有問題，於是牠只好順應自己有限的能力去做工，牠必須利用人類本身變化的、朽壞的、破毀的天性去加速催化這種天性。當牠意識到某處開始有激烈的大規模殺害和摧毀，牠的分靈就駐紮那個地方。以附著、操縱人的肉體爲主要方式，牠不但可以廣搜人群的資料，在巢穴裏做計劃演練，並叫被附體的人加速本來就有的破壞。蝙蝠巢穴恰似一個大腦實體，牠貯藏所能得到的訊息，傳達了強烈的意志，是一個基地。唐何多阿塞也認爲魔鬼對快樂和痛苦的感受力非常薄弱，這種麻木性，使牠變成更加肆無忌憚，牠視一切悲喜劇如兒戲，只有破壞嗜慾是牠的指導標的，並不斷吞噬更多麻木的靈魂來壯大自己的魔界。牠對上帝的背叛和鬥爭在目前看來是十分有力，幾乎是成功的。至少在末日來臨之前，牠不會覺得自己是失敗的。

阿星感到他的背包的聖靈力量加速地運動，薛以利亞叫他放下了背包，從背包的帆布袋取出了幾片的星形葉，用三條的銀色絲線將葉片繫上，掛於阿星和唐天養的胸前。薛以利亞靠著藤杖率先由曝露在淺淺硫磺池上的石塊上矯健地橫越池面，向著車站的入口走去。

阿星立即緊張起來。

當他們靠近車站大門時，仍可看到不少的蝙蝠攀在入口處，阿星以爲大門之內必有更多的蝙蝠，但是等到他們一脚跨進大門時大吃一驚。本來他們以爲是走進了車站的大廳，可是放眼一望，卻只看到一片遼闊無比的沙漠地帶，四周沒有植物，遙遠的沙丘的地平線橫陳在前方有如無垠的一條線，天空則呈現弧形的蓋子的形狀，弧狀似地向地平線遠方垂落。整個的大地就像太陽西沈的那個刹那，昏黃中帶著邪紅，主要的是有一片紅光升起在沙漠地平線的那一邊，彷彿過了沙漠之後隱藏著詭異的火光之物。阿星直感到那是幾里正在焚燒的凹陷地帶。

天空倒十分乾淨，偶而會有捲筒式的黑霧從沙地上捲升上來，飄向天空，之後又落回地面，不久又升上天空，那種黑霧如同一種黃蜂聚集的雲，好像有生命，會自己變化形體、不停運動。

「那片紅光就是我們的目的地。走吧！」薛以利亞催促了他們二人。

當他們選了一條道路邁開步伐時，阿星立即意識到他的身子變輕，彷彿隨時都會飄浮起來。但是同時有一群人從後頭以更快速度趕來，他們的脚輕輕點著沙地就能往前急走。當他們靠近右邊和阿星三人並肩而行時，阿星警覺到這些人就像是透明的影子。爲首的一個大個子問著：

「你們也趕到紅色斷崖那邊去嗎？」

「什麼紅色斷崖？」唐天養說。

「你們也從硫磺池的那個洞口進來的嗎？」

「是呀！」

「沒有人事先告訴你，這裏有個叫做紅色斷崖的地方嗎？」

「沒有。」

「你們聽好，不要想隱瞞我們，這件事對我們很重要。有人告訴我們，紅色斷崖可以讓我們獲得復活的能力，我們會再度復活起來，比從前生活得更有力。你們不也趕著去那兒嗎？你們也受到別人的指示嗎？」

「没那回事！」唐天養說。

這時阿星才看清楚，這一夥人的身上大都被一層黛藍的光包圍住，人的身形模糊，但看得出臉部的表情；爲首帶頭的人臉上的顴骨凸起，眼神尖利，周身黛藍的光比其他的人更濃厚。

「我們没有搞錯吧！」那人轉頭對夥伴說。

「你們說的紅色斷崖大概指盡端的紅光地帶吧！不過我們是主動想去那兒的。」

「去做什麼？」

「大概是找尋遺失掉的某些東西。」

「你別騙我，好兄弟，沒有人會遺失什麼東西在這兒的。你們的目的和我們一樣，都是想去復活的。反正我們差不多——都是死人。」

那大個子說完，跟隨的人都咯咯地笑起來。

唐天養和阿星聽了，臉色慘白起來。

「你們先走吧！」薛以利亞對那些人說：「既然來到這兒，不管目的如何，到紅色斷崖則是相同的。」

「那麼我們先走了！」

帶頭的人招呼了一下，那群人又往前急走。在昏黃的天色下，他們的狂奔身影如一縷縷微細獸形的煙。

「我們好像陷入了夢境了。」唐天養喃喃地說。

他們繼續趕路，又有幾群人由他們的身邊經過，脚程都很快，這些人的身影的光深淺不一，大抵是藍色，顏色輕淡的人脚步就輕，顏色黑重的人脚步就重。不過他們火急趕路的心是一致的。

阿星還記得他們走了很久，平舖的沙漠景色是荒蕪單調的，天空的顏色一成不變，越走越叫人害怕，他知道他們走得越久離開車站入口就愈遠，雖然車站的入口早已不見，但是入口一定是在剛剛起步行走的地方，如果他們要離開這個幻境，還是必須回來找尋車站的入口。

就在道路的中途，他們遇到了一團烏雲的圍困。瞬間他們被一團從天而降的烏雲籠罩住了；在辨不清方向時，他們只好席地而坐，靜等烏雲飛走。

雲比他們遠望的還要濃厚，置身雲霧中彷若失去了時間和空間的感覺。可怪的是，在雲裏他們並不是看不見什麼，相反的，在雲霧中忽然現出一個視景。他們一齊看到有一大群留著長辮子的農夫踞守在山頂；山谷裏卻聚集著飢餓、哀號、黥面、紋身的女人和小孩，牛隻飢餓地站不住脚，跪在地上把頭埋向地面；山谷的唯一缺口卻被堵死了，大概估計再一、二天，山谷的人和牛隻就會活生生地餓死。

他們不忍心再看下去，所幸不久，這個景象消失了，又恢復了沙漠景觀。

薛以利亞說他們剛剛是陷落在撒旦的記憶和想像的雲霧之中。唐天養則說剛剛的景象叫他想起一本台灣的舊誌，裡頭記載了滿清時代的漢人移民常以武力開拓山林，他們甚至把山地人逼入山谷，餓死山地人後再佔領耕地。

「這個記憶未免太遙遠了！」唐天養說。

「我想撒旦至少在滿清時代就降臨了此地。」薛以利亞站起身來，感慨地說。

就在他們想繼續行走時，阿星首先發現路邊蹲了一個少年人，就像被棄的小孩，沮喪地被拋棄在那兒。他們走過去，才看清這個少年就是最早和他們談話的那夥人中的一個。

唐天養和他打了招呼。

那個少年比阿星要年輕一些，雖然身影模糊，但看得出他稚嫩。他的周身散發黛藍的光，但是在藍光之外圈又略略有一圈淺黃。少年看一看他們三人，說：

「我告訴他們不想去那個紅色斷崖的地方，他們硬是把我拉來。」

「爲什麼你不去紅色斷崖？」薛以利亞問著：「你們不是趕著去復活嗎？」

「不是我不想復活。」少年拭了拭淚說：「而是我不想和他們再混日子，他們總叫我覺得血腥。你們不認爲殺人很恐怖嗎？」

「你們殺人了？」

「我們殺人也被殺。今晚的一場A市火拼，我們都死了。當我們的靈魂徘徊在火拼的現場時，就聽到紅色斷崖的名稱響遍天空，有人指示我們到達硫磺池這兒來，那個人說紅色斷崖具有復活的神祕力量，大家都不甘平白地死亡，就成群結隊來了。本來我是不想來的，一想到糟糕的人生和這群糟糕的朋友，我就意態闌珊。平時我在幫派中只是跑腿的角色，無足輕重，我没打算永遠和他們混幫派。當然我也想過不需要再復活了，這輩子我做的罪行鑾多的，就用死亡來償還那些罪行吧！」

「你叫什麼名字？」薛以利亞說。

「他們叫我阿點。因爲我的臉上有顆黑痣。」

「好，阿點。你跟著我們走吧。我們也不是去紅色斷崖尋求復活的。我們一起走，一定可以找出門徑離開這兒。」

「我不知道是否該跟你們走。你們和我不太一樣，我看見你們的身體有層很亮的光包圍了你們。」

但是，少年還是跟著他們的後面走。

就在他們快抵達路的盡頭時，地勢斜斜地往上昇高，成爲一個斜坡，在昏黃的沙地四周，空氣燠熱異常，血腥味膨脹開來，斜坡下的那邊，巨大的紅光向上衝高數丈，把四周的景色都照得鮮紅。他們準備往斜坡爬上去，這時他們又遭到一團烏雲的籠罩。它似乎是由斜坡那邊突然地昇上來，而後罩臨了整個斜坡，在猝不及防下，他們陷入了雲霧之中，三個人不約而同，蹲身立定。這次出現了一個視景，他們見到空闊的A城變成一個殘敗的廢墟，從山洪暴發後的A市浸入漭漭的大水中，美麗安大酒店、五星飯店、財神酒店、溫莎醫院只露出半截的建築。到處是浩浩的水；最怵目的是在市政大樓頂豎立了一個巨大的銅像——戴墨鏡、黑西裝、黑手套、黑馬靴、黑髮的青年；銅像的兩個肩膀微聳，棲息兩隻振翅待飛的紅色蝙蝠。

一會兒，視景隨著烏雲的飄逝消失。

「這眞是撒旦的如意算盤了。」唐天養若有所悟地說：「我猜想這是撒旦演練的A市的未來面貌。」

這時，他們又看到一隊隊的人你推我擠，搶登山坡。朝山坡那一邊飛縱而下。

他們幾個人費了一些脚勁，才攀抵坡頂。阿星往那邊的坡下一看，嚇出了一身的冷汗。原來那邊的坡下是一個懸崖，十丈之深的崖底就是一條連綿千尺的大溝壑，裏面滾動濃稠的紅光，就像火山爆發後的岩漿河，正不斷地反覆地翻滾。

「這就是唐何多阿塞說的撒旦的某類意志基地。」薛以利亞對他們說，隨後又對身邊的那個少年說：「阿點也跳下去嗎？」

「不！我不願意。不是畏懼，而是不屑與之爲伍。」

「你眞了不起，我們支持你。」

薛以利亞指示阿星放下背包，把帆布袋子取出來，倒出了一顆銀光四射的醬果球。阿星感到這顆醬果球的力量在此刻突然增強得非常厲害，那種周流的聖靈力量使四周的沙地微微震動，雖然只是拳頭大小，但是她的銀色光輝暴漲，將周圍幾公尺之內的物與人都捲入銀光之中。薛以利亞說醬果球的存在是神的旨意的一部份，誰都無法洞徹她的祕密，唐何多阿塞並沒有對醬果球做過多的解釋，只說她是聖靈權柄的準據，她的存在和聖靈的存在是一而二、二而一的關係，其力量無可揣測。的確，阿星曾見過一些醬果球的神蹟，他記得薛以利亞爲唐天養治好了病的那天的深夜，阿星把醬果球置於薛以利亞的書房裏，時當子夜，他明顯地看到醬果球的銀光把書房的黑暗照破。他過去察看了一下，發現醬果球宛若一個水晶體，裏面映出了無限風光，就像整個宇宙都被濃縮在裏面一樣，不！應該說這個醬果球就是宇宙；宇宙就是醬果球。絕不是宇宙之外另有醬果球，醬果球之外另有宇宙。當時他的感覺就是那樣。他也一直沒有弄清這種感覺從何而來，也許他永遠也弄不清楚。

他們立即伏身在崖上，薛以利亞高擎銀色醬果，手一鬆，銀光四射的巨大的光輝直墜崖底。就像一滴水滴進大河一樣。

阿星看到一個奇觀立即產生。山壑裏的紅色岩漿產生了巨大的波濤，無數的紅光的浪拍擊深壑的崖壁，有如扭動的巨龍，但不一會兒，紅光開始褪色了，平靜了，彷彿被某種澄清劑將之消除了。就在深壑的紅色轉淡轉白的那時，突然四周的景物消失，深壑也不見了，天幕及沙漠也隱逝了。當他們猛然清醒過來時，遍找剛才的景象，才發現他們置身在空曠的、黑暗的火車站月台上。他們不能相信這個奇蹟，在四周狂走一番，但依然只能確認他們的確是在火車站。瞬間的變化，使他們難以適應；坐在地上，他們沈默了好一段時間。慢慢地他們看到有一縷淡淡的光線由車站門口射了進來。他們走到火車站口，就發現一枚星形葉片在大門的旁邊，這是二星期之前擊打血色蝙蝠的葉片。

他們走出了門口，走過硫礦池，走出了一線天，沿著硫磺小河，又回到昆欄樹蔽天的山谷裏，發現太陽的金黃色光芒照進山谷，正是早晨的時刻。他們知道在蝙蝠巢穴裏已待了一個晚上，疲勞使他們選擇一棵巨大的老齡的昆欄樹下，沈沈進入夢鄉，在太陽當空時，他們醒過來。

又攀上了谷中斜坡，重新站到馬脊山上的小路，看起來正是午時，太陽在天空中央，放射眩目的陽光。薛以利亞把他的藤杖豎在山谷上的小路，忽然說：

「你們沿著舊路回去吧！在太陽未下山前就趕回柴仔坑比較安全。至於我是決定不回去了！」

「爲什麼？」阿星大感詫異地問。

「我不回去了！」薛以利亞微笑地說：「我的時日已到，没有人再可以耽誤我的時間。」

薛以利亞選擇路旁一顆巨大的石塊，叫阿星和唐天養走到他身邊。他說他已完成了生命中最後的這一件事，他不想再在這世界混下去。消滅了撒旦的蝙蝠巢穴，這是他苟延殘喘到現在的原因。如今他必須回去了。

阿星不能完全領會薛以利亞的話，但是他覺得薛以利亞的話很嚴肅。

「阿星，我要離開你了。不是去陌生的國度，而是回到重天之中靜等神的號角。我仍希望你繼續經營貓羅山的佈道所，並不是希望你終生在那兒，而是多待幾年。長老們和教友會幫忙你的。至於聖靈的事可以隨時找唐天養幫忙。」

薛以利亞沈默了一會兒，又笑了起來，說：

「唐先生，你是支持昇天理論的人。並確信目睹基督優美昇天的聖景的人。今天一定會笑話我。因爲從沒有人有過比我還拙劣的昇天姿勢了。」

薛以利亞轉頭對他的身邊的人影看看，在陽光下，阿星可以看到那人影正是阿點。

「來吧！阿點，不肯投身於紅色斷崖下的少年郎，你拉住我的衣角吧！」

於是薛以利亞望空呼求基督聖名。

阿星和唐天養注意到天空雲層突然出現了一團比太陽還要亮十倍的日光，卻一點都不使人眩目，那團光似乎有一種磁力，當薛以利亞舉手向上時，立即被提昇上去，衣袂飄飄地飛入雲層的白光之中，杳無蹤跡。

他們呆若木雞地站在那裏，好像突然失去了生命中最亮的一盞燈，直到山風搧動了路旁的叢樹，他們才踏上了柴仔坑的歸程。

阿星不斷回憶著薛以利亞，愈發感到傷心，終而不停地拭著眼淚。失去了薛以利亞之後的貓羅山村顯得寂寞多了，雖然長老很認眞要復原昔日的歡樂，可是總異於往日。阿星也不知道要從何做起方是正確。

在這個禮拜日的追思會裏，教友都那麼慷慨地陳述薛以利亞帶來的奇蹟，有些奇蹟還是阿星第一次聽見的，他只能感動得坐在自己的座位上流淚，竟不知該怎麼說話。

追思會在十二點正結束，教友都站起來彼此寒暄，佈道所陷入了一片的脚步聲和談話聲中，他站在門口向教友一一握手致謝完畢，走出小埕找尋那三位國中生。那三個國中生之中的阿遠已準備好寫生的用具站著等阿星，這時阿星瞧見門口有戴深度近視眼鏡的中年略矮的人向他打招呼，正是神學院的倪若信老師。

阿星帶著那三個國中生及老師朝著車站而走。

「老師不是在電話裏說晚上到的嗎？」

「我擱下所有的事務，因爲聽說你的父母及大學的師友要上山勸你回去，使我很緊張，我怕你眞的下山了。他們來了嗎？」

「還沒有，大概下午才會到。我的確打不定主意。老師的看法呢？」

「我很希望你按薛以利亞的話做，暫時待在這兒。我還不曉得你是否看得起不食人間煙火的我們那家神學院，但是只要你肯屈就，所學的也不一定比世俗學校要差嘛！你看！我又在做推銷工作了。」

「老師總是很爲我著想，可惜我在神學上的領悟力並不高。」

「已經很不錯了。其實我也不比你強呀！」

中年的神學院老師笑說著一面去幫阿遠提書包，他們走過林中之路，到了車站，在青年活動中心吃了麵，走到月台。

阿遠把月台的旅客候車椅當畫架，開始爲車站打了一圈的輪廓。

「我要求阿遠畫一張車站的畫送我。」阿星在月台上對老師說：「也許能在離開貓羅山後當成永遠的紀念。」

3

晚間七點之後，太陽早就消失在以琳山崖的那邊。貓羅山的夜色來臨；這時旅館區的長青飯店裏來了一夥人，在花木扶疏的庭院邊的小廂房裏，那夥人坐著吃晚餐。有二個中年的夫婦分別坐在阿星的左右邊，大檜木旋轉圓桌那一頭坐的是一位老教授和二個大學生，另外有神學院的老師及佈道所的長老陪坐。

他們很和善地吃過了飯，把筷子放下來，開始喝著飲料談天。阿星對面的女同學開始講話了，她說：

「阿星，回大學吧。再怎麼說大學都唸了，總不能叫我們爲你一直辦休學。現在回去還來得及，我們都還年輕，爲什麼要想不開?你以前不是當著班同學的面說你要改善教育狀況嗎?同學也很支持你的想法。沒想到你卻中途退卻了，假若你沒有畢業文憑，怎麼去教書?不教書怎麼改變教育現況?」

「班長說得很對。」阿星的媽媽也開始說話，她的神情有些沮喪：「媽也希望你回大學唸書，這幾年媽自覺對不起你，我沒有花更多的時間照顧你，總覺得你的成績好就沒有什麼問題，怎麼也沒想到你會突然避居到山上來。這一年來，你一定吃了不少苦頭，對吧?你一定過得很不好。」

說著，這個媽媽哭了起來。

「阿星，再回大學唸書吧。嗯。」老教授溫和地說：「你離開我和全班的同學之前應該先和大夥商量。聽說你對某個教授頗爲不滿。這是難免的。以前也有很多學生和教授意見不合的，但大家都能忍下來。教育主張本來就是複雜的，如果那位教授奉桑戴克爲神，那就給他那種權利吧。你只要和他妥協一番，拿了學分就好，又何必和他吵架。重要的還在於你並不喪失你自己的看法嘛!」

阿星沈默不說一句話，他感到自己的心有些憂愁。同學的話和教授的話都很親切，很中聽，和所有勸他的人的話都大同小異。但是就因爲那種親切，使他感到那些話的庸俗，因庸俗就變得無關緊要。他早就想過這些話了。

「我們還想聽一聽做父親的怎麼說。」神學院的老師說。

「我和阿星母親的基本看法是一致的。」阿星的父親慚愧的臉略紅，他說：「但是我想阿星已經二十歲了，他一定也有自己的主見。老實說我以前並不覺得阿星的存在。這麼多年來，我總是和他虛與委蛇，如今才猛然感到阿星的確是存在的。都怪我在社會上混昏頭了。我只求從現在起能補償他，所以不管他的決定如何，我都不會盲目地否定他。但是我眞的希望他能把教育唸完。」

這時，或許是無關痛養的話猛然叫他意識到他與在座的這些尊長和同學的不同，主要的是有一種奇怪的感受來臨，他感到一條紐帶忽然斷了，那是一種突如其來的對一切世俗「斷念」的感覺，一方面和眼前的庸俗世界隔開了，一方面卻對一切都釋懷了、寬大了。宛如受了極徹底的一場淋浴，他感受到無比的乾淨和清醒。他突然領會到薛以利亞在二二八事件後返回貓羅山的那種感覺；他瞭解聖本篤離開腐敗的羅馬，避居於荒僻山洞的那種感覺；也瞭解聖方濟由富家生活，一轉爲清貧度日的那種感覺。正是那種對世俗「斷念」的感受，一種乾淨的感受，一種新的生命的感受。

「你們的好意我都知道。」阿星微笑地說：「其實大家對我都很好。你們給我的已經足夠了，媽說對我缺乏照顧並不完全是事實，其實是我索求於你們太多的緣故。和我一起長大的朋友中比我更有人照顧的不多，我算是很幸運的。只是這幾年來，我總畸異地在摸索一條路，這條路稍稍和一般人不同而已。雖然沒有很大的發現，但截至目前還沒出錯，很令自己滿意。總之，我並不想隨你們下山，短期內不會考慮回去大學唸教育或回家，我繼續在佈道所住下去，你們有時間常來這裏走走，這是有名的風景勝地呢！」

「阿星，你在說什麼呀！你怎麼會滿意待在這個偏僻的山上呢？」母親流淚地說。

「媽，很對不起妳。我是不能聽從妳的話了。以前我總聽妳的，但現在我得聽從我自己的感受。『感受』媽媽一定懂的，妳以前常對我們孩子提及妳的家庭感受，妳常說就是那種感受讓妳決定在家裏待下去，而不是離去，媽是最有感受的女人。我和媽一樣，也是感受力好的人，就是那種感受使我決定待在山上，而不是下山。媽一定能瞭解的。」

「阿星，你實在太敏銳了。」母親哭著說：「媽只怕你挨餓受凍啊！」

這時廂房來了更多的教友，他們聽說阿星的父母和師友都在這兒聚餐，都前來致意。他們很快就高談闊論起來，父親開始問起貓羅山村的茶園的投資事情，老教授則問起山地教育問題，大概不久母親也要和他們攀談起花木的銷售價格吧！

阿星走到窗邊，獨自眺望天上，他很想看到薛以利亞目前的情況，卻意外地發現今晚的星空十分燦爛。

市長之死

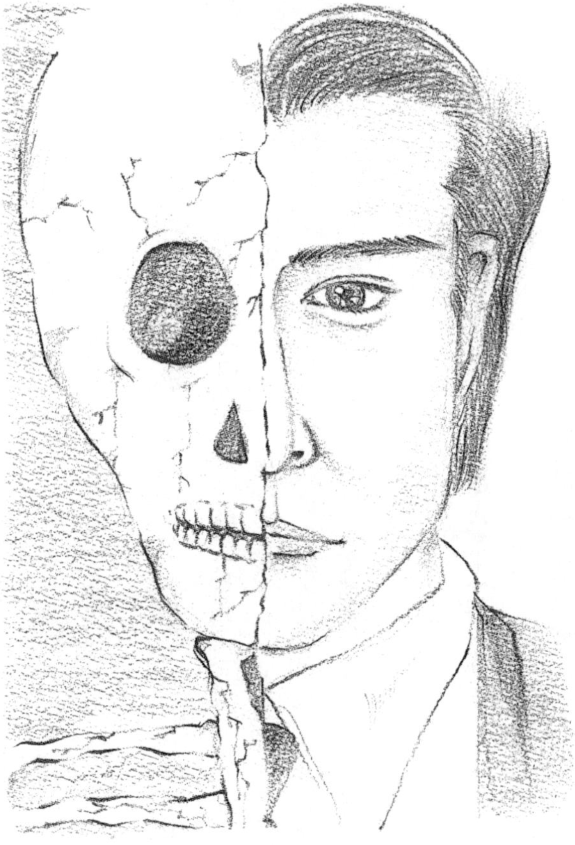

〔A市地方誌文獻資料一〇三：彭世傑報告〕

附件(1)來信：

A市地方誌編輯主任及諸編輯委員先生鈞鑑：

欣聞貴會爲了重建地方文化，刻正向A市市民蒐求文獻資料的消息。深感貴會做法十分切合時需，且立意尤爲深遠矣！蓋一國固不可無史，而一國歷史的建立，尤待先建立地方史也。

爲了響應貴會這件極重要的工作，我不揣淺陋，想提供一份報告，以供貴會審查，期能列入地方文獻資料中，將來或能爲撰述A城歷史的賢者提供棉薄助益，則甚感榮幸。

這份報告是有關前任的、已亡故的市長——彭少雄先生的資料。是我花了整整六個月的時間蒐集完成的。對於這個工作，我頗努力，因爲它是我初次從事史事撰述的嘗試。我想一舉成功，所以投下的心血是巨大的。我是C大歷史系夜間部三年級的學生。

撰寫這份報告的原因是這樣的：

在六個月前，我選修了「歷史撰寫」的課程。指導的老師是專研台灣史的王東雄教授，他的成名作是〈清代台灣士紳研究〉。當他知道我是A市人的時候，立即要我嘗試先寫歷任A市市長的傳記。但是我自認初次撰寫歷史，不足以勝任這麼大的題目。最後商量的結果是只撰寫彭少雄一人。這是因爲彭少雄和我都是彭厝里的人，而且又是國中同班的同學，我以爲我必能得心應手。

剛開始凡是有關彭少雄的事蹟，我就蒐集。資料十分廣泛而流於無緒，終至於陷入了一片迷亂之中，就好像到處是花朵，而不知該摘取那幾朵以成花束了。但是，慢慢的，我被他生命中最後的一件事吸引住了，竟然無法再注意其他，它使得彭少雄其餘的事都變成了次要。

是的，這件事就是「彭少雄的死」，也就是我此次寄給貴會的這篇報告的主題。單單爲了撰述這個題目，我花了整整六個月的時間，可見歷史人物的撰寫是件多麼耗神費力的工作。

這篇報告依循史學因果考察原則，概分「死亡經過」和「死亡原因」兩部份，我自認已窮盡我的才情和學養。當我把這份報告呈給王東雄教授批閱時，他做了一個有趣的評語，說：「不類一般歷史撰述，但是假若歷史的寫作都能像這樣，那麼歷史文類在市面上就會成爲暢銷的書刊。」

是的，我相信王東雄教授的評語正確無誤。他說的「不類一般歷史撰述」是指這篇報告缺乏歷史文類的嚴酷性，也就是說不合既成的陳規吧！因爲我畢竟只是大三的學生。至於「成爲暢銷的書刊」也有眞實性：事實上這篇報告曾被校內的刊物登載過，好事的同學都爭相影印傳閱，就像閱讀一篇有趣的緋聞一樣。

編輯先生，容我再自我介紹一遍：

我的名字是彭世傑。今年三十歲。已婚。彭厝里橋頭餐廳的老闆。C大歷史系夜間部三年級學生。

住址：A市彭厝里橋頭路3號。
電話：785585。
幸祈審查覆示！肅此，敬頌
編安。

市民　彭世傑謹啓
一九九五年八月五日

附件(2)：

a. 錄音帶五十二卷（上貼受訪者姓名標籤）。
b. 彭少雄三歲時照片、國中全班畢業照、結婚照、榮任市民代表會主席照、就職A市市長典禮照、車禍意外死亡照各一幀。
c. 彭少雄隨身攜帶的粉盒一盒。
d. 死亡時破裂的顱骨一片。

死亡經過

當彭少雄的地下室火庫被破獲而招致他意外死亡的那一天，第一聲追逐的槍聲響起來的時候，我記得是八月二十二日正午十二點五十五分。

那時我正在橋頭的餐廳裏詢問十幾位顧客中的一位，問他要點什麼菜，那位顧客考慮了一下，回答說：「清蒸豆瓣魚和蛤蜊湯。」忽然「碰」的一聲，清脆的爆炸聲從餐廳左側的山下那一帶社區傳過來，撕破了初秋懨懨的寧靜。餐廳的人都楞住了，有人放下筷子，下意識地站起來，想找尋響聲的來源。

「什麼東西那麼響啊！」有人略帶惶恐地說。

由於春季過後，三、四個月的時間內已經連續有四次的大颱風攻擊到A市。最慘的是八月初的第三次颱風，她使後山的山洪暴發，環山溪流暴漲，河流在右岸的新舊彭厝社區浸入了滔滔大水之中，就是我這家故意墊高地基位於橋邊的餐廳也不能倖免。雖然大水消退得很快，但是第四次弗雷特颱風又接踵而至，二天之前又把新舊彭厝社區蹂躪一次，有什麼大建築物倒塌是可能的。

餐廳裏有一、兩位顧客的臉色已經難看起來；我的精神也一下子渙散掉了，就忘了剛剛那個顧客點的菜，我懷著一絲的抱歉說：「對不起，請再說一遍。」那位顧客不高興地提高了聲音，說：「清蒸豆瓣魚和蛤蜊湯。」終於，我很清楚地把兩道菜的名稱給寫上去。正要說「謝謝」時，又是幾聲破空的爆炸聲響起。碰！碰！碰！碰！咻——，一次又一次，從山邊高地傳來。餐廳有人叫起來，說：「是槍聲！山坡那邊發生事情了。」所有的人都站起來，走到門邊去探頭。餐廳最裏面的一位顧客說：「一定是警方又發動地下屠宰場的掃蕩，我看這回事沒完沒了。」這位顧客的發言使大家稍微舒了一口氣，由於這幾個月來，死豬肉、死雞肉流入市面很嚴重，地下屠宰場的取締工作由平地漫延到A市來，這已經不是什麼新鮮事。我不禁就想起這一個月來，每天到餐廳來的顧客都不點宮爆雞丁或牛排之類的菜；因此我竟對這陣的槍聲隱隱有些好感起來。於是，餐廳的人開始陷入了一片熱鬧的談論聲中，最靠近門口的顧客說：「剛剛我由橋的那邊的大路騎摩托車過來時，就看到一隊黑白配色的警車由橋的這一端開過山那邊去，警笛不響，警示燈也不亮，沈默得就像一隊幽靈，想不到他們是去執行取締任務的。眞是私宰商的末日啊！」

這時我已走進了內室的廚房，心裏很寬慰。我把點菜簿交給老婆，說：「換妳去招呼客人吧！這兒交給我。」老婆走了出去，我把爐火加烈，把抽油煙機打開，又在鍋內倒了油，加了葱，「啦！」地一聲，火沿著鍋面燒起來，我立即在左邊的砧板上去取一尾石斑，稍抹了點鹽，準備下鍋，這時外頭起了大騷動，我迅速把魚放進鍋子，加了水，再蓋上鍋蓋，跑到餐廳來。這時餐廳外的石橋上已經千軍萬馬。

有一輛銀白閃亮的二〇〇〇CC的大廂型車如同一匹巨馬從橋的那一端直衝橋上，改裝過的車頭護欄稍被撞凹，但是它一往直前，往前奔躍。它的後頭的窗玻璃已被敲破，有二管槍架在窗架上，正向後伺機射擊。車過了以後，一會兒就傳來警笛聲，有四輛黑白的低矮警車開過橋面，旋轉燈放射逼人的光芒，像一陣幽幽地風，追逐前方的那輛廂型車而去。車陣過後，餐廳的人都靜靜地站著不動。「眞奇怪，我好像看到市長就坐在那輛廂型車上。」有個顧客發出一種類似夢中的囈語說。這時，我聞到一股燒焦的食物氣味，立即返回廚房，一掀開鍋蓋，鍋裏的水都煮光了，石斑魚一片地焦黑。

過了一個鐘頭，店裏的顧客慢慢減少了，我由廚房略略走到餐廳來休息。就看到A

市火車站前柳蔭泡沫紅茶店的老闆彭佳動在餐桌上吃飯。他常常在下午一點半鐘時在我的餐廳吃午餐，我和他是國中、高中時的同班同學，當時我們的成績都還不錯。猶記得在A市神州高中唸書時，是我們最躊躇滿志的時代，那時我們常談志向。佳動很會唱歌、作曲，他說有一天一定要離開A市，去維也納高就，成爲歌劇的男高音是他終生要達到的目標；我的志向也不小，大概想當大法官，並且想要修改憲法或創制法律什麼的。但是，畢業那一年，我們都沒有把聯考考好；總之，我們都落榜了。服完兵役後，我們壯志沈埋，也看出自己的才情有限，佳動到西餐廳去走唱，最後在火車站開了一家泡沫紅茶店；我則繼承父業，在橋頭這裏經營餐廳。有了些微事業的基礎後，唯恐學歷趕不上人家，我們又投考C大夜間部，繼續我們的人生行路，如今我們都年屆三十了。

他正在桌邊和我老婆談一個鐘頭以前發生的事，我老婆說：

「佳動，剛剛有人看到彭少雄正坐在那輛廂型車上，這件事不會那麼簡單的。」

「事情的確有點奇怪。確定少雄在車子上嗎？」佳動轉過頭來看我。

「我的客人是這麼說的。」我挨著桌沿坐下來說：「當時千軍萬馬。」

「怎麼可能?上午十一點時，他才光臨我的泡沫紅茶店，十一點半離開。那時他由主任秘書彭瑞宏陪著，剛由三角地帶的普渡大會場過來。我看他穿著暗金色上彩大青龍的短袖紗質上衣、白色西裝褲，梳了貓王的髮式，精神愉快到極點，不可能一個鐘頭之後就觸霉運的。」

「你說的有道理。」我這麼地說。

「你知道，少雄一向對我們很照顧。上午十一點他一到紅茶店，就問我紅茶店近況怎麼樣，問我需不需要他幫忙再拉一些顧客，他也問起你的餐廳情況。後來他甚至提到要辦一次國中同學會，他願當籌備人。我們聊呀聊的，好像又回到當年唐天養老師帶我們的那段歡樂的國中歲月。那時他的臉色白中透紅，頸上的金項鍊閃呀閃的，他忽然興致高昂地坐在高脚的椅子上，對我的顧客們說：『各位！我是市長！彭老闆的同學。今天你們的帳我來付，你們盡情開懷吧！』而後他向櫃檯播放音樂的小姐點了我們那時代流行的歌曲Moon River，和著音樂唱起歌了。他的歌聲和風采都好極了，就像是螢幕上的歌星一樣。大家都給了最熱烈的掌聲。唱完了歌，他丟下了一疊千元大鈔，拉著主任秘書走出紅茶店，看不出他會出事的樣子。」

佳動繼續補充說，這陣子彭少雄強力地幫他解決了許多的困難。譬如說二個月前，他到A縣各地的餐廳演唱，常受到一些人的騷擾，當彭少雄知道這件事時，就遞了一張親筆簽名的名片給他，於是他拿著名片去演唱，再也沒有人敢從中作梗。佳動說彭少雄的氣勢正如日中天，不可能出什麼紕漏。

「但是那輛銀色的廂型車的確是他的。」老婆不放心地說：「這事情不會和少雄無關的。」

老婆的話使我們沈默良久。

「不管如何，我們還是要弄清少雄是否在車內。」我回到原來的問題上說：「你只要想一想，一個鐘頭前，少雄是否還在市中心，只要確定不是在彭厝里就行。」

「他似乎應該是在市中心的。他曾提到他準備到市府邊的泛美大餐廳去赴宴，因爲省主席和幾位議員今天到A市來勘探水災情況，他準備和那些人長談一番。最少也要一個多鐘頭以上的飯局吧。」

「少雄確定去了?」我說。

「確定。」佳動點頭說：「我送他走的時候，他的司機是把車開向市府的方向去的，那時已是十一點三十分。」

「這麼說我就放心了。」我這麼說，卻知道我的心七上八下地跳動著。

我不想做無謂的猜測，等佳動吃過飯，我把餐廳交給老婆料理，用野狼機車載了佳動過了橋，穿過舊彭厝里幾條古老的巷道，來到彭少雄祖厝所在的竹崎路斜坡，這時整個斜坡都被封鎖了，坡下滿是人潮，我由坡道下的拒馬前向上窺看，只見上坡路道一片狼藉，有幾處人家的磚牆被撞破，磚塊散落地面，有一輛警車翻覆在路邊，好像剛剛打了一場混仗，坡上最頂頭的少雄的祖厝那兒似乎站了更多的警察。我暗感大事不妙，對佳動說：「少雄大概眞的有麻煩了。」

我忘了以後做了什麼，反正是盲目地混在人潮打聽可能的消息，總之最後又載了佳動回餐廳。我們又在餐廳聊了很久，我們得到一個頗中道的結論，那就是說這場事情必然牽涉到少雄本身，但卻不一定會惹來多大的禍兒。原因是少雄以前也出過類似的這種事，譬如被指控販賣私槍、殺人，但所有的事最後都不了了之。自從他就任市長後，想扳倒他的人更是不少，但至今已就任了五個月，沒有人能如願以償，少雄的實力往往超過一般對手的想像。之後佳勳走了，我走上餐廳的二樓去睡了一覺，做了一個夢：

彷彿中我們又回到了國中時代，一大群的人在操場上玩紙鳶，彭少雄說他可以拿到一隻大紙鳶給大家玩，不知道怎麼搞的，他竟然動手把自己摺成一隻五彩斑斕的大紅鳶，我們拉著線把他放到空中去，後來更多的彭厝里的老老少少、男的女的都來拉線，那個紙鳶越飛越高，隱入青空中的白雲間去了，我們高興地大叫……。

夢醒時，已經下午四點半了，我下樓來，看見老婆在廚房裏洗著大把的菜，才想起明天是岳父的生日，於是走到橋頭路的一家超級市場來，我買了一瓶XO和一罐白鹿清酒，準備送給岳父。順便也在路邊的檳榔攤買了一份中部的晚報。當我打開報紙的頭版時，赫然發現上頭以巨大的鮮血般的大字寫著：

龐大地下軍火庫被破獲，彭少雄逃避追捕，意外喪生山壑。

底下還有二排的小字說：

廂型車上五人盡成警方槍下亡魂，山路又巧遇拖車，連人帶車被推落深谷！

其他的小字體指出駕駛拖車的奪命者竟是少雄的大舅子辛振鵬。

我大吃一驚，一時呆立在路上，無法移動我的脚步。

●

彭少雄的死亡在當時是一件大事，雖然距離現在已近一年之久，但當時的震撼如今彷彿還能使我全身顫抖。

就在第二天早上，我們彭厝里的男女老幼都團結起來，包括了殘障的青年及八十歲的坐著輪椅的老人家都會合在一起。我們幾百個人高揭討回公道的大旗，包圍了市警局，使警局前的大馬路陷入了交通受阻的困境裏，包括旁邊的香雞城、富邦證券行、沙宣美容院、媚登峰……都停止營業。我們要求撤換警長劉士林及交出殺人的警察；因爲在那場追逐戰中，置身在廂型車內的五個彭厝里的青年被警方的槍打死，全身的彈孔像蜂窩。死者的家屬們哭倒在警局前，有些人拿著鐵條猛擊警局的大鐵門，立誓要爲死去的青年報仇雪恨。

警局先是上鎖，接著警方調來大批的鎮暴警察，想驅逐抗議的人群；巨大的水柱沖垮了人潮，我和佳勳被水柱逼入警局旁的小花園，和憤怒的里民拿了石頭把警局的玻璃窗都打破。我們奮戰不懈，盡情發洩不滿的情緒。

戰況在午時暫歇，縣議會的議長出來調解，他說警方固然殲滅了那五個擁槍者並使彭少雄意外喪生；但彭少雄這夥人也使二輛警車翻覆，使數位警察受傷住院；同時也引起通向西部大公路的一場連環大車禍和加油站的大爆炸；最不該的是使三角地帶的中原普渡大會場一片狼藉，整個A市付出了大代價。可是人群仍不肯疏散，最後是縣長出面，他恐嚇彭厝里的人說私藏軍火最易被判死罪，即使那五個人不被擊斃，也難逃重刑。他說彭少雄的軍火庫足以建立一個步兵營，這麼大的地下軍火庫所以能建在彭厝里，和彭厝里的老老少少都有關係，最少有二十幾個人會被傳訊，尤其里長難逃其咎。

縣長的話稍微發生震懾的作用，但人潮還是到了下午三點鐘左右才解散。

接著是彭厝里的人把憤怒發洩在其他的市民的身上。

就在私藏的軍火被一箱箱地由山上運抵坡下的八月二十四日早上，人群都擁到竹崎路口來觀看，有一個文化區的胖壯白皙的中年人笑著說：「想不到彭少雄和他的人馬也有這種下場。」那人的話剛說完，就被二個彭厝里的人把他拖倒在地上，一陣地拳打腳踢，把他的鼻子和下巴都踩爛了，那人爬起身，連翻帶滾地朝坡下逃命而去。當夜，彭厝里北邊的周家里故意演了一齣「周處除三害」的馬路歌仔戲，由於聲量調得太高，引發分界道路兩邊居民的對罵，後來引動兩個里的人的夜間大衝突，彭厝里的人拿了武器攻擊周家里，戰火遍及幾條馬路，最後彭厝里的人攻下了戲棚，驅逐了歌仔戲班，放火燒了戲台，在凌晨五點鐘才歇了戰火，人人的靈魂充滿了高昂的報復情緒，歷史好像又走回百餘年前的姓氏大械鬥中。

假如我沒有接受老師的指示，回過頭來調查彭少雄的死亡案件的話，也許我會和彭厝里的所有的居民一樣，到如今都還陷身在不可自拔的仇恨中，而永遠地爲彭少雄叫屈。說不定我將來的某一天也會一頭栽進彭家的血脈網裏，從而做出更大的不幸。現在我正由於這個調查工作，使我逐漸地清醒過來，一切的彭少雄的環境資料，使我竟荒謬地想到義大利的西西里（它是我少年時的夢中聖地），我現在則懷疑彭厝里就是台灣的西西里。這是一個二百年以上的人群聚落，以後恐怕也還會繼續存在下去。它有它獨特的風土、氣候、雨露，我們都在她的懷抱中不知不覺地長大，終而成長爲一個模型。當然，我們並不都是完全相同，由於人生的際遇，我們會滲入一些異地的質素，就像是彭少雄，到底我該把他看成一個人呢？或是二個或是三個呢？這是沒有答案的；但有一種隱密的線牽引了他，使他永遠是彭厝里的人，這才是重要的。這條線使我們不論走遍天涯海角，我們仍是屬於彭厝里的產物。彭少雄就是這樣，他是標準的彭厝里的人，不但在這兒被生下來，就是他生命最後的一天，他也還如是地出入在這個彭厝里。

在他的軍火庫被破獲，被警方追擊，終而喪生在山壑的那一個早上，他在清晨的七點鐘就由北竹林區的富豪山莊回到竹崎路斜坡上的三合院來。這已經是固定的習慣了，每週有二天他一定要回家來看看他的母親——彭林阿好。

颱風剛過，坡道一帶的樹木略有摧折，滿地都是蓮霧樹和檬果樹的落葉，但無礙彭少雄改裝的二〇〇〇CC廂型車的通行。他在三合院門口叫司機停了車，手上拿著中藥包，吩咐六個手下都站在紅磚圍牆的門口，然後他走進了柏油鋪平的大院子。我曾訪問劫後餘生的司機彭耀寬，這個人今年四十七歲，因這件事被判四年徒刑。司機說彭少雄由大別墅下來，一路臉色都很凝重，因爲他和他的妻子辛文秀剛發生了不愉快，在離開大別墅時，彭少雄一直向他的妻子賠禮，說：「阿秀，我知道我對不起妳，但爲什麼這麼久了，妳還不原諒我。」他悻悻然地上了車，一路在車座上低頭不語，但等到車子拐進彭厝里竹崎路時，他的精神就開朗起來，在前座他遞給每一個人一根More的菸，然後從口袋裏掏出義大利進口的金色打火機，開始抽了菸，並對六個手下說：「等一下你們就站在門口，不要進去驚動我的母親。」

那時，他的母親身有小恙，正在廚房的傳統大灶上煮點心，庭院裏已經有幾個早到的鄰居和工人正在整頓被風翻走的屋瓦，昨夜又來的那場大風把正廳屋頂翻了一個大洞，這個母親徹夜和颶風搏鬥，單獨一個人移走了大神案和整套桌椅，又把一窩十二隻的小豬和二隻母豬遷出豬舍，再把堆積如山的幼筍通通由庭院移入廂房，她勇敢地與風雨較勁，經過一夜，終於感冒了，但在凌晨她還能打電話給鄰居和工人來搶修屋瓦，避免大雨一來，豬舍和大廳變成池塘。

當彭少雄走入右側正屋和廂房交界的廚房時，一看母親手裏拿著湯瓢，就搶過去說：

「阿母，妳感冒了，還煮什麼點心呀！」

「不煮點心工人會餓死的，一大早，大家都還沒吃早餐啊。」

「我來好了。」

彭少雄把母親安頓在大灶前的小椅子上坐，然後很俐落地做起鄉下的早餐。他把蛋打在滾燙的油裏，炸了十個荷包蛋，炒了三盤青菜，煎了五條白鯧，又切了三層肉浸到加醬油的燉鍋裏去燉燒。之後他迅速地走進母親的房裏，拿了藥壺和小火爐，升起火，然後解開了中藥包說：

「阿母，我替妳帶來小青龍湯，上次青木中藥店開的吃剩下的藥方。」

「唉！這點小病不礙事的，天氣轉好，病就好了。」

「還是吃藥比較令人放心。」

於是彭少雄把藥放進藥壺裏，細細地吹起爐中的炭火了。

那時，唯一目睹他們母子在廚房的一幕的是十歲的李小芬。她是彭林阿好的大孫女。在回憶中，李小芬說：「自從一年前我回三合院來陪阿嬤住，就常看到舅舅回來。媽媽以前常說舅舅很會煮飯，我算是眞正地看到了。媽媽說她和阿姨分別小於舅舅二歲、三歲，那時阿公已和阿嬤離婚住在台北，阿嬤每天都要上山挖筍，在家裏又忙養豬、幫傭。洗衣煮飯、料理家務全由舅舅做。媽媽說舅舅把她們兩個姊妹伺候得像公主，我想這是眞的。我還發現，只要阿嬤和舅舅在一起，他們總是坐著談呀談的，彷彿世界上就只剩下他們兩人而已。」

這個自年輕以來就孀居的彭林阿好原是我的遠房叔公的外甥女，如今她已五十三歲。在命案發生之後，她雖被判無罪，但卻是命案的最大受害者，自那天之後，她失去了唯一的兒子，也失去了A市市民對她的恭維，幸好隨之而來的女兒及媳婦的照顧使她獲得安慰。她和我一樣，隨著日子的消逝，漸漸能擺開情緒來談她的兒子。有一天，我在後山的竹林區遇到她，那時除了每週有二天她必須去富豪山莊幫阿秀帶小孩外，她依然出入竹林。她的臉面黧黑，身子高䠷、瘦黑、硬朗，一向習慣穿著自己裁剪的淡紫色農婦衣褲，腰間仍插著長柄厚重的柴刀，陽光下的手背十分有力堅實，骨節特大。她回憶起那天她和兒子在灶前煎藥的情況說：「他爲我煮好了一壺藥，怕太苦，在裏面放了一些糖。他特別說這壺藥是青木先生替我研製的祕方，唯恐我不願服藥。他當然知道青木先生是我的恩人，是我最信賴的一個醫生。不過就在我啜飲熱燙的藥時，我卻發現了他的臉色不好看。自從他當了市長一個月以後，我就常常看到他的臉萎黃很多了，有時臉面的皮膚鬆垮得不成樣子，他當然知道這種情形，所以乾脆在我的寢室放了一盒粉盒，到了三合院可以隨時化粧，我也見怪不怪。其實自從四年前他從菲律賓回來後，就有化粧的習慣。但是，那天他的臉更難看，眼睛裏似乎有淚流過的浮腫，我就說：『阿雄，你發生了什麼事？是不是又和阿秀爭吵了？』阿秀就是我的媳婦。他一聽，臉色更萎黃，終於點了點頭。我說：『眞是造孽，當時你硬是要娶她。我千反對萬反對你都不聽。她和你吵什麼？』他說：『她吵著要拿掉腹中的小孩！』我沒有感到意外，反倒是對他生氣，我說：『我和阿秀都是女人，我瞭解她。如今她已經是我的媳婦，我不能偏袒你。誰叫你殺了他的父親！』阿雄一聽，沈默一陣，過了不久，他抬起頭，說：『阿母，這是天大的誤會啊！』而後，他把臉埋在我的懷裏，痛哭失聲了。」

彭林阿好不斷回述那天她和兒子在人間最後的一場相聚，剝筍的手依然有力，但卻掩不了她的遺憾，她不無憐惜地說：「我知道他的心很痛苦。但他一向很節制，從小到大，他吃了無數的苦，這些苦使他學會節制。他不會跟我爭辯什麼，只是哭了一陣後，他就抬頭擦乾眼淚，他說：『阿母，事情沒有妳想的那麼嚴重，阿秀會聽我的，會把妳的孫子生下來的，她是愛我的。阿母說我的臉色很難看，今天早上起床，到現在我還沒照過鏡子呢！』於是，他走進我的寢室，一會兒，他出來，我就看到他打了粉底，抹了胭紅，掃亮了額頭，梳高了頭髮，看起來眞是英俊，又是一幅電影明星的外貌，他笑了笑說：『阿母，我要走了，你要保重，很多事我還得去辦。』於是，他塞給小芬一仟元，又去招呼鄰居和工人，繞了三合院前後看了一圈，就出去了。」

那時已是八點左右了。

彭少雄和他的手下坐了進口的廂型車，卻沒有走下坡路回到市中心，相反的，他們上坡而行，先把車開到一個小台地，之後沿著一條小竹林路，轉了三個交叉路彎，來到了一片綿密的幾百甲的大竹林裏，那時秋蟬在颱風過後居然還高叫著，到處都是被風所摧折的竹子，彭少雄叫大家在竹林外下車，吩咐司機在原地等候，就帶了六個人撥開竹子，踩著漫地的落葉，進入密密的竹林裏。在無數條縱橫交錯的採筍小路上，彭少雄熟練地選擇路段，一陣蛛網式地繞行，他們終於抵達了一個滿是台灣蕨類的小土埠邊。那是一座日本時代留下來的廢棄掉的防空洞。蛛網和竹葉早已覆住了洞口，如果不仔細看就會覺得它只是一個小土堆而已。彭少雄自坡地上來之後一直抽著More菸，但來到了防空洞，他就把More菸丟在地上想用脚踩熄，由於地勢不平坦，More菸没有一下子就踩熄，滚到防空洞口，彭少雄慌忙地去地上拾起菸屁股，把它丟到旁邊的一個小水渚裏。他伸手去腰間取鑰匙，把防空洞的柴門打開，和六個手下拾級而下，先進入一個發霉的水泥小室，又打開一個鐵門，又拾級而下，一個空闊的、陰涼的水泥地下室就出現了。彭少雄先打亮打火機，去一張竹桌上點了蠟燭，於是一排排的整齊的堆疊有秩的箱子立刻出現。彭少雄低下身摸摸地面，又摸摸箱子，笑著對六個手下說：

「幸好昨天的颱風没有使這兒進半滴水。」

大難不死、唯一倖存的那六個手下之一的彭家樑是我的國小同學，他因牽涉這個案件被判死刑，官司正打到最高法院。我先聽到他的父親描述當時地下軍火庫的行動，老人家不禁爲兒子叫屈說：

「當時彭少雄叫他們合力去搬二個長方型的木箱，說要搬上洞口，運往二百公尺外的一顆大岩石邊。家樑頗不願意，他爬到木箱堆上移動一個較大的木箱，在幾個人的合力下，終於順利地把那個大木箱搬到洞口，但是在放下木箱時，家樑的脚尾趾被木箱壓到了，血流如注。從此他就藉故跟在其他人的後面，沒有再幫忙搬運。他根本就不知道大木箱裏裝了十隻的烏茲衝鋒槍，也不曉得較小的那箱是五十幾顆的手榴彈。」

涂檢察官是我很重要的訪問對象，她在檢察署調出了一份筆錄給我看，她說：「彭家樑的家人一直不相信彭家樑協助彭少雄販賣軍火，並且舉證說在搬運過程中，他一直跟在後面，遠離那夥搬運者，甚至當木箱運抵大岩石下的那個時候，彭家樑都在三十公尺以外的地方抹藥療傷。其實彭家樑是彭少雄最親密的戰友，他有腦瘤，有殺人記錄，早已把命交給彭少雄，整個搬運的過程，他被彭少雄安排來做監視工作，是軍火庫的常客，怎麼可能不了解這兩個箱子裝什麼？」

事實上，防空洞的地下軍火庫槍械不止這些小玩意，在警方公佈的資料裏，顯示蘊藏的軍火琳瑯滿目，數目龐大。計有黑星手槍四〇二把，輕機槍三挺，衝鋒槍三十把，手槍子彈一六〇四二發，火箭筒一具……差不多可以武裝一個營隊的火力。在調查這件事時，我也曾親自到防空洞做實地的觀察，當我見到那個防空洞時大吃一驚。原來這裏就是國中時，彭少雄曾帶我們來捕蟬的地方。防空洞邊的竹林是彭少雄祖父留下的產業，大概有三甲地，自從彭少雄的父親去台北後，這地方早就荒廢了，由於距三合院太遠，彭少雄的母親也不來這兒，防空洞是他的祖父挖的，沒想到卻變成日後的軍火庫。

涂檢察官說：「我曾偵訊了幾個可疑的彭厝里的人，並不是沒有人曉得這兒埋藏了東西，總會有人窺見竹林的蹊蹺，應該早就猜到這裏埋有武器，只是他們有人認爲大概只藏一兩支武器没有報案的價値，或者竟是不願出賣彭少雄，因此軍火屯積越來越多，卻始終没有被警方發現。當然武器絕不是光明正大由坡下的社區運來的，而是由後山的一條小路迂迴搬進來的，那條小路可以向南一直抵達半月鄉山脚，如果說逃亡的那天彭少雄冷靜一點，不要搭廂型車逃入市中心，而是以徒步遁入那條小路的話，他們必可以安全脫身。可是爲什麼他們要駕廂型車逃亡呢？這一點我想不通，是彭少雄失誤所致吧？」

可能眞的是彭少雄不夠冷靜，更多的是不夠防患萬一，他並没有勘察四周的狀況，也没有指示出事後的逃亡路線。他只吩咐大岩石下的五個手下守住那兩個木箱，只說在下午一點左右他會帶兩個好朋友到這兒來，說完，他走到三十公尺外的彭家樑身邊來，拍了拍他的肩膀，告訴了同樣的話，就獨自走出了竹林去。

●

彭少雄找到廂型車，坐了上去，指示司機彭耀寬開車上經國大道，他到了災情較重的花卉區和養牛場一帶的居民的家去訪談，和一些人談了災情。之後就把車子駛往他的服務處，這時差不多是早晨八點三十分。他在服務處發了一頓不小的脾氣。因爲服務處事實上已成超級的賭場了，每天都有各地的賭徒趕來豪賭，份子相當複雜，從民意代表、商人一直到販夫走卒都有。彭少雄爲了減低鄰近住家的惡感，一再吩咐場內的弟兄在夜晚十二點後必須勸大家離開。如果還想留下，則必須是玩大賭局的人，並且另闢密室，使服務處不再看到燈光。但是他的手下沒有這樣做，幾乎是通宵達旦，這裏燈火輝煌。

場內的一位保鑣彭坤海是我餐廳的長年顧客，在彭少雄死後，他就看破玩命的生涯，變成賣成衣的小商販，他接受我的訪問說：「那天彭少雄非常生氣。我從來沒有看過他發那麼大的脾氣。他痛斥場子的我們弟兄，叫我們去死，只差沒有掏槍罷了。那陣子我們的確沒有做好事情，賭場的客人愈來愈多，遠從台北、高雄來的都有，許多朋友很難伺候，要他們遵守規定很難。不過我們都很諒解少雄，我們知道他的壓力很大，他的眞正的壓力不只是鄰居，而是警方，已有內線數度打電話來告知警方似乎有意要取締這個場子。彭少雄聯合一批議員，與警方暗中較勁。」

從來不過問彭少雄事情的司機彭耀寬也證實了這件事，他說：「彭少雄是挾著怒氣走出服務處的。在上車時，他『碰！』地一聲大力把門關上，罵了一句：『七月半鴨仔，不知死活！』」

車子又轉到夜市和百貨街繞了一趟。彭少雄分別到了他經營的一家櫻花小賓館、二家電玩場及一家徹夜不歇的柏青哥城去查帳，由於心情的好轉，他和這裏的手下又有說有笑，他吩咐了一些事，就來到經國大道通往西部大公路的客運總站這兒來。這裏有一家剛開張不久的叫做「全家福」的K・T・V廣場，和客運總站相距差不多有二百公尺的距離，佔地有二分以上，是新購買的一塊地段。彭少雄在這兒停了很久，甚爲滿意。因爲它的投資額甚大，建築採小木屋的設計，地面以苗圃和石子路隔開，在晚間會閃爍起五彩霓虹的低空燈光，很壯觀漂亮。爲了吸引市民來消費，它的收費低廉，每小時二百元，小菜也經濟實惠，很適合全家人齊來歡唱，所以日夜出入的人較多。最近A市的飆車族常以這個地方爲聚會之所，彭少雄加強派出弟兄維持這裏的秩序。自從二年前開張以來，這裏的生意一天好過一天。

警長劉士林在彭少雄死後向新聞界透露彭少雄特殊的事業經營法，他說：「彭少雄的頭腦是一流的。他把他黑道的手下都員工化了，採用了基本薪水和加薪制度，每月按時支薪，甚至發給意外傷亡補貼，並每月把一部分員工的薪水寄給家眷。他不分幫派，只要加入他的企業裏，就是員工，按工作的輕重支領不同薪水。他常和員工或手下聚餐，在餐會時討論各種問題，要大家提供各種防微杜漸的方法。」

當他離開「全家福K．T．V」時已經是九點十分。司機問他去那兒，他說去上班，於是車子就朝市政府開去。

當他走進市府的大門時，就遇到建設課長彭任道。他們馬上走進二樓的市長室去談話，沒有人能確定他們眞正的談話內容。我曾拜訪市政府裏的職員，詢問那場談話的底細，大致有二種可能。一些人認爲他們正在談最近就要呈報出去的都市計劃內容，很多人知道彭少雄以他二個妹夫的名義蒐購了遠離市區的一些偏僻之地，可能那就是都市計劃的重要地段，而當時有人在市長室的門口看見他們兩人正攤開地圖，坐在辦公室指指談談。另有一些人則說彭少雄和建設課長正在討論「市長稅」的問題，因爲有一家叫做「富比士」的建設公司想在A城建築一棟商業大樓，後台有中央民意代表撐腰，完全不把彭少雄放在眼內，沒有接受彭少雄的暗盤條件，雙方鬧僵了，彭少雄想找「富比士」

的麻煩，以「市長稅」來抵制該公司。這種猜測也可能是正確的，因爲當彭少雄意外喪生時，「富比士」建設公司徹夜燃放鞭炮，把A市的的所有炮竹都燃放光了。總之，在九點半時，彭少雄才由市長室走出來。

他在各課室的職員桌前巡視一遍，並請了會抽煙的男職員都抽一根More菸，臉上一片笑容。民政課的姚美仁課長回憶說：「市長平時就很好，自從他上任以來就很客氣，大概仍維持選舉時的那種禮貌。當然他的客氣和他的年輕也有關係，他算是所謂的『新人類』吧！反正我們的年齡都比他大，大家也都把他當小老弟來看。我們當中有一位老大姐很喜歡他，一直想收他當乾兒子，彭少雄很爲難，他說：『那得問一問我母親才行。』那一天，他仍維持一貫的客氣，但彷彿充滿了更大的喜氣，就像是要去很遠的地方旅行一樣，他一一和我們揮手。」

最令人驚奇的，他曾跑到五樓去找一位剛生了頭胎兒子的女職員徐素華。她是A市人，丈夫在高雄上班，二個禮拜丈夫才回來一次，二個月前丈夫向她提出離婚要求。因此二個月前徐素華常請假無法上班，一上班，美麗的容顏常掛滿淚珠。當彭少雄知道這件事時，生了一陣子的悶氣，他竟當著職員們的面前告訴徐素華說：「妳的事我來幫妳擺平！」果然兩個月後，她的丈夫由高雄回來，從此不再離家。這一天就是徐素華的婆婆把孫子抱到市政府的一天，當彭少雄跑上五樓時，徐素華和她的婆婆都跪倒在地上向彭少雄磕頭，表示這場婚姻完全是彭少雄挽救回來的。彭少雄笑了笑說：「你們不必謝我，像這種事，誰都該管一管。」

彭少雄死後的一個星期，我在彭少雄的靈堂前見到了徐素華帶著她的丈夫前來祭拜。那位丈夫的年紀也在三十上下，他說：「當時，我在高雄的一家貿易公司上班，常和公司的一位小姐在工作時間同進同出。都怪我的自制力薄弱，被她迷住。有一天，我和她又出差，在一個街道下車，就被兩個人挾持住了，他們將我推入一家咖啡屋洗手間打腫了我的臉，之後在咖啡桌上掏出槍，抵住我的太陽穴，說：『如果你再沈迷不悟，只想和你妻子離婚的話，下次我們就轟掉你的腦袋！』當時咖啡廳有人看到槍就大叫起來，一片混亂，我的大腦卻忽然清醒過來，心裏知道我錯了。之後我不再和那位女同事瞎攪，我辭了職，回來A市找工作，如今我完全瞭解徐素華和我的孩子對我的重要性。素華告訴我那兩位持槍警告我的人是彭少雄派去的手下，我眞的感謝他。」

之後，彭少雄由五樓又下到二樓來，走進主任秘書室找彭瑞宏，表示要去一趟三角地帶的中元普渡大道場。他們雙雙下樓，從大門出來，彭少雄吩咐司機彭耀寬走經國大道，把車開往三角地帶，這時已十點左右，颱風後的天空竟然是艷陽當空，蒼穹又藍又高。

●

這時的三角地帶已經是彩旗飄飄，一片顏色大海。

由於自春季過後，一連串的颱風帶來巨大的豪雨，侵襲了整個中部的靠山地帶。沒有人能解釋，爲什麼今年A市的異象如此之多。尤其是這個三角地帶正是A市最凹下的地方。A市的雨水一過量，四面八方的水就往這一地帶流，使這裏成爲水鄉澤國。第三個颱風過境時，三角地帶的水位曾漲高到住家的二樓，使這裏的人必須暫時遷住他處避難。特別是這裏的水消退相當緩慢，市內的廢棄物容易流到這裏，等到水終於退了，這裏就開始醞釀瘟病、登革熱、熱帶赤痢在這兒都曾被發現。今年有人盛傳三角地帶的上空曾有幽魂出現，更加深了這兒的被害感。恰逢如今中元節的來臨，人們更相信三角地帶必會招來更多鬼魂，因此三角地帶的千戶住家就發起了寺廟及街道的「全普」，延長了普渡的時間爲一個禮拜，不但聘請了全省最有名的道士團來普渡群鬼，還叫佛教的僧人來做水陸法會、施放瑜珈燄口。不但是三角地帶，就是鄰近的他里里民也加入了祭拜，一時之間金銀紙錢、米粉碗粿、三牲酒禮，能吃的與不能吃的，甚至是整個超級市場的現成貨都擺來祭拜，上插小旗，隨風飄揚。

所謂「三角地帶」，是指這個區域的外圍輪廓而言的，它是由經國大道、林森路、中正路所圈圍起來的區域。傳統的名字叫做「三角漾」，大概是意指在古昔時，這裏是一個盪漾不停的水塘。没錯！這個地方原來就是A市衆水滙歸的地方，在滿清時代，有個浩大的水塘還存在這裏。傳統上，這裏是A市最神奇的地帶。有一本A市舊誌的《蒐奇錄》裏記載著：在人們剛移入這個地帶墾植的嘉慶年間，這個水塘常常被一片淡藍的山氣所籠罩，好像能吸納四面八方的山氣使之匯集在這裏似的。新編的A市地理誌還推測這個低窪的三角地帶是經由一個地震所形成的，地層的陷落使之變成了水塘。自滿清末葉，進入三角地帶拓墾的人愈來愈多，農人塡湖造地，砍伐森林，慢慢使水塘消失了，到了日本時代，它變成相當繁榮的地方。日本人把它規劃成米行、油行的商業地帶，碾米事業和榨油業在這裏很興旺，人口有千户之多，到處有扶疏花木、仿歐建築，是火車站外最具有繁榮氣息的區域。一九四五年K·M·T到A市之後，這裏來了大更動，首先「三角漾」的名稱被廢，改名叫做「建國里」，米市街、麻油街改名叫做中正路、林森路，房子遭翻修破壞，成爲新舊雜陳，沒有計劃性的馬路維修一再鋪上柏油，一層一層加高路面，使街道高出兩旁的房子地基有一公尺以上，人們行走在馬路上宛如走在半空中，成爲頗詭異的聚落景觀，這還不要緊，到了一九七〇年後，隨著山坡地的破壞，水土保持的功能盡失，這裏的大禍接踵而至，A市的大水又往這裏流，大水往往使這裏又重現了類似水塘的奇觀，歷史彷彿又要回到未開發的滿清時代，即使沒有大水，在夏天，由於樹木完全被砍光，光禿禿的小盆地立即陷入烈陽當空之中，濕氣不容易蒸散，一下子仿若落入蒸籠的世界裏，要住民不受虐是不可能的，一旦適逢大水，它則變成一個熱水鍋，人們當然就感到自己變成了一顆蒸餃或水煎包，飽受折磨。有辦法的人早就遷走了，沒辦法的人只好苦熬下去，隨著愈來愈苛酷的環境，里民任由天候去踐踏，只要不是地獄，人們還是會忍耐下去，並用種種方法來轉移這種痛苦。

今年的中元普渡一掃三角地帶這些年來的焦慮、乏力、病容。主祭壇是設在地勢最低窪處的三清宮大廣場。由廟庭開始往所有的人行道擺供桌，像鋪地毯一樣，使供物一直鋪排到外圍三條大馬路之上。所有的住家走道兩旁都掛了燈。入口大門設在中正路和經國大道的交叉口，有一個用糯米合成的高大城門矗立在那兒，在晚上，所有的燈火齊亮，在閃閃爍爍的光芒下，三角地帶宛若是五花十色，金銀紙錢的地獄大富貴城。

當彭少雄和主任祕書彭瑞宏到了中正路和經國大道交叉的大門入口時，他們下了車。因爲供桌擺在路兩旁，使體型較大的廂型車無法進入，他們只好徒步行走。走進大門口之後，他們不斷瀏覽著兩旁五彩繽紛的供物，也和旁邊的住家打招呼。那時，彭少雄曾對彭瑞宏說：

「阿宏，有一件事我要告訴你。在這次的三角地帶的普渡中，曾有上級單位和我商量，他們想提供一些民俗民藝甚至是科學大展的節目加入節目之中，想把普渡弄成更熱鬧、更具觀光價值，上級單位認爲三角地帶的普渡一向有些悲情，想要扭轉它。結果我拒絕了他們。我的看法是中元普渡是民間活動，用不著官方插手。你認爲呢？」

「你做對了。如果是我，我也會拒絕的。」彭瑞宏說：「不論什麼民間的活動，只要官方插手就會走樣。官方基本上是理性的考量。譬如說這個中元普渡，這是鬼節，表面是人辦的，但事實上是人和鬼合起來辦的，我的意思是說人本來不全然知道該怎麼辦，但有一種神祕的力量指導人應該如是辦，它有自發性。這種神祕性永遠不屬那些工於心機的官僚的。就像一切美術、音樂的自發性創作一樣，是不能遵從什麼人的指導的。」

「你的話很精闢。」彭少雄豎起大姆指，說：「瑞宏，你是一流的藝術家。」

彭瑞宏是彭厝里出身的旅美畫家，在紐約住了許多年，擁有博士的頭銜。年紀三十五歲。二年前回台開了頗成功的畫展，在畫壇頭角漸露。彭少雄禮聘他回來當主任祕書，主要是負責文化、民俗方面的活動設計。他上任不久，曾推動各角頭的文化尋根工作，對中元普渡之類的活動都頗盡力。

當彭少雄死後，有藝術界的朋友告訴彭瑞宏說他被彭少雄利用，彭少雄想利用他的藝術名氣來沖淡政治汚名。彭瑞宏立即闢謠，他說：「彭少雄決非爲了這個原因延聘我，我本來也對他的藝術認知和誠意表示懷疑，但很意外的，他不但知道我的藝術，而且他本身的藝術素養也很高。他完全是爲了藝術禮聘我。在我上任的第一天，他就請我規劃一個A市的後現代公園，要有露天的音樂表演場，要有現代畫的展覽場，要有後現代的建築風格……他說要A市的人多瞭解一些當代的藝術。他已經在A市北邊加工區找了一大塊土地，正著手要完成這個計劃，他是玩眞的。我當然陪他做到底。」

當然，也有人批評彭瑞宏沒有政治上的是非觀念，甚至有爲虎作倀的嫌疑，是個投機求利的藝術家。我在彭少雄死後的一場彭瑞宏的畫展中，見到彭瑞宏又反擊這種誣指，他說：「藝術之神並沒戴政治眼鏡；更何況我事先根本不清楚彭少雄的底細。按照我個人粗淺的看法，我把政治人物分成四種：第一等是有好的政治作爲又有好的藝術修養的人；第二等是有好的政治作爲但沒有好的藝術修養的人；第三等是沒有好的政治作爲但卻有好的藝術修養的人；第四等是既沒有好的政治作爲又沒有好的藝術修養的人。請問台灣有我所說的第一等第二等的政治家嗎？我看百分之九十九都是第四等的。大半的政治家都極其厚顏又無知。彭少雄勉強是第三等政治家，我不幫他還能幫誰？假如說現在有一位第四等的政治家請我爲他做事，給我月薪一千萬，我相信我會當面向他吐痰！」

這位可憐的藝術家履行了他的諾言，彭少雄死後他辭掉主任祕書不久，A縣的縣長想禮聘他當文化中心主任，他當場撕毀了聘書，並搭機立即返回紐約，又拿起畫筆，重新當起街頭藝術家。

也因此，在普渡的道場上，由於彼此相契，彭少雄變得十分愉快，全然忘了他是市長，他一路拉著彭瑞宏談論A市祭典的特殊美學，甚至談起西洋的極端藝術及未來的台灣藝術之路，他有些渾然忘我，最後走到普渡的中心點三清宮來。

三清宮的周圍早已被祭品所包圍。食物的供桌分成無數排，把所有的空地都排滿了，道路的行走都很困難。數月前曾浸水的這家廟宇如今已整頓得乾乾淨淨。自清朝光緒年間就存在的這家道廟如今堂哉皇哉，天壇式的三十二級石階斜斜延伸入大殿。整個廟身離地有一丈高，主殿當然供奉張天師、太上老君這些神祇，但爲了招來更多的信徒，偏殿也供了觀音、彌勒、地藏……雜陳的神祇使它香火鼎盛，每次三角地帶的災難來臨，它就會更加受人朝拜，人人想在這裏求取擺脫災難的神蹟。

當彭少雄來到廟階前廣場的「孤棚」下時，他停了腳步。這個孤棚準備在二天之後舉行搶孤的儀式，共分成二層，底下的一層約十餘坪的檯子堆滿粿粽、米飯、水果洋菸、洋酒、罐頭、五牲、漢席……上頭的一層略小。由四根大柱一直撐高有三丈以上，最高的尖端木桿彩旗飄揚，往昔都由A市各寺廟角頭派出選手，攀著柱桿到高空去搶彩旗，最先搶到旗子的人就獲高額獎金，一向都很熱烈，即使鬧出人命也不在乎。

他們哥們倆站了一會，忽然就脫了皮鞋，往柱子攀爬上去，當他們攀抵第一層平台時，在上面又叫又跳，全然忘了自己的身份，引來圍觀的人一陣掌聲；之後，他們爬下來，走上廟階，到了殿前普渡大壇來。有一個三官大帝像懸在壇中央，又有一個大鏡子高掛在上，寫了「盂蘭盆會」四個字，十分氣派。壇上有兩層木桌，上層置了三個斗燈，下層置了神像、香燈。壇前當然是長達幾丈的供桌，兩側大抵是各種紙雕神像，包括山神騎獅像、土地公騎虎像、大士像、善才玉女像、吐舌鬼王像……左側更有寒林所，以供中等孤魂野鬼宴宿；右側則是同歸所，以供下等孤魂野鬼暫住。

這二個人走到了壇前，左摸了一下紙人，右摸了一下祭品，在三官大帝前，他們還扮了一個鬼臉，最奇怪的是在焰口祭壇前，他們居然仿同僧道在座上鳴了鐘鼓，爲孤魂「化食」了一下。

這些輕浮的動作引起三清宮的管理員林樂善的不滿，他曾婉勸了那二個年輕人。但彭少雄快樂無比，他走入大殿，發現走廊下有鍾魁的衣物道具，竟企圖穿戴起來，想扮一扮鍾魁。林樂善忍無可忍，斥了他們一句：「你們自找麻煩！」

彭少雄死後，我曾到三清宮去找林樂善。在A市，他被認爲是一個具有陰陽眼，能驅神趕鬼的人。他詳細地談到了那天所看到的彭少雄的輕浮，說：「他是市長，我當然不敢嚴厲地斥責他。基本上我是見怪不怪，如今冒犯鬼神的人又豈只是這二人，所有的年輕人莫非如此。另外有一個理由也使我不忍責備他們。那就是打從他們抵達普渡大壇時，我就看到他們的身後有幾個鬼魂纏住他們，另外彭少雄的印堂發黑，有一條黑線由額頭的中央直貫人中，雖然他化了粧，但我仍看得很清楚，那時我很想告訴他這件事，可是我聽說彭少雄是A市五術界的高手，我就收了口，只好委婉地勸他們離開。不過當時我就不禁懷疑彭少雄的五術，那時，他已被鬼魂纏身，命在旦夕，爲什麼他自己不知道？」

我對林樂善的鬼神說法頗爲不信。林樂善爲了使我相信他的話，他當夜特別邀請我到夜市區見面，他在那兒賣草藥符水賺外快，生意不壞。他當著熙熙攘攘的夜市人群面前拿出一疊金紙，將之捲成手臂粗的紙柱子，豎立在地上，又剪了一個樹葉大的雙手托天的紙人黏在紙柱子的上面，那石磨卻被紙人托住，停在空中。林樂善對我說：「紙人是托不住石磨的，而是我請來了幾個大力鬼附在紙人上，將石磨托住的！」

當彭少雄離開了普渡的三角地帶後，遊興似乎沒有減低，他和彭瑞宏來到了火車站前的彭佳勳的柳蔭泡沫紅茶店，在店裏他免費地招待所有的顧客。有關這段敘述我在文章之初已提到，今不再贅述。也因爲如此，當彭少雄死後，彭佳勳的泡沫紅茶店來了許多的記者，他們都想從彭佳勳的口中得知彭少雄的生平之事，可惜彭佳勳和我一樣，當時都陷入不可自拔的情緒中，他只是不停地大罵害死彭少雄的警方，在訪談時他不斷摔東西，把店裏四十七個高脚大肚的玻璃杯都摔光了。

●

彭少雄離開泡沫紅茶店到了市府邊的泛美大飯店時，正確的時間是十一點四十五分。

彭瑞宏說他還有一些公文沒有處理，必需回市政府。於是在飯店前告別了彭少雄走回市府去了。彭少雄吩咐司機把車子停在飯店門口邊等他，他順便在馬路邊的吳樂天全省連鎖檳榔攤買了一盒檳榔給司機，然後走入了飯店。

他抵達了二樓的「貴賓廳」前，由於飯店的冷氣太冷，他曾抱了一下自己的臂，對帶他來的服務小姐說：「你們每個月一定要付很多空調費吧？」而後「貴賓廳」的門開了。裏面的省府人員、縣議員和記者都轉頭過來看，彭少雄微笑地向他們打招呼，就選擇一個有盆火鶴花擺置的角落坐下來。

雖然將近有十五個人在室內，但「貴賓廳」十分寬敞，一點都不擠迫，各種盆栽和天然山景的壁紙，使這兒更具自然空靈韻味，在大圓桌前，彭少雄曾開玩笑地對黃國忠議員說：「這兒使我想到海拔二千公尺的高山林區。」

事實上，省主席並沒有來，爲了下一屆省長的競選，他正在A縣趕一場洪水秀。但是前來指導的上級單位身分更高，一位是昔日監察院的大老，一位是總統身邊的要人，其他有十位是縣議員，有幾個和彭少雄並不認識。

飯局馬上開始。

黃國忠議員向那二位中央的要人做了賓客的介紹。當那位監院的大老知道彭少雄只有三十歲時，說：「這麼年輕啊！眞是後生可畏。」座上的人都客氣地笑著了。

彭少雄在十八道菜裡選擇了西施舌和鮑魚片，先挾到自己的小盤子裏，很專心地吃著，偶而回應著別人的敬酒。

話題在五、六杯酒後開始，中央的兩位大老商請A縣這些K．M．T的議員協力支持即將來臨的省長民選。監院的大老並且強調K．M．T的這場省長選舉不能輸，否則將動搖整個地方政治基礎。議員們立即有人訴苦說幾個月前，中央在地方議長的選舉時大肆抓賄，A縣的正副議長都被傳訊接受調查，這種找本黨議員開刀的爛點子已使縣議員失去了對中央的信任。一個議員拍桌起來說：「提到選舉時拿候選人的錢，這有什麼大不了的事。一般的百姓在投票時向我們拿錢，我們在選舉議長時當然向議長拿錢，雙方都願意，這是合理的嘛！況且幾十年了，凡是想當議長的人總得拿一些錢出來買票，這已經是慣例，簡直就是一種陳規。爲什麼上級硬要制止這件事。這次的抓賄使我們個個重傷，出盡洋相！」

於是火藥味瞬間就點燃。中央的這位監委大老變得低聲下氣，他說：「各位！中央這樣做是爲了給百姓看的。其實各位功在黨國，誰都沒有錯。只是這幾年百姓對我們黨慢慢不信任了，總覺得本黨的公職人員貪污舞弊、品德敗壞已到極點，黨中央竟不聞不問。爲了減低百姓的惡感，這次黨中央才找一、兩個人開刀，這是不得已的，鬧一陣子就會歇下來的，中央不會眞的抓賄的，如果眞的要抓賄，所有的公職人員，包括中央和地方，不論大大小小的人員，甚至是村里鄰長都會被抓光。請問有那位官員和議員不行賄收賄呢？所以說這次的抓賄不過是鬧劇。再說主張抓賄的人就只有那幾個人，像我和省主席都不曾明講要抓賄的。換句話說，省主席和大家是一條心的，他能體會你們的處境，你們應該幫幫他。」

總統身邊的人也站起來安撫大家，於是飯局又恢復安靜。

這時，有一位議員請彭少雄發表一下對查賄的意見。彭少雄安然地吃著他的飯，只說這件事他不清楚，尤其對縣議會他很陌生，不敢有什麼意見。

這群人又吃吃談談十幾分鐘。話題忽然轉到這次颱風所釀成的中部大水災事件，監院的大老又說：

「這次的大水災對省主席的蟬聯一定會造成防礙。有一些人說省主席可以趁這個機會下鄉施放救濟金，對蟬聯有利。但是依我看這是緩不濟急，做表面功夫，不會有大功用的。你們都知道，這幾年來，生態環境的破壞實在太厲害，核四的陰影籠罩北台灣，百姓都瞭解我們黨解決不了這些問題，水災問題到最後還是沒辦法解決，黨是無能的。而這幾年來，百姓變得聰明了，他們雖然表面不說出他們的不滿，但會用選票來表達他們對黨的唾棄，以A縣來說吧，不久前的那個颱風，使半月鄉的半月湖一帶浸入滔滔的山洪之中，還得出動大大小小的直昇機去救人，又譬如說，出海口的大橋，沒有一座的橋墩不浮出河床的，這些帳早晚要算在本黨頭上的。最近我到鄉下走一趟，和一般的選民做了深刻的談話，對本黨省長的選情很悲觀。百姓的批評是那麼無情，使我手脚都發冷了。在這個緊要的關頭，我們都該團結起來。」

監察院的大老話一説完，西海岸線的吳品清議員就站起來，他說：

「這次中部的大水災所以這麼嚴重實在要歸罪於一些人濫搞營建和濫墾山坡。就我所知把整個山脈都挖掉，把河床都挖空的公司不下十家，行政單位禁不了。因爲這些公司和黑道都有勾結，和行政單位的人有利益交換，監守自盗、公圖私利，這些不法的官員首先應當法辦。」

吳議員的話說完，飯局立即又嚴肅起來，彭少雄本來只是低頭吃飯，但在這時他忽然放下筷子，拿起酒杯向發言的吳品清議員說：

「吳議員說話應該圓融一點。」

四十歲左右，仕途順暢，家道不錯的吳議員不曉得彭少雄的背景，他說：

「我說話為什麼要圓融？有話就要直說！這些事早已不是新鮮事，在議會裏常弄得風風雨雨，剛剛有人說你是A市市長，難道還不知道諸如官員勾結黑道插手工程、營建之類的事嗎？」

這時黃國忠議員用手肘碰了碰吳品清議員的身子，想警告他。但太慢了，彭少雄已經站起來，他分別向監院大老、總統身邊人士及所有議員說：

「各位！今天我們到這兒來的目的是談省主席的選戰問題，並不是談公職人員或市長的功過問題。但是既然有人似乎在影射我彭少雄如何如何，我就不能沈默。提到黑道、營造、開發山坡地……我承認我懂這些，並且也許我避不可免的都涉及了一點點。但我要請問在座諸位，你們有哪位自認自己不和黑道掛勾或不公圖私利。就拿山坡地來說，據我所知，現在從天空拍下A縣的山坡地，每個地方幾乎都是童山濯濯，大家在那兒開墾果園、建觀光區、高爾夫球場，請問是那些人讓議案審議通過的？而且你們議員有誰不多多少少擁有一些股權呢？吳議員個人也許行為高潔沒有涉及，但是你的親屬——父母、姊妹、兄弟、妻舅有沒有涉及呢？你是不是在嫉妒像我彭某人之類的擁有事業的官員呢？或者你一向認為這世界只有你是好人，而別人都是壞人呢？」

吳品清議員一聽，發了脾氣，說：

「我不認識你。你是什麼東西！」

吳議員說完，隨手拿起酒杯，把酒潑向彭少雄的臉，濺濕了他的上衣。彭少雄把酒漬抹掉，拿了一瓶空的陳年紹興酒瓶，緩緩地在窗楞上把它敲破。「啪」地一聲，玻璃碎片掉得滿地。他的手握著瓶頸。

飯局立即大亂，幾個議員一看情形不對，過來抱住彭少雄，搶下滿是玻璃尖的碎酒瓶。半晌之後，彭少雄坐下來，因著怒氣，他用著顫抖的語調說：

「對不起各位，眞的對不起。我不會過分在意吳議員剛剛那些不成熟的話和態度，但早晚會有人教訓他的。我們這筆帳留著以後再算。」

也因此，那場飯局變得很乏味。在十二點二十分，彭少雄就提早離開。臨別時，監院的大老跑到門口，對彭少雄說：「省主席說要撥給A市三百萬元做各里的建設經費，在選舉前先給一些，選上後再給一些。我替他轉達給你知道。」彭少雄聽了，說：「謝謝。這次來參加聚會，就是爲了聽到這句話！」

司機彭耀寬也證實那天彭少雄在泛美大飯店發生了一些事情，他說：

「彭少雄由飯店出來時，神情異常嚴肅。他上了車，先問我說：『你看看我的臉是不是很難看？』我說：『你的額頭上有些粉底脫落了，看起來不勻稱。』於是他從車子的小抽屜拿出他的鏡子和一盒化粧品，補了粧，然後說：『發生了一些小事，但不要緊。』接著他勉強地笑了笑。」

由於與會的記者曾在報紙上提及這件口角小事。因此在彭少雄死後，我跑到西海岸線找吳品清議員。吳議員回想那件事，難掩他心中的懼怖，他說：

「那天我確實和他吵了一架。當時我完全不瞭解他的背景，既不知道他搞營建，也不知道他就是不折不扣的黑道。我以爲他不給我面子，才潑了他一杯酒。之後我並不把這件事放在心上，這是一件酒桌上常發生的事嘛！但是第二天報紙登出了他的死訊，還報導他做過的殺人案及私藏的龐大軍火，我才捏了一把的冷汗，幾天之內我都睡不著覺。我怎知道那天我是面對面與一位死神吵架。如果他不死掉，我想我的末日就到了！」

●

彭少雄離開泛美大飯店，吩咐司機把車子開往電影街的好萊塢樂園。

這個樂園擁有兩家電影院、一家溜冰場，一向十分熱鬧，近年由於電影慢慢被電視取代，樂園的老闆只好加強溜冰場經營，並且附設了電動玩具走廊，這裏慢慢來了更多的青少年。彭少雄先到經理室找老闆田進財聊天，一會兒兩人就下到一樓的一家冷飲店，在冷飲店裏，他們見到了兩位身體強壯的理平頭的壯漢，外型的打扮是清潔公司的工人，穿吊帶牛仔褲，當中一位有太過粗大的臂和肩，另一位身體勻稱。

「這麼大熱天還喝熱咖啡呀！」樂園的老闆田進財走過去打招呼。

「是呀！習慣這樣。」身體勻稱的那位清潔工說。

「我也喜歡熱咖啡。」田進財笑了笑。

那二個清潔工站起來，在田進財耳邊說了幾句。

「他就是你們要找的人，你們聊一聊。」田進財對那二個清潔工人說完，就走了。

幾分鐘後，那二個清潔工去馬路邊察看他們駕駛的，寫有「包通」字樣的小貨車，上頭堆了一些工具。之後，彭少雄也坐回他的廂型車，他仍坐在司機旁邊，並示意那二個清潔工開車跟在後面走。彭少雄對司機說：

「到竹林去吧！」

一路上彭少雄都很安靜，那二個清潔工的車緊跟在廂型車後面。在車子由經國大道要駛進彭厝里的時候，那兩個人曾示意他們暫時停車，他們在馬路邊的一家雜貨店買了兩包的長壽菸。之後，車子越過了彭厝里的石橋，向著社區靠山的方向前進。

在車子爬上竹崎路的斜坡時，彭少雄曾把他的墨鏡拿出來戴上，司機以爲他要下車再去看母親，就把車速放慢，但彭少雄說：「不要停車，阿母的感冒應該沒問題的。」

車子又上了台地，又拐了三個彎，停在早上就來過的竹林邊。後頭跟隨的清潔車也停了下來。彭少雄從前座的抽屜裏拿出了九〇手槍，放入西裝掩蓋的小槍套裏。他對司機說：「我們馬上會回來的。」

彭少雄下車，和那二個清潔工在廂型車邊站了一會兒，彭少雄請他們抽 More 菸，在點菸時，彭少雄說：

「很抱歉我早到電影街二十分鐘。白鯨兄還好吧！你們幫他做什麼事？」

「白鯨最近有些麻煩，所以才找彭先生幫忙。我們一向幫他看賭場，已經兩年了。」

彭少雄不再問話，帶著這二人走入了竹林。不久就抵達了放置兩口箱子的岩石的地方來。

在行經彭家樑的身邊時，彭少雄低頭去看彭家樑的脚傷，同時附在他的耳邊說了幾句話。

之後，彭少雄帶著那二人走到岩石下，大家都圍著箱子。

「你們打開箱子看看。我想白鯨要的東西都在裏頭。」彭少雄對那二個清潔工說。

於是那二人俯下身去察看箱子。

這時，彭家樑忽然立地一穩，撞在那位臂、肩都過大的清潔工身上，有一張硬紙的卡片從那人的口袋掉出來，彭家樑還沒搶到那張卡片的時候就叫著：「他們不是黑社會的兄弟！」

場面立即陷入可怕的大亂之中，被視破身分的那二個人立即拔腿就跑，他們的速度極快，身手矯健，彷佛是經過特殊訓練，在竹林裏閃躲著奔跑相當熟練，彭少雄在這兩個人跑出二十公尺時才掏出槍，他一連射出了五發的子彈，可惜並沒有打中這二個人。

在彭少雄死後，我由涂檢察官那兒知道了那天竹林的突發狀況，涂檢察官指著彭家樑的自白書說：「彭少雄不愧是機警的人，他附耳告訴彭家樑的話就是要彭家樑注意這二個可疑的人物。因爲彭少雄發現那二個人下車買菸不對勁，那二個人牙齒都相當潔白，不可能是有菸癮的人，而且他們自稱兩年以來都看白鯨的賭場，但是白鯨開設賭場卻是最近一年的事。他因此要彭家樑格外注意這二人的行動，當他們去掀箱子的時候，臂、肩過大的那人的上衣的口袋露出了一截的識別證，彭家樑故意去撞他，那張識別證上的青天白日標誌就現出來。於是彭家樑就大叫起來。『我不知道彭少雄爲什麼那麼慢才掏槍，他似乎失去了往日的敏捷，同時五槍的射擊都落空，運氣實在太差了！』彭家樑曾抱怨地這麼說。」

那二人轉眼竄出前方有五十公尺，密密麻麻的竹林和起伏的地形保障了他們。彭少雄曾猶豫了幾分鐘，最後說：「我們被出賣了。」他立即吩咐其他的人把那兩口箱子丟擲在大岩石外的土坑，用竹葉蓋住，這時場面已十分焦急，彭少雄竟說：「我們暫時到西海岸躲一陣吧！如果可能我們搭船往菲律賓去避一避。」於是他們一夥人奔出了竹林，司機彭耀寬很快地讓彭少雄和彭家樑坐在前座。又把其餘的五個人安排在後座，然後廂型車循著舊路往竹崎下坡路而去。

當他們快抵達竹崎坡道時，司機忽然發現坡下駛上一輛警車，他大吃一驚，問彭少雄說：「要不要回頭？」彭少雄說：「太慢了！我們硬闖，一定要離開A市。」司機踩了油門，以高速度衝下坡道。那輛警車也很快，立即迴身，橫擋在坡道上。彭少雄大叫了一聲：「撞它！」於是「碰！」的一聲，巨大的廂型車佔了坡道上方的優勢，將那輛低矮的警車撞翻了幾個身，翻倒在牆邊。廂型車也斜斜撞破了路邊的住家的牆。彭少雄和彭家樑頭部略微撞了車窗，後座的五個人都壓到前座來。司機彭耀寬一點都不含糊，他立即打了方向盤，重新踩了油門，車子就衝下了坡道，到達了社區的馬路。可是他們看到了前方有四輛的警車停在路邊，有四個警員站在巷邊，端著槍，宛如死神。

「由另一條路走！」彭少雄說。

司機毫不猶豫，他打了方向盤，立即駛入一條單行道的小巷，朝前直開。但是一切都太慢，他們的車子已被發現，那四輛警車跟上來，如同四個幽靈，並鳴槍示警。

廂型車穿過舊彭厝里的幾個巷道，本來他們以爲能順利地擺脫警車，但一會兒他們就發現警車又出現在他們後面，並且伺機想靠近。在快抵達石橋時，彭少雄跳入後座，把車座翻過來，扳開了地氈覆蓋的一個長方形鈑金，就露出了三支並排的衝鋒槍，示意那五個人去拿槍，他大吼說：「今天就讓他們開開眼界，他們靠過來，你們就開槍！」

於是槍戰立即發生，在越過石橋之前，廂型車的人開始向警車發槍，正式你來我往。

彭少雄的人馬在越過石橋時，曾開槍打中警車玻璃，使一個警察受傷；警察也發槍反擊，槍彈曾打中廂型車的後端，但只打了幾個凹痕，還沒有造成傷害。

事後，我曾在警局和劉士林警長談到那輛廂型車的問題，劉警長說：

「彭少雄在一九九三年特別從德國購進那輛車，並在一家修車廠全盤改裝她的外殼及護欄裝置，它的外殼幾乎是比一般車子要厚兩倍，馬力和時速都異於平常的車子，事實上，它就是一輛可以衝鋒陷陣的小戰車。」

在十二點五十分，車子瘋狂地駛過經國大道的養牛場，五分鐘之後越過花卉區，來到了和西部公路交界的圓環區。就在路邊的私人醫院區，他們遭到阻擋。這個私人醫院區有二家綜合醫院、一家皮膚科診所及一家兼做墮胎的婦產科。位在圓環周邊。警察的第一編組接到通知，三輛警車匆匆趕到這裏來攔截。當廂型車如野馬般的影子在路端出現時，警察立即把幾個木製欄柵的路障放在馬路上，要求四周的路人疏散，在距離拉近到一〇〇公尺左右時，警哨大響，七、八個警察揮動他們手中的旗子要廂型車停下。可惜，廂型車狂奔如故，它反向加快了速度，朝著路障撞過去。警察們避入街旁的廊道，大叫說：「不停車就開槍。」吼聲剛過，廂型車已撞翻路障，同時有一排衝鋒槍的子彈由廂型車射出掠過一位警察頭頂，把婦產科的偌大的玻璃窗打成了碎片。警察們又慌又亂，朝廂型車開槍，許多子彈打中了車體，但是一點都沒有功用。廂型車猛然左轉，立即進入畢直如矢的往西部的大公路。

彭少雄叫司機把速度加快到極點，四線大馬路又寬又大，厚厚的柏油在午間蒸發起一層水霧，安全島上的變葉樹發出沈鬱的光，前方的加工區慢慢露出了影子，他們連續越過幾個大工廠，從大卡車和小巴士的身邊疾掠超前，彭家樑不禁叫著說：「我們有救了！」

但是就在他們剛要抵達加油站時，忽然在加油站很快地駛出十輛以上的警車和二輛軍用卡車把四線馬路的前方擋住了，警察及手執五七式步槍的士兵都靠著車輛伏在那兒，有幾輛路上的車子被迫煞車，把車停向馬路邊。司機彭耀寬猛踩煞車，彭少雄則喊：「我們過不去了，他們把公路封鎖了，快把車調回過頭來。」

司機立即迴轉了九十度，險些被後頭的一輛車撞上，正當司機要再打方向盤往回走時，彭少雄發現剛剛在彭厝里社區及醫院阻擋他們的警車由路的另一邊駛來，情況變很壞，他們陷入了兩頭被包抄的情勢。彭少雄大喊：「開槍吧！」

槍戰立即爆發，廂型車內的五個人一齊朝著企圖靠近的兩頭警察開火，對方也立即反擊，一時槍聲大作。司機、彭少雄、彭家樑側低了他們的頭，聽到子彈重擊在車子外殼的那種可怕的聲音，彷彿是世界末日的來臨。忽然更大的一聲巨響起自加油站，一輛油罐車正停在那兒卸油，在槍聲中突然起火燃燒，巨大的煙霧立即升起，在大叫聲中，所有的人陷入了兵慌馬亂，雙方又一陣地射擊。那時有一輛正移動位置想脫離加油站的警車突然失去控制，竟朝廂型車撞來，只聽「碰！」的一聲，廂型車的車尾起了一陣大的震動，側門在那時被撞開了，幾乎同時，廂形車內的五個人發槍朝外亂打，而所有警方的十幾支槍也朝著車子側門開火，只一剎那之間，鬼門關被打開了。差不多三分鐘，車後座一片哀號。

「他們中彈了！」彭家樑大喊了一聲。

「快開車，越過安全島。」彭少雄如惡夢初醒，說：「由小路回到市內。」

司機彭耀寬也清醒過來，他踩了油門，衝過安全島，看到加油站對面有一條通往市區的路，往前急馳。警車立即從後頭慢半拍跟隨。這時廂型車的後座呻吟聲不絕。

在調查這件事的整個過程中，我曾要劉士林警長爲加油站的雙方槍戰做一個妥善的解釋。劉警長說：

「其實悲劇是起於意外的，我們絕對想不到有警車會突然失控，更想不到車門會被撞開，當彭少雄的手下朝那輛警車開槍時，爲了挽救警車上的同僚，於是所有的警槍都瞄準廂型車門，估計也有百發子彈打到那兒。等到大家停止射擊，我們才想到可能把那夥人都打死了。」

司機彭耀寬回憶當時的情況，說：

「簡直是一片混亂，在加油站，許多的車子停在那兒，伴隨著加油站的大火和濃煙，我們很難清醒做判斷。要不是哀號聲驚動了我們，絕不會有人想到應該怎麼辦。」

於是廂型車很快地掠過了市政府，在文化里、西州里、天興里的巷子穿梭，和警車玩著追躲的遊戲。這時的彭少雄完全清醒過來了，他說：「我犯了大錯了！我不該想由公路逃走。三歲的小孩都知道警方會在公路佈防。」彭少雄說他決意由鐵橋逃入竹林區，在鐵橋右側那邊有一條山路呈十五度的傾斜，可以高高直通他岳父生前經營的鐵橋山挖土場，那個挖土場已挖掉了半個山崙，他們可以將車子掩蔽在山坑之中，而後進入後山去逃難。

這時他們已抵達三角地帶。彭少雄更加冷靜，爲了完全擺脱警方的掌握，他指示司機說：「衝進三角地帶吧！」

於是司機加足馬力，把車開進了普渡的大道場。一下子把祭祀的供桌和供品衝垮，東西沿街飛灑。警車一看，一時束手無措。只好把車停在外圍，不敢進入。

他們衝進舊日米行和油行的巷子裏，在鋪高幾公尺的柏油路上飛馳。路旁的住家都站出來罵他們。但是廂型車宛如奮戰不懈的蠻牛，一會衝到了三清宮前，將孤棚的架子衝斷了一根，把廣場的桌子擠成一團亂。而後繞到三清宮的後面，抵達三角地帶的南邊，越過了鐵路，沿著鐵路旁的那條平行小路，他們直奔鐵橋。

司機在事件之後回憶了三角地帶的逃亡，難掩他內心的慌亂和興奮。他說：

「那時，我的大腦已經不能思想了，只能聽彭少雄的指揮行事。三角地帶到處都是祭品，使我覺得彷彿走入了食物的迷宮之中。我沿途衝撞供桌，把馬力加到最極限，宛如秋風掃落葉，幾乎沒有任何的供桌能擋住廂型車。我第一次感到當司機的那種勝利感，一直到我們奔到鐵橋時，警方都還以爲我們在三角地帶。」

就在越過鐵橋即將向右轉入那條十五度的斜坡小路時，他們才發現廂型車後座的人沒有了一點點的聲音。彭家樑如大夢初醒，他說：「他們恐怕都完了，少雄，我們必須停車，卸下他們，讓警方將他們帶到醫院。」

「會耽誤時間的。」彭少雄躊躇了一下。

「少雄，不需幾分鐘的，他們都是彭厝里的人，對吧？」

彭少雄終於點頭。於是在鐵橋邊，他們停車，把渾身是血的五個人抬下車來，這時他們聽到遠方響著細微的警笛聲。

涂檢察官在接受我訪談的時候不忘提起彭家樑此一仁慈之舉，她說：「彭家樑是一個性格非常難以捉摸的人。我曾一度以爲他是不可饒恕的罪者，他身上至少揹了兩條人命，但有時他又有類近於看護士的心腸。我曾就教於他這兩種性格的由來。他說：『因爲我的腦瘤。』他說腦瘤使他無懼死亡，所以他敢殺人；腦瘤使他知道病苦，所以他同情別人。他和彭少雄有依存關係，彭家樑自認只有彭少雄才能治癒他的腦瘤。我問他用什麼方法治癒。彭家樑沒有回答。」

於是，他們放好了那五個人後，就朝斜坡路直上。

提及鐵橋山挖土場，這已經停工五年以上的採土地點，在A縣曾名震遐邇。十年前彭少雄的岳父辛柄權與一班朋友包下了整座山崙，挖了大量的土供應A縣填池整地，只在幾年之間就挖掉半座山，將高高的山活生生地挖成了巨大的坑谷，引起環山溪流的山洪泛濫，五年前被迫停工，但是它的規模如是龐大，進入此地的人宛如進入了土坑地獄一般，卻有無數條小路可以進入更深的後山。

那時已下午一點三十分。彭少雄、彭家樑、司機都舒了一口氣，警方一定想不到他們會逃到這個山崙來。等警方發現時，他們早就進入另一支山脈了。司機開始換檔，繞著山路往上攀爬。山路到處是舊的土塊，左邊是土質山壁，右邊則是愈昇愈高的深澗懸崖。廂型車一面爬坡一面轉彎，每轉一個彎地勢就更高，地勢愈高，深澗就愈深。

就在轉了最後的一個彎時，他們一齊看到一輛大卡車停在山壁之下，寂靜地有如一只捕食的大山貓。當彭少雄望見駕駛座上的駕駛者時，他整個人都跳起來，他說：「那是我二舅子辛振鴻！快駛上挖土場！」司機彭耀寬立即踩了油門，車子發出強力的聲音往上衝，但就在那時另一輛只有車頭的高大的拖車緩緩由山坑開過來，整個車頭占領了臨著深澗的路面，彭少雄魂飛魄散，他說：「我們死定了，跳呀！跳車呀！」

司機和彭家樑幾乎毫不考慮推開了車門，跳下車立即伏在地上，他們在等彭少雄也跳出車外，但一切都太慢，在電光石火之中，廂型車和拖車撞在一塊，發出了巨響，震動山谷，接著司機和彭家樑眼睜睜地看到慢了一步跳車的彭少雄和廂型車被拖車推落了幾丈的深澗去了。

駕駛拖車的人正是彭少雄的大舅子——一個二十六歲的精神失常的青年！

死亡原因

彭少雄和五個彭厝里青年的死亡，是我們沒辦法承擔的事，尤其彭少雄的死亡，更使我們頓失憑藉，好像一座明亮的燈塔突然倒塌了，所有的船隻都浸入了一片的黑暗中，茫茫而不知去向。許多人幾天內說不出一句話，只是喃喃自語，有人甚至企圖自殺好追隨彭少雄而去。

它動搖了彭厝里的價值根基，使彭厝里失去了前瞻。

在出事的三天後，由於怒潮猶未平息，彭厝里的人為了表達極度的怒氣，強迫文化中心停止了書畫展覽，里民在這兒擺靈堂，把六具屍體都運來，所有的里民都來致哀，飾菊的花圈沿街擺滿，迤邐到市政府，能請到的電子琴車都請到了，彭厝里的青年都穿起黑色西裝褲、白襯衫、黑領帶，抹光西裝頭，準備前來抬棺。場面就像蔣經國去世時的國葬一樣。

A市的警長劉士林一連數次打電話前來向喪禮的主事團體表達歉意，並送來喪費和花環，主事團體不敢接受，又把喪費和花環送回警局。在出殯的公祭日，劉士林警長想出了好方法得以列席祭場。他連絡縣長和中部黑道教父胡文瀚前來致祭，和許多的各級議員及K．M．T黨部人員坐在最前排。劉士林警長態度謙和，一句話都不說。直到告別式開始，才由胡文瀚代他宣讀一篇文情並茂的好文章。

胡文瀚說彭厝里的團結性在台灣是首屈一指的。社區意識的強烈堪足以為典範。在歷史上，彭厝里人才濟濟，出現過許多的名人和烈士，對地方做出極大的貢獻，實在是優秀的地方宗族，這些事實沒有人能抹殺。可是，在這個極端的社區意識中往往會出現一些歧岔和偏航的現象，有時太厲害了就會產生悲劇。譬如在這十年內，彭厝里就出了十二名拿外國學位的博士，但同時也犯了二百多件的青少年案件，當中以恐嚇、傷害、販毒、吸毒爲多，實在令人可惜。爲了彭厝里的將來，彭厝里的每個家長都有義務起來導正這種歧岔和偏航的現象。

這個已經金盆洗手的黑道教父苦口婆心地唸著文章。可惜沒有人領情，一度發生大嘩，使這些達官顯要不得不提早離開現場。

事後，劉士林警長在接受我訪問時，無奈地說：「對於彭厝里死去的青年的處理，我算是仁至義盡了，身爲警長的我很希望里民反省自己，但一切都無效，歷史造就了你們！」

警長的最後一句話說得很正確。我曾在族譜裏翻查到我們彭家的來源，知道彭厝里與別地的人不大一樣。

我們的祖先是在清同治年間由北海岸遷入A縣來住的家族。當時家族偃文修德，甚多的子弟中秀才、中舉人。但一場戴潮春的民亂，使家族的田產被奪大半，在不足以自保的時候，整個家族遷入A市來。那時的A市早就來了大批的墾户，好的地段都被其他姓氏的人占領，彭家被逼選擇靠近環山溪流的角落從事墾殖，並且不斷和旁邊的其他家族武裝械鬥，以鞏固基本的地盤。第一代的祖先頓悟了文弱治家的錯誤，於是立了家規，要後代子孫棄文從武，並且遠從唐山聘人前來教導耕戰之術。於是彭厝里和A市的其他姓名開始械鬥，攻伐激烈，彭家由唐山引進砲銃、刀槍，並雇用了退役軍人，攻河佔地，奪下環山溪流東南的兩岸土地，族譜上形容爭奪戰的慘烈，說：「拓地千里，血流漂杵。」這些血戰，立下彭家不拔的根基。由於幾乎得罪了全A市區域的其他家族，爲求自保，在清光緒年間，家族組織自願軍，協助清朝官方剿平中部施九緞的民間叛亂，族長受封八品官，使A市的人對彭厝里莫可奈何。日本時代，彭家先是參加抗日軍，許多人被殺，但家族後來決議不與日本爲敵，一切都附和日本人的要求，當時投身日本警察工作的彭厝里的人最多，全力協防A市對日本的叛亂，彭厝里甚至武裝了壯丁團協助日人捕捉宵小，對治安貢獻莫大。當時三角地帶的米市和油市都控制在彭厝里的人的手中。家譜說：「管制樞要，威服民衆，推行皇化，百姓莫敢不從。」二次大戰後，K．M．T佔領台灣，彭家剛開始有人死難於二二八事件中，但歷史經驗使彭家馬上知道和K．M．T爲敵沒有好處，於是族長、頭人又和K．M．T修好，里民高掛孫中山和蔣介石的肖像於廳堂，高喊K．M．T萬歲，開始協助官方控制地方，操縱選舉，代官方恐嚇叛徒，威脅反亂，家譜說：「替天行道，鞏固莒墨，功在黨國，巍哉皇哉。」知道彭厝里這種習性的人相信都會吐血；但是彭厝里自有主張，它的棄文從武的思想是不會變的，配合政令也是不會變的；可是我們卻無由而知，棄文從武、配合政令，高掛孫中山、蔣介石遺像所得的結果竟是子弟慘死的這個結果！

在彭少雄死後的一個星期，彭厝里的情緒才稍稍平靜下來。大家慢慢地了解，一切都無法挽回，人死了是無法復生的，尤其地下軍火庫的破獲使彭厝里的人無法反辯，報紙一波一波地攻訐彭厝里的歷年罪行，使彭厝里的激動心情化成一股無奈的情緒，最後就變成一種憮憮然的自傷自哀。

可是從大家產生無奈感之後，才開始想到要探查彭少雄的眞正死因。反正一切都無法挽回，大家還能做的就是修補這個故事的細枝末節，好讓這一切都變得合理，它能提供給一切彭厝里的人以慰安，好讓自己覺得自己的子弟不會死於不明不白中。

一個死因的謠傳最早發生。那是有人指出這次致彭少雄的軍火庫被破獲的行動，是軍方和政客的陰謀。簡言之，官方早就想動手翦除彭少雄。

首先是報紙的一則消息引起了大家的注意。在八月二十四日，有一家新聞在地方版裡以醒目的文字提到，那天進入竹林去購槍的兩個留著平頭的大漢不是警方的人，而是軍隊的海軍陸戰隊員。因爲在警方的記者會裏，他們出現幾分鐘，肩、臂過大的那個人曾脫掉太熱的上衣，在上臂出現了光芒四射的太陽標誌及海軍陸戰隊的英文縮寫。

這則新聞馬上引人注目。我在訪問期間請劉士林警長提供一些這方面的意見，在警察局他無奈地說：「我不認識那兩個人。不過報紙說得對，軍方似乎介入了這件事。總之，我並不是那次行動的指揮者，事先我並不知道有這個行動。我幕後的上級單位才是眞正的發號施令者。那天發生的事很突然，我來不及瞭解情況時就進入了編組。你知道，那天參與行動的有軍方，也有外面調來的警方人員。」

有一件我親身經歷的事情使這個謠傳的可能性大增。記得那是九月三日的一件事。

那天一大早，我的另一位國中同學彭靖雲到餐廳找我。他跟隨彭少雄多年，深懂圍標工程手法，今年也當選了市民代表，是個大學畢業生，行事謹慎周密，在彭少雄死後，他可能逐漸取代了彭少雄在彭厝里的地位。他說他想去找好萊塢樂園的老闆田進財談一談。田進財在彭少雄出事的當天就傳出他搭機避往日本的消息，但是彭靖雲說那是一個幌子，田進財是躲進後山的夢夜山莊去避居的。於是我們一行十人搭了三輛吉普車進入山莊，在黃昏時，我們沒有打招呼就進了他的別墅。田進財就在透天別墅的三樓泡茶看色情錄影，我們抓住了他，彭靖雲說把他閹掉丟到三樓下，我們同時把他的客廳的魚缸和玻璃桌都砸爛，他嚇壞了，供出了他和白鯨來往的眞相，他說：

「白鯨打電話給我。叫我把買槍械的事情告訴彭少雄。白鯨說有二個手下會來取貨。我以爲白鯨純粹是要貨的，誰知道他卻出賣了彭少雄。白鯨來往的人和我不同，我們之間沒有恩怨，我純粹只是林刀這邊的人，白鯨來頭比較大，他是青幫份子，我們卡不上任何關係。」

「青幫」這二個字出乎我的意料之外，當時尹清楓上校的命案在報上如火如荼被披露出來，任何注意上校命案的人都知道「青幫」份子和軍方的關係。我立即想到這件事的幕後問題。

有一件事被繪聲繪影得很厲害，那是一位彭少雄生前的賭場保鑣頭頭彭青麟所散播出來的，也就是因爲這件事廣爲流播，才更使人相信彭少雄的案件和尹清楓一樣都涉及軍方武器採購弊案。

我在一場A市的工地秀找到了彭青麟。自從彭少雄死後，服務處的賭場關閉，他只好在一個流動的歌舞團當保鑣，那天他失魂落魄，穿著塑膠鞋及不整的襯衫用中古車子運載兩位豐滿的女歌手來做秀，他的鬍子幾天沒刮，坐在車裏，神情沮喪地對我說：

「就在八月十二日那天，我到彭少雄的富豪山莊找他解決賭場的一件事。彭少雄在內室安慰懷孕的阿秀，要我在客廳略坐。這富豪山莊有二十幾户透天別墅，有花園和後院，住的都是A市的首富。屋宇是歐式建築，建地就有百坪面積。彭少雄的落地長窗大客廳十分乾淨清潔，大理石的磨亮地板，牆上吊著許多畫家的畫作，橱櫃裏有日本時代名雕刻家的石雕，進口的一組黑皮沙發十分氣派，讓我坐在那兒自慚形穢，我坐在那兒不停觀看庭院扶疏的花木，自覺很不安。就在那時，我看到山莊大門被打開，警衛讓一輛玄色的大轎車駛進來。在彭少雄的屋前，車子停下來，走出一個人到客廳來按鈴。我立即去內室通知彭少雄。之後我們請那個人進來坐在沙發上奉茶。我注意到這個人差不多五十歲，內穿一件麻紗的軟質襯衫，幾何圖狀的灰銀色領帶，墨藍的西裝褲，黑亮的皮鞋。他的頭髮短而平整，鬢角滲了一撮白髮，臉色紅潤。他端身正坐，使我不由得也挺直了脊樑。彭少雄隨後進到廚房，調了三杯甜酒，切了一盤番茄，放在沙發組的原木桌上，並且帶出一份厚紙袋。」

彭少雄對這位客人似乎並不熟悉，他們只談了幾句話，大約是彼此恭維把事情做得很圓滿之類的話。之後彭少雄把厚紙袋給了那個人。彭少雄那時問了這個人說：

『爲什麼這麼重要的戰車構圖機密會流落在外？』

那個人聽了，臉色一陣蒼白，但馬上鎮靜地說：

『你看了這份資料了？』

『是的。』彭少雄說。

『還是不看的好，最好把他忘了，懂嗎？』

『哦。』

『對你没好處的。』

那人去桌上喝完甜酒，恢復笑容，他說他要走了。於是我們走出客廳，送他坐上車。這時我們發現他的駕駛座掛了一件短袖上衣，肩上掛了一顆星星的標誌，我當場呆住，等清醒時，車子已走遠了，我吐了一大口氣，問彭少雄說：

『原來那人是一位少將。怎麼會和他來往呢？』

『是黨部主委介紹的。他們正在找這份遺失的資料。』

『那資料一定有問題。』

『大概是軍方預買戰車的資料。我找人偷看過那裏頭內容，並影印了它，那是軍事機密没錯。這類的東西的遺失現在很流行嘛！』

彭少雄竟像小孩一樣地笑起來，我卻有一種不祥的預感。相信我吧，就因爲彭少雄涉及了這份機密，他注定要被摧毀掉。事情就是如此簡單不過。」

由於彭青麟十分肯定的敍說，我開始朝更深的方向去調查這方面的蛛絲馬跡。有一件事可能能證實彭青麟所言不虛，那就是八月六日發生的美麗亞大飯店搶劫殺人案。有三個幪面人在晚間八點時在飯店門口槍殺了一位黑道大老，搶了一個手提箱，據一份雜誌分析指出那是一份K・M・T的機密文件，涉及了軍火買賣，那位黑道大老準備將資料交給民進黨立委，於是被殺。案子並沒有立即偵破，而是直到彭少雄死後，三位幪面人中的一位彭世昌被捕後才案情大白，那件事的確是彭少雄策劃，並且他也是幪面人中的一位。

涂檢察官曾和我談起彭世昌的罪行，她說：「彭世昌是彭少雄手下的第一號殺手，他早年在縱貫線跑單幫，下手殘忍，被捕後他坦承做了二起殺人案和上一屆立委戴萬仁被手榴彈攻擊的案件，他曾是兩棲部隊的武術訓練官，曾在軍隊格鬥中被刺刀劈中面門，留下一道斜劈傷痕，他卻引以爲榮，在退役後一直爲彭少雄賣命。如今他被判死刑，任誰都難以再挽救他了。」

對於彭世昌我並不陌生，涂檢察官的説詞没有使我驚訝，因爲彭世昌正是我的堂弟，他的作爲我早有所聞。只要我找到彭世昌，請他證實他搶的是一份文件，那麼這個死因就可以確認。可惜想見到彭世昌並不容易，自從他被捕後就不停變換監獄，並不准別人接見。在上個月，他放棄了上訴，確定即將被槍斃的前幾天，我才有機會跟隨他的父母，在北部的監牢見到他。

面對槍決的命運，使他改變了一向的慓悍，在監牢裏，他的臉蒼白顯得稍稍年輕了一些，他鼓起氣力，對我說：

——《血色蝙蝠降臨的城市》372

個大紙袋才使彭少雄走上了死亡之路。」

「我就要死了，聽你談起這件事，我更加自覺對不起彭少雄，也許正是因爲搶了那

彭世昌彷彿用著他生命最後的一口氣緩緩地說：

「八月五日晚上，我曾在彭少雄的富豪山莊與他見面。那晚彭少雄的臉色雖十分萎黃，但精神卻頗振作。他說他剛接到一件很重要的差事，必須請我幫他忙。他說八月六日晚上，中部的黑道大老王義山，要在火車站前的美麗亞飯店和一批政商界的人見面，他手上的皮箱裡有重要的東西，一定要將它搶到手。我說王義山是一個棘手的人物，通常身邊會有三、五個帶槍的人跟隨他，不容易接近。彭少雄說他已經叫了彭金松和我搭擋去做這件事，同時他會再加派人手協助我們。我聽了就答應。彭金松和我有多次的作案經驗，我很放心。因此那天晚上，我們整夜都在策劃這個工作。

第二天晚上七點鐘左右，我和彭金松把車子停在火車站旁邊的一條小巷，埋伏在美麗亞飯店對面的一家水果行裏，已成廢墟的火車站燈光黯淡，使得對面的美麗亞飯店十分輝煌。八點左右，一輛黑色的賓士車停在飯店門口，服務生把車門打開，有四個人走下車來，我一眼就看出走在前面的正是王義山，他的手上有一個小皮箱。這時我感到美麗亞飯店門口出入的人太多，有些礙手。但情況使人不能耽擱，於是我向彭金松打了招呼，戴了面罩，拿了槍，兩個人衝過馬路、越過幾輛車子，在靠近騎樓下，我丟了一顆手榴彈大叫：『手榴彈，趴下！』那時，飯店前人都愣住了，一看到手榴彈，大半的人都立刻伏在地上。其實我丟的並不是眞的手榴彈，只是一個空的彈殼。可是王義山卻非

常機警，他並沒有眞的趴下，他起身，抓住了皮箱往大門衝進去。並且拔出了槍握在手上。我大叫：『不要走！』王義山立即回頭，朝我和彭金松射擊，有一顆子彈呼嘯地從我身旁掠過，打中對街樓下的廊柱。我和彭金松稍停了一會，王義山已衝進大門內。我感到事情大概要失敗了，急得跳脚。那時卻有一個幪面人從大廳衝出來，脚步極快，一下子衝到王義山前面，朝他開了一槍，正中胸口，那個人在王義山剛要倒下去時就搶了皮箱，衝出了飯店，和我們打了招呼，大叫說：『走啊！』我一聽，知道他是彭少雄。我們迅速跑入巷子，彭少雄把箱子丟入我們車子，說：『暫時離開A市，三天之後才回來！』

我們避開了警察在A市的搜找，在南部躲了三天，八月十一日早上，我們才到富豪山莊找彭少雄。在客廳，我們打開皮箱，裏面就是一個紙袋。防水的那種大紙袋。

我聽你說那個紙袋是導致軍方介入摧毀彭少雄的因素，我相信這種說法，我和少雄都知道那是一份軍方坦克零件的規格圖。彭少雄甚至拷貝了那份文件。」

●

另一個有關彭少雄出事原因的謠言是由於他的體力耗竭。許多人都說他在當了市長一個月後曾生了一場大病，從那以後，他的精神突然一蹶一振，終至於導致他行爲處處出錯。謠傳中涉及了一種叫做血色蝙蝠的生物。由於謠傳十分廣泛，使我不得不注意這件事。

在A市地理誌的〈生物篇〉裏，我看過編撰者提過這種生物。〈生物篇〉形容這種生物的大小，說：「宛如鴻鵠，大如車輪。」所謂「鴻鵠」大概是形容鳥類之巨大的吧！孟子「盡心篇」裡似乎提過這種鳥類，但形狀如何，大到如何程度恐怕是近人也不甚清楚的吧！「大如車輪」我就瞭解，但究竟是大如卡車的車輪，或是捷安特那種自行車的車輪呢？編撰的人又沒說，所以這種比喻也不能盡意。〈生物篇〉又說在日本佔領台灣及二二八事件時，血色蝙蝠廣被A市的人看到。

我第一次親眼見到這種生物是在彭少雄的服務處。那時是市長選戰即將結束的時候。我們彭厝里的人都很關心彭少雄的選情，偶而會自動跑到服務處幫他打雜。有一天我散發一疊他的傳單直到夜晚十點才回到服務處。就看到服務處的前面圍滿了人，有三個籠子裏關了三隻類似熊類的透明動物，它們拖著很大的翅膀，正寂寞地斂著羽翼蹲在籠子的角落。我生平從沒有見過如此鮮紅美麗的生物，一時訝異不已。有人說這是彭少雄託人由國外帶回來的新物種，但是在服務處擔任文宣工作的彭維安卻告訴我說：「這三隻動物是突然飛落到服務處，由彭少雄收留下來的。」

在彭少雄的市長就職典禮時，我再度看到一次，那時我在市政府前面的廣場與彭厝里的人舉杯慶賀，彭少雄曾放出籠子裏的血色蝙蝠，牠們沿著街道的上空來回飛翔，姿態眞是美妙，新聞也做了報導。

不過那之後，我就不曾再見到了，曾經有人告訴我那三隻蝙蝠被帶到彭少雄的三合院去飼養，並邀我去觀看，可惜我沒空。

在我調查這次的死亡事件時，我曾經問了彭少雄的外甥女李小芬，她回憶說：「舅舅曾在當選後帶回三隻紅色的鳥類，但幾天後又帶走了。也許舅舅把牠們放生在後山的竹林裡。」

在彭少雄生了大病那段日子，有人謠傳在後山的竹林區發現三具小男孩的屍體，是在彭少雄的遊樂預定地發現的。當時轟動一時，A市有人想藉此扳倒彭少雄，但事後並沒有找到證據。但謠言仍不斷，許多人相信那三隻血色蝙蝠就是那三個小孩的化身；甚至有人指出彭少雄就是血色蝙蝠。

對於血色蝙蝠，我的親目所睹大概就是這樣。但隨著我的訪問，這種動物的形象和內涵卻慢慢加大，最先使我的認知加深的是劉士林警長，在A市裏，大家都知道他曾是血色蝙蝠的受害者，我曾懷疑他曾被血色蝙蝠所傷的事，因爲那三隻蝙蝠似乎並不那麼恐怖。劉警長卻心懷危懼，露出他的手臂舊傷，說：

「我見到的不是籠子裏的小蝙蝠，而是非常巨大的那種類，牠的雙翼展開有如一個小屋頂。」

涂檢察官也在我訪問時，談及彭少雄和血色蝙蝠的一些事。我記得那時她已生了一個胖娃娃。在她丈夫所開設的水電行裏，她邊搖著搖籃，邊告訴我說：

「我差一點就被彭少雄的手下謀殺於半月湖。不過那件事也使我提高了警覺，我發現我陷入了一種監視中。鄰居一再警告我，在我的屋頂上常出現一隻紅色的大鳥類。由於我當時正在蒐集彭少雄的一些資料，諸如祕密寄來的錄音帶等等，以致我的房子常被翻箱倒櫃，那只紅色的鳥類不禁使我敏感地想到彭少雄。劉士林警長知道我遇到的怪事時也曾提醒過我，他說了一句震撼了我內心的話，他說：『那隻血色蝙蝠具有高超的智慧。』劉警長的話使我們想到林繼德屍體高掛於孟宗竹林的事。假設說這種生物介入了那起謀殺案的話，那麼林繼德的案子就很清楚明白，無非是表示林繼德掛屍竹林就是血色蝙蝠所做的事。我當然沒辦法像一般人相信那隻血色蝙蝠就是彭少雄的化身。是的！我的工作不允許我那麼輕信。可是我這兒確有一些資料可以讓人感到彭少雄的行迹不比凡人。這是我在追查彭少雄往日的作爲中無意發現的。四年前，彭少雄的槍械走私案是人盡皆知的事，當時相當轟動。每個人都知道他曾潛逃到菲律賓，我對他潛逃一事感到很好奇，曾去監牢找到同案的一個犯人，要他詳細回憶那件逃亡的事。那個犯人的回憶令我感到意外，他說：『提到彭少雄能潛逃到菲律賓，對我們同案的人來說一開始就是不可思議的，因爲我們都知道他早就死了。當那個案件爆發後，由於走私的槍械龐大，警方追得很緊，我們嚇壞了，竟不知道該躲在那裏比較妥當。當時同案中的一位朋友有個堂兄在柴仔坑山脈上養雞，平時我們略有來往，他很好客，對一般的兄弟有好感。於是我們就上山找他。大約是帶了一百多隻的小雞和幾袋的飼料上去。爲了不連累他，我們另外在山脈的另一處開闢一個小養雞場。只要那位堂兄不把我們的行蹤洩露出去，待個一月半月是沒問題的。可惜，我們太大意了，一星期後，我們之中竟有人耐不住寂寞，跑到柴仔坑村集去喝酒鬧事。結果被警察盯了梢。那是四月底的晚上，山上一片兵慌馬亂。我們先得到那位堂兄的口信，在警方未來到之前就朝山脈南端逃亡，我們也知道很少人願意走這個山脊，因爲聽說這裏常出現奇怪的現象。但是爲了火速避開警方的追緝，我們沒有選擇的餘地。在略有月光下，我們不敢打亮手電筒，只管往前疾走。我的衣服被芒草樹枝扯破了，有人則跌跛了腿，拖著老命一直向前奔走。正當我們快要走完山稜時，在最前面疾走的彭少雄一聲驚叫，整個人跌落了一個芒草覆蓋的山坑。那是一個很深的窟窿，呈陡直狀陷落。我們不忍心放棄他，在爬下山稜後，拼命在谷地找他，我們借著月光，攀入了一個昆欄樹林，又沿著一條小溪流，走到了一個大硫磺池，才看到彭少雄墜落在一塊大石頭上。我們打亮了手電筒，發現他的耳朵、鼻子、嘴巴都流出了血，摸他的脈搏也停止跳動了，他死了。我們本想把他拖到谷地埋葬，但那時有一片很濃的紅色光輝運行在池面上，有一種血腥味，我們以爲是一種瘴氣，只好向彭少雄拜了幾拜，一路又逃出硫磺池，當我被捕一年後，有人告訴我彭少雄逃亡菲律賓又回來，起先我不相信，不過他託人暗中把一瓶菲律賓省長送他的酒送到監牢時，我才知道他沒死。後來聽說他神通廣大，在A市變成大人物，就更令我不解。但是俗話說得好：大難不死必有後福。我想也該如此。』」

這種謠言困惑我很久，直叫我爲難，尤其謠言中提及血色蝙蝠的死亡導致彭少雄大病而衰竭很難叫我輕信，於是我曾以姑且一試的心情又到三合院找彭少雄的母親問一下彭少雄的健康狀態。那次這個母親正在大廳上撚香敬神，她堅強地在神案上取下一杯茶給我喝，她說：

「一切彷彿都是造化弄人。大概神不讓他太過出頭。就在他當選市長的一個月後他大病了一場。突如其來的病找不到原因，好得很慢。但自從復原後，他失去了年輕人應有的朝氣和活力。每次他來看我，臉都萎黃得很厲害。因此他化粧得比往日厲害，有時粉底打得太厚，使我都認不出他是我的兒子。情況更壞時，他的兩眼找不到一絲光輝，三魂七魄好像被抽走了，令人感到他就是紙糊的人。但是也許這樣比較像他的本性吧。自從病後，他的心柔軟下來，有時他會流淚地抱著我說：『阿母，我實在是沒有資格當市長的。』我聽了，只能心疼，可惜我幫不了他。」

彭林阿好的話使我下定決心要找到這種謠傳的來源。這些謠言起自宗教界。

於是我先走訪民間的傳統寺廟，譬如說九天仙女廟、海將軍、世尊祠、玄天上帝廟……，一一拜訪他們的主持人，他們並不能告知多少血色蝙蝠和彭少雄的關係，他們只證實彭少雄擁有超自然的能力，但同時都說：「他和我們的關係只維持到他當市長之時，之後他就退出了寺廟的頭銜，甚至他頗畏懼我們去找他。」

有一個意外的拜訪使我的大收獲來到，那就是我在聖十字教堂的訪談。那兒有一個叫做杜主恩的牧師毫不遲疑地說：「所謂的『謠言』的確是起自我們。假若你要瞭解更多，你去找雅筑服飾店的唐天養老師吧！」

一說到唐天養的名字，我大吃一驚。他就是我和少雄的國中老師，我竟不知道這件事和他有關係。要訪問他使我略爲躊躇，原因是國中時我雖然成績不錯，他對我有期望，但由於日後我大學沒考好，始終不敢單獨去見他，怕他壞了我的往日印象。不過，爲了取得眞相，我竟鼓起勇氣到了他的服飾店。

很意外的，唐老師對我的記憶猶新。當他知道我在做研究報告時很高興，他放下服飾店工作，請我到客廳坐，還親自做了二道藥膳來招待我。他的廚藝頗優美，火候獨到，不比我的廚藝差，這是必須長年在廚房工作的人才會擁有的本事。不過，我們無暇聊廚藝，他一開口就說：

「世傑，你問的事是一件非理性的事，以你的年齡和教育背景大概不會相信我所說的，你還是不要知道比較好。」

我回答說：

「老師，也許吧！但是我也不一定相信理性的事。我唸歷史，知道理性主義成爲思想主流也不過是三百年左右，更早以前或者以後非理性的事情不一定不可信，要看情形啦。」

唐天養一聽高興得不得了，他說我是可以和他談心的學生。於是他談到「聖靈」、「撒旦」、「貓羅山的薛以利亞」、「蝙蝠巢穴」、……這些事迹，我承認我被嚇住了，也不能眞的領略個中的奧祕，最後他說要帶我去貓羅山。

在寒假的第一個星期日，我終於和唐老師到了貓羅山，在那兒我見到了一個綁著馬尾的叫做「阿星」的青年，他向我提到「三重天」、「白晝昇天」、……的種種神蹟，有一種叫做「銀色星形葉」、「銀色的醬果球」，我也看到了。阿星的話使我更難以理解，我很後悔沒有事先閱讀宗教概論的書就來找他們。不過我極其相信他們的說法。有關他們的談話我錄製了五卷的卡帶附於資料之中以備稽考。

最後一個有關彭少雄的死因是涉及他的妻子。因爲駕著拖車將彭少雄推落於山澗下的是他的大舅子，幕後的指使者正是他的妻子辛文秀。

剛開始這個謠傳的聲音很小，並不曾引起我的注意，因爲人人都知道彭少雄的二個舅子都是精神病患，他們常駕車在A市亂闖，出過好幾次的車禍，他們駕車將彭少雄推落山澗可以當成意外事故來看。事後，他們也依精神分裂的理由，被判無罪。其次是彭林阿好並沒有責怪辛文秀，彭林阿好彷彿對她的媳婦愛護有加，既然彭姓的本家都沒有意見，我們外人沒有置喙的餘地。再者是我極不願意辛文秀眞的成爲弑夫者，果若她眞的弑夫，那麼這個事件就是一個家庭大悲劇，我還沒有那麼大的勇氣去承認，在我的周圍的朋友中竟會上演這種悲劇，因爲辛文秀、彭少雄都是我們自幼就認識而後慢慢長大成人的朋友。

但是，在彭厝里，這個謠言隨著無事找事者的散播，慢慢凝結成一種淡化不掉的陰霾。更多的人對彭少雄的妻子辛文秀產生不滿。彭少雄死後幾個月了，有一次，當阿秀抱著她的剛生不久的小孩回到三合院來找婆婆，在三合院的門口被彭厝里的人圍住，里民居然要辛文秀承認她指使自己的二個弟弟害死彭少雄，甚至有人揚言要除掉這個不肖的彭厝里的媳婦。當時彭林阿好背著長柄柴刀站在門口護衛她的媳婦，她婉勸彭厝里的人離開，臉面溫和中帶著肅穆。如果不是彭林阿好的護衛，阿秀一定很難脫身。

有一段好長的日子，我對彭厝里的人這種行爲感到不齒，大家未免管得太多了，竟然管到了彭少雄的家務事來。但是當我一天天地研究這件事，偶而意外地獲得一些資料後，才慢慢感到也許我不如彭厝里的人的敏銳，事實上，大半的人都比我更能瞭解事情的內幕。

許多人一開口當然就直指辛振鵬及辛振鴻這二個兄弟的精神病是佯裝的，他們常到辛柄權遺留下的，給辛文秀經營的貨運行去駕駛大車子，這就是陰謀。他們姊弟是想伺機報仇，撞死彭少雄才是眞的。

彭厝里的人都認爲辛文秀的父親辛柄權被彭少雄所殺，辛文秀報仇是早晚的事。

爲了否認這種可能性，我最初曾拜託涂檢察官調出有關這件事的資料讓我閱讀，資料的大概情形是這樣的：

「在一九九二年十二月二日下午三點鐘，辛柄權在A市的電影街被五個彭厝里的青年槍殺。當時的辛柄權是A縣半月鄉一家建材運輸業的老闆，主要是以運載各種鋼筋爲業。他的事業做得很大，大概有六輛以上大卡車，一輛拖車，另外在西海岸線，他和別人合夥經營砂石場，並且介入了A市的營造業。辛柄權在警方的記錄並不很好。在一九三五年他出生在半月鄉，受過日本三年公學校教育，略懂日文，光復後再接受中國式教育，直到初農畢業。一九六〇年，他做農產品運銷工作，有時兼做季節性的農產品囤積商，但大抵沒有什麼發展。一九八〇年後，他忽然轉向運載建材和投資砂石行業，事業進展很快，馬上賺了大錢，不過一九八〇年之後，他被控告濫採河沙、圍標工程、……這些罪名，都被判無罪，但名譽總不會太好。到了一九九二，他的生意遍及中部各縣市，十分活躍，看來一切都很好。

十二月三日的那天，他陪二個兒子到電影街看一部金像獎電影，老大辛振鵬剛由國外回來，老二辛振鴻剛考完研究所。當他們的賓士車駛抵戲院門口，立即有三輛的轎車包抄過來，把他的車子頂撞到牆邊，走下了五個彭厝里的青年，表示要請他去一個地方談談。當那五個青年去拉開車門時，辛柄權由車裏突然開槍，當下擊斃了一個十六歲的少年彭承歡。大戰立即展開。四個青年也同時掏槍朝車內亂射。一陣槍響後，三個青年逃走，一個重傷。當警方來到時，看到辛柄權趴在二個兒子身上，渾身都是彈孔。那二個兒子被壓在底下，沒有受傷，慢慢醒來，先是沈默，後來大叫不停，發瘋了。

案子由當時林萬里檢察官承辦，那三個青年被捕時，矢口否認他們蓄意行凶，他們是懼怕辛柄權再開槍才掏槍反擊，他們受託於佳茗茶行的彭仰賢前來索賠，因爲辛柄權的砂石車撞壞了彭仰賢的羚羊轎車。彭仰賢卻在供詞中咬了彭少雄一口，他說彭少雄居間謆動，那五個青年中有二位是彭少雄的手下。後彭少雄以證據不足獲不起訴處分。」

涂檢察官的資料使我不知所從。因爲我不曉得「證據不足」是否就是完全能證明彭少雄不參與此事，當我請教涂檢察官的看法時，她笑了笑，只說：「我也難下定論。」

假若要更瞭解此事，並且否認彭少雄參與殺害辛柄權的可能，莫過於調查出他們兩人的恩怨。找到彭林阿好問明個中細節是必要的。因此我又去找彭林阿好，那天是在富豪山莊，阿秀一大早就到貨運場去照料生意，彭林阿好在客廳餵孫子牛乳，她的說詞叫我吃驚：

「是阿雄幕後指使殺死辛柄權的。這件事我很清楚。那陣子少雄和辛先生在A市爲了圍標工程鬧得很凶。少雄想把辛先生趕出A市，我卻知道辛先生不會讓少雄得逞的。辛先生的脾氣我很清楚，他説一不二，是眞正的男子漢，少雄因此殺了他。

提到這件事，我自覺對不起辛先生。在我的一生中，最令我難以報答的人，就是辛先生和青木藥店的青木先生。當年他們都和少雄的父親一齊做過生意，也是同窗好友。後來少雄的父親帶了我去台北做鐵工，牽連黑社會案件入獄，我只好帶著三個小孩回來，那時少雄只有五歲，什麼事都還不懂，我必須工作、照顧小孩，常跑來看我的就是他們兩個，他們都叫我大嫂。三年後，少雄的父親出獄，卻找了一個女人在台北另外成家。我得知消息後，想不開，就喝巴拉松自殺。那是一個很冷的夜，恰巧辛先生來看我們，立即送我到青木先生那兒又轉送基督教醫院去洗腸，才保住了我的命。有好長的幾年的光陰，少雄的父親不曾寄回一分半文，都是辛先生和青木先生接濟我，他們的確是最念舊的好友。我曾勸少雄要感恩圖報，更何況他喜歡阿秀，就應該禮讓辛先生十分才對，但自從他從菲律賓回來後，膽子很大，常對我陽奉陰違，背著我和辛先生鬥，我知道他想殺掉辛先生。」

彭林阿好的話使我難過了好幾天，爲了確證那一段辛柄權和彭家的關係，我直接打電話給少雄的父親彭英籟。他已二十幾年不曾回彭厝里，少雄死的時候他也沒回來，因爲他怕他的妻子會用長柄的柴刀砍他。在電話裏，彭英籟的聲音蒼老而顫抖，他的話並不多：

「是的，我和辛柄權、青木是結拜兄弟，我的坎坷並沒有使他們淡忘我們早年的感情，這麼多年，我們事實上還不斷來往。我一直託他們照顧阿好和少雄。提到少雄，他是畜生。我以前看錯了他。在他唸五專的時期，他曾北上和我住一陣，他長得很好看，書又唸得好，我以爲我生了個好兒子。誰知道這幾年他專門在A市找老一輩的人鬥氣鬥力，辛柄權曾到台北向我訴苦，我對辛柄權說：『少雄太過分，你就殺了他，我沒話說！』但是辛柄權卻說：『我怎麼會殺他？他可能當我女婿呢！』想不到他反過來竟被彭少雄殺了。」

在我的訪談中，幾乎沒有人懷疑彭少雄殺了辛柄權這件事，我在彭世昌即將被槍決之前，也略爲向他請教這件事，他很坦白地說：

「彭少雄和辛柄權都死了，我也不想隱瞞這件事。有一次彭少雄央人把我從縱貫線找回來，那時他和辛柄權鬥得很厲害。彭少雄並沒有佔上風，就是市場幫的林刀也勸彭少雄歇手，因爲彭少雄的硬派作風已惹起A縣二代黑幫的裂痕。少雄當時很生氣，說：『我嚥不下這口氣，他看不起我，又用我對阿秀的愛來威脅我。他教訓我，說混黑幫只是一種取得名利的手段，但我卻把混黑幫當成打倒一切的手段，他說我打亂了黑道生態，賣軍火、賣毒品都會殃及更多的黑道人物喪命，他不答應阿秀隨便嫁我。總之，他老大不堪，你代我去警告他，或者殺了他都可以！』於是我乾脆帶了槍直接去找辛柄權，可是他一見到我就說：『是少雄叫你來的，對吧！你多裝幾粒子彈吧！我們用子彈來解決問題吧。叫我退出A市工程圍標我不會答應的。』我發現辛柄權絲毫不肯妥協，又想到他是阿秀的父親，只好默然地走了。」

有一個最重要的關鍵點成了我的希望，那就是畢竟彭少雄殺害辛柄權（不管是蓄意或陰錯陽差），和阿秀計謀殺害彭少雄是二件分立的。只要阿秀曾堅決說她不會殺彭少雄，那麼這個原因就不成立。

於是我找到了彭佳勳的太太鄭美芳，她是阿秀國小國中的同學，長大後一直是不曾分開的女伴，我在泡沫紅茶店向鄭美芳仔細查問這方面的蛛絲馬迹。鄭美芳就坐在我和佳勳的前面，面對一杯綠色的果汁，她陷入了很深的回憶，她說：

「阿秀並不是Ａ市的人，大約國小四年級她才由半月鄉轉來就讀，我們同班。她寄宿在Ａ市阿姨的家，走路上下學。爲什麼要轉到Ａ市就讀呢？於今想來也許是她的父親安排的吧。那時阿秀就常跟隨他父親去彭少雄的三合院探望彭家。少雄大阿秀有二歲，就讀小學六年級，一向有些憂愁。阿秀卻很開朗，放學後，他們常走在一塊，看得出是阿秀主動在逗少雄，她是很照顧少雄的。這種情況一直到少雄唸國中時仍不變。在少雄國三，阿秀國一時，這種親暱的感情不曾稍改，就像一對蝶子一樣，他們不避別人的眼光，翩翩相隨。當時少雄騎著一輛脚踏車，放學時一定要先載阿秀回家。我們女同學之間沒有人會感到詫異，因爲大家都知道他們從小就如此。彭少雄北上唸五專時，他回來的第一件事就是找阿秀，情感依然如故。可是，當少雄在台北出事後，他們有二年半的時間不曾見面，等到少雄回Ａ市之初，他們都很少見面。那時阿秀已在國際商專畢業，在她父親的貨運行幫父親處理業務，阿秀變得漂亮又練達。那時正是少雄最消沈的時候，他曾告訴我和佳勳說往事俱非，他沒有資格再談阿秀。可是，有一次我們聽說他在一個

日本時代畫家的畫室學畫，我們去三合院找他，卻發現他的畫室堆滿了回憶阿秀容顏的畫，從小學時代一直到商專時代都有，他正靠著那些溫暖的回想來撐過最消沈的日子。這段時間並不很長，不久彭少雄當選市民代表，我們就發現他們常在一起。聽說那時，阿秀的父親對少雄的看法有些改變，他並不很贊成他們像幼年時候那樣來往，阿秀有時會當著我們的面前默默流淚，我們總覺得他們之間的情感太過超凡，沒有我們品評的餘地，會不會結婚呢，我們甚至沒有人能猜到。但辛柄權死後，阿秀居然答應嫁給彭少雄。

當時我們都大感意外，我曾在這個泡沫茶店質問阿秀說：『大家都說彭少雄指使別人殺了妳父親，爲什麼妳還要嫁給他？』

阿秀流淚說：『假如彭少雄眞的殺了我的父親，那麼我嫁給他，正好讓我就近殺了他！』」

鄭美芳的話使我想起涂檢察官曾對我提到的一份錄音帶的事，那是一個彭少雄身邊的女人套問彭少雄唆使謀殺林繼德的錄音帶，涂檢察官說她暗中查到這個女人就是阿秀。這件事豈不說明阿秀已著手復仇的事嗎？

我仍不肯放棄推翻這個假設的希望。最後的希望就是辛振鵬和辛振鴻，我多麼希望他們能當面確鑿地告訴我，他們推落彭少雄於深澗只是偶然而不是預謀。

自從辛振鵬和辛振鴻獲判無罪後，他們很快地轉移到美國去就醫。我打了國際電話去找他們，出乎意料的順利，接電話的正是辛振鵬，他的病彷彿是好了，我簡單地說明我訪問的原因，並開門見山地請他否認他和阿秀串謀殺害彭少雄。辛振鵬聽了笑起來，說：

「我為什麼要否認？以前我們也許會否認，但自從我們的病情好轉起來，總想到否認只會使事情變得很不合常理，我們想坦白自己。如今回想，事實上我們想謀害的人，包括了所有彭厝里的每個人。父親的死是那樣激烈地剝奪了我們健康的靈魂。當時我們的確是太過驚駭了，一刹那間，我們走失了魂魄，陷落在時而清醒、時而失去心智的狀況中。有關於你在醫院看到的那些病歷都是眞的，我們在醫院待過好幾個月，在病情穩定時，姊姊就接我們回家了。雖然說比較穩定，但喪失心智的時間總比較多，我們由姊姊的口中得知，殺父的人是彭厝里的人和彭少雄，這一點就是彭林阿好也不否認。啊！彭林阿好對阿秀我的姊姊總是那麼地好。那時到戶外瘋狂亂走是我們無法控制的病。後來我們竟常駕著大貨車去亂闖，我們常疾馳在彭厝里，追逐彭厝里青年的轎車和機車玩要，出沒在彭厝里的馬路小巷，引起他們的驚慌，他們都說我們兩兄弟是彭厝里的死神。在我們不清醒的大腦裏，我們彷彿以爲這就是復仇！是呀！我們要復仇！復仇！復仇！

在幾次的車禍後，我記得有好長的時間被姊姊限制在半月鄉的老家不准到彭厝里。

在八月二十二日那天，不知道爲什麼，我們又跑去貨運行開車，我們在A市與高采烈地開了一個早上，在中午時抵達富豪山莊去找姊姊，她正在害喜，無法照料我們，她只提醒我們不要再去彭厝里鬧，其餘的地方都可以去，她竟說：『彭厝里的人也不一定都在彭厝里，說不定父親的挖土場都會有彭厝里的人啊！』

姊姊無心的話引起我們無來由的緊張，因爲她提到了彭厝里和父親。

因此，我們把車子開向了挖土場。我想當時我們是想保護父親的挖土場吧。我們多麼恨惡彭厝里的人啊！

在那兒，我們睡了一覺。

醒來時，我把車駛出挖土場，我猛然看到一輛廂型車上來，就在模糊中我看到了彭少雄和他身邊的彭厝里的人，不知道爲什麼我竟加力地踩了油門，轟然一聲，我將廂型車推落了山澗。

如今想來，一切同如夢中的噩夢，我不知道我們兄弟做過的每件事，但要說預謀，我相信是有的。那個預謀就是向所有彭厝里的人報仇！

請你不要再打擾我的家人吧。特別是阿秀，她失去了父親，接著又失去了丈夫，獨留一個小孩和她相依爲命，她要有多大的勇氣才能活下去啊！」

辛振鵬最後的那句話引起我很深的悲傷。

我不禁憶起彭少雄死後的第二天，他的車子和屍體才允許被搬動，我和佳勳都跑到山谷的現場觀看，那個廂型車在翻滾摔落時都扭成一團了，彭少雄的屍體被車體鉗住在裏面，警方費了九牛二虎的力量才把車體燒破，彭少雄被壓縮成圓球狀的屍體才取出，但被颱風後的爛泥巴覆住了，使他的五官不容易辨認，雖然那對因驚嚇而撐大的單鳳眼猶讓人感到的確就是他，但整個頭顱糊了泥顯得沈重。阿秀淚流滿面，走向前去抱起他的屍體，那時，阿秀撐不住整個屍體的重量，手一放，那顆頭顱碰撞在一塊溪石上，破成一片片碎片，好像這是一軀已死亡了好幾年的屍體。

國家圖書館出版品預行編目（CIP）資料

血色蝙蝠降臨的城市 / 宋澤萊作 . -- 初版 . -- 臺北市：前衛，2013.12
440 面；14.8×21 公分
大地驚雷：宋澤萊小說集（深情典藏紀念版）
ISBN 978-957-801-730-6（平裝）

863.57 102023742

大地驚雷：宋澤萊小說集 IV（深情典藏紀念版）

血色蝙蝠降臨的城市

作者 宋澤萊
責任編輯 鄭清鴻
美術編輯 蘇品銓
出版者 前衛出版社
10468 台北市中山區農安街 153 號 4F 之 3
Tel: 02-25865708 Fax: 02-25863758
郵撥帳號 05625551
e-mail: a4791@ms15.hinet.net
http://www.avanguard.com.tw
出版總監 林文欽
法律顧問 南國春秋法律事務所林峰正律師
總經銷 紅螞蟻圖書有限公司
台北市內湖舊宗路二段 121 巷 28、32 號 4 樓
Tel: 02-27953656 Fax: 02-27954100
出版日期 2013 年 12 月初版一刷

定價 新台幣 400 元

Printed in Taiwan ISBN 978-957-801-730-6

大地驚雷——宋澤萊小說集

第 17 屆國家文藝獎·深情典藏紀念版

《血色蝙蝠降臨的城市》

日本人進佔 A 市時進行掃蕩台灣抗日軍的那個年代，A 市的山稜那邊死了兩千多人，紅蝙蝠在那山林頂巔的空中飛了一個月……還有四十幾年前的二二八事件，紅蝙蝠又出現一次。——《血色蝙蝠降臨的城市》

大地驚雷——宋澤萊小說集

第 17 屆國家文藝獎‧深情典藏紀念版

隨書附贈各冊專屬典藏明信片、書籤組

書籤

明信片

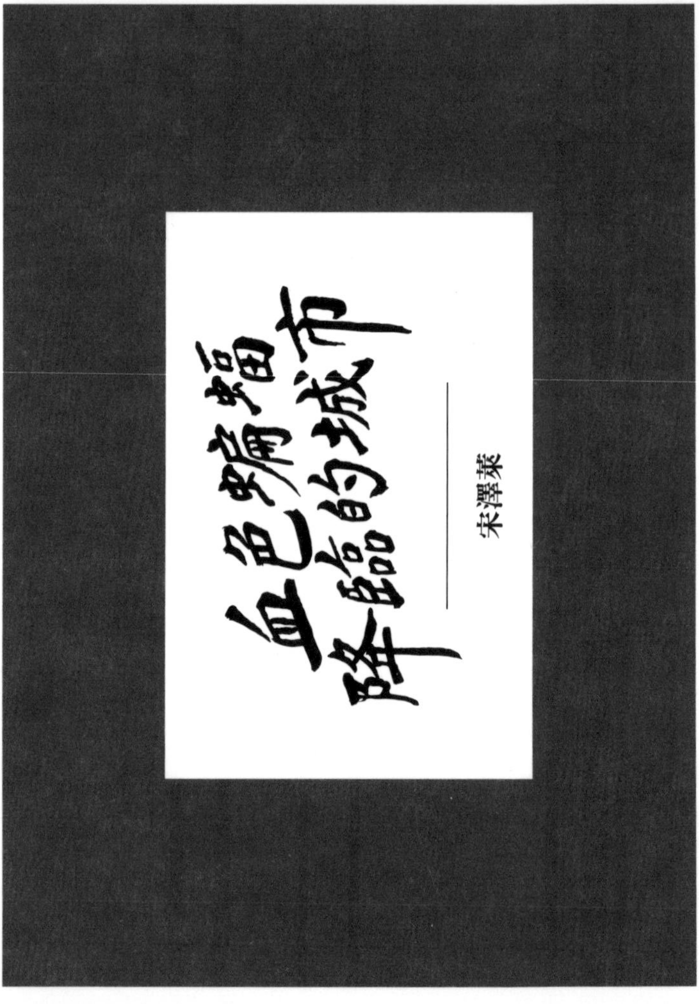